Julie Peters

Käthe Kruse und das Glück der Kinder

atb aufbau taschenbuch

Julie Peters, geboren 1979, arbeitete als Buchhändlerin und studierte Geschichte, bevor sie sich ganz dem Schreiben widmete. Sie lebt mit ihrer Familie im Westfälischen.

Im Aufbau Taschenbuch sind bereits ihre Romane »Mein wunderbarer Buchladen am Inselweg«, »Mein zauberhafter Sommer im Inselbuchladen«, »Der kleine Weihnachtsbuchladen am Meer«, »Die Dorfärztin – Ein neuer Anfang«, »Die Dorfärztin – Wege der Veränderung«, »Ein Sommer im Alten Land«, »Ein Winter im Alten Land« und zuletzt »Käthe Kruse und die Träume der Kinder« erschienen.

Käthe hat es geschafft: Ihre handgefertigten Puppen erfreuen sich großer Beliebtheit. Kurzerhand gründet sie ihre eigene Manufaktur und entwickelt neue Modelle. Allein ihr Mann, der Bildhauer Max Kruse, kann sich nicht damit abfinden, dass Käthe ein aufstrebendes Unternehmen führt, während sein Erfolg ausbleibt. Sie spürt, dass sie sich immer weiter voneinander entfernen. Doch Käthe will nicht zurückstecken, nur um nicht aus Max' Schatten zu treten. Als es plötzlich Nachahmungen ihrer Puppen gibt, droht alles zu zerbrechen, was Käthe sich aufgebaut hat – und plötzlich ist Max wieder an ihrer Seite.

Julie Peters

Käthe Kruse

und das Glück der Kinder

Roman

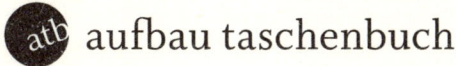
aufbau taschenbuch

MIX
Papier | Fördert
gute Waldnutzung
FSC® C083411

ISBN 978-3-7466-3835-5

Aufbau Taschenbuch ist eine Marke
der Aufbau Verlage GmbH & Co. KG

2. Auflage 2023
© Aufbau Verlage GmbH & Co. KG, Berlin 2023
Umschlaggestaltung www.buerosued.de, München
unter Verwendung von Motiven von © Anne Krämer / Arcangel und
© ALLTRAVEL / Alamy Stock Foto
Satz Greiner & Reichel, Köln
Druck und Binden CPI books GmbH, Leck, Germany
Printed in Germany

www.aufbau-verlage.de

1

Berlin, November 1911

Manchmal konnte Käthe es immer noch nicht glauben. Und weil sie nicht Max fragen wollte, ob es wirklich stimmte, da er inzwischen über ihren Unglauben mehr brummte als lachte, griff sie lieber in die Rocktasche und holte das Telegramm hervor. Weil sie es so oft nicht glauben konnte, war das dünne Papier schon ganz brüchig an den Kanten. Aber da stand es, schwarz auf weiß.

Wir bestellen hiermiet 150 Käthe-Kruse-Puppen, Liefertermin 8. November, free on board Bremen. F. A. O. Schwarz, New York.

Irrtum ausgeschlossen. Aber lange konnte sie nicht verweilen und diese Momente auskosten. Denn nicht nur die Bestellung von so vielen Puppen war im Telegramm vermerkt; auch das Datum, an dem die Lieferung in Bremen eintreffen musste, damit sie fristgerecht auf das Schiff nach Amerika verladen werden konnte. Und dieser Termin war in wenigen Tagen.

Als sie schon glaubte, ihr Kunsthandwerk habe keine Zukunft, sie werde bis ans Ende ihrer Tage ein paar Dutzend Puppen im Jahr in der Wohnstube nähen und verkaufen, was allenfalls für ein Zubrot zum Familieneinkommen reichte, hatte sie genau das Wunder bekommen, das sie brauchte.

Eine Bestellung über einhundertfünfzig Puppen vom New

Yorker Spielzeughändler F. A. O. Schwarz – dem bekanntesten Spielzeughändler der Welt! Und sie hatten sich trotz der vielen Misserfolge, die Käthe in den vergangenen Monaten hatte einstecken müssen, direkt an sie gewandt und diese Menge bestellt, die sie unmöglich allein in den fünf Wochen anfertigen konnte.

Ihre Hände zupften an dem Haar der einhundertneunundvierzigsten Puppe herum, sie zog die Schleifen in den beiden Zöpfen zurecht, schnippte einen kaum sichtbaren Flusen von dem roten Samtkleid mit Spitzenkragen. Unter dem Kleidchen lugte der Spitzenunterrock hervor, die Strümpfchen waren aus dünnem Stoff genäht, die Schühchen aus brauner Wolle gehäkelt. Jedes Detail an dieser Puppe hatte sie sorgfältig überprüft, wie bei den einhundertachtundvierzig Puppen davor, die bereits in ihre Schachteln verpackt an einer Wand der Wohnstube in zwei Reihen aufgestapelt standen. Ihr Blick ging gehetzt zur Uhr. Bald Abendessenszeit, und wenn die Kinder im Bett waren, blieben ihr vielleicht zwei Stunden, um die letzten beiden Puppen zu kontrollieren. Und dann würde sie morgen früh alle einhundertfünfzig Schachteln in die große Überseekiste stapeln, die seit zwei Tagen unten in Max' Atelier stand. Ihre Haushälterin Birgit, die gute Seele, war mit den Kindern rausgegangen, sie hörte ihren Jüngsten Michel im Hinterhof juchzen. Ohne Birgit wär's nicht gegangen, in den letzten Wochen hatte auch sie mehr gearbeitet, hatte sich zusätzlich um die Kleinen gekümmert, wann immer Käthe sich nicht länger zwischen ihnen und der Arbeit zerreißen konnte.

Ihr Mann Max hingegen hatte es die ganze letzte Woche vorgezogen, im Atelier eine Stiege weiter unten zu nächtigen; tagsüber brachte Birgit ihm ein Tablett mit Essen, und fürs Abendbrot bequemte er sich zu ihnen nach oben. »Mir ist's hier zu puppig«, bemerkte er lapidar.

Dann war's ihm eben zu puppig. Sie hatte jetzt keine Ruhe, sich auch noch um das verletzte Gemüt ihres Gatten zu kümmern. Dabei liebte sie ihn von Herzen; sie liebte, wie er sie ermutigt hatte, diesen Auftrag anzunehmen, als sie selbst schon glaubte, sie würde es nicht schaffen. Sie konnte ja was. Puppen nähen. Anderen zeigen, wie man sie nähte. Ihre Puppen waren etwas Besonderes, das sagte jeder, der sie mal in die Hand nahm.

Behutsam legte sie die Puppe in die Schachtel, verschloss diese mit dem Deckel und wickelte einen blauweiß-gestreiften Bindfaden herum, fädelte ein kreisrundes Schild auf und verschloss alles mit einer Schleife. »Die Käthe-Kruse-Puppe – DIE Sensation aus dem Deutschen Kaiserreich!« stand darauf. Die Rückseite enthielt neben ein paar Pflegehinweisen auch eine Garantie. Käthe hatte lange mit Max gestritten, bevor sie sich durchsetzte. »Mit einer Garantie sorgst du nur für Beschwerden!«, hatte er sie gewarnt.

»Ach was! Die Puppen sind robust, es ist bestes Kunsthandwerk! Kein Kind wird ihnen die Arme ausreißen oder das Gesicht abkratzen können.«

Qualität – das war ihr immer so wichtig gewesen.

Vor fünf Wochen hatte sie gedacht, sie müsste ihr ganzes Puppenhandwerk aufgeben, weil ihr nach ein paar Fehlentscheidungen jeglicher Bewegungsradius genommen worden war. Sie hatte die Lizenz ihrer Puppen an den Spielwarenfabrikanten Reinhardt & Kämmer im Thüringischen vergeben. Doch war sie mit der Ausführung aus den dortigen Werkstätten überhaupt nicht zufrieden gewesen, und die Verkäufe waren weit hinter den Erwartungen von Reinhardt & Kämmer zurückgeblieben. Deshalb hatten sie den Vertrag aufgelöst, und es stand Käthe frei, ihre Puppen selbst zu vertreiben.

In der Stunde ihres größten Rückschlags aber kam wie gerufen jene Bestellung, an der sie nun seit Wochen mit ein paar Heimarbeiterinnen und einem eigens dafür eingestellten Künstler saß, der die Gesichter aufmalte. Schön waren sie geworden, fand Käthe. Jede ein kleines bisschen anders, dabei aber alle so neutral, dass die kindliche Phantasie allerhand hineindenken und -fühlen konnte. Sie nahm sich vor, Herrn Beyer noch mal explizit für die hübsche Ausführung zu loben.

Ihr war also ein Wunder geschehen, doch auch dafür hatte sie hart arbeiten müssen. Käthe Kruse seufzte, sie strich sich eine verschwitzte Strähne ihrer dunkelblonden Haare aus der Stirn und betrachtete liebevoll das Püppchen, das vor ihr in dem Karton lag, der als Umverpackung diente. Sie stand auf, drückte die Hand ins schmerzende Kreuz und trug die Schachtel zu den anderen. Aus dem Hof drang das Kreischen ihrer Kinder, und auf der Treppe hörte sie die schweren Schritte ihres Mannes, der aus dem Atelier nach oben kam. War es schon so spät? Warum war Birgit noch nicht oben, um das Abendbrot zu richten?

»Immer noch nicht fertig?«, brummte Max, als er die Wohnstube betrat. Ihn hatten die vergangenen Wochen auch ganz schön angestrengt, das merkte Käthe wohl. Sie hatte jedoch aus früheren Zeiten gelernt, da sie ihn kaum zu Gesicht bekommen hatte, weil er sich das Essen nach unten bringen ließ und ansonsten nur über seiner Arbeit hing. Als Bildhauer widmete er sich den Bismarcks und Liebenden, Marathonläufern und Büsten. Die abendliche Mahlzeit nahmen sie gemeinsam als Familie ein, so war ihre Bedingung. Er hatte sich murrend gefügt.

»Morgen wird alles abgeholt.« Käthe trat zu ihm. Sie stellte sich auf die Zehenspitzen und küsste ihn auf die Wange. Max legte einen Arm um ihre Taille, er zog sie an sich. Küsste sie auf den Mund. Sie lachte, dann seufzte sie, genoss diesen kleinen Moment der Intimität. Ungestört sein. Das hatte ihr gefehlt, merkte sie. »Danach brauche ich aber eine Pause.«

»Was denn, mein Frauchen will danach nicht direkt die nächsten hundert Puppen anfertigen? Was ist mit den deutschen Kindern, dürfen die keine Käthe-Kruse-Puppe unterm Baum erwarten?«, neckte Max sie. Er umschloss sie mit seinen starken Armen wie ein Bär, sein Vollbart kitzelte ihre Stirn, und sie kicherte. Doch dann wurde sie ernst.

»Für wen sollte ich hundert Puppen nähen?«, fragte sie und runzelte die Stirn. »Es war ein Glücksfall, dass F. A. O. Schwarz hundertfünfzig bestellt hat, aber ich glaube nicht daran, dass so schnell weitere Aufträge folgen.«

»Da solltest du wohl deiner eigenen Erfahrung mehr vertrauen, Käthchen. Bisher kam immer wer und hat bestellt, warum sollte es sich jetzt ändern?«

Dazu sagte sie nichts. Max, dem ihre Ängstlichkeit gegen den Strich ging, löste sich aus der Umarmung, sah sich suchend nach einem freien Platz um. Es gab keinen. Sogar auf den Stühlen stapelten sich die Zuschnitte für Puppenkleider, Arme und Beine, als hätte sie tatsächlich vor, hundert weitere anzufertigen. »Das holt morgen früh die Suse«, beeilte sie sich zu sagen.

»Die Suse, na so was.« Suse gehörte zu den beiden ersten Heimarbeiterinnen, die Käthe im Sommer eingestellt hatte, um der Flut an Bestellungen Herrin zu werden, die regelmäßig in ihren Briefkasten strömte oder sie – welch moderne Zeiten! – über den Fernsprecher erreichte. Wie aufs Stichwort bimmelte der schon wieder im Flur los, und Käthe murmelte eine Entschuldigung. Keine einzige Bestellung wollte sie verpassen, wer wusste schon, ob der Gesprächspartner ein zweites Mal anrufen würde, wenn sie beim ersten Mal nicht verfügbar war. Sie hörte aus der Wohnstube ein Rumsen, als sie die Tür hinter sich zuzog. Max hatte wohl, wie es seine Art war, den Stapel Puppenarme oder halbfertige Kleidchen von einem der besetzten Stühle gekippt, weil er es nicht aushielt, wenn für ihn so gar kein Platz war in seinem eigenen Heim.

»Kruse am Apparat«, meldete sich Käthe. Um das von Max angerichtete Chaos konnte sie sich später kümmern.

»Ein Gespräch aus Bochum«, meldete das Fräulein vom Amt.

»Sehr gerne.«

Ein Knacken, dann meldete sich eine forsche Stimme.

»Meller hier, schönen guten Abend! Spreche ich mit der Puppenmanufaktur Kruse?«

»Guten Abend, Herr Meller. Käthe Kruse am Apparat. Was kann ich für Sie tun?«

»Ja, äh … Also sind Sie's persönlich, Frau Kruse?«

Käthe lächelte. »Die bin ich.«

»Ich wollte Puppen bestellen, bin ich da bei Ihnen denn richtig?«

»Ja, das passt schon.« Käthe zog den Schreibblock heran, der nebst Bleistift immer neben dem Fernsprecher bereit lag. Sie notierte Datum und Namen, während sie redete. Für eine Schreibkraft reichte ihr Mut noch nicht; das Geld wäre wohl da, dass zumindest halbtags jemand eingestellt werden könnte, um all die Büroarbeiten zu erledigen. »Wie viele Puppen möchten Sie, Herr Meller?«

Im Folgenden fragte sie alles ab, was sie wissen musste. Sollten es Mädchenpuppen oder kleine Babyjungs sein, welche Kleidung, welche Haarfarbe, Augenfarbe … Sie schrieb mit und erklärte Herrn Meller dann, was die Puppen kosteten und dass es aktuell vier bis sechs Wochen dauern würde, bis die Puppen geliefert wurden.

»Wird knapp fürs Christkind«, kommentierte er.

»Das kriegt das Christkind schon noch hin. Es hat nur gerade viele Aufträge für andere Kinder überall in Deutschland zu erledigen.«

»Nun denn. Ich sag Ihnen was – so machen wir's. Drei

Ihrer hübschen Puppen, da werden sich meine Enkelinnen wohl drüber freuen.«

Sie klärten die Zahlungsmodalitäten, und Käthe notierte die Lieferadresse. Als sie auflegte, lauschte sie. Im Hof war es still geworden. Bestimmt kamen bald die Kinder mit Birgit nach oben, dann wär's höchste Zeit fürs Abendbrot. Sie huschte in die Küche, die anders als das Wohnzimmer aufgeräumt und sauber war. »Mein Reich bleibt von den Puppen unberührt!«, rief Birgit jedes Mal, wenn Käthe versuchte, ein kleines Kistchen mit Puppenhaaren oder Garnspulen unter die Küchenbank zu schmuggeln. Käthe richtete auf einem Teller Käse, Kekse und Trauben, schnitt eine Wurst auf und belegte eine Scheibe Brot damit. Eine zweite mit Butter, fingerdick, wie's Max mochte. Dazu noch eine Flasche Bier. Das alles trug sie auf einem Tablett zu ihm.

Die Wohnungstür sprang auf, ihre Kinder purzelten herein, Mimerle voran, sie hatte den Jüngsten Michel unter den Armen gepackt. »Mama, er läuft!«, behauptete sie, dabei war der Kleine doch keinen Tag älter als neun Monate. Fifi, die Zweitälteste, half Hanni aus der Strickmütze und den dicken Fäustlingen, während Birgit die Kinder zur Ruhe ermahnte und ihren Umhang aufhängte.

»Mach ruhig Pause, ich kümmere mich um die Bande!«, rief sie lachend. Käthe lächelte ihr dankbar zu. Ohne Birgit, da machte sie sich nichts vor, ginge es schon lange nicht mehr. Max saß in dem Sessel, um seine Füße verstreut lagen die Puppenköpfe, die in einer Kiste auf dem Polster auf die Verarbeitung gewartet hatten. Käthe gab ihm das Tablett, das er sich in Ermangelung einer freien Fläche auf die Knie stellen musste. »Der Lärm da draußen?«

»Die Kinder.«

»Na gut.« Die durften lärmen, zumindest jetzt; in einer Stunde aber hatten sie ruhig zu sein und durften allenfalls noch mal kurz zu ihrem Papa in die Stube kommen, die Kleineren würden auf seinen Schoß klettern und ihm den Bart zausen, die beiden großen Mädchen fragte er nach der Schule. Dann aber rasch ins Bett mit ihnen, Kinder waren ihm am liebsten, kam's Käthe manchmal vor, wenn man nicht zu viel von ihnen mitbekam.

Sie schob seine Ungeduld mit ihnen allen – sie eingeschlossen! – auf die aktuellen Zustände in der Wohnung, die er nicht mehr wohnlich fand. Deshalb verbrachte er eben so viel Zeit unten in seinem Atelier, wenngleich …

»Käthe? Diese Kiste. Sie steht mir im Weg.«

Ach ja, die Kiste. Bei einem Tischler hatte sie die Überseekiste für den Transport der einhundertfünfzig Puppen für F. A. O. Schwarz in New York in Auftrag gegeben. Er hatte prompt geliefert, und nun stand diese nach Kiefernholz duftende Kiste eben im Atelier, denn sie war so groß, dass Käthe nicht mal über den Rand schauen konnte; Platz dafür wäre hier oben auf keinen Fall noch gewesen, da hätte Birgit ihr Küchenreich doch aufgeben müssen.

»Morgen«, versprach sie. Setzte sich auf die Sofakante, nahm die einhundertneunundvierzigste Puppe noch einmal zur Hand und kontrollierte alles. Nein, es gab nichts zu bemängeln an dieser Arbeit, sie war rundweg perfekt. Ihre

Heimarbeiterinnen, fünf waren es inzwischen, waren sorgfältig und genügten vollauf Käthes hohen Qualitätsansprüchen.

»Hast du's jetzt?«, fragte Max. Er hatte seine Mahlzeit beendet, und in der Küche war es auch ruhig. Alle satt und zufrieden. Käthe verschloss die letzte Schachtel. Sie stand auf und streckte sich. Nur noch eine Puppe zu kontrollieren. Und da stellte sich auf einmal ein zuversichtliches Gefühl ein, das sie so nicht kannte. Aber es wärmte sie. Fast geschafft. Sie war *zufrieden* mit dem, was sie in so kurzer Zeit auf die Beine gestellt hatte. Max stellte das Tablett auf den Boden, und kurz flammte Ärger in ihr auf und vertrieb das wohlige Gefühl. Das hätte ihm jetzt nicht geschadet, wenn er das Tablett kurz in die Küche gebracht hätte.

»Gleich hab ich's.«

»Immer dieses Weiberzeug.« Er war sauer, das merkte sie wohl. Käthe ging in die Küche, wo Birgit gerade das letzte Geschirr spülte. Die Kinder saßen am Tisch, jedes aß artig, was ihm vorgesetzt worden war.

»Nimm dir auch was«, sagte Käthe und legte die Hand auf Birgits Schulter. »Danke, dass du heute und all die Tage länger geblieben bist. Dein Umschlag liegt im Flur auf der Kommode.«

Birgit erwiderte das Lächeln. Auch in ihr Gesicht hatte die Anstrengung der letzten Wochen sich eingegraben. Es klirrte vom Tisch; Birgit war schneller als Käthe bei den Kindern, sie wischte eine Wasserpfütze auf, sie tröstete Hanni, sie schenkte nach und streichelte den Schopf der Zweijährigen. Michel krabbelte über den Boden. Er hatte seine Mama bemerkt und kam auf sie zu. »Der hat auch Hunger, aber ihm schmeckt mein Abendbrot nicht.« Birgit lachte. »Nimmst ihn wohl besser mit, er ist auch schon reichlich müde.«

»Mach ich.« Käthe hob ihren Jüngsten hoch. Er kuschelte sich an ihre Brust, seine Hand riss schon am Ausschnitt ihrer Bluse. »Ich seh schon, wonach dir ist. Aber erst mache ich dich bettfertig, du kleiner Rabauke.«

So kehrte Ruhe im Haus ein. Während Käthe das Baby für die Nacht fertigmachte und mit ihm ins Schlafzimmer ging, machten die Mädchen sich selbständig fertig; Birgit half Hanni. Käthe lag im Elternschlafzimmer im Bett, Michel vor ihrem Bauch; er nuckelte sich langsam in den Schlaf. Sobald er eingeschlafen war, stieg sie aus dem Bett, knöpfte die Bluse zu und schlich zu den Mädchen, die geduldig auf ihre Mama warteten. Jeden Abend las Käthe ihnen noch ein Märchen vor, während die drei Mädchen mit ihren Puppen kuschelten und sich Hanni im großen Bett an Mimerle schmiegte. Im Hause Kruse hatte wohl jeder ein eigenes Bett, doch ihren Kindern war's so lieber, und manchmal fand Käthe am nächsten Morgen niemanden im eigenen Bett vor, ein wildes Wechselspiel gab's in der Nacht. Nur das Jüngste schlief drüben bei Max und ihr, und das auch nur, solange sie Michel noch stillte; sie wusste, Max würde drauf bestehen, dass der Kleine auszog, sobald er sie nachts nicht mehr brauchte.

Noch war's aber nicht so weit.

»Gute Nacht«, wünschte Käthe den Mädchen, jede bekam einen Kuss, wurde ins Bett gekuschelt. Dann schloss sie leise die Tür und ging zurück in die Wohnstube, wo Max immer noch im Sessel saß wie eine seiner Statuen, ein älterer Mann, stark wie ein Baum, den die Zeit langsam beugte. Sie sah ihn an, sagte aber nichts, hob das Tablett hoch und trug es in die Küche. Wortlos drückte sie ihm bei ihrer Rückkehr einen Puppenkopf in die Hand.

»Was soll ich damit?«

»Schau halt. Die kam so aus der Presse. Meinst du, wir müssen da noch was ändern?«

Er brummte, hob den Kopf hoch und betrachtete ihn von allen Seiten. Käthe setzte sich an den kleinen Sekretär in der Ecke, auf dem sich Paketaufkleber, Bestellzettel, Rechnungen und dergleichen mehr zu kleinen Häufchen türmten, sie begann mit den Rechnungen und arbeitete sich so durch diesen Papierwust, der ihr so verhasst war. Max ließ sie dabei aus den Augen; sie wusste, wie ungern er beobachtet wurde, wenn er schuf.

Ohne ihn ginge es nicht. Das durfte sie nie vergessen.

2

Geh schlafen, Käthe.« Max beugte sich über sie, gab ihr einen Kuss auf die Wange. Dünn war sie geworden, seit sie sich nur noch um die Puppen kümmerte. Keine Zeit zum Essen blieb. Keine Zeit für *ihn* blieb, er fand in ihrem Alltag ja gar nicht mehr statt.

»Gehst du runter?«, fragte sie.

Er zögerte. Unten im Atelier auf der Chaiselongue, auf der sie einst ganze Liebesnächte mit allem verbracht hatten, nur nicht mit Schlaf – ja, da wäre er nun gerne, weil ungestört, doch mit bald neunundfünfzig Jahren waren seine Knochen dafür doch zu alt. »Ich warte auf dich.«

»Weck Michel nicht auf. Ich schreib das hier noch fertig.«

»Würde ich nie wagen.«

Eher weckte ihn der Jüngste auf mit seinem nächtlichen Weinen, dem genüsslichen Schmatzen, wenn er den Hunger an der Brust seiner Mutter stillte. Oder wenn er leise plapperte, bis er wieder in den Schlaf fand. Manchmal wurde Max davon wach und konnte nicht wieder einschlafen. Dann lag er wach, lauschte im Dunkeln Käthes ruhigen Atemzügen und fragte sich, wie das passiert war. Wann sein Leben diese Kehrtwende genommen hatte.

Nach erster Ehe und ersten Kindern hatte für ihn festgestanden, das wollte er kein zweites Mal. Unabhängig sein! Wenn er sich schon verliebte, dann in eine, die genauso frei war wie er. Käthe, die damals als Hedda Somin auf den Berliner Bühnen brillierte, zarte achtzehn Jahre alt. Die hatte ihn gereizt und verführt mit ihrer Unabhängigkeit, mit ihrem Freiheitswunsch. Hatte sie sich doch nie abhängig machen wollen von einem Mann. Und was war passiert?

Die Liebe. Die war über sie beide gekommen wie ein Gewittersturm, und ehe sie sich versahen, waren sie ein Paar, das einander nichts abverlangte. Was für ihn damals angenehm war, denn als Käthe schwanger wurde, wollte sie sich nicht von ihm aushalten lassen. Und brauchte ihn ja doch, denn die Bühnen standen ihr nicht länger offen, und es stellte sich bald das zweite Baby ein. Und weil sie immer noch nicht verheiratet waren, konnte sie nicht länger in Berlin bleiben. Ein uneheliches Kind verzieh man einer Mutter wohl, beim zweiten ging man von Absicht aus und davon, dass der lockere Lebenswandel sich negativ auf die Kinder auswirkte. Dabei gab es keine Mutter, die sich liebevoller um ihre Kleinen kümmerte als Käthe.

Die Jahre, in denen Käthe im Tessin lebte, während er zwischen Berlin und der Schweiz pendelte – das waren nicht die leichtesten ihrer gemeinsamen Zeit, musste er rückblickend einräumen. Vielleicht hatte er es sich zu einfach gemacht, als er Käthe fortschickte, statt sie zur Frau zu nehmen. Wäre ja nur eine Formalie gewesen, später hatte er sich schließlich dazu durchgerungen – vielleicht zu spät, nachdem Käthe auf dem Monte Verità einen kleinen Jungen tot geboren hatte und sie gemeinsam nach München zogen, wo Hanni geboren wurde und sie kurz vor der Geburt ganz unspektakulär heirateten. Doch das Gefühl wurde er nicht los, dass die erzwungene Unabhängigkeit, die Tatsache, dass sie sich in den frühen Jahren nie auf ihn hatte verlassen dürfen, Käthe geprägt hatte. So sehr geprägt, dass sie sich gar nicht mehr auf ihn verlassen *wollte*. Er wusste von der Zigarrenkiste, die sie hinten im Vertiko aufbewahrte; darin sammelte sie jede Mark, die sie mit dem Puppenmachen verdiente. Sich nie wieder so sehr in die Abhängigkeit von ihm begeben, das wollte sie damit. Und er? Statt stolz darauf zu sein, dass sie sich weiterhin nicht abhängig machen wollte, war er beinahe beleidigt. Er konnte doch für die Familie sorgen!

Ach, es war kompliziert, und er bekam Kopfschmerzen davon, wenn er länger darüber nachdachte.

Mitten in der Nacht wurde er wach, weil sich Michel neben ihm regte. Das Baby suchte nach der mütterlichen Brust, nach Nähe, Wärme, Nahrung. Max legte dem Säugling eine Hand auf den Rücken. Im Flur hörte er schon Käthe; sie schien ein Gespür dafür zu haben, wann das Baby sie brauchte.

Sie löschte das Licht im Flur und schlüpfte ins Schlafzimmer. Legte sich zu Max und Michel; den Rücken hatte sie Max zugewandt, sie wollte ihn nicht stören. Aber dass sie sich von ihm abwandte, das gefiel ihm auch nicht so gut.

»Alles geschafft?«, flüsterte er.

Sie lachte leise in der Dunkelheit. »Als würde man je alles schaffen«, erwiderte sie leise. Wohl wahr. Dieses Puppengeschäft drohte, sie ganz für sich einzunehmen.

Er fand nicht zurück in den Schlaf, während sie schon, mit Michel vor ihrem Bauch und unter ihrer Decke, eingeschlafen war. So schnell ging das bei ihr; selbst nach so vielen Jahren wunderte er sich darüber. Und doch wieder nicht, wusste er doch, dass Müdigkeit ihr ständiger Begleiter war. Vier Kinder und nun dieser große Auftrag.

Den hätte es doch nicht gebraucht, wäre es nach ihm gegangen. Vor gut einem Jahr, als Kämmer & Reinhardt auf Käthe zugekommen waren und mit ihr einen Lizenzvertrag über die Puppen abschließen wollten, hatte er auch einen Vertrag mit ihnen abgeschlossen, denn die Puppenkopfpresse, mit der Käthes Puppenköpfe geformt wurden, war seine Erfindung. Das Geld hatte er gut angelegt, hatte sich damit und mit den bald fließenden Lizenzeinnahmen gerüstet gefühlt für ein sorgenfreies Leben. Käthe hätte nicht so viel arbeiten müssen, und er, nun ja, er hätte sich auch Gedanken über den Ruhestand machen können, zumindest hätte er nicht mehr ständig dem Geld nachjagen müssen, als Künstler ging man ja nicht in den Ruhestand, man machte immer weiter, weil im Kopf so viele Ideen waren. Aber leichter wäre es geworden, für alle.

Das hatte er sich gewünscht. Vor allem für Käthe, die so viel Energie in ihr Unternehmen steckte. Und dann war alles anders gekommen. Er hatte nicht wie erhofft seine Frau zurückbekommen, sondern einen ganzen Packen Sorgen obendrauf. Käthe war mit dem, was Kämmer & Reinhardt produzierte, überhaupt nicht einverstanden, und sie löste ihren Teil des Vertrags mit dem Spielzeughersteller auf. Unberührt davon blieb sein Patent für die Puppenkopfpresse.

Glück im Unglück, ihnen blieb ein Großteil der ausgehandelten Summe. Aber die Lizenzgebühren, auf die er als stetes Einkommen gehofft hatte – die blieben aus.

Und während Käthe wütend war – niemand wollte sich seiner Frau in den Weg stellen, wenn sie wütend war, wirklich niemand! –, weil sie davon ausgehen musste, dass Kämmer & Reinhardt mit ihrer minderwertigen Ware, die sie landauf landab als »die berühmte Käthe-Kruse-Puppe« in den Musterkoffern der Vertreter zu den Spielzeugläden getragen hatten, Käthes Ruf als Puppenmacherin nachhaltig beschädigt hatten, geschah das, was sie ein Wunder nannte.

Er nannte es die Konsequenz aus ihrem unnachgiebigen Einstehen für die Qualität ihrer Puppen, aber er war bereit, ihr ein Quäntchen Glück zuzugestehen. Denn der Auftrag von F. A. O. Schwarz war nicht vom Himmel gefallen, zu verdanken war er Käthes Arbeit, der Teilnahme an internationalen Ausstellungen. Mit diesem prestigeträchtigen Auftrag konnte sie das wieder wettmachen, was Kämmer & Reinhardt mit ihren seelenlosen Puppen kaputtgeschlagen hatten. Trotzdem sorgte Käthe sich, dieser Erfolg könne einmalig sein.

Max raubte etwas ganz anderes den Schlaf. Was, wenn sie neue Aufträge erhielt? Größere Aufträge? Schon jetzt war die Wohnsituation beengt, und er bevorzugte das Atelier als Wohnung. Wie sollte Käthe weitere Aufträge von der Wohnstube aus bewältigen? Sie bräuchte eine Werkstatt, damit das ganze Puppenzeug aus der Wohnung herauskam ... Max hatte eine Idee. Ja, so müsste es gehen.

Endlich konnte er beruhigt einschlafen, denn er hatte nun eine Vorstellung davon, wie er Käthe aus diesem Chaos befreien und seine Wohnung zurückerobern konnte.

»Nicht jetzt!«

Käthe atmete tief durch. Heute ging wirklich alles schief! Gerade noch hatte sie mit den Kindern am Küchentisch gesessen, alle mümmelten still ihre Stullen, während Käthe für Mimerle und Fifi die Brote schmierte und Äpfel heraussuchte, einhändig nur, denn Michel hatte schlecht geschlafen heute Nacht und wollte an ihrer Brust nuckeln. Sie hatte ihn sich im Tuch vor den Oberkörper gebunden, stützte aber mit der zweiten Hand immer seinen Po, wiegte sich bei jedem Schritt, bis er einschlief. Max war schon unten ins Atelier gegangen, Birgit verspätete sich, und nun klingelte auch noch der Lieferfahrer, der die Überseekiste mit hundertfünfzig Puppen abholen wollte. Das passte ihr gar nicht.

»Sie sollten doch erst um zwei kommen!«, rief Käthe durchs Treppenhaus. Der junge, schmächtige Kerl stand zwei Absätze drunter vor der Tür von Max' Atelier und kratzte sich am Kopf.

»Ja nun, Frau Professor Kruse, mein Chef hat mich jetzt losgeschickt.«

»Da müssen Sie warten, ich bin noch nicht so weit.«

So ein Glück, dass sie gestern alle Puppen fertig gemacht hatte. Aber nun sollte es schnell gehen. Sie scheuchte Mimerle und Fifi los, damit sie nicht zu spät zur Schule kamen. Jedes der Mädchen klemmte sich drei Puppenkartons unter den Arm und lieferte diese beim Papa im Atelier ab. Blieben noch einhundertvierundvierzig, die Käthe unmöglich allein tragen konnte, solange sie das Baby vor der Brust trug. Hanni lärmte in der Kinderstube; sie suchte ihre Puppe, wollte sichergehen, dass keiner ihre Schnuti einpackte und nach Amerika verschiffte. Zum Glück kam just in diesem Moment Birgit, sie übernahm Hanni, und Käthe konnte den schlafenden Michel im Schlafzimmer auf dem Bett ablegen. Sie klemmte sich die ersten Kartons unter die Arme und eilte die Stufen herab.

Die große Überseekiste stand direkt im Eingangsbereich von Max' Atelier, bei dem man die Türen ausklinken konnte. Von hier musste der Lieferfahrer die Kiste gleich nur noch eine Treppe hinunterwuchten. Käthe packte die Schachteln in die Holzkiste. »Max?«, rief sie.

Keine Antwort. Sie lief in den hinteren Teil des Ateliers. Hinter dem Kachelofen, wo früher die kleine Küche gewesen war, standen verschiedene Büsten. Und da saß ihr Mann auf einem Hocker, den Skizzenblock auf den Knien und die Stirn in Falten gelegt, so starrte er eine Nietzsche-Bronze an, die er seit Längerem dort stehen hatte.

»Kannst du uns helfen?«, fragte sie. »Der Rollfuhrmann ist da, es sind keine Puppen hier unten, ich dachte, ich hab noch Zeit, und Suse kommt erst um zehn … «

Er grummelte, sie merkte wohl: Auf seine Hilfe konnte sie nicht zählen.

Käthe lief nach oben, sie nahm so viele Schachteln, wie sie tragen konnte, und balancierte sie wieder nach unten. Der junge Fuhrmann stand nun vor der großen Kiste, er kratzte sich wieder am Kopf. Na, hoffentlich keine Läuse, dachte Käthe, das wär's noch, wenn ihre Puppen verlaust in Amerika ankamen. Sie beeilte sich, eine Leiter zu holen. Das Ölpapier für die Kiste lag schon bereit. Die nächste Stunde ging rum, weil sie die Kiste mit dem schützenden Ölpapier auslegte und die ersten Schachteln hineinstapelte, die der junge Fuhrmann ihr über die Holzwand reichte. Immer wieder musste Käthe aus der Kiste klettern und nach oben rennen, um die nächsten Schachteln zu holen. Birgit versuchte zu helfen, indem sie für Hanni ein Spiel daraus machte, die Schachteln von der Wohnstube bis vor die Wohnungstür zu tragen. Max aber blieb hinterm Ofen hocken, er verströmte seine schlechte Laune über weiß Gott was, während alle anderen ackerten.

Kurz vor zehn kam Suse, und Suse machte, was sie immer machte, wenn sie sah, dass sie gebraucht wurde – sie packte mit an. Zusammen ging es schneller, und keine Stunde später legte Käthe die letzte Schicht Ölpapier auf die Schachteln, die fein säuberlich gestapelt in der Kiste lagen. Der Fuhrmann machte sich nun daran, den Deckel draufzuwuchten, er stieg auf die Leiter, und seine Hammerschläge hallten durchs Atelier. Käthe hätte am liebsten geweint vor Erleichterung, und stattdessen lachte sie. Nun war's geschafft!

Sie ging zu Max, der immer noch so böse seinen Nietzsche anstarrte.

»So, jetzt kannst du wieder aus der Ecke kommen, die Kiste ist gepackt. Mehr können wir grad nicht tun.«

Er starrte sie an.

»Redest du jetzt nicht mal mehr mit mir?«

Max schüttelte den Kopf.

»Dann eben nicht.« Die gute Laune war verflogen; sie hatte schon überlegt, wie sie diesen Triumph mit ihm gemeinsam hätte feiern können. Jawohl, Triumph! Vielleicht wusste sie nicht, was die Zukunft ihr bringen würde, doch für den Augenblick hatte sie diesen Auftrag abgewickelt. In wenigen Tagen würde der Scheck mit der zweiten Rate eingehen, und wenn sie die Löhne ihrer Arbeiterinnen bezahlt hatte, blieb immer noch ein ordentlicher Batzen ... Durfte sie sich denn nicht freuen? Mit ihm? Sie war erfolgreich, war es nicht das, was er sich immer für sie gewünscht hatte?

»So können wir nicht weitermachen!«, rief er ihr nach.

Käthe, schon auf dem Weg zurück zur offenen Ateliertür, blieb stehen. Sie musste sich kurz am Kaminofen abstützen, der seine Wärme durch die Kacheln verströmte. »Wie meinst du das?« Sie atmete tief durch.

»Na so. Dass deine Puppen überall rumfliegen.«

»Meine Puppen fliegen nicht.« Käthe straffte die Schultern. »Können wir heute Abend darüber reden? Ich möchte mit Suse und Birgit aufräumen und ... «

Ein ohrenbetäubendes Krachen riss sie aus ihrer Diskussion. Käthe eilte zur Treppe. Der Fuhrmann hatte die Kiste vernagelt und sie nun auf einem Rollbrett zur Treppe geschafft. Dort war sie ihm bei dem Versuch, die Kiste die Treppe hinabzuschieben, aus den Händen geglitten und alle siebzehn Steinstufen bis ins Erdgeschoss hinabgestürzt.

»Det is mir ja mein Lebtag nicht passiert!«, rief der junge Bursche und kratzte sich die Stirn. »So 'ne leichte Kiste, wer hätt das gedacht!«

»Um Himmels willen«, murmelte Käthe. Sie folgte dem Fuhrmann die Treppe hinunter, der nun die Kiste begutachtete.

»Alles heil geblieben«, meinte er lapidar und lud die Kiste wieder auf.

»Aber die Puppen!«, rief Käthe. Sie rang die Hände. Was wenn die Puppen aus den Schachteln gepurzelt waren, wenn alles durcheinanderflog, ein schreckliches Chaos … Sie stellte sich vor, wie in wenigen Wochen bei F. A. O. Schwarz die Holzkiste aufgehebelt wurde, wie die Puppen herausfielen … nein, nein, das durfte nicht sein! So viel Sorgfalt, und wenige Meter, bevor die Puppen aus ihrem Wirkungskreis verschwanden, passierte so eine Unvorsichtigkeit!

Käthe wollte dem Fuhrmann nach, doch Max trat zu ihr. Er berührte ihren Arm. »Lass gut sein, Käthe. Geh hoch, leg dich hin. Du bist nicht mehr du selbst.«

Sie wollte ihn abschütteln, doch Max' Griff war erstaunlich fest. Unnachgiebig. »Käthe. Du hast alles gemacht. Hab doch gesehen, wie hübsch du die Schachteln verschnürt hast. Und hab ich dich nicht verlacht deswegen?«

Sie atmete zitternd aus. »Das stimmt.«

»Ich wette mit dir, keine hat sich aus der Schachtel gewagt. Du hast eh keine Zeit mehr, irgendwas zu richten. Heute müssen sie vom Hof rollen, sonst wird's nichts mit Bremen in drei Tagen.«

Seine Hand auf ihrem Arm. Tröstend, beruhigend. Sie atmete tief ein und aus, drückte sich leicht gegen seine Hand. Da spürte sie das Frösteln, das immer mit großer Müdigkeit einherging. Von oben hörte sie Michel weinen, und Birgit sang den Kindern ein Lied. Jemand haute auf einen Topf, ein paar andere Bewohner des Künstlerhauses schauten aus ihren Wohnungen und Ateliers. »Was ist passiert?«, fragte der junge Mann, der gegenüber von Max sein Atelier hatte. Fritz hieß er. Malte wunderschöne Landschaften von Rügen und der mecklenburgischen Weite in Pastell.

»Nichts, nichts. Nur die Puppen meiner Frau.«

Käthe wollte aufbegehren, nur! Aber da legte er schon den Arm um ihre Schultern und führte sie nach oben. Sie hörte Michel »Mama, Mama!« rufen.

»Leg dich mit ihm hin«, schlug Max vor. »Birgit kümmert sich, und morgen kannst du aufräumen und dir überlegen, wie's weitergehen soll.«

Käthe gab nach. Pausen sind wichtig, sagte sie sich. Da hatte Max schon recht. Und Michel begrüßte sie mit einem verzweifelten Heulen; er hatte es heute nicht leicht, vermutlich die Zähne. Es waren so oft die Zähne bei ihm, jeder einzelne quälte sich nur langsam aus dem Kiefer. Käthe nahm ihn von Birgit entgegen, da riss das Baby schon am Ausschnitt ihrer Bluse.

Es war nicht ihre Art, sich tagsüber ins Bett zu legen. Aber Max hatte recht, merkte Käthe. Die letzten Wochen hatten Spuren hinterlassen. Trotz der Müdigkeit fiel es ihr schwer abzuschalten. Hatte sie etwas vergessen? Waren auch wirklich alle Puppen in der Kiste? Nichts vergessen? Ihre Gedanken ratterten, und während sie noch in den Schlaf abglitt, fuhr ihr als letzter Gedanke durch den Kopf: *Hoffentlich bezahlen sie mich, wenn sie kaputt ankommen.*

·•· 3 ·•·

Berlin, Dezember 1911

Die Puppen kamen heil in New York an, Herr Schwarz persönlich kabelte, alles sei bestens, und die ersten Puppen seien schon verkauft. Ob er der werten Frau Kruse bei Gelegenheit seinen Einkäufer vorbeischicken dürfe, um weitere Geschäfte zu besprechen. Käthe machte einen Luftsprung. Natürlich durfte er.

Doch zunächst musste sie sich um die Aufträge kümmern, die in der Zwischenzeit aufgelaufen waren. Jede Familie wünschte, die Bestellung möge bis zum Weihnachtsabend ausgeführt sein, und Käthe packte der Ehrgeiz. Das wäre doch gelacht, wenn sie das nicht hinbekam!

Max' Warnungen schlug sie in den Wind. Er war der Auffassung, sie müsse sich nun wirklich mal erholen, vor allem aber sollte sie, wenn es nach ihm ging, endlich mal die Wohnung wieder wohnlich machen.

»Wie soll das gehen?«, fragte sie ihn herausfordernd. »Dein Atelier gibst du ja wohl kaum dafür her, dass ich dort die Puppenwerkstatt einrichte.«

»Auf keinen Fall! Du kommst auf Ideen, Weib.«

Sie führten diese Diskussion am Abendessenstisch. Morgen war Mimerles Geburtstag, Käthe hatte alles vorbereitet und setzte sich zum ersten Mal an diesem Tag hin, sie hielt

Michel auf dem Schoß, der an einem Kanten Brot lutschte. Mimerle und Fifi löffelten ihre Suppe, ein Rest vom Mittag. Max legte sich die Wurst wieder fingerdick aufs Brot, doch Käthe sagte nichts dazu. In ihrer Rocktasche raschelte der Scheck, der heute mit der Post gekommen war; die zweite Rate aus Amerika. Sie würde das Geld zur Bank bringen und auf ihr Konto einzahlen. Einen Teil jedoch würde sie bar abheben und mit nach Hause bringen. Für die Zigarrenkiste. Dieses zusätzliche Sicherheitsnetz brauchte sie nach wie vor.

»Aber du könntest fragen, ob sie dir ein Atelier vermieten«, fügte er listig hinzu.

»Mir?«, echote Käthe. Sie runzelte die Stirn. Sicher, es wäre reizvoll, wenn sie nicht auf Schritt und Tritt ihrer Arbeit begegnen würde. Überhaupt, sie hatten so großes Glück gehabt, dass Max nicht nur sein Atelier im Künstlerhaus St. Lukas nutzte, sondern ihnen der Eigentümer zusätzlich die Familienwohnung im dritten Stock angeboten hatte. Das machte vieles leichter – vor allem gab es Käthe das Gefühl, wirklich mit Max zusammenzuleben. Die ersten gemeinsamen Jahre hatte sie eine eigene Wohnung gehabt – oder hatte mit ihrer Mutter in Ascona auf dem Monte Verità gelebt, wo Max nur gelegentlich Gast war. Das hier, es fühlte sich nach einem richtigen Familienleben an. Das war etwas, das beide damals nicht so geplant hatten, als sie sich vor zehn Jahren kennenlernten. Das sie aber inzwischen als etwas angenommen hatte, das zu ihnen gehörte.

»Ja, dir! Du bist Künstlerin!«

»Ach. Ich male doch kaum mehr.« Sie meinte die Aquarelle. Im Tessin hatte sie einiges gemalt, das immerhin hübsch war. In ihren Augen. Für eine Vernissage hatte es aber nie gereicht, obwohl sie die Frau vom Herrn Professor Kruse war, das hätte ihr mit etwas mehr Mühe einige Türen öffnen können.

»Na, das meine ich nicht.« Er griff noch eine Scheibe Brot aus dem Korb. Hanni rutschte von ihrem Stuhl und tapste nach nebenan. Michel war auf Käthes Arm schon fast eingeschlafen.

»Ich meine deine Puppen. Das ist Kunst!«

»Kunsthandwerk höchstens«, wandte sie ein.

»Das Handwerk beherrschste wohl.« Er runzelte die Stirn. »Gibt genug, die das nicht auf die Reihe kriegen. Diese jungen Kerle mit ihren Ölfarben oder Tempera, wie sie damit herumschmieren …«

»Auf Herrn Beyer lass ich nichts kommen«, widersprach Käthe. »Der leistet wundervolle Arbeit für uns!«

»Den meine ich gar nicht.« Max machte eine wegwerfende Handbewegung. Einer dieser jungen Künstler, wie es sie gerade reihenweise ins Künstlerhaus zog – ambitionierte, arme Kirchenmäuse, die sich mit Gelegenheitsmalereien über Wasser hielten. In den letzten Wochen war Hans Beyer Käthes Rettung gewesen war, denn zu ihm trug sie die Puppenköpfe, die er dann mit Ölfarben bemalte. Drei Schichten mussten es sein. Dadurch wurden die Stoffköpfe abwaschbar, denn waren die Farben erst getrocknet, verlief da nichts mehr. So hatte Käthe es auch auf den Schildchen vermerkt, die sie für die Puppen hatte drucken lassen.

»Aber wieso sollen diese jungen Burschen ein Atelier bekommen, die noch nichts vorzuweisen haben – und du nicht?«

»Weil jeder weiß, dass ich dann eine Manufaktur dort aufziehen würde.«

Max war mit ihrer Antwort und der ablehnenden Haltung nicht zufrieden, das merkte Käthe. Ihre Überlegungen gingen in eine ähnliche Richtung; sie hätte eben auch gern einen Ort, zu dem sie morgens ging, wo die Puppen gefertigt wurden. Eine eigene Puppenmanufaktur, ja! Das wäre ihr Traum. Ein Dutzend Frauen, denen sie Arbeit geben konnte, denen sie mit einem fairen Lohn ermöglichte, ihre Familie über die Runden zu bringen. Sie wollte eine Arbeitgeberin sein, wie ihre Mutter sie damals wohl gebraucht hätte, als sie sich mit der kleinen Katharina am Rockzipfel in Breslau als Näherin durchgeschlagen hatte.

Sie wusste, nun war sie an dem Punkt, dass sie eine Entscheidung treffen musste. Entweder sie pröttelte weiter in der Wohnstubenwerkstatt vor sich hin, bei größeren Aufträgen unterstützt von ihren Heimarbeiterinnen wie Suse. Oder sie richtete eine Manufaktur ein, die permanent produzierte und sowohl an Privatpersonen als auch an Warenhäuser und Spielzeugläden verkaufte. Welcher Weg wäre der richtige? Sie wusste es nicht. Und mit Max konnte sie darüber nicht reden, der wollte nur schneller, höher, weiter, mehr. Ihm ging es um das Geld. Und sie verstand ihn ja, sie hatten eine große Familie, in den vergangenen Jahren war Max kein großer kommerzieller Erfolg vergönnt gewesen wie der Marathonläufer, der als Bronzereplik in so vielen Berliner Salons seinen festen Platz gefunden hatte.

Sie musste nachdenken. Aber im steten Lärmen der Kinder konnte sie keinen klaren Gedanken fassen.

»Alles Liebe zum Geburtstag, mein Schatz.« Mimerle ließ sich die Umarmung von Käthe gern gefallen, ihr Blick glitt über den Geburtstagstisch, den ihre Eltern mit einem kleinen Sträußchen Rosen gedeckt hatten. Rosen wie damals, als Max zur Geburt von Käthes erstem Kind zu ihr gefahren war. Da hatte sie noch mit ihrer Mutter zusammengewohnt.

Neun Jahre war das nun her. Heute schneite es nicht, es war ein kalter Tag mit tiefhängenden Wolken. Käthe setzte sich zu Mimerle und beobachtete, wie ihre Tochter die Geschenke auswickelte. Du hast mich zur Mutter gemacht, dachte sie.

Mimerle durfte sich außerdem aus den Puppen, die in der Wohnstube verpackt lagen, eine aussuchen. Darunter waren auch Exemplare, die als Überproduktion für Amerika bei ihnen verblieben waren. Ohne Zögern griff Mimerle nach einer Puppe mit dunklen Haaren und einem hübsch aufgemalten Gesicht. Sie drückte die Puppe an sich und war ganz selig. Mit neun war sie auf keinen Fall zu alt, noch mit Puppen zu spielen.

Max hatte noch eine Verabredung mit Künstlerfreunden, er zog gegen Mittag los. Weil Samstag war, hatten die Mädchen schulfrei, und sie spielten ganz wunderbar mit Mimerles neuer Puppe. Gegen Mittag kochte Käthe ihnen eine Kanne heiße Schokolade und zog sich zu einem Mittagsschlaf mit Michel zurück. Der war bitter nötig. Seitdem die Kiste nach Amerika unterwegs war, merkte sie, wie sich ihr Körper holte, was sie ihm in den Wochen davor vorenthalten hatte.

Sollte er. Mit den Weihnachtsaufträgen lag sie gut in der Zeit.

»Mama?«

Käthe richtete sich auf. Mimerle stand in der offenen Schlafzimmertür, ihre neue Puppe an die Brust gepresst. Seltsam bedrückt war sie. »Mama, ich hab sie kaputtgemacht.«

»Kaputt?« Das konnte nicht sein, ihre Puppen waren so stabil, da ging nichts kaputt; statt eines Kopfs aus doppelt gebranntem Biskuitporzellan hatten Käthes Puppen einen aus Stoff, fest gestopft und in Max' patentierter Presse in Form gebracht. Die Arme und Beine eingenäht, der Zwirn war ein besonderer. Da ging doch nichts kaputt, schon gar nicht nach einem halben Tag behutsamen Spielens, wie sie es von ihren Töchtern kannte.

Käthe stand vorsichtig auf, sie gab ihrer Ältesten ein Zeichen – ich bin gleich bei dir. Sorgfältig umfriedete sie das Baby mit den Decken. Wenn es herausfiel, musste es sich schon dafür anstrengen und fiel hoffentlich mit der Daunendecke etwas weicher. Sie folgte Mimerle in die Wohnstube, wo Fifi und Hanni auf dem Boden mit ihren eigenen Puppen spielten.

»Wir haben der Rika nur etwas Kakao gegeben.« Rika, so hatte Mimerle die neue Puppe genannt. »Nur ist dabei dann das Gesicht schmutzig geworden, und ich hab versucht, es zu säubern.« Dicke Tränen liefen über Mimerles Wangen. Es war nicht nur der Schreck, weil sie der Puppe das Wangenrot und die fein gezeichneten Lippen allzu leicht hatte abwaschen können. Sie fürchtete auch, ihre Mama könnte böse werden, weil sie die Puppe zerstört hatte. Sie hielt Käthe die Puppe hin und drehte sich halb von ihr weg.

Käthe nahm Rika in die Hand. Tatsächlich, beim Abwaschen war nicht nur der Kakao abgegangen, sondern auch die Gesichtszüge wirkten seltsam verwischt. Mit ein bisschen mehr Rubbeln konnte man sie problemlos komplett abwischen, vermutete sie.

»Das kann doch nicht sein«, murmelte Käthe. Und dann fuhr ihr der Schreck in die Glieder. Himmel, das war eine der Puppen, die für Amerika bestimmt gewesen waren. Was, wenn die anderen auch fehlerhaft waren?

Sie musste Hans Beyer fragen, was er da gemacht hatte. »Wartet hier.« Sie streichelte Mimerles Wange. »Ich bin dir nicht böse, aber ich muss das klären.« Käthe schlüpfte in ihre Schuhe und lief mit der Puppe in der Hand die Treppe hoch. Im fünften Stock unterm Dach, bei den Tauben und in einem der kleinsten Ateliers, wohnte der junge Aquarellmaler, der sich mit den Puppengesichtern etwas dazuverdiente. Käthe hämmerte an die Tür. »Beyer, sind Sie da?« Ihre Stimme überschlug sich.

»Frau Käthe, so eine Überraschung.«

Der junge Bursche öffnete die Tür. Er war gerade mal zwanzig Jahre alt, erst letzten Winter hatte er sein Atelier bezogen. Sein Blick war verwirrt, die Haare waren zerwühlt, er trug nur eine lange Unterhose und einen löchrigen Pullover darüber. Käthe streckte ihm anklagend die Puppe entgegen. »Was haben Sie denn da gemacht?«

»Was soll ich denn gemacht haben, Frau Kruse?«

Sie holte tief Luft. Offenbar hatte sie ihn aus dem Schlaf gerissen, und sie war auch noch ganz benommen von ihrem Nickerchen, aus dem sie so unsanft geweckt worden war. »Die Puppengesichter. Das hier lässt sich abwaschen.« Sie spähte an ihm vorbei in das Atelier. »Kann ich reinkommen?« Denn kein Künstler mochte es, wenn seine Arbeit halb öffentlich auf dem Flur des Hauses verhandelt wurde, das wusste sie wohl. Hans Beyer öffnete die Tür, er ließ sie eintreten und lehnte die Tür nur an. »Wollen Sie 'nen Tee?«

»Nein, ich will über die Puppengesichter reden.«

»Ja, weiß auch nicht, wie das passieren konnte.« Er sank auf einen Stuhl.

Käthe blieb stehen und verschränkte die Arme vor der Brust. »Haben Sie eine andere Ölfarbe verwendet? Hören Sie, für mich steht hier der gute Ruf auf dem Spiel, ich bewerbe die Puppen schließlich als abwaschbar. Das ist eines der Qualitätsmerkmale meiner Puppen. Und nun wischt meine Tochter der neuen Puppe etwas Schokolade aus dem Gesicht, und danach sieht sie so aus?«

»Ahhhh.« Hans Beyer schlug die Hand vor die Augen. »Frau Kruse, ich … Herrje.« Er wirkte ehrlich betreten. »Sie haben recht, da habe ich wohl was verbockt. Mir ist die Ölfarbe ausgegangen. Ich wollte Geld sparen, verstehen Sie? Dachte, das macht doch keinen Unterschied, ob ich Ölfarbe nehme oder Tempera. Davon hatte ich noch reichlich da. Darum habe ich für die letzten Puppenaufträge Tempera benutzt.«

Jetzt musste Käthe sich doch setzen, die Knie wurden ihr weich. »Tempera?«, flüsterte sie. Daran war im Grunde nichts auszusetzen; Tempera hatte ähnliche Eigenschaften wie Ölfarbe. Beide Farben brauchten länger zum Trocknen, waren dann aber nicht mehr abwaschbar.

»Dachte, das wär 'ne gute Idee. Auf Papier kann man beide nur übermalen, sobald sie trocken sind.«

Auf Stoff aber schien es sich anders zu verhalten. Zumindest auf dem dicht gestrickten Trikotstoff, den Käthe für ihre Puppen verwendete. Hans Beyer stand auf und wühlte in einer Kiste; er zog mehrere Stoffstücke hervor, die Käthe ihm zum Ausprobieren überlassen hatte, wenn er neue Farben anmischte. »Hier, Ölfarbe. Und das – Tempera.« Er breitete beide Stoffstücke aus. Blickte sich suchend um und holte dann einen nassen Lappen aus der Küche. Erst rieb er auf dem Stoff mit Ölfarbe herum – nichts passierte. Die Farbe hielt, wie sie sollte. Wie Käthe es den Kundinnen versprach. Bei der Temperafarbe jedoch ...

»Oje«, sagte Käthe leise.

Hans Beyer ließ die Arme hängen. »Das ... habe ich nicht erwartet.«

Abwaschbar, von wegen! Käthe spürte, wie ihr ganz schwummrig wurde, denn erst jetzt begriff sie, was das für sie hieß.

»Welche haben Sie mit der Tempera bemalt?«

»Na, die der letzten Wochen eben.« Hans Beyer wirkte nun ernsthaft besorgt. »Dann sind die alle … Oh.«

Alle hundertfünfzig Amerikaner waren mit Tempera bemalt worden. Für Käthe war es, als hätte er ihr soeben mitgeteilt, die Puppen würden sich nach wenigen Stunden auflösen. Eine Katastrophe. Ihr erster Großauftrag. Sie hatte wirklich jedes noch so kleine Detail hundertmal überprüft. Aber bei ihrem Maler, da war sie davon ausgegangen, dass er wusste, was er tat. Und wenn sie sich ganz ehrlich machte, war sie ohnehin davon ausgegangen, dass die Farbe keine Rolle spielte.

»Was mache ich denn jetzt?«, flüsterte sie. Die Puppen waren unterwegs, die Schachteln standen inzwischen im Lager von F. A. O. Schwarz, die ersten wären verkauft. Stets begleitet von der Zusicherung, dass die Kinder damit *spielen* konnten, ohne zu fürchten, dass die Puppen kaputt gingen …

»Also, so schlimm wird das doch nicht sein?«, meinte Herr Beyer. »Zukünftig weiß ich Bescheid, also … Wenn Sie mit mir weiter zusammenarbeiten wollen, heißt das wohl.« Er wirkte so verwirrt und traurig, wie Käthe sich gerade fühlte. Doch hatte sie keine Kraft, ihn zu trösten. Sie musste jetzt allein sein.

»Das werden wir sehen«, erwiderte sie und drückte sich vom Stuhl hoch. All ihr Streben, die Überlegungen zu einer neuen Puppe, zu Vertriebswegen, einer Manufaktur unter ihrer Ägide – nein, das musste warten. Sie war zurückgeworfen worden auf das Gefühl, unfähig zu sein, nichts zu können, nicht mal ein paar Puppen anfertigen lassen gelang ihr. Wer war sie denn, dass sie glaubte, sie wäre besser als Kämmer & Reinhardt? Ihre Puppen mochten besser aussehen, aber die Qualität blieb auch in diesem Fall hinter ihren eigenen Ansprüchen zurück. Wie sollte sie da ein Unternehmen führen, das ihren Anforderungen genügte? Wenn sie selbst sich nicht mal genügte?

Die schöne Geburtstagsstimmung war verflogen, als sie zu ihren Kindern zurückkam. Wenigstens die Kinder sollten nichts von ihrem Kummer bemerken. Sie schlug Mimerle vor, sich eine neue Puppe auszusuchen; die war allerdings fest entschlossen, nur Rika in ihr Herz schließen zu können. Das bisschen verwischte Lippenrot schien sie nicht zu stören.

An Käthe aber nagte es für den Rest des Nachmittags.

So fand Max sie bei seiner Rückkehr vor. Käthe saß mit den Mädchen im Kinderzimmer auf dem Fußboden, sie hatten eine Decke ausgebreitet und spielten Picknick; die Puppen wurden mit heißer Schokolade gefüttert, und dazu gab es reichlich Kekse. Keine Ermahnung von Käthe, es sei nun langsam genug; dabei wusste sie, dass zumindest die zweitälteste Sophie nach zu viel Keksen und Naschereien abends noch mal aufdrehte. Aber irgendwie musste sie den Tag heil rumbekommen – und für sie gab es selbstredend auch mehr als einen Keks, und sie kochte noch mehr Schokolade, weil sie auch einen Becher wollte.

Max' Schritte dröhnten schwer im Flur. »Käthchen?« Seine Stimme ein Krächzen. Sie hob den Kopf. Er klang so schwer, so trüb und dunkel, dass sie fürchtete, er habe die Nachricht von den mangelhaften Puppen bereits erhalten, ganz Berlin lachte bereits über sie, die Puppenmacherin, der nichts gelang.

Sie trat in den Flur.

»Was gibt es denn?«, fragte sie leise.

»Ach«, sagte er. »Johannes Vahlen. Er ist nun gestorben, vorgestern schon.« Max seufzte. Er hängte seinen Mantel auf, blieb im Halbdunkel des Flurs stehen. »Einundachtzig ist er geworden. Und ich dachte, als ich davon hörte – was für ein gesegnetes Alter. Wem ist's schon vergönnt, so alt zu werden.«

»Ach, Max.« Käthe trat zu ihm. Ihre eigenen Sorgen wirkten nun viel kleiner, da sich ihr Liebster mit der Sterblichkeit seiner Weggefährten konfrontiert sah. Mit Johannes Vahlen hatte ihn all die Jahre eine tiefe Freundschaft verbunden, die vor allem deshalb so hervorragend funktionierte, weil der Künstler Max nie mit dem Altphilologen Johannes in Konkurrenz hatte treten müssen. Ihm hatte es gefallen, wie wenig sich Johannes für das künstlerische Berlin interessierte; Johannes Vahlen hingegen hatte einst einen der ersten Marathonläufer erworben, die aus der Gießerei kamen und hatte damit zur Popularität jener Plastik maßgeblich beigetragen.

Sie legte die Hand auf Max' Schulter. In ihm war ein Beben, das sie wohl verstand; Johannes' Tod machte Max wieder seine eigene Sterblichkeit bewusst. Käthe spürte, wie es an ihm nagte. Beiden war bewusst, dass er aller Voraussicht nach vor ihr von dieser Welt gehen würde. Dreißig Jahre trennten sie, und mit jedem Tag spürte sie die Last dieses Altersabstands wachsen.

»Aber du bist noch hier«, sagte sie leise. »Hier bei uns.«

»Ich habe vor, noch lange bei euch zu sein.« Er seufzte. Nichts könnte ihn jetzt aufmuntern, und Käthe hätte ihm gern erzählt, was mit ihren Puppen geschehen war. Wie aussichtslos auch für sie auf einmal alles schien.

»Wie war dein Tag?«, fragte er.

»Ach«, sagte sie. »Wie soll er schon sein, wenn man merkt, dass hundertfünfzig Puppen mangelhaft sind?« Sie erzählte ihm davon. Sie setzten sich in die Küche, Käthe kramte in der Speis und brachte einen Steinkrug mit Kirschbrand auf den Tisch, von dem sich Max reichlich bediente. Sie musste sich heute auch einen Schnaps genehmigen, und mit dem warmen Gefühl im Bauch versuchte sie, einen Plan für die Zukunft zu fassen.

»Ich werde es den Amerikanern wohl mitteilen müssen, was schiefgelaufen ist. Oder soll ich warten, bis sie's selbst merken?«

»Vermutlich haben sie es längst gemerkt.« Max schenkte sich nach und hielt den Steinkrug fragend in Richtung ihres Schnapsglases. Käthe schüttelte stumm den Kopf. »Sie werden von dir Wiedergutmachung fordern, sobald sie den Schaden bemerken.«

»Du meinst, dass ich alle hundertfünfzig Puppen noch mal liefere?« Das wäre eine Katastrophe. Aber sie hatte genug Geld beiseitegelegt, und dann waren da noch die dreitausend Mark, die sie von Kämmer & Reinhardt hatte behalten dürfen. Das sollte ja ihre Altersvorsorge sein, aber wenn es nicht anders ginge …

»Wenn uns das häufiger passiert, muss ich das Puppenhandwerk drangeben«, murmelte Käthe.

»Du kannst nichts dafür. Beyer hat geschlampt.«

Das tröstete sie nur wenig. »Er meinte, er hat gedacht, mit Firniss könne ja nichts schiefgehen, wenn er Tempera statt Ölfarbe nimmt.«

Max schnaubte. »Da siehst du, was du davon hast, wenn du nicht alles selbst kontrollierst.« Er hielt nicht viel von dem jungen Künstler; als Käthe sich für ihn entschieden hatte, war Max maulig geworden, weil er meinte, es gäbe Bessere für diese Arbeit. Nur wollten Bessere sie nicht ausüben, hatte sie ihm erklärt. Und nun hatte sie den Salat.

»Also, wie machst du weiter? Oder machst du nicht mehr weiter?«

Das wusste sie nicht. In diesem Augenblick jedenfalls war ihr das schwer vorstellbar.

Aber weitergehen musste es, und sei's nur, damit Käthe ihre
Hände beschäftigt halten konnte. Ein paar Aufträge waren
noch hereingekommen, doch der vorweihnachtliche Sturm
legte sich, und zwei Wochen vor Weihnachten sagte Käthe,
es sei genug, mehr schafften sie nicht bis Heiligabend, alle
weiteren Aufträge lieferten sie erst im neuen Jahr aus. Sie
wusste immer noch nicht, was sie den Amerikanern anbieten
konnte. Geschrieben hatte sie ihnen, weil ihr ein Telefonat zu
unangenehm gewesen wäre – außerdem so teuer! Sie musste
das Geld zusammenhalten, wer wusste denn, was da noch
kam.

Drei Tage vor Heiligabend, alle Aufträge für dieses Jahr
waren abgeschlossen, und Käthe war seit Tagen damit befasst, sämtliches Puppenzeug aus der Wohnstube zu räumen. Heute wurde der Weihnachtsbaum geliefert; es sollte
der erste seiner Art im Hause Kruse sein. Max hatte die Idee
aufgeworfen, und Max war es auch, der einen Baum geordert
hatte, Nordmanntanne, edel und teuer. »Wir können es uns
leisten«, meinte er lapidar. Seit dem Tod seines Freunds war
er nach kurzem Trübsal wie ausgewechselt; das Leben wollte
er in vollen Zügen genießen. Nun also ein Weihnachtsbaum,
den Käthe und die Kinder schmücken konnten. In der Wohn-

stube stand schon ein Ständer, der Lieferant solle den Baum direkt darin befestigen, während Max wieder im Atelier zu tun hatte. Auch die Kunst war in ihm wieder erwacht; er lud Käthe alle paar Tage ein und zeigte ihr, was er in der Zwischenzeit erschaffen hatte. Der Verlust seines Freunds hatte ihn durchgeschüttelt, und nicht alles an seiner Art zu trauern war schlecht.

Als nun kurz nach zwei die Türklingel durch die Wohnung schallte, lief Käthe leichtfüßig zur Tür. Sie öffnete und stand einem kleinen, älteren Herrn gegenüber – zu schmächtig, fand sie, um einen Baum die Treppe hochzuwuchten, aber was wusste sie schon über Tannenbäume?

»Da sind Sie ja. Max hat mir schon gesagt, dass Sie kommen. In der Wohnstube ist alles vorbereitet.« Sie drehte sich um und verschwand wieder in der Wohnung, denn Michel war von der Klingel aufgewacht und weinte. »Sie kriegen das schon hin!«

Offenbar bekam er's nicht hin, denn als sie fünf Minuten später das Schlafzimmer wieder verließ, stand der Mann etwas verloren im Flur vor der offenen Wohnungstür.

»Wo ist denn der Baum?«, fragte Käthe.

»Welcher Baum?«

»Was?« Da dämmerte ihr, dass der Mann in dem feinen Zwirn wohl nicht der Laufbursche sein sollte, der ihr den Baum brachte. »Entschuldigen Sie, wollen Sie zu uns?«

»Wenn Sie Käthe Kruse sind – ja. Es geht um Ihre Puppen.«

»Oje. Kommen Sie rein. Entschuldigen Sie!« Käthe führte ihn in die Wohnstube. »Aber ich sag's Ihnen gleich, ich habe keine Puppen lagernd, Sie können keine direkt kaufen. Ab Januar kann ich Ihnen wieder welche anbieten.«

»Januar wäre wundervoll. Entschuldigen Sie, ich möchte mich vorstellen. Hartmut Kröger, ich vertrete die Interessen des amerikanischen Spielzeughändlers F. A. O. Schwarz.«

»Oh.« Käthe merkte, dass ihr die Knie schwach wurden. Sie musste sich setzen. »Dann kommen Sie bestimmt, weil …« Sie sprach nicht weiter.

»Mr Schwarz hat mit mir telefoniert. Er sagt, es gibt Probleme mit den Puppen, über die Sie ihn bereits vor ein paar Wochen informiert haben. Ein bedauerlicher Fehler, der einige unserer Kunden enttäuscht hat.«

»Herrje, es tut mir so leid, Herr Kröger! Ich verspreche Ihnen, ich liefere alle hundertfünfzig Puppen noch einmal neu, damit der Schaden von Ihrem Unternehmen abgewendet wird.«

Einen Moment sah er sie ungläubig an, dann lachte Herr Kröger. »Ernsthaft, das würden Sie tun? Meine liebe Frau Kruse, Ihr Geschäftssinn scheint nicht sonderlich ausgeprägt zu sein! Nein, nein, darum ging es mir nicht. Mr Schwarz wäre mit einem Abschlag auf die bisher gelieferten Puppen in Höhe von fünfzehn Prozent einverstanden, wenn Sie ihm im Gegenzug versichern, dass die nächste Bestellung einwandfrei der Produktbeschreibung entspricht.«

Käthe schwirrte der Kopf. Fünfzehn Prozent? Das war mehr als fair, doch sie hatte von Max gelernt, dass ein erstes Angebot in Verhandlungen immer nur genau das war – ein erstes Angebot.

»Fünf Prozent«, erwiderte sie daher. Herr Kröger hob die Augenbrauen. Sie beeindruckte ihn. Gut so.

Schließlich einigten sie sich auf zehn Prozent. Käthe atmete auf.

»Und nun zum eigentlichen Grund meines Besuchs. Herr Schwarz hat mich beauftragt, bei Ihnen weitere fünfhundert Puppen derselben Machart zu ordern – selbstverständlich mit abwaschbaren Gesichtern.«

»Fünf ... « Käthe starrte ihn an.

»Fünfhundert«, bestätigte er und lächelte verschmitzt. »Ich vermute, Sie werden uns bei einem Auftrag dieser Größenordnung nicht dieselben zehn Prozent Abschlag gewähren können, aber ein Skonto dürfte drin sein? Drei Prozent?«

»Fünfhundert ... «, hauchte sie. Damit wäre ihre Produktion in der aktuellen Form für die kommenden vier bis fünf Monate komplett ausgelastet, sie müsste einen enormen Wareneinsatz beschaffen, die Puppen und Schachteln anschließend lagern ... Sie sah sich zweifelnd in der Wohnstube um. Fünfhundert Puppen, die sich allabendlich um Max türmten? Er würde Reißaus nehmen, und sie vermutlich auch. Das war eine Menge, die sie auf gar keinen Fall in ihrer Wohnung produzieren konnte, selbst wenn sie aus den Fehlern des letzten Auftrags lernte.

»Überlegen Sie es sich. Herr Schwarz ist von Ihrer Arbeit überzeugt. Er teilte mir mit, es gebe keine besseren Puppen am Markt, Sie treffen damit eine Marktlücke, von der er vorher selbst nicht gewusst hatte, dass es sie gibt. Ein größeres

Kompliment kann er Ihnen gar nicht machen, meine Liebe.«
Herr Kröger legte mit Nachdruck seine Visitenkarte auf den
Tisch. »Rufen Sie mich an. Ich vermute, Sie werden das mit
Ihrem Gatten besprechen müssen … «

Natürlich, dachte Käthe fast erbost. Dass eine Frau ihre
eigenen Entscheidungen traf, der Gedanke kam dem Geschäftsmann nicht. Fast hätte sie ihm trotzig direkt zugesagt,
den Auftrag anzunehmen. Doch sie konnte sich gerade noch
beherrschen. Denn es galt vieles zu bedenken.

Zuvorderst, ob sie sich das überhaupt zutraute. Beim letz-
ten Mal hatte sie die Details aus den Augen verloren, und das
Ergebnis war nun, dass sie an sich selbst zweifelte, ob sie als
Geschäftsfrau taugte.

»Ich werde es mir überlegen«, erklärte sie würdevoll. »Aktuell bin ich sehr eingespannt.«

Wie um ihre Worte zu unterstreichen, hörten sie beide von
nebenan das Husten von Hanni, die seit ein paar Tagen von
einer fiebrigen Erkältung gebeutelt wurde.

»Verstehe.« Herr Kröger erhob sich. »Wann kann ich mit
Ihrer Antwort rechnen?«

»Im neuen Jahr.«

Er neigte den Kopf. Wirkte nicht besonders glücklich mit
ihrer Antwort, das verstand sie wohl. Doch sie brauchte Be-
denkzeit. Sie musste sich erst wieder heil fühlen. Sich finden. Für sie stand ihr Unternehmen auf tönernen Füßen. Ein
Scheitern durfte kein zweites Mal passieren.

»Wir sollten mehr Kinder bekommen«, sagte Max leise, als er zu Käthe und Michel ins Bett kam. Der Kleine lag an ihren Bauch gekuschelt in der Bettmitte.

»Noch mehr?« Sie lachte. Staunte. Erinnerte sich noch gut daran, wie vor zehn Jahren für ihn die Welt untergegangen war, weil er doch nur eine Liebste wollte, keine, die ein Kind bekam – und damals wurde sie so schnell schwanger, dass sie es wohl verstanden hätte, wenn er sich direkt wieder aus dem Staub gemacht hätte. Aber die Liebe war da gewesen. Die Liebe hatte sogar die Geburt von Mimerle und nur anderthalb Jahre später Fifi überstanden.

»Reicht es dir denn schon?« Er betrachtete sie zärtlich. »Ich dachte immer, je mehr wir haben, umso lieber ist es dir.«

»Ja, da denkst du richtig.« Sie dachte hingegen an Herrn Kröger, an fünfhundert Puppen. Michel wurde nun groß, nicht mehr lange, und sie konnte sich wieder etwas freier bewegen. Sie wusste wohl, dass ein Kind sie gar nicht mehr so sehr brauchte, das würde dauern; mit vier oder fünf Jahren wurden sie dann selbständiger und zogen auch mit den größeren Kindern los. Aber wollte sie so lange warten?

»Meine kleine Katharina ist ein einziges großes Aber«, neckte Max sie. Käthe lächelte verhalten. Sie bekam die Gedanken nicht sortiert, in ihr hockten die Zweifel wie kleine Ameisen, sie krabbelten in ihrer Magengrube. Wie sollte sie sich entscheiden? Herr Kröger hatte deutlich gemacht, wie viel man von ihren Puppen hielt. Mit einem Auftrag von fünfhundert Puppen könnte sie schon eine Weile beschäftigt sein.

Aber nicht mehr in der Wohnstube. Sie müsste investieren. Geld in die Hand nehmen, eine Werkstatt einrichten. Arbeitsplätze schaffen. Löhne zahlen, nicht nur Stückpreise für jede abgelieferte Puppe, sondern nach Stunden abgerechnet. Und wenn sie fünf oder zehn Frauen einstellte, die für sie nähten, dann bräuchte sie irgendwann mehr als nur diese fünfhundert Puppen. Nur! Ihr wurde von der Zahl genauso schwindelig wie einst vom ersten Großauftrag aus Amerika.

»Was zergrübelst du gerade, meine Schöne?«

»Ach, Herzliebster. Alles zerdenke ich.« Sie zögerte. Doch dann erzählte sie ihm von Herrn Krögers Besuch. Max war darauf hellwach, er setzte sich noch mal auf.

»Das ist großartig.«

»Ich weiß«, erwiderte sie kläglich.

»Zu wann hast du ihm zugesagt?«

»Noch gar nicht! Wie soll ich das denn schaffen, du Witzbold?«

»Na, du hast doch deine fünf Damen, such dir noch ein paar!«

»Und dann gruschel ich dir die Wohnstube wieder zu, und du bist wochenlang mucksch, weil für dich kein Platz hier ist? Nee, das mach ich kein zweites Mal.«

Das brachte ihn zum Nachdenken.

»Und eine Werkstatt mache ich nicht auf, das ist mir zu riskant«, fügte sie hinzu.

»Dann willst du ihm absagen?« Max war entsetzt. Für ihn gänzlich unverständlich, wie jemand sich so eine Gelegenheit entgehen lassen konnte!

»Du sagst doch selbst, wir wollen noch mehr Kinder.«

»Nee, *du* willst mehr Kinder. Für mich muss das nicht sein.«

Käthe hielt inne. So ist das also, dachte sie. Aber natürlich, Max war's genug, wenn er in seinem Atelier an den Holzköpfen herumschnitzen konnte, der brauchte weder sie noch die Kinder. Er hatte nie einen Hehl draus gemacht, dass es ihm um Käthe ging. Er wollte sie als Gefährtin, wollte die Künstlerin, von der er überzeugt war, sie müsse in ihr stecken, hervorkitzeln. Nun hatte es für die Puppen gereicht, die ja immerhin was Künstlerisches an sich hatten. Aber das genügte ihm wohl, zumal er selbst ja finanziell davon profitierte.

»Du könntest meinetwegen weiter die Puppen machen. Meine Kopfpresse nutzen. Darüber müssten wir uns ohnehin noch mal unterhalten.«

»Nicht jetzt«, murmelte Käthe. Sie wusste, was nun kommen würde, weil es immer wieder Teil ihrer Diskussionen war. Max hatte ja die Puppenkopfpresse entwickelt, mit deren Hilfe sich die Köpfe der Puppen in Form bringen ließen. So weit, so gut. Das Patent war angemeldet, er hatte von Kämmer & Reinhardt zudem eine üppige Lizenzgebühr bekommen und behalten dürfen, da die Spielzeugfirma seine Presse weiterhin nutzte. Aber Käthe sollte ihn auch dafür entlohnen, so sein Plan. Darum sollte sie also den Auftrag annehmen, und um ihr das alles zu versüßen, wollte er noch ein Kind mit ihr.

Käthe wusste gar nicht, wohin gerade mit ihren Gedanken. War sie wütend? Traurig? Erschöpft vielleicht. Aber vor allem enttäuscht. Sie wollte Max sagen, dass sie ihn durchschaut hatte. Doch er sah sie erwartungsvoll an. »Nun?«

»Natürlich brauche ich weiter deine Kopfpresse.«

Mehr nicht. Doch er war zufrieden, und Käthe, müde vom Denken und erbost über Max' Manöver, legte sich wieder hin und schloss die Augen.

Max schlief vor ihr ein. Auch das erzürnte sie. Aber da wachte Michel schon auf und jammerte, weil ihn die oberen Schneidezähne plagten. Dahin war's mit der Ruhe. Während sie ihren Jüngsten durch die Wohnung trug, der sich auf die kleine Faust biss und so an ihre Schulter gekuschelt irgendwann einschlief, konnte sie nicht aufhören, darüber nachzudenken, was sie wollte. Was andere von ihr wollten.

Sie kam zu keinem Ergebnis.

·ı· 5 ·ı·

Das solltest du dir abgewöhnen.«

»Was denn?«

»Das Grübeln. Mach doch einfach, was du willst. Krieg noch ein Kind, eröffne eine Werkstatt, meinetwegen setz Max vor die Tür, wenn's dich glücklich macht.«

Wie so oft hatte Käthes Freundin Gabriele Reuter die radikalsten Ideen.

»Ich bin nicht wie du.« Käthe schenkte Kaffee nach und gab Michel, der versuchte, sich an ihrem Stuhl hochzuziehen, ein Stück Pfefferkuchen. Seinem zahnlosen Strahlen nach zu urteilen hatte sie erraten, wonach ihm der Sinn stand. Sie betrachtete ihn mit einem Lächeln. Diese Momente, dachte sie. Die sind's.

»Aus deinem Mund klingt es, als wär's auch nicht erstrebenswert, wie ich zu werden.«

»Das hast du da nun hineingelesen.«

Gabriele hatte Weihnachtsgeschenke für die Kinder mitgebracht. Einen Ball für Michel, einen Nachziehdackel für Hanni und für die älteren Mädchen Bücher. Mimerle und Fifi waren mit ihrer Lektüre sofort im Kinderzimmer verschwunden, einen Teller Pfefferkuchen und Orangenschnitze hatten sie als Proviant mitgehen lassen.

52

Käthe war froh, dass ihre Freundin sich mal wieder blicken ließ. In den letzten Wochen hatte sie selbst ja wenig Zeit für Freundschaften und Korrespondenzen gefunden. Und nun musste sie wieder alles zerdenken.

»Mach einfach«, war Gabrieles lapidarer Rat. »Was kann schon schiefgehen?«

»Alles.«

»So kenne ich dich gar nicht. Früher bist du immer drauflos gestürmt.«

»Früher musste ich mir auch nicht so viele Gedanken machen.« Käthe zögerte. Doch dann erzählte sie Gabriele von ihren Sorgen. »Ich hab den Eindruck, Max möchte sich aufs Altenteil zurückziehen. Und dafür braucht er's, dass ich weiter Puppen mache. So viele Puppen mache, dass es für ein gutes Leben reicht. Und der Gedanke ist mir eben fremd.«

»Verstehe«, sagte Gabriele nachdenklich. Sie knabberte an einem Keks und beobachtete, wie Michel auf seinen Windelpopo plumpste. Er guckte kurz überrascht, dann streckte er wieder die Ärmchen nach dem Stuhl aus. Unermüdlich. »Und wenn du keine Puppen machst … ?«

»Dann muss er eben sehen, wie das Geld reinkommt. Aber dir muss ich nicht erzählen, wie schwierig das ist.«

Gabriele war eine angesehene Autorin, deren Bücher sich gut verkauften. Dennoch wusste Käthe, wie schwer ihr dieses Leben fiel – von einem Buch zum nächsten. Immer die Angst im Nacken, die Leserinnen könnten irgendwann keinen Gefallen mehr an ihren Geschichten finden. Ihr Verleger Samuel Fischer hielt wohl zu Gabriele, jedoch konnte er bei sinkender Auflage auch nicht sämtliche finanzielle Verluste ausgleichen. Diese Unsicherheit bestimmte ihr Leben seit Jahren, und mehr als einmal hatte sie Käthe ihr Leid geklagt.

»Zumal es auch mit den Puppen ja irgendwann vorbei sein könnte«, fügte Gabriele leise hinzu.

»Das glaube ich nun nicht. Ich entwickle meine Puppen immer weiter.« Käthe stand auf. Vom Vertiko, der schon einst in der winzigen Dachgeschosswohnung in Breslau gestanden hatte, holte sie eine neue Puppe. »Sieh mal, ich habe etwas verändert. Herr Beyer hat mich drauf gebracht, nachdem wir das Problem mit der Tempera hatten.«

Sie reichte Gabriele die Puppe. Äußerlich sah sie genauso aus wie die alte. Ein fester Nesselstoff, aus dem der komplette Körper genäht war. Jedoch hatte Käthe bisher den Kopf komplett bemalen lassen, also auch mit einer Grundierung, damit keine Feuchtigkeit in den Kopf zog. Das war nun anders.

»Und da geht nichts kaputt?«, fragte Gabriele.

»Von innen ist der Kopf mit einer Teerfarbe imprägniert«, erklärte Käthe. »So müssen wir außen nur noch eine Farbschicht auftragen. Wenn überhaupt.« Sie zeigte, was sie meinte. »Das erleichtert die Arbeit erheblich. Ich bin doch etwas in Sorge, ob es Herrn Beyer nicht zu viel wird.«

»Du schmiedest also doch Pläne für die Zukunft«, stellte Gabriele fest. »Lässt das Handwerk nicht ruhen, hm?« Sie drehte die Puppe in den Händen hin und her. »Lili würde sie sehr gefallen. Sie spielt nicht mehr mit Puppen, sagt, sie sei doch zu alt dafür. Aber zum Anschauen mag sie sie.«

»Nimm sie mit. Mein Weihnachtsgeschenk an Lili.« Käthe

hatte ohnehin ein schlechtes Gewissen, weil sie nicht daran gedacht hatte, für Gabriele etwas zu besorgen. Sollte wenigstens ihre Tochter etwas bekommen.

»Weißt schon, dass wir das nicht brauchen, ne?«

»Ja, eh. Aber ich schenk so gerne.«

Sie unterhielten sich über Künstlerfreunde, über das Berliner Leben, über die Sommer in Hiddensee und darüber, was sie zukünftig planten. Gabriele wollte nur noch schreiben, und wenn ihr das nicht möglich sei, wollte sie lieber tot sein als lebendig. »Aber du weißt, wie ich's meine«, sagte Gabriele mit einem Augenzwinkern.

Nach ihren eigenen Plänen befragt, gab Käthe sich ausweichend. »Abwarten«, sagte sie nur.

»Vom Abwarten füllst du keine Vorratskammer«, sagte Gabriele pragmatisch. »Ruf diesen Kröger an und sag ihm, er kriegt seine Puppen. Aber dafür muss er vorab eine Zahlung leisten. Dreißig Prozent sind nicht zu viel verlangt, und das dürfte dir die Entscheidung leichter machen, wenn er sich drauf einlässt.«

»Warum sollte es mir dann leichter fallen?« Diese Logik erschloss sich Käthe nicht.

»Na, Dummchen. Weil du dann weißt, dass er dir die Puppen in jedem Fall abnimmt. Könnte ja auch sein, dass er einen Rückzieher macht, aus welchem Grund auch immer. Mit Herrn Fischer halte ich es ähnlich. Er zahlt mir einen Vorschuss, und wenn ich den auf dem Konto habe, beginne ich erst mit dem Schreiben. Will er das Buch dann wider Erwarten doch nicht haben, ist zumindest ein Teil meiner Arbeit schon vergolten, und ich kann mich anderweitig umsehen.«

Auf die Idee war Käthe noch gar nicht gekommen. Ach, sie fühlte sich wirklich hilflos in solchen Vertragsdingen. Konnte ihr das nicht jemand abnehmen?

»Klar geht das. Wenn du denjenigen dafür bezahlst.«

Gute Gabriele. Auf alles wusste sie eine Antwort. Es änderte nur nichts daran, dass Käthe die Verantwortung nach wie vor scheute. »Den müsste ich ja auch einstellen.«

Gabriele warf gespielt verzweifelt die Arme in die Luft. »Ja, siehst du es denn nicht, Käthe? Du bist längst Kauffrau, auch wenn du dich nicht so bezeichnen magst. Fünf Mitarbeiterinnen und dein unglücklicher Künstler Beyer für die Gesichter – wenn das nicht Beweis genug ist, dass du Arbeitsplätze geschaffen und jedes Recht hast, Stolz zu empfinden!«

Das mit dem Stolz war so eine Sache, ja. Käthe wollte darüber nicht zu genau nachdenken. Ihre Mutter hatte ihr doch beigebracht, dass eine Frau brav ihre Aufgaben erfüllte. Weil es eben ihre Aufgaben waren. So war Käthe aufgewachsen. Wie viel sie geleistet hatte in den vergangenen Jahren, sei es die Erziehung der Kinder, die Zeit im Tessin, auf sich gestellt und ohne Max; die darauffolgenden Jahre, in denen ihre finanzielle Situation nicht immer rosig war. Erst ihre Puppen hatten das geändert. Ein Silberstreif am Horizont, der ihr Hoffnung machte, dass sie eines Tages auch ohne Max über die Runden kam.

Ohne Max. Das war ein Gedanke, der sie zurzeit allzu oft quälte. Sie wollte ja kein Leben ohne ihn denken, und es deutete nichts darauf hin, dass dieser vor Kraft strotzende Kerl allzu früh aus dem Leben gerissen wurde. Indes, sie fühlte, wie mit dem Heranwachsen der Kinder auch sie selbst in eine neue Lebensphase eintrat. Sie war jung Mutter geworden, und nichts sprach gegen weitere Kinder. Trotzdem war da allein durch die Tatsache, dass Max dreißig Jahre älter war als sie, das Wissen um die Endlichkeit des Lebens.

»Glaub's mir nur, wenn du es jetzt wagst, wirst du in wenigen Jahren weit über die Grenzen des Kaiserreichs deine Puppen verkaufen. Die Menschen brauchen diese Puppen, sie geben ihnen so viel mehr als vergleichbare Produkte.«

»Das sagst du nur, um mich zu verlocken.«

»Und wenn schon! Was könntest du verlieren?«

»Ein paar tausend Reichsmark vielleicht? Ist das nicht schon mehr als genug?«

»Dann erhöhst du erst mal die Preise. Und schaust, ob Schwarz bereit ist, diesen höheren Preis zu zahlen. Bin mir sicher, wenn's sich für ihn nicht lohnen würde, er würde den Auftrag zurückziehen.«

»Und wenn er das macht?« Käthe war verzweifelt. Sie fühlte sich nachgerade zerrissen zwischen ihrem Wunsch, wirtschaftlich erfolgreich zu sein, und der Angst, sie könnte dabei scheitern. Wer wollte sie sein? Wohin sollte ihr Weg sie führen?

»Dann kommen andere und kaufen dir die Puppen ab. Oder du kriegst ein fünftes Kind und genießt die Zeit. Ihr kommt schon irgendwie rum, dafür sorgt Max.«

Käthe verschwieg ihrer Freundin die große Sorge, dass

Max irgendwann nicht mehr sein konnte. Sie wollte sich davon in ihren Entscheidungen nicht leiten lassen, sondern mutig nach vorne blicken. Noch hatten sie hoffentlich viele gemeinsame Jahre.

Ein tiefes Durchatmen, dann traf sie diese Entscheidung. Es versuchen, ja. Eine Chance ergreifen, die sich ihr bot. So hatte sie es letzten Herbst bereits getan, als sie dachte, sie bräuchte ein Wunder, damit es mit dem Puppenmachen weitergehen könnte. Das Wunder kam in Form eines Großauftrags – und vieler kleiner Aufträge aus dem Kaiserreich obenauf. Schon jetzt stapelten sich wieder Briefe und Notizen in ihrem Auftragsbuch; sie würde im Januar mit Suse und den anderen Frauen zusammensitzen und überlegen, wie es gehen könnte. Ob es ihr noch einmal gelingen konnte, das Wunder zu vollbringen.

Zunächst aber stand Weihnachten vor der Tür, und sie feierten das Fest in all der Pracht, die ein mit Lametta behängter Weihnachtsbaum im Glanz der Honigkerzen mit sich brachte. Käthe staunte, wie sehr dieser Baum ihr Empfinden veränderte. Es war so viel feierlicher, geradezu pompös. Und Max stellte mit seinen Geschenken für die Kinder all die Jahre davor in den Schatten. Sie fragte ihn nicht, woher er das Geld hatte – wusste sie doch, dass er die Lizenz von Kämmer & Reinhardt komplett hatte behalten dürfen. Und die Sorge, das Geld könnte ihnen bei einem so verschwenderischen Lebensstil früher oder später ausgehen, schob sie beiseite.

Max indes gab keine Ruhe. »Nimm den Auftrag an!«,

drängte er bei jeder Gelegenheit, die sich ihm bot. Wenn er Geld ausgab, sagte er es mit einem Augenzwinkern. Wenn sie seufzte, weil etwas teurer wurde, kam es beinahe mahnend von seiner Seite. Käthe versuchte, nicht darauf einzugehen. Sie wollte die Zeit zwischen den Jahren nicht über das Geschäft nachdenken müssen.

Anfang Januar aber, als sie sich mit ihren Heimarbeiterinnen verabreden wollte, fragte Max, ob sie ihn dabeihaben wollte.

»Wieso solltest du dabei sein?«

»Na, ich bin doch Teil deines Unternehmens? Du wirst ja die Kopfpresse weiter verwenden wollen?«

Da begriff sie. Es ging ihm gar nicht um ihren wirtschaftlichen Erfolg – sondern um sein eigenes Fortkommen. Wenn Käthe eine Puppenmanufaktur aufzog, konnte er seine Erfindung zur Verfügung stellen – gegen ein saftiges Entgelt natürlich nur! Dann verdiente er an jeder angefertigten Puppe mit.

»Darüber habe ich noch nicht nachgedacht«, behauptete sie. Aber natürlich ginge es nicht ohne seine Maschine.

»Dann denk schneller, Weib. Sonst muss ich mich nach anderen Lizenznehmern umschauen. Wird schon genug geben, die sich neben Kämmer & Reinhardt diese Technik sichern wollen.«

»Du willst mich erpressen?«

Sie saßen bei diesem Gespräch in der Wohnstube. Käthe an ihrem Sekretär, Max wieder im Sessel, wo er zufrieden eine Pfeife schmauchte. Das gönnte er sich in letzter Zeit gelegentlich. Sie ließ ihn gewähren, obwohl sie kalten Pfeifenrauch in der Wohnung hasste. Sollte er damit doch in sein Atelier gehen, dazu war's da! Aber seit sie die Puppen eingepackt hatte, konnte sie nicht mal mehr damit argumentieren, es sei besser, wenn die nicht gleich wie eine Spelunke rochen, wenn die Kinder sie auspackten.

»Erpressen würde ich das nicht nennen.« Er schlug die Beine übereinander. »Ermuntern vielleicht?«

Käthe drehte ihm den Rücken zu. Sie sortierte die Bestellungen. Es waren genug, dass ihre Heimarbeiterinnen wieder anfangen konnten. Blieb die Frage, wo Käthe die Werkstatt einrichten sollte. Und Herr Beyer? Ihm würde sie gern eine volle Stelle anbieten, wenn er wollte. Wenn er keine Lust mehr aufs künstlerische Malen hatte. Aber wo sollte sie mit ihren Puppen hin? Sie vermutete, dass Max sich nur das herauspickte, was eben ihm zupasskam. Und das hieß, keine Puppenwerkstatt mehr in der Wohnung.

Sie schrieb die Suche nach einer Werkstatt ganz oben auf ihre Liste. Im Künstlerhaus würde sie wohl keinen Platz bekommen – denn sie hatte sich erkundigt. Nein, das Haus sei *Künstlern* vorbehalten, und sie machte zwar immer wieder neue Puppenmodelle, die sie dann zu Ausstellungen schickte. Das war jedoch eher Kunsthandwerk. Dass das Gremium von St. Lukas sie so einschätzte, wunderte Käthe nicht. Da saßen fünf alte Männer, die bei Zigarren über die Ateliers entschieden. Wäre ja absurd, wenn sie einer jungen Frau einen Platz gewährten, die nicht irgendwas mit Akt machte.

Der Gedanke war vielleicht gemein, aber von der Hand zu weisen war er nicht.

Man nahm sie eben nicht ernst. Da, sie hatte es ausgesprochen. Sie war »nur eine Mutter, die sich mit Kunsthandwerk – allerhöchstens! – etwas hinzuverdiente«. So lautete
die wörtliche Begründung. Käthe versuchte, das nicht allzu
persönlich zu nehmen. Hatte sie doch gehofft, sie hätte ganz
gute Karten bei dem Gremium, immerhin lebte und arbeitete
Max seit über zehn Jahren von seinem Atelier aus, hatte zu
den Ersten gehört, die einst in der Fasanenstraße einzogen.

Und nun ging es *ihm* darum, ihre Werkstatt zu nutzen, damit er weiterhin Geld verdiente. Damit ihm im Künstlerischen Freiräume blieben. Die ihr nicht zugestanden wurden.
Sie musste sehen, wo sie blieb.

Ein wenig erinnerte sie das an Gabriele, die selbst bis zu
ihrem ersten Verkaufserfolg hatte kämpfen müssen, dass man
sie als Schriftstellerin ernstnahm. Und danach wurden ihr
die guten Verkaufszahlen vorgehalten, was sich so zahlreich
verkauft, könne ja nicht gut sein, das müsse ja eher Haus-
frauenliteratur sein, und Literatur bitte in Gänsefüßchen.
Käthe hatte insgeheim gehofft, sie könne ein bisschen von
Max' Strahlkraft profitieren, aber nicht mal das hatte ihr eines
der kleinen Ateliers unterm Dach verschafft. Sie würde also
weiterhin in der Wohnstube die Prototypen nähen. Für alles
Weitere brauchte sie mehr Platz.

»Redest du jetzt nicht mehr mit mir? Biste beleidigt?«
Max stand auf. Er kam zu ihr. Seine Hand ruhte auf ihrer
Schulter, er blickte auf die Listen, die sie schrieb. »Sieben-
undachtzig Puppen schon wieder?« Er schnalzte mit der
Zunge. »Bleibt's bei einer Mark für jeden Puppenkopf?«

»Ja, ja, du kriegst weiterhin eine Mark für jeden Kopf aus deiner Presse.« Sie klappte verärgert das Auftragsbuch zu. Statt sich über ihre gute Auftragslage zu freuen, dachte er sofort wieder an seinen Profit.

»Plus die fünfhundert für die Amerikaner.« Er schmatzte zufrieden. »Komm ins Bett, Käthe. Du hast genug geleistet für heute.«

Für heute genügte es wohl. Vielleicht. Aber sie wusste, morgen musste sie sich wieder anstrengen. Besser sein. Ihre Puppen mussten hervorstechen.

Immer noch war sie sich nicht im Klaren, ob sie die fünfhundert Amerikaner machen sollte. Ein zweites Mal konnte sie es sich nicht leisten, dass sie qualitativ minderwertige Arbeit ablieferte. Doch wie sollte sie das garantieren?

»Kommst du?« Max stand an der Tür. Sie löschte das Licht über ihrem Sekretär und stand auf. Als sie neben ihn trat, nahm er ihre Hand und drückte sie. Sein Bart kitzelte, als er sie auf den Mund küssen wollte, und weil Käthe gerade den Kopf drehte, landete der Kuss am Mundwinkel. »Hast du's dir überlegt?«, flüsterte er. »Noch mal so ein Kleines für uns …?«

Sie lächelte. Nahm seine Hand, drückte ihrerseits einen Kuss auf seine schwieligen Fingerspitzen und zog ihn dann Richtung Schlafzimmer. »Komm«, wisperte sie.

Michel schlief nun schon ein paar Nächte drüben bei den Mädchen. Vielleicht nicht auf Dauer, und meist wurde er nach Mitternacht wach, und Käthe holte ihn für den Rest der Nacht zu sich. Doch das Elternbett bot Max und ihr für ein paar Stunden am Abend genug Platz, um die Familie zu vergrößern.

ᐧᐧ 6 ᐧᐧ

Gehlberg, Juni 1912

Käthe fuhr mit einem Ruck hoch. »Max, hörst du das?«
Von ihrem Mann kam nur ein unwilliges Knurren. Er zog
sich das Kissen über den Kopf, damit er ungestört weiter-
schlafen konnte. Käthe aber lag aufgeschreckt im ungewohn-
ten Bett und lauschte.

Vor drei Tagen waren sie mit der Reichsbahn nach Gehlberg
ins Thüringische gereist – die ganze Familie wollte ein wenig
Urlaub machen. Es gefiel Käthe hier ausnehmend gut. All die
kleinen Gässchen der Stadt mit ihren Läden für Glaswaren,
Schnitzereien, Töpfereien und Klöppelspitzen. Sie hatte gestern lange mit einer Spitzenklöpplerin geredet, die ihr viel von
ihrem Handwerk gezeigt hatte. Zu schade, dass diese hübschen Borten zu aufwendig und zu teuer waren, um sie für die
Hemdchen der Puppen zu verwenden. Aber Käthe hatte es
genossen, sich mit dieser Künstlerin – jawohl, da mochte Max
noch so oft die Augen verdrehen! – zu unterhalten.

Sie waren erst spät ins Bett gekommen – jedenfalls die
großen Mädchen und die Erwachsenen, denn Hanni hatte
bereits früh gejammert, sie sei so müde von den langen
Fußmärschen durch den Ort, und wollte schlafen. Keine
Überraschung bei einer Dreijährigen, die tapfer an der Hand
ihres Vaters die Gassen hinaufgekraxelt war.

Da, schon wieder dieser bellende Husten! Die kalte Hand der Angst krallte sich in Käthes Brust. Entschlossen schlug sie die Bettdecke zurück und lief barfuß über die Holzdielen zur angrenzenden Schlafkammer der Kinder. Max knurrte wieder nur im Schlaf. Typisch. Neben dem konnte man vermutlich Kanonen abschießen, wenn er schlief, dann schlief er eben.

Keine drei Minuten später stand Käthe aber wieder neben dem Bett, und diesmal rüttelte sie gehörig an Max' Schulter, bis er wach war.

»Max, steh auf! Wir brauchen einen Arzt!« Sie lief zurück ins Kinderschlafzimmer. Verschlafen fragte Fifi aus dem oberen Bettstock, was denn los sei. »Schlaf weiter«, gab Käthe zurück. Sie wickelte Hanni in die Bettdecke und trat mit ihr ans Fenster, riss es so weit auf wie möglich. Wenn die Kinder nachts vom eigenen Husten aufwachten, da half nicht viel, außer Thymiansud zum Inhalieren, den sie so schnell nicht zur Hand hatte, und möglichst kalte Frischluft. Die war natürlich in einer Sommernacht auch nicht so leicht zu bekommen, doch bildete Käthe sich ein, die Dreijährige bekam etwas besser Luft, schnappte nicht mehr so verzweifelt danach wie noch vor wenigen Minuten.

»Max!«, rief Käthe leise. Endlich tauchte er auf. Verschlafen, die Haare standen ihm in alle Richtungen, die Pyjamahose hing auf halb sieben. »Bitte, kannst du nach einem Arzt rufen lassen? Die Wirtin muss was wissen, sie bekommt kaum mehr Luft!«

Hanni röchelte und hustete, dass Käthe immer banger wurde. In Max kam nun Bewegung, er eilte nach nebenan und zog sich was an. Kurz drauf war er weg, und sie lauschte in der Dunkelheit, ob er nun bald zurückkam.

»Alles wird gut, alles wird gut …« Wie hilflos sie sich fühlte. Mimerle und Fifi schliefen weiter, Michel lag nebenan im Elternbett und schlummerte ebenso friedlich. Käthe fröstelte. Sie hätte auch gern geschlafen, doch sie wagte es nicht, Hanni wieder ins Bett zu legen. Sie fürchtete den nächsten Hustenanfall.

In dieser einsamen Stunde fühlte sie sich an jene Jahre erinnert, die ihre Mutter mit der Tuberkulose gekämpft und letztlich diesen aussichtslosen Kampf verloren hatte. Käthe küsste Hannis Scheitel. »Bitte nicht«, flüsterte sie. »Bleib bei mir, kleine Hanni.«

So groß war ihre Angst, dass sie Max und hinter ihm den Arzt, die bald darauf eintrafen, gar nicht wahrnahm. Zu sehr gefangen in dem Alptraum, sie könnte erneut eines ihrer Kinder verlieren, das in ihren Armen starb.

»Käthe. Lass den Arzt sie untersuchen.« Max half ihr, Hanni an den Arzt zu geben. Ihre Tochter wachte auf und jammerte leise, war aber dann auch zu schlapp, um sich gegen die Untersuchung zu wehren. Der Arzt hörte sie ab und stellte rasch eine Diagnose. »Sie hat Keuchhusten.« Ein Wort wie ein Hammerschlag, und Käthe wollte es erst gar nicht glauben – was denn, ihre kleine, süße Hanni sollte so schlimm krank sein?

»Was können wir da tun?«

Der Arzt erfasste mit einem Blick die Schlafsituation. »Zunächst mal sollten wir die anderen Kinder schützen und Ihre kranke Tochter isolieren. Damit können wir vielleicht verhindern, dass reihenweise alle erkranken. Dann werden wir versuchen, es ihr so bequem wie möglich zu machen. Aus Berlin kommen Sie? Das ist schwierig, ihre Lungen werden auch nach einem milden Verlauf angegriffen sein. Sie wird Zeit brauchen, sich davon zu erholen. Denken Sie bitte über einen längeren Aufenthalt in einem Luftkurort nach, sobald die Krankheit ausgeheilt ist.«

Käthe beschäftigte vor allem eine Frage. »Ja, aber wird sie wieder gesund?«

Der Arzt zögerte. Er schob seine goldgerahmte Brille auf der Nase hoch, musterte das erschöpfte Kleinkind in Käthes Armen. »Sie ist kräftig, scheint mir. Ich kann's nicht versprechen, doch werde ich alles für die Genesung Ihrer Tochter tun. Lassen Sie sie nur nicht allein in den Nächten. Dieser Keuchhusten ist hinterhältig, er verlangt den Kindern auch seelische Stärke ab.«

»Ich bleib bei ihr«, rief Käthe sogleich.

Max protestierte. »Das kann ja wohl sonst wer machen. Du bist in Umständen.«

Käthe wurde rot. Sie ärgerte sich über zweierlei. Dass Max ihren Zustand gleich so herausposaunte, denn noch hatten sie es vor den Kindern geheim gehalten. Und dass er meinte, für sie Entscheidungen treffen zu dürfen.

»Ich werde mein Kind nicht im Stich lassen.«

»Und was ist mit den anderen Kindern? Michel braucht dich auch.«

»Michel kommt auch ohne Milch aus.« Zumal sie dank

der erneuten Schwangerschaft ohnehin fast komplett versiegt war. »Hanni braucht mich jetzt mehr als alle anderen Kinder.«

Max wusste, wann er lieber nicht mit ihr diskutierte – wenn's um die Kinder ging oder um ihre Puppenproduktion. Rasch trafen sie Vorkehrungen. Käthe zog mit Hanni in das Gästezimmer ihres Ferienhauses; sie ging nur zum Stillen von Michel zu den anderen. Das Essen wurde ihnen gebracht, und Max telegrafierte seiner Schwester Anna, ob sie zur Unterstützung mit den anderen Kindern herkommen könnte.

»Wann darf ich wieder zu den anderen, Mami?«, fragte Hanni.

»Wenn du wieder gesund bist. Bald«, versprach Käthe.

Bitte, lieber Gott, dachte sie. Nimm mir nicht ausgerechnet Hanni, die nach dem kleinen Johannes zur Welt kam, die ihren Namen von ihm übernommen hat … Warum nur habe ich ihr seinen Namen gegeben, es hätte Dutzende gegeben, die besser gepasst hätten, und nun ist sie krank, und ich weiß nicht, wohin mit meiner Angst.

»Wann ist bald?« Hanni war eins dieser Kinder, die alles genau wissen wollten.

»Ich weiß es nicht«, gab Käthe zu. Denn sie fand, ihre Tochter hatte Ehrlichkeit verdient. »Aber schau, solange du gesund wirst, können wir dir eine neue Puppe nähen, was meinst du?«

Sie bat Max, er möge an Birgit telegrafieren, dass sie Käthe ein paar Puppensachen schickte. Sie hatte beim Aufräumen tatsächlich einen Korb gepackt, falls sie mal auf Reisen

Puppen nähen wollte, doch damals hatte sie wohl gedacht, es würde unter schöneren Umständen geschehen. Nun warteten sie ungeduldig. Auf das Paket aus Berlin, auf Tante Annas Ankunft aus Weimar und zu guter Letzt darauf, dass es Hanni besser ging.

Zuerst aber ging es Hanni schlechter, und die nächsten Tage und vor allem Nächte waren für Käthe voller Sorgen. Sie konnte nichts tun, außer ihr Kind im Arm zu halten, wenn der Husten es so sehr schüttelte, dass es kaum Luft bekam. Sie hatten vom Arzt ein paar Medikamente verordnet bekommen, jedoch linderten diese nur die Symptome der Erkrankung, nicht die Ursache. »Keuchhusten ist nicht heilbar, wie wir es uns wünschen«, sagte er bedauernd. »Es gibt Versuche, einen Impfstoff zu entwickeln, aber … «

Für Hanni käme dieser zu spät. Käthe verschloss die Tür des Gästezimmers wieder. Sie hatten darin ein breites Bett, auf dem sich in den kommenden zwei Wochen ihr ganzes Leben abspielte. Sie las vor, sie wiegte Hanni in den Schlaf, war in den wachen Stunden nachts an ihrer Seite. Gab ihr zu trinken, zu essen, sie spielten Spiele und hörten, wie Hannis Schwestern unten im Garten bis zu den Wolken schaukelten, während Hanni hier oben wartete, dass der Husten verging.

Max machte sich Sorgen. Nicht nur um das Kind, auch um Käthe. Abends, wenn Hanni schlief und noch nicht vom Husten geschüttelt wurde, trafen sie sich auf der Terrasse. Käthe hielt Abstand; sie wusste ja nicht, ob sie sich längst angesteckt hatte. Bisher waren alle anderen Familienmitglieder von den ersten Symptomen, die Dr. Schiller ihnen genannt hatte, verschont geblieben. Niemand hatte den Schnupfen mit erhöhter Temperatur bekommen, der auch bei Hanni kurz vor der Abreise aus Berlin aufgetreten war. Eine normale Erkältung, hatte Käthe damals gedacht.

»Morgen kommt Anna.«

»Das ist gut.« Käthe saß auf einem Gartenstuhl und balancierte einen Teller mit kaltem Schnitzel und Kartoffelsalat auf den Knien. Die Verpflegung ließ keine Wünsche offen – Max hatte kurzerhand in Gehlberg eine Haushälterin gesucht und gefunden.

»Was machen wir, wenn Hanni wieder gesund ist?«, fragte Max.

Käthe starrte auf ihren Teller. So weit hatte sie noch nicht überlegt. Hatte sich nicht erlaubt, an einen guten Ausgang zu glauben.

»Der Arzt empfiehlt uns ja einen längeren Aufenthalt fern von Berlin«, fuhr Max fort. »Du weißt schon, für mich ist das nix.«

Das war ihr bewusst. Max ohne Berlin, das würde nicht lange gutgehen. War es nie. Weder München noch Hiddensee hatte ihn bisher lange von seiner Heimatstadt fernhalten können.

»Wir könnten ja ins Tessin. Auf den Monte Verità.« Einst hatten sie dort wunderschöne Sommer verbracht. Die Kinder hatten sich frei bewegen können, und für Käthe war der Berg der Wahrheit ein Ort gewesen, an dem sie in Kontakt mit ihrem künstlerischen Ich hatte treten können. Ihr gefiel der Gedanke. Sie hatte erfolgreich verdrängt, wie sehr jene Jahre ihre Kräfte aufgezehrt hatten.

»Was denn, den Oedenkovens Hunderte Schweizerfranken in den Rachen werfen, dass sie uns so 'ne Luftnummer vermieten? Das Roccolo wirst du kaum noch mal wollen.«

Auch wieder richtig. Dort oben hatte sie ein Kind verloren, die Erinnerung wollte sie nicht noch mal wecken. Trotzdem ließ es ihr keine Ruhe. Sie überlegte hin und her.

»Schau halt, was an den Bahnlinien liegt. Naumburg? Kösen. Irgendwie sowas. Da wird sich schon ein Ort finden, der genug frische Luft zu bieten hat.« Max schnüffelte. »Wennste mich fragst, ist überall genug frische Luft. Und ich könnte gelegentlich aus Berlin kommen, wenn ihr so lange bleiben müsst.«

Er wollte sie also allein lassen. So wie einst, als er sie nach Ascona schickte, auf den Monte Verità. Damals hatte er es getan, weil sie fürchten musste, man würde ihr die Kinder wegnehmen. Unehelich geboren waren die ersten beiden, und bei einem drückten die Behörden wohl ein Auge zu, beim zweiten schauten sie aber genauer hin und nahmen den Nachwuchs in Obhut. Da schützte auch der berühmte Vater die Kindlein nicht, der sich standhaft weigerte, Ja zu sagen zu Frau und Kindern.

Daran hatten sie erst vor wenigen Jahren etwas geändert, kurz vor Hannis Geburt. Und seitdem hatten sie zusammengelebt. Wurde ihm das nun wieder zu viel? Wollte er mehr Unabhängigkeit?

Sie konnte sich nicht aus der Verantwortung stehlen wie er. Musste bei den Kindern bleiben und diese Aufgabe selbst mit Unterstützung irgendwie leisten.

Was sie am meisten traf, war der Zeitpunkt. Sie wussten nicht, wie es mit Hanni weiterging, ob die anderen Kinder gesund blieben. Ob Käthe gesund blieb. Aber für Max ging es nicht mehr um die Familie, sondern darum, was ihm bequem wäre.

»Wir könnten auch zu deinem Bruder Oskar nach Hiddensee«, schlug sie vor. »Die Meerluft wird uns auch gut tun.«

»Zu weit weg.«

Ach so. Komisch nur, dass es ihm nicht zu weit weg war, wenn er allein hinfuhr oder wenn sie Familienurlaub machten.

Käthe merkte schon: Hier saß er, machte sich abends zu viele Gedanken darüber, was ihm wohl gefallen würde und kam zu ganz anderen Ergebnissen als sie. Das musste sie wohl für den Moment so hinnehmen, so schwer ihr das auch fiel. Sie hätte gedacht, ihm ginge es nun um die Familie. Aber nein, er war vermutlich froh, wenn er die Stadtwohnung für eine Weile ganz für sich hatte.

»Dann ist ja alles geklärt.« Sie stellte den Teller weg, trank ihr Wasserglas leer und stand auf. Den Appetit hatte er ihr gründlich verdorben.

Sie hatte immer Familie sein wollen mit ihm. Nur mit ihm, kein anderer Mann hatte sie ihren Lebtag interessiert. Aber dass er frei blieb, daran hatte sie sich nie so recht gewöhnen können.

Nun sollte sie sich vielleicht der Realität stellen. Mit vier Kindern und dem fünften unter dem Herzen, mit einer Geschäftsidee, für die ihr bisher der Mut gefehlt hatte. Mit einer Zigarrenkiste hinten im Vertiko, falls es hart auf hart kam. Sich nicht länger auf Max verlassen, sondern nur noch darauf, für ihre Kinder zu sorgen und für sich selbst einzustehen.

Kösen, August 1912

Doch zunächst brauchte sie einen Ort, an dem sie sich alle erholen konnten. Max' Idee mit den Bahnstationen fiel ihr ein, und sie fuhr mit ihm und den Kindern in den ersten Augusttagen nach Kösen. Von dort wäre Max schnell zurück in Berlin. Er war beinahe ausgelassen, als sie endlich gemeinsam im Zug saßen, als könnte er es nicht erwarten, an jenen Ort zu reisen, von dem ihm Max Liebermann wohl schon in den höchsten Tönen vorgeschwärmt hatte.

Käthe versuchte, sich nicht allzu große Hoffnungen zu machen. Kösen drohte, ihr zweiter Monte Verità zu werden, ein Ort also, an den sie abgeschoben wurde, weil es zu unbequem war, mit ihr in Berlin zusammenzuleben. Daran änderte auch das Kind nichts, das zum Jahresende zur Welt kommen würde. Wieder war da diese Einsamkeit in ihrem Herzen, die von dem Lachen ihrer Kinder, von der Lebensfreude und ihrem Glück nur mühsam kaschiert wurde.

Sie merkte es. Dass sie nicht nur die Mutter seiner Kinder sein wollte nach so vielen Jahren. Sie wollte mehr aus sich machen, wollte für sich bestehen können – ohne ihn.

Und da begriff sie: Kösen wäre auch ihre Chance, sich von ihm zu emanzipieren. War es das, was er für sie wollte? Sie weg vom Mütterlichen erziehen hin zu jener Selbständigkeit, die sie erzwungenermaßen einst auf dem Monte Verità hatte annehmen müssen?

Wie sich herausstellte, hatte Max gar keine Absichten. Als sie das erste Mal die breiten, von Linden gesäumten Alleen entlang flanierten, seufzte er. »Hier also hat's meiner Mutter so gut gefallen.«

Sie warf ihm einen schrägen Blick zu. »Ich dachte, Liebermann hat dir in den Ohren gelegen mit Kösen?«

»Der auch. Aber meine Mutti fand's immer angenehm herzureisen, man setzt sich in den Zug und ist nach halber Tagesreise hier. Für die Psyche, verstehst du?«

Noch nicht so ganz, aber sie bohrte auch nicht nach. Meinte er, *ihre* Psyche brauchte eine Erholung? War ihm deshalb Kösen eingefallen – nicht nur, weil es fern der Großstadt war, sondern auch, weil er um sie besorgt war?

Das wäre ihr mal ganz neu, doch der Gedanke gefiel auch.

Max blieb vor einer der hübschen Villen stehen, die ein Stück von der Straße weg standen. »Und sieh nur, so viel Innovation steckt in diesem kleinen Ort! Das ist eine der Villen, die Schultze-Naumburg hat errichten lassen.« Schultze-Naumburg, woher sollte sie den Namen nun wieder kennen? Max warf mit Namen um sich, bei denen er wie selbstverständlich davon ausging, Käthe könne etwas mit denen anfangen. Er bemerkte immerhin ihren fragenden Blick und setzte zu einer Erklärung an, die viel mit Architektur, dem Kronprinz und dessen Wunsch nach einer Residenz in Potsdam, aber leider gar nichts mit der Villa zu tun hatte, die sie von der Straße aus betrachteten. Weiß blitzte die Fassade. Ein schmiedeeisernes Tor, das Max öffnete, als wohnte er hier bereits.

»Ich habe ihm geschrieben, und er erwähnte dieses Haus. Ein Glücksfall. Es steht noch leer.«

Als wär's für sie erbaut worden. Zur rechten Zeit an diesem Ort, von dem sie das Gefühl bekam, er wollte ihr länger Heimat sein als nur für die kommenden Monate.

»Am Ende der Straße geht's zur Schule. Die Kinder könnten dort ab September ...« Er ging voran, schlenderte über den kiesbestreuten Weg. Käthe ließ Michel herunter, der ihr langsam zu schwer wurde mit ihrem wachsenden Bauch. Hanni schob die Hand in ihre, Mimerle holte zu ihrem Vater auf und Fifi reichte Michel die Hand, dass er mit ihr laufen konnte. So betraten sie das Haus, das sich ihnen öffnete, helle Räume, so viel Platz. Kinderzimmer, Gästezimmer, »hier der Salon«, schlug Max vor, jetzt klang er doch etwas verhalten. Käthe sah sich alles an. »Hier könntest du ...« Er verstummte, dachte nach. »Naja, oder du richtest es dir für länger ein, du könntest in Kösen sicher auch ... eine Werkstatt.«

Er hatte also *das* Ziel immer noch nicht aus den Augen verloren, es kam ihm nicht zufällig gerade jetzt in den Sinn, während sie die Räume abschritt und in Gedanken bereits mit ihren Möbeln vollstellte. »Es wäre anders als Ascona«, fügte er hinzu.

Größer. Mondän, könnte man fast sagen.

»Ja, können wir uns das denn leisten?« In Berlin jedenfalls könnten sie es nicht, da stünde so ein großes Haus im Grunewald und sie müssten ein Vielfaches von dem zahlen, was die Atelierwohnung kostete.

»Es wäre billiger als Berlin.«

»Würdest du auch herziehen?« Sie blickte aus einem Fenster. Ein großer Garten hinter dem Haus, dann der Bahndamm, dahinter der Friedhof. Käthe schauderte. Sie spürte, wie das Baby sie trat. Zum ersten Mal, dass sie es spürte, sie hatte sehnsüchtig auf diesen Moment gewartet. Und nun kam er ausgerechnet jetzt, da sie auf einen Friedhof blickte. Schnell schüttelte sie die finsteren Gedanken ab und streichelte ihren Bauch. Du bleibst bei mir, kleiner Schatz, dachte sie. Noch mal wollte sie kein Baby verlieren.

Wie zur Bestätigung spürte sie einen zweiten zarten Tritt, diesmal schon etwas kräftiger.

»Ich in Kösen? Meine Güte, nein. Dachte nur, für dich wär's besser, solange Hanni krank ist. Und danach, wer weiß.«

Wer weiß, wer weiß … Max hatte Pläne. Sie wusste das, aber zugleich spürte sie, er würde ihr seine Pläne nicht einfach so offenbaren. Sie musste selbst drauf kommen.

Kösen. Viel Platz. Das Thüringische nicht weit, wo viele Spielwarenmanufakturen waren. Käthe runzelte die Stirn. Nein, das war zu absurd. Eine Werkstatt, hatte er gesagt.

Sie schwieg, während die Kinder den Garten entdeckten. Jemand hatte in den alten Pflaumenbaum eine Schaukel gehängt, und Mimerle und Fifi waren nicht mehr zu halten. Käthe bat sie, Hanni mitzunehmen. Sie hörte das Juchzen und Rufen.

Kösen wäre schon was anderes für die Kinder. Sie könnten hier freier aufwachsen. Müssten nicht im Innenhof des Künstlerhauses spielen, sondern könnten im eigenen Garten oder auf der wenig befahrenen Straße vor dem Haus spielen ... Käthe dachte an Birgit. Die bekäme sie wohl kaum von Berlin nach Kösen, jedenfalls nicht auf Dauer. Sie bräuchte ein neues Kindermädchen, bei so einem großen Haus dazu noch eine Haushälterin, sonst ginge es nicht, denn ihre Arbeit, die wollte sie dafür nicht aufgeben ...

»Nun? Was denkst du?«

Für die erste Nacht waren sie in einem Hotel untergekommen, ab morgen konnten sie den Schlüssel für das Haus haben. Die Kinder hatten schwer zur Ruhe gefunden, aber nun schliefen alle – Michel auf Max' Schoß, weil er noch nicht ins Bett gewollt hatte.

»Wie lange soll ich mieten? Vier Wochen oder gleich fürs Jahr?«

»Willst du uns nicht mehr in Berlin haben? Sind wir dir bei irgendwas im Weg, Max?«

»Niemand ist im Weg.«

»Und warum willst du mich wieder fortschicken? So wie damals, als ich ins Tessin gehen sollte?«

»Berlin ist kein rechter Ort für die Kinder. Für dich auch nicht. Merkst du das nicht, wie die Stadt dich ermüdet?«

Darüber dachte sie nach. Ja, stimmte schon. Das Leben in Berlin hatte sie als junges Mädchen in vollen Zügen genossen, da hatten sie Lärm, Dreck und all die Menschen nicht gestört. Aber nun hatte sie vier Kinder, es war schwer, ihnen in der Großstadt gerecht zu werden. Platz fürs kindliche Spiel war dort jedenfalls nicht.

»Und was wird aus uns, wenn ich hier bin und du dort?«

»Nichts ändert sich. Ich komm zu Besuch oder wir fahren gemeinsam weg, was uns gerade besser zupasskommt.«

»Wohl eher, was dir zupasskommt.« Aber sie merkte, nun tat sie ihm unrecht. Wie er den kleinen Michel im Arm hielt, das rührte schon ihr Herz.

»Überleg's dir. Schau dir doch einfach den Ort mal an. Könnte mich auch irren und wir suchen dir was anderes, aber ich glaub, hier wärst du glücklicher als in Berlin.«

Als ginge es nur darum. Doch Käthe nickte nachdenklich und ließ das Thema auf sich beruhen.

Früh morgens um fünf. Michel brauchte eine frische Windel, und danach fielen ihm die Augen immer wieder zu. Obwohl es etwas mühsam war mit ihrem Bauch, band sie ihn sich seitlich ins Tuch und schlüpfte in ihre Stiefel. Sie warf das rote Wolltuch um die Schultern, das einst ihre Mutti für sie gestrickt hatte. Gestern Abend war ein Gewitter über Kösen niedergegangen, das alle Kinder verschlafen hatten. Danach ein Sturzregen, von dem die Natur jetzt noch ganz feucht und frisch war.

Käthe lief die Dorfstraßen entlang. Viel mehr als ein größeres Dorf war Kösen nicht, auch wenn es sich was aufs Stadtrecht einbildete und – auch das wusste sie von Max – es Bemühungen gab, ein Heilbad daraus zu machen, ganz offiziell. Die Luft jedenfalls – herrlich. Man musste den Kindern abends keine dicken, grauen Schnodder aus der Nase pulen. Und musste keine Angst haben, dass sie bei erster Gelegenheit unter die Räder eines Fuhrwerks oder eines neumodischen Automobils gerieten.

Denn Kösen war ruhig. Und man legte hier viel Wert auf diese Ruhe, das erkannte Käthe daran, wie die ersten Spaziergänger am Morgen die Gehwege entlangglitten, als versuchten sie, besonders leise zu sein. Sie entdeckte das Gradierwerk, das zur Solegewinnung diente; das sanfte Rieseln des salzhaltigen Wassers über das Schwarzdornreisig war offenbar so einschläfernd, dass Michel endlich die Äuglein zufielen.

Käthe blieb stehen. Sie atmete tief durch. Max hatte ihr auf seine gewohnt belehrende Art erklärt, durch die Rieselanlage werde ein feines Aerosol freigesetzt, winzige Wassertröpfchen, die den Atemwegen wohltaten. Deshalb sei es eine gute Idee, wenn sie künftig mit Hanni jeden Tag um das Gradierwerk spazieren ging.

Nun, falls dies helfen sollte, dass es Hanni bald besser ging, sollte es Käthe nur recht sein. Sie hatten Glück gehabt; der Keuchhusten war nach jener ersten Nacht recht mild verlaufen, keines der anderen Kinder hatte sich angesteckt. Sie würden wohl nie erfahren, woher Hanni so plötzlich krank geworden war. Das war noch das Beängstigendste daran – dass Kinder krank wurden und starben und sie als Mutter nichts dagegen tun konnte. Sie konnte nur da sein und versuchen, was in ihrer Macht stand. Doch es fühlte sich so vergeblich an – Inhalationen mit Salzwasser, ein Hustenstiller aus Heroin für die schlimmen Nächte. Mehr hatten sie nicht gehabt, um es Hanni leichter zu machen.

Käthe ging weiter. Sie wanderte durch einen Park und wandte sich wieder in nördliche Richtung. Dort müsste sie über eine Parallelstraße wieder zurück zum *Mutigen Ritter* gelangen, jenem Hotel, in dem sie abgestiegen waren.

In der Friedrichstraße entdeckte sie ein leerstehendes Haus. Wohnhaus? Nein, eher ein Handwerksbetrieb, der dort vorher beheimatet gewesen war. Durch einen Torbogen konnte sie in einen Innenhof blicken, wo noch einige Maschinen und Gerätschaften standen. Käthe blieb stehen. Dreigeschossig war das Gebäude, die hohen Fenster versprachen viel Licht in den Räumen. Dazu noch die zentrale Lage mitten in Kösen … Sie beobachtete zwei Männer, die ein paar Kisten auf ein Pferdefuhrwerk luden. Sie schimpften, es war wohl anstrengend.

»Entschuldigen Sie?«

»Was denn? Meinen Sie uns?« Der Jüngere der beiden blickte auf, er schob seine Schiebermütze nach hinten und wischte mit dem Handrücken über die Nase. Ein Schmutzstreifen zog sich quer über das freundliche Gesicht.

»Ja, ich würde gern wissen, wem das Haus hier gehört. Sind das Wohnungen oder Werkstätten?«

Die Miene des jungen Arbeiters verdunkelte sich. »Werkstätten. Tischlerei und so. Aber das war mal, nun müssen wir alles ausräumen und uns was Neues zu arbeiten suchen.«

Der Ältere spuckte aus. »Als gäb's irgendwo was zu arbeiten für Leute wie uns.«

Käthe ruckte Michel weiter hoch, das Tuch rutschte. »Wem gehört das Haus?«, fragte sie.

Der Jüngere horchte auf. »Meinem Onkel. Wäre das was für Ihren Mann?« Er maß sie mit Blicken. Sah den feinen Rock, die schicke Bluse. Und sofort erlosch der winzige Funken Hoffnung in seinen Augen. »Ach nee, wenn will der das bestimmt nur kaufen und teuer vermieten, was?«

»Es ginge schon darum zu mieten. Kann ich mir mal die Räume von innen ansehen?«

Die beiden Männer warfen einander Blicke zu. Der ältere zuckte mit den Schultern, und der Jüngere trat beiseite. Käthe folgte ihm durch den Torbogen in den Innenhof. Viel Platz für Lieferwagen, stellte sie fest. »Da vorn ist das Lager. Da drüben die Werkstätten.« Er ging voran und erklärte alles. Käthe spürte, wie sehr er an dieser Werkstatt hing. Der Ort hier bedeutete ihm was, und das rührte sie zutiefst.

»Was haben Sie vor, wenn das alles leer ist?«

Die Räume, die sie durchschritten, hallten. Fast alle Möbel und Werkbänke waren schon entfernt worden. Trotzdem konnte Käthe sich das gut vorstellen. Da vorn lange Tische, an denen ihre Frauen saßen und die Arme und Beine ausstopften. Ein Zuschneidetisch im nächsten Raum. Gegenüber die Näherei, sowohl für die einzelnen Puppenteile als auch für die Puppenkleidung. Drüben das Lager, wo die Rohstoffe angeliefert wurden und die Puppen fertig verpackt die Manufaktur verließen. Ihre Füße schritten über die lackierten Holzdielen. Sie hatte gesehen, dass unten noch mehr Räume waren. Irgendwo dort wäre Platz für die Puppenkopfpresse.

Ein Raum mit großen Fenstern könnte das Atelier sein, in dem die Puppenköpfe bemalt wurden. Ob Herr Beyer ihr nach Kösen folgen würde? Hier hätte er ein festes Einkommen, könnte sich ganz den Puppen widmen und hätte darüber hinaus noch Zeit für seine Kunst … Sie grollte ihm nicht nach der Sache mit den amerikanischen Puppen, weil sie wusste, wie gewissenhaft er war und dass es ihm kein zweites Mal passieren würde.

»Jetzt haben Sie alles gesehen.« Der junge Mann ließ den Kopf hängen. Käthe traf eine Entscheidung – und sei's nur für den Moment. Sie brauchte mehr Informationen.

»Könnte Ihr Onkel sich bei mir melden, wenn er Interesse hat, die Werkstatt zu vermieten? Wir sind im *Mutigen Ritter* abgestiegen. Er soll nach Familie Kruse fragen.«

»Können Sie das denn einfach so für Ihren Mann entscheiden?«

Käthe lächelte fein. »Ich kann das für *mich* entscheiden.« Sie wusste allerdings, dass eventuelle Vertragsverhandlungen dann wieder Max für sie führen musste, weil sie »nur« seine Frau war.

»Also dann – ja, natürlich. Ich sag's ihm. Könnte Ihr Mann dann einen jungen Tischler brauchen, der gern arbeitet?«

»Mein Mann vielleicht nicht. Aber ich könnte wohl jemanden brauchen, der uns die Einrichtung tischlert und später alles in Stand hält.«

Er machte große Augen. »Dann sind Sie …? Aber …«

»Ich bin so eine Art weiblicher Geschäftsmann, wenn Sie so wollen. Mein Mann ist Künstler. Bildhauer.«

»Ach, Donnerlittchen, das ist ja was. So was kennen wir hier in Kösen nicht, wo kommen Sie denn her?«

»Na, aus Berlin«, sagte Käthe, als sei es das Natürlichste auf der Welt, dass Berlinerinnen ihren Mann standen und eigene Betriebe leiteten. »Dort habe ich eine Puppenwerkstatt, doch ich könnte mir vorstellen, dass wir mit dieser Werkstatt nach Kösen übersiedeln. Wir brauchen nämlich Platz, und mir gefällt's recht gut hier.«

»Ja dann … « Sie traten wieder in den Innenhof. »Ich frag meinen Onkel. Er wird sich bestimmt bei Ihnen melden, Frau Kruse. Also … Sie hören von uns. Francke. Mein Onkel ist Dietmar Francke.«

»Und wie heißen Sie?«, fragte Käthe.

»Oskar Francke.«

»Ich hoffe, wir kommen miteinander ins Geschäft, Ihr Onkel und ich. Dann würde ich Sie gern einstellen.« Er machte auf sie einen tüchtigen Eindruck. Außerdem sah sie, wie er seine Vorstellungskraft bemühte. Ein weiblicher Geschäftsmann! Das war aber wohl zu groß für ihn, er wirkte etwas verloren.

Bei ihrer Rückkehr ins Hotel traf sie die Familie im Frühstücksraum an. Max war erleichtert, sie zu sehen, denn Hanni weinte, weil ihr Frühstücksei zu hart war. Käthe bot Hanni ihr eigenes an, bei dem das Dotter butterweich und genau richtig war. Sie ließ Michel im Tuch, während sie sich zu Max setzte.

»Na, welchen Sahnetopf hast du denn unterwegs ausgeschleckt?«, fragte er, bevor sie nur den Mund aufmachen konnte.

»Einen mit hohen Räumen und viel Platz.«

Er musterte sie prüfend.

»Ich glaub, ich hab eine Werkstatt für mich gefunden.«

Es ging dann recht schnell. Am selben Nachmittag kam Dietmar Francke mit seinem Neffen im Hotel vorbei. Die Kruses trafen sich mit ihnen im Garten. Max führte die Verhandlungen. Käthe hörte aufmerksam zu, denn irgendwann wollte sie selbst so für sich einstehen können, wie er es nun für sie tat. Sie hätte den Mietzins gern noch etwas gedrückt, aber Max verhandelte nicht allzu viel nach. Auch so konnten sie das Angebot als fair bewerten, fand sie. Es würde jedenfalls nicht ihre kompletten Ersparnisse verschlingen, wie es mit einem ähnlichen Objekt in Berlin der Fall gewesen wäre.

In Berlin, das stand für sie fest, hätte sie sich das nicht getraut.

»Alles Weitere müssen Sie mit meiner Frau klären«, sagte Max, als Herr Francke nach den Vertragsdetails fragte. »Es wird ihre Manufaktur.«

»Ach, die Frau Gemahlin erfüllt sich einen Lebenstraum?«, erkundigte sich der alte Francke liebenswürdig. »Eine kleine Liebhaberei hier bei uns in Kösen?«

»Nein, ich verdiene damit meinen Lebensunterhalt«, erwiderte Käthe spröde. Hochgezogene Augenbrauen rings um den Tisch, ein verstohlener Blick von Herrn Francke zu Max, der sich zurücklehnte und Michel auf den Knien wippte, der heute besonders anhänglich war. Ich halte mich raus, schien Max sagen zu wollen.

»So ist das. Ah ja.« Herr Francke war etwas verwirrt. Er hatte wohl tatsächlich gedacht, diese feinen Berliner in ihren hübschen Kleidern, die im besten Hotel am Platz abstiegen, die würden eine Werkstatt nicht für ihren Lebensunterhalt brauchen.

»Meine Käthe war immer schon sehr auf ihre Freiheit bedacht«, ließ sich Max vernehmen. Sie warf ihm einen strengen Blick zu. Nicht jetzt!, wollte sie ihm damit sagen. Die Kösener mussten doch nicht alles über sie wissen. Es genügte, wenn sie mehr über Käthe erfuhren, wenn sie den Mietvertrag in der Tasche hatte.

»Eine Frau, die für sich sorgt. Hm.« Dietmar Francke schien nicht sonderlich überzeugt zu sein.

»Nee, ich sorge schon für sie.«

Was nicht stimmte. Oder nur bis zu einem gewissen Punkt. Aber Herr Francke hinterfragte diese kleine Lüge nicht; er wollte gar nicht alles wissen. Käthe atmete auf. Das Gespräch wandte sich anderen Themen zu, und kurz darauf verabschiedeten sich die beiden Franckes.

»Sobald ich eingezogen bin, kommen Sie zu mir«, sagte Käthe zum Abschied zu Oskar. »Ich halte mein Versprechen!«

Dann waren sie allein.

»Also bleibst du doch hier.« Max reichte ihr Michel, der eine volle Windel hatte.

»Es war deine Idee, oder nicht?«

Er lachte rau. »Seit wann machst du denn, was ich dir vorschlage?«

»Ich werde Herrn Beyer fragen, ob er hier arbeiten will. Suse und die anderen auch, obwohl ich vermute, die meisten werden in Berlin bleiben wollen. Dann brauche ich Hausangestellte für unser Wohnhaus. Weitere Mitarbeiterinnen, sowohl für die Werkstatt als auch fürs Lager.« Käthe wurde fast ein wenig schwindelig. So viel Verantwortung, die sie übernahm!

»Du hast die fünfhundert Puppen für F. A. O. Schwarz immer noch in der Hinterhand«, erinnerte Max sie sanft. »Wenn du mit denen anfängst und ein paar Unikate auf Ausstellungen schickst, wirst du bald deinen Namen von dem Makel reinwaschen können, den er durch Kämmer & Reinhardt davongetragen hat.«

Sie atmete tief durch. »Ja«, sagte sie leise. »Ja.«

Aber so richtig glauben konnte sie es immer noch nicht.

8

Kösen, Oktober 1912

Max kehrte nach Berlin zurück, so schnell es ging. Sie hörte ein paar Tage nichts von ihm, dann telegrafierte er von Hiddensee. *Bin mit Gabriele hier. Grüße von Oskar.*

Käthe konnte ihm nicht böse sein, dafür war sie viel zu beschäftigt. Das Telegramm legte Käthe zu den Briefen, die sie aus Berlin erreichten; Birgit schickte weiterhin die Post nach Kösen oder Hiddensee, je nach Empfänger, sie hütete die Atelierwohnung in Abwesenheit der Familie. Nach Kösen wollte sie nicht übersiedeln, sie schrieb nur knapp: *Bin Berlinerin. Bleib's auch.*

Doch Hans Beyer kam, und auch Suse wollte ihr Glück in Kösen suchen. Dazu noch eine junge Näherin, die vor Kurzem angefangen hatte, für Käthe zu arbeiten. Das waren alle, die ihr von der Berliner Belegschaft blieben. Doch Käthe ließ den Kopf nicht hängen. Sie war überzeugt: Auch in Kösen gab es Frauen, die für sie arbeiten konnten und wollten!

Zwei Monate gingen dafür drauf, in denen sie alles einrichtete. Nähmaschinen wurden angeschafft, die Puppenkopfpresse und alle Materialien und Maschinen, die Käthe in Berlin eingelagert hatte, wurden geschickt. Es war ein ständiges Hin und Her aus Briefen und Waren. Sie hätte schon gern Max am anderen Ende gewusst, doch wenn sie von ihm hörte, dann allenfalls, dass es ihm in Hiddensee immer noch gefiel, dass er nicht plante, seine Zelte dort in naher Zukunft abzubrechen.

Kommst du wenigstens, wenn das Baby da ist?, schrieb sie ihm irgendwann.

Bis dahin ist's ja noch etwas Zeit.

Es war also eingetreten, was sie schon mal erlebt hatte. Sie war auf sich gestellt. Mimerle und Fifi gingen in Kösen zur Schule, Hanni und Michel wurden von der neuen Köchin Anna betreut, solange Käthe in der Manufaktur war. An manchen Tagen wusste sie gar nicht, wo ihr der Kopf stand, die Liste der Dinge, die erledigt werden mussten, war so lang. Aber sie hatte ihr Versprechen eingelöst und Oskar Francke eingestellt. Erst nur, damit er für alle Arbeiterinnen Tische schreinerte. Später dann, das merkte sie immer deutlicher, damit er ihr bei der Organisation zur Hand ging.

Die ersten Frauen im Ort erfuhren von der Puppenmanufaktur, sie stellten sich bei Käthe vor und fragten, wann sie anfangen könnten. »Am liebsten gestern!«, rief Käthe ihnen zu. Sie fingen mit achtzehn Frauen an, dazu drei Lagerarbeiter. Käthe hatte sich von Oskar ein Regal bauen lassen, das eine komplette Wand in der großen Werkstatt einnahm, in der die einzelnen Puppenteile gestopft und von Hand zusammengenäht wurden. In die Fächer wurden die fertigen Puppen gestellt, bevor sie dann im Lager verpackt und für den Versand fertig gemacht wurden.

Im Obergeschoss gab es außerdem ein Kontor, das aus

einer Zimmerflucht aus drei Räumen bestand. In einen Raum stellte Käthe ihren Schreibtisch. In einen weiteren kamen zwei Schreibfräuleins unter, und der dritte blieb vorerst leer. Aber auch dafür hatte sie schon Pläne.

Sie meldete Mimerle und Fifi ab September in der Schule am anderen Ende der Straße an. Eine Dorfschule, alle vierzig Kinder in einem Klassenzimmer, das war eine Umstellung für die kleinen Stadtpflanzen. So etwas kannten sie aus Berlin ja nicht. Aber sie fanden sich schnell ein; wenngleich Mimerle sich beklagte, der Lehrer sei sehr streng, er habe zudem die Angewohnheit, die Kinder zu schlagen. »Die Buben auf den Po, die Mädchen auf die Finger«, berichtete sie nach dem ersten Schultag. Käthe runzelte die Stirn. Das passte ihr nun nicht. Für sie war gewaltfreie Erziehung wichtig; Kinder *wollten* ja lernen, sie wollten die Welt erkunden, da musste man ihnen nicht mit dem Rohrstock die Richtung weisen. Und denen, die etwas lauter oder wilder waren, musste man eben mehr Platz zum Austoben geben. »Und wenn ein Mädchen die Finger zurückzieht, dann gibt's *zwei* mit dem Stock«, fuhr Mimerle ungerührt fort. »Und wir müssen jeden Morgen unsere sauberen Taschentücher vorzeigen. Zwei Schwestern hatten heute keins dabei, sie mussten den ganzen Weg zurück nach Hause laufen, und sie wohnen zwei Stunden entfernt. Als sie dann kurz vor Schulschluss wieder da waren, gab's noch einen mit dem Rohrstock, weil sie die Taschentücher vergessen hatten.«

Mimerle klang nicht mal sonderlich empört, sondern eher sachlich. So war das eben in Kösen, war ihre Meinung. Käthe aber war damit nicht einverstanden. »Soll ich mal mit dem Lehrer reden?«

»Bloß nicht!« Fifi riss die Augen auf. »Der macht uns das Leben nur schwer, wenn wir dich schicken.«

Das fürchtete Käthe auch. Allerdings hatte sie ein ungutes Gefühl dabei, die Sache auf sich beruhen zu lassen.

»Wenn's mir hier nicht passt, geh ich zurück nach Berlin. Dort kann ich auf ein Mädchengymnasium.«

So sprach Mimerle, und Käthe hatte keinen Zweifel, dass ihre willensstarke Erstgeborene das in die Tat umsetzen würde, wenn es ihr zu bunt wurde.

»Ich komm mit.« Fifi, natürlich. Hängte sich an die große Schwester. Käthe saß zwischen den beiden Mädchen, die hungrig ihr Mittagessen in sich reinschaufelten, bevor sie gleich an die Hausaufgaben gingen. Sie sind so groß geworden, dachte Käthe. Sind mir über den Kopf gewachsen, ohne dass ich es gemerkt habe.

Wenigstens die beiden kleinen Kinder waren ihr geblieben, die ließen sich gern verwöhnen und wurden nicht so schnell eigenständig. Und im Dezember erwartete sie noch ein Baby. Trotzdem erfasste eine eigentümliche Wehmut sie. Ohne Mimerle und Fifi, ging das überhaupt? Die beiden hatten sie einst nach Ascona begleitet. Die Jahre auf dem Berg der Wahrheit, als Käthe sich langsam dem Puppenhandwerk zugewendet hatte, waren für sie alle prägend gewesen …

»Ach, Mutti. Nicht so traurig gucken.« Fifi bemerkte Käthes Angefasstsein, sie sprang auf und schmiegte ihre Wange an Käthes. »Bestimmt kommen wir gut zurecht. Es ist eben anders, aber wir lernen schon alles, was wir fürs Leben brauchen.«

Das sollte Käthe trösten.

Doch abends lag sie wach. Was brauchen Kinder fürs Leben?, überlegte sie. Puppen zum Spielen, überhaupt den Raum, in dem sie sich spielerisch entfalten konnten. Ja, den konnte sie mit ihrem Handwerk bieten, das war ihr persönliches Ziel. Darüber hinaus? Eine möglichst gewaltfreie Erziehung. Max und sie waren sich darin einig, und Käthe hätte niemals ein Kindermädchen akzeptiert, das sich nicht diesem Grundsatz verschrieben hatte – was im Übrigen ihre Suche nach Ersatz für Birgit etwas schwieriger gestaltete, denn die Frauen, die sich bei Käthe vorstellten, hatten ähnliche Vorstellungen von Erziehung wie der Lehrer: Kinder mussten parieren, Gehorsam zeigen, durften nicht ausscheren. Kein Platz für die individuelle Entwicklung, Hauptsache sie lernten lesen, schreiben, das kleine Einmaleins, das reichte schon, um als Hausfrau und Mutter oder Handwerker zu bestehen.

Käthe wollte mehr – für ihre eigenen Kinder, aber auch für alle Kinder. Sie sollten in den Stunden des Spiels versinken dürfen. Vergessen, was um sie herum geschah. Ganz sich selbst erfahren.

Das war es, was sie antrieb.

Und nur deshalb gelang Käthe in diesem Herbst das schier Unmögliche. Jeden Morgen um halb sechs stand sie leise auf, deckte Michel noch mal zu und wusch sich. Zog sich an, fröstelte in der Kälte des Schlafzimmers. Meist hörte sie schon

Anna im Hof, wo sie ein paar Holzscheite spaltete, bevor sie den Herd in der Küche anheizte. Halb sieben gab es Frühstück für alle, geröstete Brotscheiben, Kaffee für die Frauen und Tee für die Kinder. Da hatte Käthe meist schon die ersten Briefe beantwortet, Bestelllisten bearbeitet, hatte sich Notizen gemacht, was zu tun war, wenn sie in die Manufaktur kam. Um viertel nach gingen die Mädchen zur Schule, jeden Morgen kontrollierte Käthe, ob die Gesichter sauber und zwei weiße Taschentücher bei jeder in den Rocktaschen waren. Sie brachte Michel und Hanni zu Anna, die sich um die Jüngsten kümmerte, solange es noch kein weiteres Mädchen im Haus gab. Dann brach Käthe auf und erreichte um viertel vor acht die Manufaktur.

Die Arbeiterinnen kamen um sieben, und wenn Käthe eintraf, hatte sich das morgendliche aufgeregte Summen schon gelegt und war einer geschäftigen Stille gewichen. Käthe verbot ihren Arbeiterinnen nicht das Reden. Auch Lachen und Scherze, solange sie niemanden verletzten, waren für sie in Ordnung. Nur übermütig sollten die jungen Frauen nicht werden, dann fingen sie das Schludern an.

Käthe machte einen Rundgang durch alle Räume, Werkstätten, Lager, die Näherei. Wer etwas auf dem Herzen hatte, konnte zu ihr kommen. Erst danach ging sie ins Kontor und setzte sich in ihr Büro. Die Schreibkräfte kamen um acht, und spätestens um fünf nach acht schloss Käthe ihre Tür, weil die beiden jungen Damen als Grundausstattung auch jeweils eine Schreibmaschine bekommen hatten, auf der sie Briefe an Kunden und die Rechnungen schrieben.

So gesehen war es für Käthe einfacher geworden. Sie musste nicht mehr in der Näherei aushelfen, musste nicht mehr den Papierkram erledigen, der ihr ohnehin immer verhasst gewesen war. Auch das Telefon, das immer häufiger klingelte, wurde von einem Schreibfräulein beantwortet.

Ihr Tätigkeitsfeld war so noch groß genug. Sie musste Rohmaterialien bestellen, Kataloge entwerfen, dafür passend Fotografien anfertigen, Postkarten drucken und neue Puppen ersinnen. Besonders Letzteres war ihr sehr wichtig, denn die Puppe I, wie sie ihre erste Puppe nannte, sollte in vielen verschiedenen Ausführungen erhältlich sein, damit jedes Kind sie ganz nach der eigenen Neigung auswählen konnte.

Und während sie die Kataloge noch verschickte, kamen schon die ersten Bestellungen herein, und Käthe brauchte mehr Arbeiterinnen. Sie stellte einen zweiten Künstler für die Köpfe ein und überwachte, wie dieser von Hans Beyer angelernt wurde. Auch alle anderen Arbeitskräfte mussten stets mit ihrem kritischen Blick rechnen. Gegen Mittag tauchte sie wieder zu einem Rundgang in der Werkstatt auf, die sie von der Kopfpresse über die Näherei und die anderen Räume bis zu dem Packtisch führte, wo die fertigen Puppen angekleidet und verpackt wurden.

Abends jedoch, bevor sie alle Lichter löschte und als Letzte die Manufaktur verließ, machte sie noch einmal ihre Runde. Dann widmete sie sich jenen Puppen, die im Laufe des Tages fertiggestellt worden waren. Dafür hatte sie das große Regal von Oskar Francke anfertigen lassen. In jedes der Fächer kam jeweils eine Puppe, wenn sie in den Augen der Arbeiterinnen perfekt war. »Macht sie so, dass ihr sie euren eigenen Kindern schenken möchtet«, das war Käthes Credo. Und wenn sie perfekt waren, kam ihr prüfender Blick.

Sie schritt das Regal ab, nahm jede einzelne Puppe zur Hand und betrachtete sie von allen Seiten. Wohlwollend, denn sie sah, wie gerade die Nähte waren, wie hübsch das Gesicht gemalt war. Perfekt war meist der kleine Lichtfunken in den Augen, der ihnen Leben einhauchte; Herr Beyer war eben ein Künstler, und sein Lehrling schickte sich an, ähnlich virtuos mit den winzigen Pinseln und der Ölfarbe zu verfahren.

Jedes Detail wurde geprüft, auch die Kleidung. Und wenn ein Ärmel schief eingesetzt war, entging das ihrem Blick nicht, ein krummer Saum wurde ebenso von ihr gefunden. Sie hatte kleine Zettel parat liegen, auf die schrieb sie in ihrer akkuraten, runden Handschrift Bemerkungen. *Leider kein schönes Lächeln, bitte lassen Sie das Kindchen strahlen!*, notierte sie beispielsweise bei einem etwas schiefen Mündchen. *Das Kleidchen nachbessern, die Spitze reißt beim Spiel zu schnell ab.* So schritt sie die Puppen ab, und jede zweite oder dritte bekam ein Zettelchen angeheftet. Nur jene, die Käthes letzte Prüfung unbeschadet überstanden, durften am nächsten Tag in den Packraum weiterwandern. Die anderen kehrten zurück auf die Tische der Näherinnen, wurden ausgebessert und erneut geprüft, bis jedes Detail vor Käthes kritischem Blick Bestand hatte.

Sie war mit dem Ergebnis für heute zufrieden, denn tatsächlich wurde die Arbeit ihrer Näherinnen immer besser. Jeden Schritt hatte Käthe anfangs allen gezeigt, und danach hatte sie entschieden, welche Arbeiterin sich für welche Arbeitsschritte am besten auszeichnete. So war gewährleistet, dass jede nach ihren Fähigkeiten den bestmöglichen Platz in der Produktion bekam. Die Endkontrolle konnte aber niemand machen außer Käthe. Noch war sie nicht so weit, dass sie loslassen konnte und damit etwas mehr Freiheit für sich selbst zurückgewann. Insgeheim hatte sie Suse für diese Aufgabe im Blick. Zumindest im Dezember würde es nicht anders gehen, sobald das Baby auf der Welt war. Dann müsste sie ein paar Wochen ihre Arbeit vom Bett aus erledigen, während Suse und die anderen Mitarbeiter ihre Manufaktur am Laufen hielten.

Wenn sie nach Hause kam, hatten die Kinder schon gegessen. Für Käthe stand das Essen im Ofenrohr, doch sie kam selten sofort dazu, sich hinzusetzen. Jeder wollte etwas von ihr, Michel brauchte ihre Nähe, Hanni wollte eine Geschichte vorgelesen haben, Mimerle und Fifi brannten die Erlebnisse in der Schule auf der Seele. Anna war eine wundervolle Unterstützung, ohne sie wär's keinen Tag gegangen. Aber auch ihr merkte Käthe nach zwei Monaten an, dass sie an die Grenzen kam. Und sie fühlte sich unwohl damit; wer war sie, dass sie ihre eigene berufliche Erfüllung auf den Schultern einer anderen Frau fand, die ihrerseits auf die Arbeit bei Käthe angewiesen war? Anna hatte selbst zwei kleine Kinder, die tagsüber bei der Großmutter bleiben mussten. Wenn sie abends nach Hause kam, schliefen sie oft schon, und morgens musste Anna ebenfalls früh los. Ihr blieb nur ein Tag in der Woche mit ihren eigenen Kindern …

Eine Lösung musste her. Und die konnte nicht sein, dass Käthe weniger arbeitete oder Anna mehr. Sie brauchten ein Kindermädchen. Eins, das nur für Hanni und Michel sorgte, idealerweise bei ihnen im Haus lebte. Platz war ja genug.

Die junge Frau fiel Käthe auf, als sie an einem frühen Dezembermorgen zur Manufaktur stapfte. Sie drückte sich unter dem Torbogen herum, hatte ein Wolltuch eng um ihre Schultern gewickelt.

Käthe verlangsamte ihre Schritte. Sie war es inzwischen gewohnt, dass arbeitswillige Frauen zu ihr kamen und um Anstellung baten, doch derzeit hatte sie genug Kräfte. »Guten Morgen«, grüßte sie dennoch freundlich. »Ist Ihnen nicht kalt hier im Niesel?«

Die junge Frau – Käthe schätzte sie auf Anfang zwanzig – kam ein paar Schritte näher. Jetzt sah Käthe, wie abgerissen sie war. Die Schuhe alt, die Strümpfe löchrig. Der Rocksaum ausgelassen. Na, eine gute Näherin konnte das nicht sein, oder sie war so tief ins Elend verstrickt, dass sie nicht mal Nadel und Faden nutzte.

»Guten Morgen. Sind Sie Käthe Kruse? Man sagte mir, Sie kämen gegen acht.«

»Die bin ich wohl.« Käthe blieb stehen. Da die Frau nicht weitersprach, fragte sie sanft: »Und wer sind Sie?«

»Die Liesel.« Mehr nicht. Sie scharrte mit einem Fuß im Staub. Blickte an Käthes Schulter vorbei zur Straße, als wünschte sie sich sonst wohin, nur nicht in diese Position als Bittstellerin.

Käthe wurde ungeduldig. In der Manufaktur wartete Arbeit auf sie!

»Was kann ich denn für Sie tun?«

»Ich wollte fragen …« Liesel gab sich einen Ruck. »Ob Sie mich brauchen. Also jemanden wie mich. Ich kann zupacken, wenn's sein muss.«

Danach sah sie nun nicht aus mit den schmalen Schultern und den eingefallenen Wangen. Aber Käthes Mitleid war geweckt. Wer zupacken konnte, für den fand sich schon eine Arbeit. Allerdings hatte sie fürs Erste genug Näherinnen in der Manufaktur, und im Lager waren auch ausreichend Leute. »Leider brauche ich keine weitere Näherin. Im Frühling vielleicht.«

»Ach, fürs Nähen tauge ich ohnehin nicht. Ich hab zwei linke Hände.« Betreten senkte Liesel den Kopf. »Aber sonst könnt ich wohl alles, und sei's dass ich die Werkstatt fege.«

Käthe überlegte. Sie brauchte ja noch wen – für die Kinder! Aber war Liesel nicht zu jung dafür? Versuchen musste Käthe es. Nun konnte es ja jeden Tag so weit sein, dass ihr fünftes Kind zur Welt kam, und sie hatte sich immer noch nicht kümmern können. »Mögen Sie Kinder?«, fragte sie.

Sofort hellte sich Liesels Miene auf. »Aber ja! Ich hab vier jüngere Geschwister, um die musste ich mich zu Hause immer kümmern, während meine Eltern arbeiten waren.«

»Bei uns kriegt keiner einen Klaps«, stellte Käthe klar. »Niemals.«

Liesel runzelte die Stirn. »In Ordnung?«, sagte sie zweifelnd.

»Kinder brauchen keine Schläge. Sie brauchen Zuwendung. Wenn jemand nicht gehorcht, gibt es andere Möglichkeiten.«

»Da haben Sie wohl recht. Bei meinen Brüdern hat's nie genutzt, wenn ich geschimpft oder ihnen die Ohren langgezogen habe.« Liesel lachte schon wieder.

Käthe hatte so ihre Zweifel, ob sie sich mit dieser jungen Frau, die eher schlichten Gemüts zu sein schien, nicht ein weiteres Problem ins Haus holte. Aber Anna konnte sie ja im Blick behalten, redete sie sich ein. Und bald wäre sie ja auch tagsüber zu Hause und könnte sich von Liesels Qualitäten überzeugen.

»Ich hab auch vier Kinder. Bald fünf.«

Liesel staunte. »Und Sie sind Unternehmerin!«

Käthe lächelte nachsichtig. »Das auch. Also, wenn Sie es sich zutrauen, dann kommen Sie heute gegen fünf, ich nehme Sie dann mit nach Hause, und Sie können die Kinder kennenlernen. Alles weitere klären wir dann.«

So kam Liesel zu ihnen.

Am selben Abend setzte Käthe sich spät hin, sie hatte in der Küche einen starken Schwarztee aufgebrüht, der sie lange wach hielt, und schrieb an Max.

Herzliebster, nun hab ich hier alles, was ich brauche – nur Du, Du fehlst mit jedem Tag. Seit gestern kann ich wieder atmen – endlich! –, denn der Bauch hat sich gesenkt. Wird also bald so weit sein. Heute habe ich ein Kindermädchen gefunden, oder sie hat mich gefunden. Sie ist ein Glücksfall, wenn sich bestätigt, wie

sie heute mit den Kleinen umging. Sie hat eine feine Art, ist 'ne
Gute. Hat nicht viel, darum hab ich ihr angeboten, dass sie zu
uns ziehen kann. Das Kind darf sich bald auf den Weg machen.
  Aber Du? Kommst du bald?

Sie starrte auf die letzten Zeilen, strich sie dann aber nicht
durch. Max konnte ruhig wissen, dass er ihr fehlte. Ob er sie
auch vermisste? Das wusste sie nicht. Sie dachte an jene Zeit
vor knapp elf Jahren, als sie mit gerade mal achtzehn Jahren
den berühmten Bildhauer Max Kruse kennengelernt hatte.
Ach, sie hatten es doch immer schön gehabt, allem Kummer
zum Trotz, den das Leben für jeden bereithielt … Vor elf Jahren hätte sie wohl kaum gedacht, dass sie nun fern von Berlin in einer Kleinstadt lebte und sogar Gefallen daran fand.
An die Puppen war damals auch nicht zu denken gewesen,
sie selbst war ja kaum mehr als ein Kind gewesen. Und doch,
sie hatte in ihre Mutterrolle hineinwachsen können und anschließend in die als Unternehmerin. Neben den Amerikanern hatte sie noch ein paar weitere Großaufträge bekommen, es würde also weitergehen mit ihrem Leben in Kösen.
Ob mit Max oder ohne ihn – das würde sie wohl bald herausfinden.

9

Kösen, Dezember 1912

Sie haben da einen kräftigen, gesunden Jungen, Frau Kruse.«
Die Hebamme stand am Fußende des Betts und wusch sich
die Hände über der Waschschüssel. »Wie soll er denn heißen?«

Käthe blickte auf das kleine zerknautschte Gesicht. Über
das dunkle Haar hatte die Hebamme dem Säugling eine
Haube gezogen, die unter dem Kinn festgebunden war. Draußen dämmerte ein neuer Tag herauf, es war der Geburtstag
ihres fünften Kinds. Wie schon bei den vorherigen Geburten hatte sie kräftige Wehen bekommen, und schon nach wenigen Stunden wurde der kleine Junge von den Händen der
Hebamme empfangen.

»Mein Mann und ich konnten uns noch keine Gedanken
darüber machen.«

Vor allem war Max immer noch in Berlin. Sie würde ihm
erneut per Telegramm mitteilen, dass das Kind da war.

Käthe war zu erschöpft, um über Max' Fehlen erbost zu
sein. Das Baby schlief in ihrem Arm ein, und sie schloss
die Augen. Die Hebamme verabschiedete sich mit den üblichen Ermahnungen: Liegen bleiben, so lange es möglich
war, wenn sie Fieber bekam, sofort nach ihr schicken. »Auch
wenn sonst was ist, aber Sie kriegen das schon hin.«

Aus der Küche kam Geklapper, in den Kinderstuben regten sich die Geschwister. Anna brachte Frühstück, Kraftbrühe und frisches Brot, sie war nachts gekommen, als sie gehört hatte, dass es bei Käthe losging. Während Käthe auf Socken und im Nachthemd durchs Haus spazierte, sich am Türstock festhielt und Wehen veratmete, hatte Anna Brotteig geknetet, den Ofen aufgeheizt, ein Brot nach dem nächsten ins Rohr geschoben. Beim Bäcker gab's wohl auch welches, doch legte sie Wert drauf, dass sie eigenes hatten, mit krachender Kruste und dick mit Butter bestrichen.

»Dass du wieder zu Kräften kommst.«

Käthe lächelte. Ihre Brüste schmerzten, ihr Unterleib fühlte sich leer und irgendwie weich an, nicht mehr so prall wie vor ein paar Stunden. Und die Schmerzen von den Nachwehen waren kein Spaß. Die wurden auch mit jedem Mal schlimmer. Aber in ihrem Arm lag ein kleiner Junge und schlummerte.

Die Geschwister durften nun zu ihr, beaufsichtigt von Liesel. Sie hob Michel hoch, damit er das Baby bestaunen konnte. Hanni wagte sich am weitesten vor, sie betrachtete den Kleinen mit weit aufgerissenen Augen, ihre Puppe dabei fest an die Brust gedrückt.

»So, nun lasst eure Mama etwas ausruhen, sie war die halbe Nacht wach.« Liesel zwinkerte Käthe zu und scheuchte die Kinder vor sich her aus dem Schlafzimmer. »Wer möchte beim Frühstück neben mir sitzen?«

Sofort meldeten Hanni und Michel sich. Die Tür klappte zu, Käthe war wieder allein. Sie vermisste die Großen, war zugleich froh um die Ruhe. Das Tablett stand neben ihr auf dem Bett, sie begann mit einem Brot und aß in kleinen Bissen. Dabei fielen ein paar Krümel auf die Haube vom Baby.

Gerade mal eine Woche war Liesel bei ihnen, doch wegzudenken war sie schon jetzt nicht mehr. Die Kinder liebten sie, weil sie etwas Unbeschwertes hatte, und Anna kam auch mit ihr gut aus. Käthe? Sie war froh, denn Liesel hielt sich an ihre Vorgabe der gewaltfreien Erziehung. Manchmal musste sie mit den Kindern diskutieren – und das tat sie mit einer bewundernswerten Geduld, hockte sich zu Hanni auf den Boden und redete ihr gut zu, bis sie sich das Gesicht waschen ging oder beim Zähneputzen helfen ließ. Käthe wollte Liesel in den kommenden zwei Wochen im Blick behalten, doch zweifelte sie nicht, dass sich am ersten Eindruck noch etwas ändern würde.

Ihr Haushalt war nun … nein, nicht komplett.

Einer fehlte.

Sie zog einen Block aus der Nachttischschublade und setzte ein Telegramm auf. *Hurra, ein Junge! Kommst Du bald? Käthe*

Kein Herzliebster. Keine Vorwürfe, kein Bitten. Nur die Frage. Kommst du bald? Du hast einen Sohn.

Max kam nicht. Eine Woche später stand Käthe wieder auf, sie legte den kleinen Jungen in die Wiege und gab ihm seinen Namen. Von nun an gehörte Jockel zur Familie, und als hätte ein anderer diese Stelle freigemacht, kreisten seine Geschwister um ihn wie einst um seinen Vater.

10

Weihnachten nahte. Auch für Kösen hatte Käthe einen Baum bestellt. Oskar Francke kümmerte sich und brachte ihn drei Tage vor Heiligabend ins Haus, befestigte ihn im Ständer, den Käthe aus Berlin hatte schicken lassen. Die Korrespondenz mit Max beschränkte sich derzeit aufs Praktische, auch von Gabriele hörte sie wenig. Sie hätte gern gefragt, was da los war, traute sich aber nicht, weil sie die Antwort fürchtete. Denn sollte da »was« sein, wollte sie es lieber gar nicht wissen.

Max' Schwester Anna reiste zu Weihnachten aus Weimar an. Sein Bruder Oskar schickte ein großes Paket mit Schinken, Sanddorngelee und Schnaps, Glückwünschen und Büchern für die Kinder. Käthe lachte, denn aus den Ecken rieselte der Sand. Sie vermisste Oskar, sie vermisste Hiddensee und die Lietzenburg. Vielleicht, dachte sie. Im Sommer wieder. Ob sie dann die Manufaktur für ein paar Wochen sich selbst überlassen konnte? Sie wünschte es sich, zugleich wollte sie Kösen auch nicht allzu lange verlassen, denn das Leben hier, es hatte sich als ein gutes erwiesen.

Nun war der Morgen des 24., und Käthe stand auf einer kleinen Trittleiter und schmückte den Baum, während Liesel mit den Kindern draußen war. Sie machten ihre tägliche

Runde um die Saline. Das Baby lag in seinem Weidenkorb neben dem Sofa, es schlief friedlich. Anna reichte Käthe den Baumschmuck an, Lametta und Lebkuchenanhänger, die sie mit den Kindern gebacken hatte, rote Schleifen daran befestigt. Honigkerzen und Strohsterne. Käthe summte vor sich hin. Dieses Leben hier, es war doch besser als alles, was sie sich vor zehn Jahren erträumt hatte. Heute Abend würden sie mit Liesel und Anna feiern, Annas Kinder und ihre Mutter kamen dazu, weil Käthe sie eingeladen hatte. Niemand sollte allein sein. Außerdem hatte Anna angeboten, bis zum Abend zu bleiben, um das Essen zu kochen, und wann sollte sie denn ihr eigenes kochen, wenn sie bei Käthe in der Küche stand, die Gans mit Bratensaft übergoss und das Wurzelgemüse schrappte? Nein, Käthe wollte heute die Menschen um sich haben, die ihr in den letzten Monaten zur Seite gestanden hatten.

Die Türklingel läutete.

»Bestimmt noch eine meiner Näherinnen. Ich geh schon.« Käthe stieg von der Leiter. Sie hatte für jede Näherin zu Weihnachten ein Geschenk besorgt, hatte Schokoladentäfelchen, Orangen und einen Roman für jede verpackt und diese Päckchen gestern in der Manufaktur verteilt. Zwei hatten aber gefehlt, und Käthe hatte sie nicht angetroffen, als sie abends noch bei ihnen zu Hause vorbeiging. Käthe hatte ihnen ausrichten lassen, sie könnten sich ihr Weihnachtsgeschenk bei ihr abholen.

Doch als sie mit von der Hitze und Aufregung geröteten Wangen die Tür aufriss und sich schon nach dem Korb umdrehte, in dem die Geschenkpakete auf die Empfängerinnen warteten, hörte sie eine nur allzu vertraute, knurrige Stimme.

»Na, das nenn ich mal 'ne Begrüßung. Wusste ja, dass ich nicht wohl gelitten bin hier, aber dass du mir die Kehrseite zeigst, hätte nun nicht sein müssen.«

Käthe drehte sich um. Vor ihr stand in einem neuen Kamelhaarmantel, mit auf den Schultern und dem roten Haar glitzernden Regentropfen – Max. Der Bart war etwas länger geworden, seit er sich im Sommer von ihr verabschiedet hatte. Doch alles andere an ihm war ihr Max, und sie sah ihn kurz an, weil sie es nicht glauben wollte – dann warf sie sich ihm in die Arme.

»Schon besser, mein Käthchen«, murmelte er in ihr Haar und drückte sie fest an seine breite Brust.

»Du hast nicht geschrieben, dass du kommst!«, rief sie anklagend.

»Was soll ich denn schreiben? Komme übrigens Heiligabend, bereite alles vor? Da hättest du nichts anders gemacht als jetzt, aber die Überraschung wäre mir nicht gelungen.«

Er wusste, Käthe liebte Überraschungen. Und so drückte sie ihn stumm wieder an sich, seufzte glücklich und spürte sein Herz beständig schlagen.

»Wollen wir hier draußen stehen bleiben, oder was?«

»Komm rein.« Sie nahm seine Hand, ließ ihm kaum Zeit, den Mantel abzustreifen. Anna tauchte in der Wohnzimmertür auf, sie erfasste die Lage mit einem Blick und verzog sich nach einem hastigen Knicks in Richtung Küche.

»Die Köchin?«

»Anna. Sie ist Haushälterin und Köchin.«

Er schritt die Räume im Erdgeschoss ab. Bei seiner Abreise war hier alles Provisorium gewesen, die meisten Möbel noch in Berlin. »Donnerwetter, das nenne ich 'nen Baum!«

Auch die Einrichtung fand wohl seine Zustimmung. Sein Blick glitt stumm in die Ecken von Wohnzimmer, Esszimmer, den Flur erkundete er ebenso wie Käthes Arbeitszimmer hinter dem Esszimmer. »Du hast es dir gut eingerichtet«, stellte er fest.

Käthe verschränkte die Arme vor der Brust. »Ich musste ja allein entscheiden. Wenn dir was nicht gefällt, können wir drüber reden.«

»Ach nein, so habe ich es nicht gemeint. Wo sind die Kinder?«

»Unterwegs um die Saline. Mit Liesel.«

Sollte er ruhig wissen, dass nicht nur die Möbel ihren Platz in Kösen gefunden hatten, sondern auch Käthe in ihrem neuen Leben mit neuen Menschen. Auf dich war ich nicht angewiesen, wollte sie ihm zurufen. Nur vermisst habe ich dich. So sehr.

Seine buschigen Augenbrauen wanderten hoch. Sie wollte erklären, wer Liesel war, doch wieder ging die Türglocke, und diesmal war es eine von ihren Näherinnen.

»Es tut mir so leid, dass ich gestern krank war!« Frieda hieß die junge Frau, erinnerte Käthe sich. »Mein Kleinster hat so einen Ausschlag am Bauch bekommen, aber es waren wohl die Windpocken, keine Masern.« Sie wirkte erleichtert. Käthe versicherte ihr, dass niemand ihr böse sei, wenn sie ein paar Tage nicht zur Arbeit erscheinen konnte. Frieda bedankte sich überschwänglich für das Geschenk. Sie ergriff Käthes Hand. »Für alles muss ich mich bedanken. Sie haben mein Leben verändert, Frau Kruse.«

»Nun gehen Sie schon, Frieda. Feiern Sie Weihnachten mit Ihrer Familie. Im neuen Jahr sehen wir uns gesund und ausgeruht in der Manufaktur.«

Während sie sich mit der Näherin unterhielt, war Jockel aufgewacht und greinte im Wohnzimmer. Käthe merkte, wie ihre Brüste kribbelten, die Milch floss wieder reichlich bei ihr, und auf das Weinen ihres Säuglings reagierte sie sofort. Sie eilte ins Wohnzimmer und blieb dann doch stehen, denn Max hatte sich über den Weidenkorb gebeugt und hob gerade das Baby heraus.

Jockel verstummte. Mit großen Augen – so früh schon ein so wacher Blick! – schaute er zu seinem Vater auf. Max' Blick wurde weich. »Du bist also unser Joachim«, murmelte er. Sein Zeigefinger streichelte Jockels Schläfe. »Ein hübscher, munterer Kerl bist du. Kräftig wie deine Geschwister.«

»Wir nennen ihn Jockel«, sagte Käthe leise. Max sah auf. Ihre Blicke trafen sich. In seinem lag so viel. Staunen über seinen jüngsten Sohn. Freude. Liebe.

Aber keine Spur von Reue, weil er erst so spät zurückgekommen war.

Käthe streckte die Arme aus und nahm ihm Jockel ab. Sie setzte sich in den Sessel und knöpfte ihre Bluse auf. Während sie stillte, ging Max auf und ab, seine Finger betasteten die Lebkuchenherzen am Baum, strichen über die polierte

Fläche des Vertiko, auf dem ein Marathonläufer aus Bronze stand. »Mit Annas Büste bin ich nun fast fertig.« Er räusperte sich. »Eine schöne Arbeit. Ich hoffe, sie gefällt ihr.«

Käthe beobachtete ihn. Wollte er ihr wirklich erzählen, die Büste, die er von seiner Schwester angefertigt hatte, habe ihn all die Monate von ihr ferngehalten? Das ließ sie ihm nicht durchgehen.

»Wie geht es Oskar? Steht die Lietzenburg noch?«

»Oskar lässt grüßen.«

»Er hat ein Paket geschickt.«

»Ach.« Das überraschte Max. Er blieb am Fenster stehen und blickte nach draußen, über die Bahnschienen zum Kirchhof. »Bist du hier zufrieden, Käthe?«

Der abrupte Themenwechsel überraschte sie nicht. »So zufrieden ich eben sein kann. Wir haben ein gutes Leben. Keine finanziellen Sorgen.«

Er brummelte. »Habe gesehen, du hast überwiesen. Die Lizenzgebühr für dieses Jahr.«

Ach, Max. Ging es ihm wirklich nur darum? »Wir haben eine Vereinbarung getroffen. An die halte ich mich.«

Er hatte sie nach Kösen abgeschoben und sein Berliner Leben wieder aufgenommen. So wie er es geführt hatte, bevor sie Kinder bekommen hatten. Als sie auf dem Monte Verità lebte. Früher war sie daran verzweifelt, wie er sie immer wieder alleine ließ. Inzwischen war sie nicht mehr allein, fünf Kinder waren bei ihr, und sie hatte sich etwas aufgebaut. Ohne ihn, aus eigener Kraft. Weil er sie dazu ermuntert hatte. Nun aber fragte sie sich, ob er das getan hatte, damit sie um ihretwillen unabhängig war oder damit er seine eigene Un-abhängigkeit zurückerlangte.

Im Grunde war es egal, denn: Sie liebte, dass sie mit der Manufaktur den richtigen Schritt gewagt hatte.

»Für kommendes Jahr sind bereits Bestellungen für über tausend Puppen eingegangen«, fuhr sie fort. »Und in Gent werde ich eine Puppe ganz neuen Typs präsentieren, an der arbeite ich in jeder freien Minute.«

Max drehte sich zu ihr um. »Tausend!« Da staunte er nun wirklich, und das sah sie mit einer gewissen Genugtuung.

»Ich habe im November den ersten Katalog verschickt. Die Resonanz war ermutigend, obwohl wir viele Bestellun-gen nicht mehr vor Weihnachten erfüllen konnten.«

»Mensch, Käthe. Du bist wirklich ein weiblicher Ge-schäftsmann, wie er im Buche steht. So tüchtig!« Er war ganz aus dem Häuschen. Natürlich, sie sah's ihm an – er rechnete gleich wieder, wie viele Kamelhaarmäntel er sich von den Li-zenzgebühren würde kaufen können.

Sie schloss kurz die Augen, schlug sie wieder auf und zupfte einen unsichtbaren Fussel von Jockels Stirn. Sie wusste, wie ungerecht ihre Gedanken waren. Vom ersten Tag an hatte er ihr gesagt, dass er fürs Familienleben nicht geschaffen war, er hatte nur sie gewollt, nicht die Kinder, die sich nacheinan-der einstellten. Jahrelang hatten sie sich zwischen Familien-leben und seiner Kunst hin und her bewegt, sei's in Berlin, im Tessin, während der Münchner Jahre. Immer war's um seine Freiheit gegangen, dass sie nicht zu sehr durch ihre Verpflich-tungen beschränkt wurde. Selten darum, was sie wollte.

»Das gefällt dir, nicht wahr?« Ihre Stimme klang schärfer als beabsichtigt. Max blickte auf, er war auf der Hut.

»Was genau?«, wollte er wissen.

»Dass ich das Geld heranschaffe. Damit du es dir in deinem Berliner Liebesnest gemütlich machen kannst, nach Hiddensee reisen, wann immer dir der Sinn danach steht ...«

»Käthe.« Er wunderte sich. »Was ist denn mit dir los?«

»Ach, nichts.«

Er trat zu ihr, setzte sich in die Sofaecke neben dem Sessel und streckte die Hand nach ihr aus. »Willst du das jetzt diskutieren?«, fragte er.

»Jetzt ist so gut wie jeder andere Zeitpunkt«, erwiderte sie kühl. Jockel war eingeschlafen, und sie knöpfte die Bluse wieder zu und ließ ihn noch ein wenig auf ihrem Schoß liegen.

»Aber die Kinder kommen gleich zurück. Wir wollten Weihnachten feiern.«

»Das wusste ich bis vor einer Stunde nicht. Dass du mit uns Weihnachten feiern willst.«

Max runzelte die Stirn.

»Verstehst du nicht, dass ich mehr von dir brauche als nur die gelegentliche Anwesenheit im Familienleben? Du kommst und gehst, wie es dir gefällt, und ich weiß nicht. Soll ich dankbar sein, wenn du da bist? Oder lieber froh, dass du überhaupt kommst?«

»Käthe ...«

Aber sie war noch nicht fertig. »Ich habe hier in den letzten Monaten so viel geleistet. So viel! Das Haus eingerichtet,

Leute angelernt, ich habe Arbeitsplätze geschaffen. Verflixt, Max! Das alles ist zu groß für mich allein, mehr als einmal habe ich mich gefragt, was ich hier überhaupt tue und ob ich nicht scheitern werde und in wenigen Jahren alles verspielt habe durch diesen absurd großen Traum. Ich hätte dich gebraucht, um mit dir darüber zu *reden*. Was ist richtig, was falsch, wo verrenne ich mich? Du sagst, ich hätte ein Gespür fürs Geschäftliche, auch ein Gespür dafür, wie die Puppen zu sein haben. Aber vor allem hab ich Angst, dass ich mich verkalkuliere. Was dann? Danach wirst du dir keine Kamelhaarmäntel und feinen Wollanzüge mehr von deinen Tantiemen kaufen können, das ist dann vorbei!«

Atemlos hielt sie inne. Jockel bewegte im Schlaf die kleinen Fäustchen. Beide blickten den Jüngsten an, atmeten und dachten nach über das, was Käthe so lange in ihrem Herz eingeschlossen hatte.

»Ich dachte, wenn du hier bist, wird es leichter. Aber du bist lieber in Berlin.«

Bevor er antworten konnte, hörten sie die Haustür, ein vielstimmiger Kinderchor. Käthe stand auf. Mit Jockel, der auf dem Bauch liegend über ihrem Unterarm schlief, ging sie in den Flur. »Mimerle. Euer Vati ist da.«

Mehr brauchte es nicht, dass die Kinder sich in Windeseile aus Mäntel und Mützen, Stiefel und Schals schälten und in die Wohnstube stürzten. Zu spät dachte Käthe daran, dass sie den geschmückten Baum doch erst zur Bescherung sehen durften. Doch die vier hatten ohnehin nur Augen für den Papa, Arme für den Papa, sie bestanden nur aus Wiedersehensfreude. Käthe legte Jockel in den Korb, sie zog sich in die Küche zurück.

Die Diskussion mit Max war nur vertagt, nicht beendet.

•|• •|• •|•

Er verstand ihr Problem nicht. Wollte sie schütteln. Weib, was willst du denn?, wollte er sie fragen. Aber die Kinder brauchten ihn nun, und Max merkte erst, als sich die Arme von Hanni und Fifi um seinen Bauch und seine Beine schlangen, wie sehr er dies hier auch vermisst hatte, ohne zu wissen, dass es ihm fehlte.

Schau an, dachte er ergriffen und half Michel hoch, der hinter seinen Schwestern in die Wohnstube gepurzelt war, es macht doch was mit mir. Hatte seine kluge Freundin Gabriele doch recht, wenn sie ihm auf den Kopf zusagte, dass er eben Familienvater war, da konnte er sich noch so sehr in Berlin hinter seiner Kunst verstecken. Hatte er ja bisher immer verleugnet, dass ihm das hier wichtig sein könnte. Andererseits: Gefreut hatte er sich schon auf die vier kleinen Kröten, besonders auf Mimerle, die so ernst und schlau war. Und klar, neugierig war er gewesen auf den Fünften im Bunde, aber dass er deshalb seine Anreise vorzog, nee. So war er ja nun nicht.

Käthe vollbrachte da ein Kunststück. Sie hielt seinen Platz in der Familie frei, er brauchte nur lautlos draufzugleiten, wann immer ihm der Sinn danach stand, und niemand wunderte sich über seine Abwesenheiten. Der Papa machte eben

Kunst im fernen Berlin, fertig. Aber während er von den Kindern mit Fragen bestürmt und belagert wurde, fragte er sich, wieso ihn das störte. Dass sie gar keine Fragen mehr stellte, wie früher. Als er sie ins Tessin geschickt hatte, wo sie erst in einer der Lufthütten, später in diesem winzigen Turm hauste – jawohl, hauste –, erst noch mit ihrer Mutter und später dann, nach deren Tod, auf sich allein gestellt. Wo sie ein Kind tot zur Welt brachte. Damals hatte sie ihn angefleht, sie vom Monte Verità wegzuholen, und er hatte es nicht getan, weil er sich seinem zuvor großmäulig verkündeten »nie wieder lass ich mein Leben vom Rhythmus einer Familie diktieren, ich brauch das nicht!« verpflichtet fühlte. Aber Käthe hatte dafür einen hohen Preis bezahlt.

Und nun? Es war nicht so, dass er in Berlin unabkömmlich wäre. Nur wollte er dieses winzige Gefühl von Freiheit auch nicht leichtfertig aufgeben. Wusste er denn, was Käthe machen würde, sollte er sich für ein Leben in Kösen entscheiden? Wo wäre Platz für ihn und seine Kunst? Was wurde aus dem Atelier, wenn er nicht länger in Berlin leben wollte?

Alles Fragen, auf die sie vermutlich auch keine Antwort wüsste.

»Hast du Hunger?«, fragte sie nun. Max nickte; er war so früh am Morgen zum Bahnhof geeilt, dass ihm gar nicht der Gedanke ans Frühstück gekommen war, und nun, nach einem halben Tag auf den Schienen, war ihm schon fast unwohl vor Hunger.

»Ich sage Anna, dass sie dir was richtet.«

Er griff nach ihrer Hand, als sie an ihm vorbei wollte. »Früher hättest du das selbst gemacht.«

»Ja.« Mehr nicht.

Und er stellte fest, dass es so, wie's war, nicht unangenehm war. Anna bereitete ihm einen Teller mit Steckrübeneintopf, den auch die Kinder als Mittagessen bekamen, denn das Festmahl gab es erst abends. Sie aßen also in der Küche, denn nachdem Käthe Max und die Kinder aufgescheucht hatte, waren Wohnstube und Esszimmer nun verschlossen, damit sie ein bisschen Christkind spielen konnte. Max saß mit seinen Kindern am Küchentisch, Anna hantierte am Herd, Liesel hielt Michel auf dem Schoß und ermahnte sanft die Älteren, dass sie die Ellbogen vom Tisch nahmen. Er fühlte sich selbst ertappt und richtete sich auf.

Die Frauen führten diesen Haushalt mit einer erstaunlichen Effizienz. Alles lief Hand in Hand, auf Augenhöhe. Als wäre Käthe eine von ihnen … Das gefiel ihm dann doch wieder nicht. Wieso machte sie sich mit ihren Hausangestellten so gemein? Die waren doch nichts Besseres als Käthe, dass sie sich so aufspielten!

Abends sprach er das an. Nachdem die Kinder im Bett waren, nachdem Anna und ihre Familie sich verabschiedet hatten und Liesel in ihrem Zimmer verschwunden war.

»Du hast dir hier etwas eingerichtet.«

Käthe saß in dem Sessel, eine Decke über die Beine gelegt. Sie knabberte eine Pfeffernuss, auf dem Tischchen zwischen ihnen standen zwei Weingläser.

»Ja, hab ich wohl. Schlimm?«

Er schüttelte den Kopf. »Es ist nur … Diese Frauen. Deine Haushälterin und das Kindermädchen. Ihr redet sehr vertraut miteinander.«

Käthe wartete. Er beugte sich vor, rang die Hände. »Ich bin doch dein Vertrauter. Dein bester Freund, dein …«

»Du warst aber nicht da«, sagte sie fest. »Und ich musste uns hier einrichten. Du warst im Übrigen selten da in den vergangenen zehn Jahren.«

»Das stimmt nicht«, widersprach er sofort. »Ich habe euch all die Jahre in Berlin …«

»Ausgehalten. Willst du das sagen?« Käthe richtete sich auf. Er sah sie nachdenklich an. Sie hatte sich verändert, ging ihm auf. War nicht mehr ständig darauf bedacht, ihm zu gefallen, ihm auf keinen Fall zu widersprechen. Alles klaglos zu akzeptieren, was er sagte.

»In Berlin hatten wir gute Jahre.«

»Wann denn? Bevor Fifi geboren wurde oder eher nachdem wir aus München geflohen sind, weil's dir dort zu eng geworden war? Oder waren deine besten Berliner Jahre jene, in denen ich nicht da war? Hast du jetzt nicht auch eine gute Zeit? Keine Verantwortung, bravo! Ich kann mir vorstellen, wie dir das gefällt. Und dann kommst du her, überschüttest die Kinder und mich mit Tand, würdigst aber mit keinem Wort, wie viel ich erreicht habe. Ohne dich. Sondern nickst zufrieden, aha, wieder tausend Puppen, das lässt sich aushalten, rechnest du so vor dich hin.«

Atemlos hielt sie inne. Er sah sie an. Mit anderen Augen, denn ja, sie war anders als früher in Berlin, anders sogar als letzten Sommer. War in ihre neue Rolle hineingewachsen. Damit hatte er nicht gerechnet, als er hergekommen war. Dass sie ihn überflügelte. Auf einmal fühlte er sich sehr alt. All die Jahre, in denen er sie angetrieben hatte, damit sie aus ihrem Talent etwas machte. Dass sie das Künstlerische, das in ihr schlummerte, zeigte. Nachdem die Bühne ihr doch verschlossen war für alle Zeit.

Max erhob sich schwerfällig. Er war müde.

»Du wirst das schon ohne mich schaffen. Das alles.« Er ging zur Tür, erwartete halb, dass sie ihn zurückrief. Aber auch da war sie gewachsen. Es ging ihr nicht länger darum, ihm um jeden Preis zu gefallen.

Damit war sie nun die, die er sich immer gewünscht hatte. Geformt vom Schicksal und dem Leben, von ihrer gemeinsamen Zeit. Ein Jahrzehnt war lang, vor allem für sie. Aber er spürte es ebenso, wie er gereift war in dieser Zeit. Hätte damit gar nicht gerechnet, das musste er einräumen.

Du warst ja nicht da.

Nicht mal darin lag ein Vorwurf. Für Käthe schien er inzwischen nicht mehr zu sein als eine Naturgewalt, eine Temperaturschwankung, ein Wetterereignis. Er gehörte dazu, aber mehr nicht. Sie würde sich nicht länger auf ihn verlassen.

Nun gut. Damit hatte sie das getan, was er sich immer für sie gewünscht hatte.

Doch weshalb schmerzte es ihn so, dass sie ihn nicht mehr brauchte?

11

Kösen, Januar 1913

Max blieb bis zum Januar, er machte keine Anstalten ab-
zureisen, auch wenn Käthe ihn fragte, ob er nicht in Berlin
gebraucht wurde. Stattdessen kümmerte er sich. Spielte stundenlang mit Hanni und Michel Vater, Mutter, Kind, ließ sich
von Mimerle vorlesen und half Fifi, die in die Fußstapfen Käthes treten wollte und erste Kleidchen für ihre Puppen nähte.
Er wiegte Jockel, wenn er nicht schlafen wollte, stand sogar
nachts auf und wechselte seine Windeln, als hätte er bei den
anderen vier nie was anderes getan. Er war nicht nur Besucher, sondern machte sich nützlich, wurde wieder Teil der
Familie.

Käthe bekam nicht so viel davon mit. Sie lief morgens wieder zur Manufaktur. Während der Wochen ihrer Abwesenheit waren Dutzende Puppen fertig geworden, die Suse kontrolliert hatte. Bevor jede einzelne verpackt wurde, wollte
Käthe noch mal prüfen, ob Suse nichts übersehen hatte. Alles
unter Kontrolle behalten, sie konnte nicht anders. Im Kontor warteten darüber hinaus endlose Listen mit Rechnungen
und Bestellungen, neue Rohstoffe mussten geordert werden,
der nächste Katalog war als Andruck aus der Druckerei gekommen, sie las jedes Wort mit Sorgfalt, noch konnte sie
korrigieren. Hinzu kamen tausend Kleinigkeiten, die eben

so aufliefen, wenn die Chefin zwei Wochen nicht kommen konnte.

Und wie sie da allein im Büro saß, das Vorzimmer still und dunkel, weil sie den beiden Schreibfräuleins bis zum 7. Januar freigegeben hatte, kam sie schon ans Nachdenken, wie's weitergehen sollte. An Suses Arbeit fand sie nichts auszusetzen, die hatte sie würdig vertreten, und Käthe konnte ihr zumindest zeitweise diese wichtige Aufgabe übertragen. Die Arbeit ihrer Büromitarbeiterinnen war ebenso tadellos, es bräuchte nur jemanden, der ihr die Buchhaltung abnahm, denn die blieb an ihr hängen, und auch wenn es gut war zu wissen, wo jede Mark und der einzelne Pfennig landete, war Käthe nicht damit einverstanden, wie viel von ihrer kostbaren Arbeitszeit in der Fabrik für diese Zahlenkolonnen draufgehen musste.

Dabei wollte sie Puppen entwickeln und nicht Zahlen wälzen!

Auch dafür, davon war Käthe überzeugt, würde sie eine Lösung finden.

Sie schloss das Kontorbuch. Den kompletten Überblick für das vergangene Geschäftsjahr würde sie erst in wenigen Wochen haben. Aber schon jetzt wusste sie, dass Kösen die beste Entscheidung ihres Lebens gewesen war. Fast konnte sie dankbar sein, weil Hanni krank geworden war. So hatte Kösen sich ihr als Chance geboten.

Auf dem Heimweg zog sie die Mütze tief in die Stirn, schlug den Kragen ihres Mantels hoch. Kamelhaar, du liebe Güte! Aber sie hatte Max' Mantel mal gestreichelt, und nächsten Winter ließ sie sich eventuell auch einen aus Berlin kommen.

Als sie das Haus betrat und den Schnee von ihren Stiefeln klopfte, kam ihr Hanni schon entgegen. »Mama!« Käthe hob das Mädchen hoch, wirbelte es durch die Luft. Michel folgte ihr, und dann tauchte Max in der Esszimmertür auf. Er trug eine alte Wollhose, ein kragenloses Hemd mit Hosenträgern darüber, der Bart war zerzaust, die Haare standen ihm vom Kopf ab. Käthe musste sich ein Grinsen verkneifen, er sah aus wie ein gerupftes Hühnchen.

»Papa, komm zurück!« Fifis Stimme.

»Was spielt ihr?«, fragte Käthe und hängte ihren Mantel auf. Sie nahm ihm das Baby ab.

»Friseursalon. Oder Arztpraxis, je nachdem, wer gerade dran ist.« Er verzog den Mund zu einem schiefen Grinsen. »Auf jeden Fall wird mir von meiner Friseurin oder Ärztin versichert, ich werde mich danach viel besser fühlen.«

»Mit deiner Friseurin würde ich ein ernstes Wort reden, deine Haare sind etwas zerzaust.« Sie küsste ihn auf die Wange.

»Das war tatsächlich die Ärztin. Sie hat nach Flöhen gesucht.«

Käthe lachte. Sie spürte Max' Arme um ihren Oberkörper. Das Baby ningelte, und sie machte sich behutsam von Max los, obwohl sie nichts dagegen hätte, wenn sie nun ein wenig Zeit für sich hätten – nur sie zwei. Aber das Leben mit fünf Kindern verlangte nach ihrer vollen Aufmerksamkeit.

»Konntest du in der Manufaktur alles erledigen?«, fragte Max.

»Oh ja«, sagte sie. »Ich habe überlegt, ob ich noch mehr

Arbeiterinnen einstelle. Die Auftragsbücher sind gut gefüllt.«

»Mach doch. Wenn du sie nicht mehr brauchst, kannst du ihnen immer noch kündigen.«

Käthe sah ihn nachdenklich an. »Genau das wollte ich vermeiden«, sagte sie ruhig.

»Verstehe ich nicht.«

Sie gingen in die Wohnstube, wo der Weihnachtsbaum noch seinen Glanz verströmte. Käthe ließ sich auf dem Sofa nieder, und Max reichte ihr ein paar Kissen, damit sie es sich beim Stillen bequem machen konnte. Er erkundigte sich, ob sie hungrig sei, er würde dann bei Anna in der Küche nachfragen. So aufmerksam kannte sie ihn nicht. Erst nachdem er ihr einen Teller mit Plätzchen, Mandeln und Apfelschnitzen kredenzt hatte, setzte er sich zu ihr. Da war Jockel an ihrer Brust schon fast eingeschlafen.

»Du verstehst nicht, warum ich keine Frau einstellen will, die ich in ein paar Monaten wieder entlasse? Wo soll ich anfangen?« Sie pustete die Backen auf. »Erst mal finde ich, dass es Verschwendung ist, wenn ich jemanden anlerne und sie dann wieder vor die Tür setze. Und dann versuch mal, dich in die Lage dieser Näherin zu versetzen. Viele meiner Frauen hatten lange vorher keine Arbeitsstelle, weil es in Kösen nicht so viele gibt. Sie haben sich irgendwie durchgeschlagen. Ohne geregeltes Einkommen. Ohne Sicherheit. Und wenn ich ihnen genau das gebe und kurz darauf wieder nehme ... «

Sie verstummte. Musste auch gar nicht weiterreden, denn Max verstand.

»Du willst nicht, dass Frauen, die wie deine Mutter sind, sich herumgeschubst fühlen. Von einer Chefin, die nur auf ihren Profit schaut.«

»Ich will verlässlich sein für diese Frauen. Ihnen eine Zukunft bieten und nicht nur ein paar Monate trügerische Sicherheit.«

Das verstand er. »Mir gibst du ja auch Sicherheit, wenn's hier weitergeht.«

»Dir?« Das überraschte sie.

»Na, wenn ich regelmäßig Geld bekomme? Macht mein Leben schon leichter.«

Zu leicht, hätte sie fast eingeworfen. Aber sie wollte diesen schönen Moment nicht mit neuerlichem Streit verderben. »Wie ist es denn in Berlin?«, erkundigte sie sich.

»Du weißt, wie Berlin ist. Überall die Kinder im Matrosenanzug, kein anderes Thema als die kaiserliche Flotte. Uns wachsen noch Schwimmhäute eines Tages.«

Sie lächelte nachsichtig. Ihre Frage hatte nicht auf die Stimmung in der Stadt abgezielt, eher darauf, wie es ihm persönlich ging. Wen er traf.

Aber sie waren schon wieder vom Thema abgeschweift, und in den folgenden Stunden redeten sie über alles Mögliche, nur nicht über Max in Berlin oder seine Kunst. Oder mit wem er seine Zeit verbrachte. Er vermied diese Themen so geschickt, dass es ihr erst abends auffiel, als sie noch mal aufstand, weil Jockerls Windel ausgelaufen war.

Während sie den Jüngsten wickelte, kam Hanni schlaftrunken zu ihr, sie musste auch Pipi. Käthe setzte sie auf den

Nachttopf und brachte Jockel zurück ins Ehebett. Hanni hatte Durst, Käthe begleitete sie über den dunklen Flur in die Küche. Während das Mädchen ein großes Glas Wasser leerte, dachte Käthe nach.

Machte es einen Unterschied, wie Max seine Berliner Nächte verbrachte? Wenn er hier war, lebte er ganz im Rhythmus seiner Familie, als gebe es Berlin nicht. Es kamen keine Briefe für ihn, und bisher hatte auch keine andere Frau versucht, Käthe von angeblichen Liebschaften zu berichten, um die Eheleute Kruse auseinanderzutreiben.

Trotzdem blieben diese Gedanken präsent. Warum konnte sie ihm nicht einfach vertrauen, dass er ihr treu bleiben würde?

Nach Max' Abreise stürzte Käthe sich wieder in ihre Arbeit. Von Oskar Francke ließ sie sich im oberen Stock der Manufaktur eine eigene Werkstatt einrichten, auf der anderen Seite vom Büroflur. Mit einer Werkbank, mit Regalen und Dutzenden Schüben, in denen sie die unterschiedlichen Materialien sammelte, die sie sich aus ganz Europa und teils aus Übersee schicken ließ. Sie wollte ihre Puppe I weiterentwickeln – bald vierzig verschiedene Varianten ließ sie anfertigen, die sich Käthe allesamt ausgedacht hatte. Aber sie wollte auch neue Puppen entwickeln, die auf Basis der Puppe I beruhten. Mit manchem war sie noch nicht zufrieden, seien es die Haare, die Schultergelenke und anderes, das noch Perfektion bedurfte.

Und da die Zeit für dieses Tüfteln, das ihr an der Arbeit das Liebste war, nicht auf Bäumen wuchs, traf Käthe eine Entscheidung. Statt weitere drei Näherinnen einzustellen, um der wachsenden Auftragsflut Herrin zu werden, entschied sie, einen Buchhalter zu finden, den sie außerdem, wenn er sich bewährte, als Prokurist bestellen wollte.

Sie wurde das ständige Zahlenwerk nicht mehr los, wenn sie es nicht in andere Hände gab. Sicher, die Kontrolle blieb immer noch bei ihr. Doch Käthe hatte auch nicht vor, das ganze Jahr in Kösen zu sitzen; irgendwann wollte sie wieder reisen, wie es vor ihrem Umzug hierher möglich gewesen war. Für die Puppen und deren Endkontrolle war Suse zuständig. Aber wer sorgte dafür, dass weiter genug nachbestellt wurde, damit die Produktion nicht von einem Tag auf den nächsten zum Erliegen kam?

Die Lösung war Herr Renner.

Er kam mit der Eisenbahn aus Naumburg, nachdem Käthe eine Anzeige in der Tageszeitung geschaltet hatte: *Gesucht: Bester Buchhalter für kleine Manufaktur in Kösen.* Seine Bewerbung war die einzige, als Buchhalter in Kösen wollten die wenigsten arbeiten. Jüngere zog es eher nach Leipzig, Dresden oder gleich nach Berlin. Da gab es mehr Geld, aber auch ein teureres Leben.

Herr Renner tauchte also eines Tages im Innenhof auf, er drehte sich zweimal im Kreis und wäre fast von einem Fuhrwerk umgefahren worden. Vor die Brust drückte er seine Aktentasche, darin die Zeitungsannonce, die er säuberlich ausgeschnitten hatte. »Wo finde ich denn Frau Kruse?«

Ein Lagerarbeiter zeigte ihm den Weg. So klopfte Herr Renner bei Käthe an, die gerade aber nicht an ihrem Schreibtisch saß, sondern über den Flur in ihrer geliebten Puppen-werkstatt war. Das Erste, was er von ihr hörte, war ein ziem-lich herzhafter Fluch, der ihn zusammenzucken ließ. Fast hätte er hier schon kehrt gemacht und die Flucht ergriffen, denn wer so fluchte, für den wollte er lieber nicht arbeiten.

Käthe aber war an diesem Tag besonders genervt. Zu wenig Schlaf – wann hatte sie in den letzten zehn Jahren überhaupt mal *genug* Schlaf bekommen? – traf auf viele Krankheitsfälle in der Produktion, drängende Aufträge und einen neuen Zwirn, mit dem sie die geknüpften Perücken annähen wollten. Den hatte Käthe in den letzten zwei Stunden gründlich geprüft, nur um feststellen zu müssen, dass er überhaupt nicht für das taugte, wofür sie ihn brauchte. In Gedanken setzte sie bereits ein Schreiben an den freundlichen Vertreter auf, der ihr bei seinem Besuch vor ein paar Wochen versichert hatte, dieser Zwirn sei der beste am Markt, mit dem könnten sie ihre Perü-cken so fest annähen, dass sie sich keinen Millimeter mehr be-wegten, sosehr die Kinder auch daran reißen mochten.

Tatsächlich genügte ein eher lasches Zupfen Käthes, um den Faden reißen zu lassen. Und ihren Geduldsfaden gleich mit, denn seit Monaten versuchte sie, für dieses Problem eine Lösung zu finden.

»Was ist denn!«, rief sie daher ungeduldig, als jemand an die Tür klopfte.

Ein kleiner, dürrer Mann schob sich durch den Türspalt.

»Guten Tag«, sagte er. Seine Stimme war angenehm. Aber sie war wütend auf den Zwirn und warf den Puppenkopf, an dem sie gearbeitet hatte, vor sich auf den Tisch.

»Guten Tag. Oder auch nicht. Für mich jedenfalls ist es kein guter Tag.«

Der Mann hob die Augenbrauen, sagte aber nichts.

»Was wollen Sie?«, fragte Käthe. Sie war schon halb besänftigt, denn irgendwann, das wusste sie, würde sie auch dieses Problem lösen wie alle anderen zuvor.

»Ich suche Käthe Kruse.«

»Na, die haben Sie gefunden.«

Er nestelte an der Schnalle seiner Aktentasche und zog die Anzeige hervor. »Ich habe das hier gelesen und wollte mich vorstellen.«

»Ach so! Das ist ja schon eine Woche her.«

»Ja, entschuldigen Sie.« Er wurde rot. »Ich wollte früher kommen, aber ich habe mir im Zug einen steifen Nacken geholt. Damit wollte ich nicht reisen.«

»Woher kommen Sie denn?«

»Aus Naumburg. Hätte mir aber immer schon gern Quartier in Kösen genommen, der guten Luft wegen. Da käme mir Ihre Offerte gerade recht.«

»Hm«, machte Käthe. Sie mochte den Mann. Er war vielleicht um die fünfzig, die Haare und der Spitzbart waren aber schon grau, und ebenso grau war sein Anzug unter dem Mantel. Er machte insgesamt einen eifrigen Eindruck, und da sich bisher niemand sonst auf die Anzeige gemeldet hatte, war Käthe fast versucht, ihn sofort einzustellen.

»Kommen Sie mal mit.« Sie ließ den Zwirn Zwirn sein und ging mit ihm in ihr Büro. Dort stellte er sich ihr noch mal ordnungsgemäß vor – »Karl Renner mein Name« –, und sie bot ihm einen Platz an und ließ ihnen von einer ihrer Vorzimmerdamen Kaffee bringen. Durch die geschlossene Tür hörten sie das Klappern der Schreibmaschinen.

»Ganz schön modern geht's bei Ihnen zu, Frau Kruse.«

»Haben Sie Zeugnisse dabei, Herr Renner?« Sie war nun wieder ganz der weibliche Geschäftsmann und nahm die Mappe entgegen. Die Zeugnisse von Herrn Renner waren tadellos, stellte sie fest.

»Und weshalb nun Kösen?«

»Mir behagt die große Stadt nicht. Wie Sie sehen, war ich zuletzt in einem sehr großen Unternehmen eingestellt, und ich war ein Buchhalter unter vielen. Mir gefiel nicht …« Er geriet ins Stottern. »Mir gefiel nicht, wie mein Vorgesetzter die Arbeit machte.«

Da, es war heraus. Käthe legte den Kopf schief. Warum sollte sie ihn einstellen? Holte sie sich mit ihm nicht ein Problem ins Haus?

»Was genau störte Sie?« Sie schob seine Zeugnisse wieder zusammen.

»Er war so langsam! Hat mir nicht genug zu tun gegeben, selbst wenn ich danach gefragt habe. Ich liebe meine Arbeit, und ich mag, wenn ich einfach alles machen kann. Wissen Sie«, er lächelte listig, »eine Frau wie Sie, die will sich doch nicht mit Zahlenwerk befassen. Die will in ihrer Werkstatt sitzen und ihre Ruhe haben, oder nicht?«

»Wohl wahr«, sagte Käthe nachdenklich. Etwas an seiner Art widerstrebte ihr.

Andererseits: Er war bisher der einzige Bewerber, und sie

fürchtete, es würden wohl kaum noch mehr kommen. Die Büroarbeit wuchs ihr allmählich über den Kopf; zu tun gab es mehr als genug für ihn. Aber ob ihm das reichte?

»Wir wollen wachsen«, sagte sie. »Im Moment haben wir ungefähr zwanzig Angestellte, doch ich möchte im Laufe der kommenden Monate noch mehr Nachfrage generieren. Das bedeutet noch mehr Arbeit für Einkauf, Rechnungstellung und so weiter.«

Herr Renner nickte eifrig. Ihm gefiel, was sie erzählte.

Und ihr gefiel, dass er sie reden ließ. Schon zu oft hatte sie Männer erlebt, die ihr erklären wollten, wie sie ihre Arbeit zu machen hatte. Herrn Renner müsste sie bestimmt nicht viel erklären, wenn er tatsächlich so eifrig war, wie er sich gab.

»Also gut«, sagte sie. »Drei Monate Probezeit.«

Seine Miene erhellte sich. »Ja, wirklich? Donnerwetter, das hätte ich nun nicht gedacht! Danke, Frau Kruse, vielen herzlichen Dank!« Er sprang auf. Kurz dachte sie, er wollte den Tisch umrunden und sie umarmen, doch dann streckte er sich nur und schüttelte ihre Hand. Er konnte erstaunlich fest zupacken. »Ich kümmere mich direkt um ein Pensionszimmer, bis ich eine feste Bleibe gefunden habe.«

Abends, als Käthe durch den Schnee nach Hause stapfte, musste sie lachen. Wie absurd die ganze Situation war, so im Nachhinein betrachtet! Er hatte sie überrumpelt, weil er vor ihr stand und ihr erklärte, er sei der Richtige für den Job. War sie leichtsinnig, dass sie ihm sofort die Stelle angeboten hatte?

Aber nein. Bisher hatte ihr Bauchgefühl sie nie getäuscht. Warum sollte es bei Herrn Renner anders sein?

12

Berlin, April 1914

Na, das war lang nicht mehr.« Ostersonntag in der Fasanenstraße, Max und Käthe hatten die Familie zum Mittagstisch im Esszimmer versammelt. Birgit trug auf, Lammbraten und Bohnen, Kartoffeln und eine Sauce, so köstlich, dass Käthe um mehr Brot bat, um sie aufzutunken. Sie war am Vorabend mit den Kindern aus Kösen gekommen, bequem waren sie in der Eisenbahn gereist und hatten jede Stunde genossen. Vor allem Michel und Jockel hatten sich gar nicht sattsehen können, erst an der Dampflok, die laut in den Kösener Bahnhof rollte, dann an den roten Polstern in der Ersten Klasse. Liesel hatte die Jungen ermahnt, dass sie nicht mit ihren dreckigen Schuhen die Sitzflächen einschmutzten. Das Kindermädchen war sichtlich beeindruckt von ihrer ersten Reise in die Hauptstadt. Die Mädchen saßen brav auf ihren Plätzen und hielten eine Puppe an sich gedrückt; die Älteren lasen. Käthe konnte sich auf der Reise ein wenig entspannen und sogar für ein paar Minuten die Augen zumachen.

Und dann wurde sie mit Schwung zurückgeworfen in den Berliner Lärm, die stinkende Luft, all die Menschen, es war wie ein Schock für sie. Zum Glück ergatterten sie am Bahnhof Friedrichstraße eine Droschke Erster Güte, die sie nach Charlottenburg brachte. Ihre kleinen Kinder staunten, die

Erinnerungen an Berlin waren bei Hanni kaum vorhanden, bei Michel und Jockel gar nicht. Mimerle und Fifi aber machten einander darauf aufmerksam, wie die Stadt sich zuletzt verändert hatte. Zwei Jahre waren sie nicht hier gewesen.

In der Wohnung dann purzelten erst alle übereinander, und dann, als abends Ruhe einkehrte, da war wirklich *Ruhe*, und Käthe musste sich keine Gedanken darüber machen, dass noch irgendwo Arbeit für sie herumlag, denn die hatte sie komplett in Kösen gelassen, in den fähigen Händen von Herrn Renner und Suse.

Und nun saßen sie an der österlich geschmückten Festtafel. Gabriele war mit ihrer Tochter Lili ebenfalls gekommen, Letztere inzwischen zu einem storchbeinigen Backfisch herangewachsen, die sich in Diskussionen nicht zurückhielt und den Pony gerade so lang ließ, dass er bis in die Augen hing. Sie war schmal, fast burschikos trug sie das Kleid, das Käthe ein bisschen zu mondän fand für so ein junges Mädchen. Aber sie mischte sich ein. Gut so, dachte Käthe und wünschte zugleich, ihre Töchter würden sich in den kommenden Jahren auch so prächtig entwickeln. Nun, vielleicht bis auf die Sache mit den Haaren.

Über die Tafel hinweg traf Max' Blick den ihren, und sie lächelte verhalten. Max grollte wieder, und sie war schon gespannt, worüber er sich heute Abend bei ihr beschweren würde. Darüber, dass es ihm finanziell so schlecht ging? Wohl kaum. Letztes Jahr hatte sie ihm erstmals einen Scheck über zehntausend Mark ausstellen können, denn die Käthe-Kruse-Puppen erfreuten sich nach wie vor großer Beliebtheit. Und seit sich Herr Renner um das Buchhalterische kümmerte, konnte Käthe sich ganz aufs Schöpferische konzentrieren. So wie einst auf dem Monte Verità, als sie abends unten im Roccolo saß und die ersten Puppen für Mimerle und Fifi aus einer Kartoffel und einem mit Sand gefüllten Mehlsäckchen nähte.

Zehntausend Mark für Max, das hieß eben auch, dass zehntausend Puppenköpfe durch die Kopfpresse gewandert waren, jeder einzelne danach von ihrem Herrn Beyer und seinem Gesellen bemalt wurde, bevor sie von den Näherinnen mit Armen, Beinen, Rumpf versehen wurden, alles sorgfältig gestopft. Die Kleidchen für die Puppen kamen inzwischen aus Heimarbeit; so konnten Frauen mit kleinen Kindern ebenfalls für Käthe arbeiten, die sonst nicht wüssten, wohin mit ihrem Nachwuchs, wenn sie arbeiteten. Die Arbeitsbedingungen waren deshalb immer noch schwierig für diese Heimarbeiterinnen, aber Käthe versuchte, es ihnen so angenehm wie möglich zu machen. Allzu oft fühlte sie sich an ihre eigene Mutter erinnert, die selbst so sehr hatte kämpfen müssen. Das waren die Momente, in denen sie besonders fehlte.

Käthe hob ihr Weinglas. Sie trank selten, schon gar nicht mittags. Vielleicht fühlte sie sich deshalb so beschwingt von einem halben Glas Roten, der ihr vermutlich morgen Kopfweh bescherte. »Auf unsere Lieben und das Leben!«, verkündete sie. Die Erwachsenen am Tisch – neben Max und Gabriele war es noch ein verhungerter Künstlerfreund, der Käthes Freundin schöne Augen machte – hoben ebenfalls ihre Gläser. »Auf die Kunst!«, erwiderte Max.

Sie lächelte nachsichtig. Die Kunst, ach ja. Die gab es auch noch. Max' Leidenschaft war sie immer noch, obwohl: Er wandelte sich. Nach dem Mittagessen lud er Käthe und Gabriele ein, seine neuen Werke zu bewundern; die Veränderung fiel ihr schon auf, als sie das Atelier betraten.

»Keine Büsten mehr?«, fragte Käthe überrascht. Max brummte, die Hände in den Hosentaschen vergraben, während sein Künstlerfreund, dem vor Aufregung der Adamsapfel hüpfte, auf die Aquarelle zustürzte, die Max auf Staffeleien präsentierte. Hiddensee, erkannte sie. Die Lietzenburg. Seine zweite Heimat, seit sie in Kösen lebte. Nicht zu ihr zog es ihn, wenn er Berlin hinter sich lassen wollte, sondern an die Ostsee. Sie wusste nicht, ob das für sie in Ordnung war oder ob sie es einfach hinnahm, weil es nichts geändert hätte, mit ihm darüber zu streiten. Vermutlich Letzteres, denn sie war gern mit ihm zusammen. Und sie bezweifelte nicht, dass er gern mit ihr zusammen war, jedoch: nur zu seinen Bedingungen. Und das war eben: nicht so viele Kinder um sich herum haben müssen.

Käthe studierte die Aquarelle, während Max' neuer Freund mit Lili darüber stritt, ob das nun Hiddensee oder Rügen sei. Er war überzeugt, es könne nur Rügen sein.

Max trat zu Käthe. »Nun?«, fragte er leise.

»Du hast dich neu erfunden«, stellte sie fest.

Er stand gegen eine Staffelei gelehnt, die sein Gewicht kaum hielte, wenn er es ganz darauf stützen würde. Mit schief gelegtem Kopf musterte er sie nachdenklich. »Wie meinst du das jetzt?«

»Die Bilder erinnern mich ein wenig an das, was Oskar malt.«

Max schnaubte. »Oskar. Der.«

»Entschuldige, Herzliebster. Ich wollte dich nicht verletzen. Deine sind … lebendiger.« Tatsächlich waren sie teilweise geradezu farbenfroh verglichen mit Oskars verwaschenen Inselansichten von Hiddensee. »Willst du sie ausstellen?«

»Weiß ich noch nicht.« Max seufzte. »Wenn ich das mache, dann eher in Hiddensee als hier im prüden, langweiligen Berlin.«

»Bisher mochtest du dein Berlin.«

»Es ist anders geworden.«

»Inwiefern?« Berlin hatte ihm immer Leben eingehaucht, das wusste sie.

»Zu viel Gerede darüber, was man mit den Engländern macht, wenn's zum Krieg kommt. Bin ja zum Glück schon zu alt, dass es für mich relevant wäre. Die Kinder zu klein. Trotzdem. Dieses Gerede immer … «

Da hörte er mehr als sie. Käthe mochte nicht an einen Krieg glauben, wenngleich sie natürlich die Stimmen hörte, die genau das prophezeiten.

»Nun denn. Erst mal sechzig werden. Dann sehen wir weiter.« Sein Blick blieb so nachdenklich. »Musst du direkt zurück nach Kösen? Oder könnte ich dich zu einem kleinen Abstecher nach Weimar verlocken? Wir besuchen Anna, wohnen im Wielandzimmer vom Hotel Elephant … «

Ach, das klang zu schön. Und gut war's auch, dass er Pläne

schmiedete, in denen Platz für sie war. Käthe zögerte. Sollten sie's wagen? Eine Woche könnte sie Kösen wohl sich selbst überlassen, zwei gingen zur Not auch. Länger konnte sie sich allerdings nicht vorstellen.

»Wir reisen nach meinem Geburtstag ab und bringen die Kinder nach Kösen. Danach Weimar. Anna wird sich so freuen, dass wir kommen, sie wäre zu gern angereist und konnte nicht mehr, die Liebe.« Max war nun Feuer und Flamme. Käthe, die in den letzten zwei Jahren kaum einen Tag nur für sich gehabt hatte, verstand sein Drängen. Sie gab nach.

»Aber nicht länger als eine Woche!«

Max versprach es hoch und heilig.

Fünf Tage später feierten sie Max' sechzigsten Geburtstag mit einer großen Sause in der Fasanenstraße. Die Feier begann morgens, die ersten Künstlerfreunde kamen übernächtigt aus irgendeiner Bar zum Frühstück. Während Käthe mit Birgit Kaffee für alle kochte, knallten im Atelier zwei Stockwerke darunter die ersten Champagnerkorken. Sie wurde beinahe neidisch, weil dieses junge und auch nicht mehr ganz so junge Volk die Feste feiern konnte, wie es wollte. Sie hingegen ging ihre Kinder wecken, damit sie dem geliebten Papa das eingeübte Geburtstagsständchen bringen konnten.

»Ist nicht immer grüner auf der anderen Seite«, bemerkte Birgit. Käthe runzelte die Stirn. »Das Gras«, fügte die Haushälterin hinzu. »Du siehst aus, als wolltest du da unten auf den Tischen tanzen. Aber vergiss es, Käthe. Dein Leben ist hier oben, bei den Kindern. Das mit den Tischen ist vorbei.«

Käthe lachte. »Dabei habe ich nie auf Tischen getanzt«, meinte sie. »Ich dachte nur … «

»Die werden tüchtig Kopfschmerzen haben, sonst müssten sie so früh nicht schon trinken.« Birgit hatte eine feste Meinung von den Feiernden und ließ sich davon auch nicht abbringen. »Nee, nee, die sollen mal alle was ruhiger machen.«

Die ersten Gäste gingen vor dem Mittagessen nach Hause, da kamen bereits die nächsten. Den ganzen Tag herrschte im Atelier und in der Wohnung ein ständiges Kommen und Gehen; kaum blieb Zeit für die Kinder, ihrem Papa zu gratulieren, da kamen schon die nächsten Gäste mit großem Hallo hereingepoltert und umarmten Max, schlugen ihm jovial auf die Schulter, »keinen Tag älter als fünfzig ist er, der Gute! Der Beste!«

Käthe floh. Sie hatte gedacht, es ginge bei dieser Feier um sie alle als Familie, doch wenn sie eines an diesem Tag begriff, auch wenn es vorher schon so offensichtlich gewesen war, dann dies: Das Leben mit Max und das ohne – das waren zwei völlig unterschiedliche Welten. Sowohl für sie als auch für Max.

»Hier bist du.«

Natürlich fiel ihr Fehlen irgendwann auf, und Max suchte sie. Käthe saß im Kinderzimmer. Jockel, Michel und Hanni spielten um sie herum mit ihren Puppen. Es rührte Käthe zu beobachten, wie ihre Kinder sich in ihr Rollenspiel vertieften, manchmal miteinander, manchmal nebeneinander spielten.

»Unten fragen schon alle nach dir. Sie wollen wissen, wer die famose Frau ist, die es nun schon über zwölf Jahre mit mir aushält.« Max lachte. »Außerdem ist Käthe Kollwitz vorhin gekommen. Kennst du sie?«

Käthe schüttelte stumm den Kopf. Jockel hielt ihr seine Puppe und das dazugehörige Kleidchen hin.

»Bist du mir böse?«

»Nein, Max. Ich bin dir nicht böse.«

»Aber du hast was. Sind es die Gäste? Hätte ich nicht halb Berlin einladen sollen?«

Käthe seufzte. Sie blickte zu ihm hoch. Wie er da stand, ganz entspannt, eine Hand in der Westentasche. Heute sah er gar nicht finster aus. Das Verschlossene hob er sich für die Familie auf. Dabei vergötterten ihn die Kinder, und Käthe – nun, sie hielt es eben seit zwölf Jahren mit ihm aus. Seine Worte, nicht ihre.

»Ich hab vielleicht zu viel erwartet.« Sie gab Jockel die angekleidete Puppe zurück. »Entschuldige.«

Sie stand auf und wollte an ihm vorbei in die Küche, denn inzwischen war später Nachmittag. Die Kinder brauchten einen Imbiss, sonst hielten sie nicht bis zum Abendessen durch. Hanni folgte ihr wie ein Schatten; sie war immer in Käthes Nähe, fühlte sich weder den älteren Schwestern noch den jüngeren Brüdern so verbunden, dass es sie länger bei ihnen hielt.

Max folgte ihr ebenfalls. Während Käthe ein paar schrumplige Äpfel schälte und in Stücke schnitt, lehnte er am Küchenschrank und beobachtete sie.

Das störte ihn jetzt wohl, dass sie nicht mit ihm feierte, sondern sich um die Kinder kümmerte.

»Wo sind Mimerle und Fifi?«

»Im Atelier. Sie feiern mit.«

»Ja schau, jetzt bist *du mir* böse, weil ich nicht mitfeiern mag.«

»Du magst schon. Du verbietest es dir nur, weil du bei den Kindern bleiben möchtest.«

»Weißt du, Max ... « Sie hielt inne. Strich sich eine Strähne aus dem Gesicht. »Du lebst dein Leben. Ich meins. Ich muss mich wohl dran gewöhnen, dass es so ist. Dass wir unabhängig voneinander Entscheidungen treffen.«

Max brummte.

»Und trotzdem liebe ich dich von Herzen, du Herzliebster.« Sie legte das Messer weg, umfasste sein Gesicht mit beiden Händen und reckte sich. »Du bist der Eine, Max. Wirst du immer sein. Aber ich hab's verstanden – du brauchst deine Freiheit, dein Künstlerleben. Ich hab dir die Familie eben aufgezwungen, nach dem zweiten gab's kein Zurück mehr. Aber wir haben so viel Glück gehabt. Sieh doch nur – fünf gesunde Kinder, ein prosperierendes Unternehmen, wir beide dürfen das tun, was uns glücklich macht. Du hast eine Weile für mich gesorgt, und nun sorge ich eben für uns alle, weil meine Puppen weltberühmt geworden sind.«

»Ach Käthe.« Er schloss sie in die Arme. »Käthe, meine Käthe. Ich dachte immer, ich könnte aus dir eine Künstlerin machen. Aber du warst stur, bist deinen Weg unbeirrbar gegangen. Und sieh, wohin er dich geführt hat.«

»Ich *bin* Künstlerin«, gab sie spröde zurück.

»Ja, ja, so meinte ich das gar nicht.« Er ließ den Kopf hängen. Käthe machte sich sanft von ihm los. »Ich hatte nur immer in den falschen Kategorien gedacht. Und du hast mir gezeigt, dass es eben andere Wege gibt. Auch deshalb habe ich den Mut gefunden, mich von den Holzbüsten abzuwenden. Anna war meine Letzte. Seitdem habe ich gemalt, obwohl Oskar mich ständig auslacht, weil ich auf meine alten Tage noch zur Malerei gefunden habe.«

»Wer weiß, wohin die Kunst mich noch führt.« Es sollte ihm ein Trost sein, doch sie merkte, wie Max nachdenklich wurde. Und das wollte sie nicht. Er sollte nicht an seinem Geburtstag grübeln müssen.

»Und nun geh wieder zu deinen Gästen. Ich komm gleich nach, wenn du mir Birgit hochschickst.«

Er war schon fast aus der Küche, da blieb er stehen. »Käthe? Du weißt doch, dass ich dich liebe?«

»Ja«, sagte sie. »Du machst das eben auf deine Art.«

Er nickte. Und damit war für Käthe alles gesagt.

Weimar, April 1914

Käthe wusste gar nicht, wann sie das erste Mal in Weimar gewesen waren, um Max' Schwester Anna zu besuchen. Das letzte Mal musste vor Jockels Geburt gewesen sein. Also viel zu lange her. Damals waren sie für ein Wochenende gekommen und hatten im Hotel Elephant das Wielandzimmer bezogen.

Wie immer, pflegte Max zu sagen, denn das Wielandzimmer hatte er schon vor seiner Zeit mit Käthe angemietet. Die Tage in Weimar verflogen nur so. Zuerst war es ungewohnt für sie, denn sie war für nichts und niemanden verantwortlich; das Frühstück wurde ihnen morgens aufs Zimmer gebracht oder sie nahmen es im Restaurant ein, sie genossen die sonnigen Tage bei Spaziergängen, besuchten Goethes Wohnhaus am Frauenplan, in dem das Nationalmuseum untergebracht war. Sie atmeten die Kultur der größten Dichter, speisten vorzüglich bei Max' Schwester Anna, und eines Morgens wachten sie auf, und Käthe dachte kaum mehr an die Kinder, denn denen ging es gut, daheim in Kösen.

Sie wachte an seiner Seite auf, sie speisten gemeinsam und schlenderten durch die Stadt. In Weimar gab es auch ein Spielwarengeschäft, und wie überall, wo Käthe hinkam, musste sie in den Laden und sich das Puppensortiment anschauen. Längst war es vorbei, dass sie den Überblick hatte, welche Läden im Reich und über die Grenzen hinaus ihre Puppen anboten. Der Katalog der Modelle war ebenso schnell gewachsen wie die Liste der Neukunden, Letztere streng überwacht von Herrn Renner, der inzwischen auch meist die Korrespondenz führte und Rechnungen stellte.

Käthe betrachtete die Auslage des Geschäfts zuerst. Hier ein paar Zinnsoldaten en miniature, dort ein paar Holzspielzeuge und Bauklötze, die bunt lasiert waren. Im dritten Fenster dann war eine komplette Puppenküche eingerichtet, und dort waren die Puppen arrangiert. Käthe runzelte die Stirn. Das sah ein wenig aus wie ihre Puppen, aber etwas an ihnen stimmte nicht …

»Ach guck, du bist hier auch gut vertreten.«

Käthe wandte sich ab. Sie wollte sogleich das Geschäft betreten und sich die Puppen genauer ansehen, die ihren so sehr ähnelten. Eins wusste sie mit Sicherheit – das waren nicht ihre Puppen, auch wenn sie frappierend so aussahen! Sogar die Präsentation glich der, die sie in ihren Katalogen zeigte – drei Puppen in einer Miniaturküche, alle auf ihre Art beschäftigt mit Kochen, Wäsche und Essen.

In ihr ballte sich etwas, das sie sich erst gar nicht erklären konnte. Wut? Enttäuschung?

Im Geschäft stand sie unversehens einem jungen Mann gegenüber, der sie freundlich begrüßte. »Guten Tag, die Dame. Der Herr. Wie kann ich Ihnen behilflich sein?«

»Die Puppen«, stieß Käthe hervor. »In Ihrem Schaufenster.«

Er strahlte sie an. »Wunderbar, nicht wahr? Wir haben sie erst vor wenigen Tagen hereinbekommen. Warten Sie, ich zeige sie Ihnen. Man muss sie in der Hand gehabt haben, dann mag man sie gar nicht mehr weglegen.«

Er ging in einen hinteren Bereich des geräumigen Ladens. Käthe blieb vor dem Tresen stehen und wartete. Ihre Finger trommelten auf das vernarbte alte Eichenholz des Tresens.

Max schob sich neben sie. »Versteh ick nich«, murmelte er. »Was stört dich an deinen Puppen im Schaufenster? Besser könnt's ja nicht laufen, Herzliebste.«

Sie maß ihn mit einem langen Blick. Dann sagte sie leise: »Es sind nicht *meine* Puppen.«

Max drehte sich zum Schaufenster um. Er runzelte die Stirn.

»Ist dir nicht aufgefallen, dass die Gesichter zu kräftig bemalt sind? Die Kleidung, schlampige Ausführung. So etwas würde nie meine Manufaktur verlassen, nie!«

Anderswo schien man keine Probleme damit zu haben – weder mit minderwertiger Qualität noch damit, Käthes einzigartige Puppen so schamlos zu kopieren …

Der Verkäufer kam mit drei Schachteln zurück. »Wir haben hier verschiedene Modelle dieser neuartigen, ganz besonderen Puppe. Schauen Sie mal, meine Dame. Was halten Sie von dieser hier?«

Käthe beugte sich über die Kartons. »Darf ich?«

»Selbstverständlich. Der Hersteller legt viel Wert darauf, dass die Puppen auch angefasst und vor allem bespielt werden können.«

»Das kann ich mir denken …«, murmelte Käthe. Sie hob das erste Puppenkind aus der Schachtel. Auch wenn Max vorhin auf den ersten flüchtigen Blick gedacht hatte, es müsse sich um ihre Puppen handeln, hatte sie sofort bemerkt, wie vieles hier nicht stimmte. Diese Puppe hatte ein starres Gesicht, und statt der sorgfältig aufgemalten Augen mit Lichtfunken, die so viel für die Lebendigkeit taten, hatte diese Schlafaugen. Der letzte Schrei in der Puppenindustrie, das wusste Käthe wohl, doch ihre Puppen hatten keine und würden auch nie welche bekommen, wenn es nach ihr ging. Außerdem merkte sie direkt, wo der schwerwiegendste Unterschied zu ihren Puppen lag …

»Die ist ja aus Porzellan!«, rief Käthe. »Was soll daran denn bespielbar sein, können Sie mir das sagen?«

Sie drehte die Puppe hin und her. Um den Hals – ausgerechnet! – war eine Schnur geschlungen, daran das Etikett des Herstellers. Es zog Käthe fast den Boden unter den Füßen weg, als sie das allzu vertraute Signet der Firma Kämmer & Reinhardt entdeckte. Stumm hielt sie Max die Puppe hin, fast anklagend.

Er nahm sie mit einem Seufzen in seine großen Bildhauerhände, und sein Seufzen wurde zu einem Knurren, als er entdeckte, was auch Käthe so sehr in Wut versetzte.

»Kämmer & Reinhardt also?«, fragte er.

»So sieht's aus.«

»Kämmer & Reinhardt sind einer der besten Spielzeughersteller des Reichs«, setzte der Verkäufer zu einer Verteidigung an, denn er merkte wohl, dass seine Kunden nicht besonders wohlwollend reagierten. »Sie fertigen im Thüringischen in ihrer Manufaktur seit Jahren erfolgreich Puppen und Spielzeug …«

»Hören Sie mal«, fiel Käthe ihm ins Wort. Es war ja so gar nicht ihre Art, jemandem ins Wort zu fallen, aber in diesem Fall konnte sie nicht an sich halten. »Was Kämmer & Reinhardt Ihnen da angedreht hat, ist nur eine billige Kopie *meiner* Puppen, die anderswo überaus erfolgreich verkauft werden!«

Sie drehte einen der Kartons um. »Dreißig Mark wollen Sie dafür haben?«

Wieder Max' Brummen. Er drückte ihr die Puppe wieder in die Hand.

»Qualität hat ihren Preis, Gnädigste.«

»Aber wenn Sie wenigstens Qualität bekommen hätten! Das wäre anders, wenn Sie bei uns bestellen würden. Halt mal, Max.« Sie gab die Puppe zurück und wühlte in ihrer Handtasche nach einer Visitenkarte. »Hier. Sagen Sie Ihrem Chef, dass ich ihm gern einen Katalog schicken lasse. Oder er soll anrufen und Herrn Renner bitten, sich darum zu kümmern. Jeder unserer Kunden bekommt die beste Ware, dafür verbürge ich mich mit meinem Namen.«

Der junge Mann wurde beim Blick auf die Karte erst blass, dann rot.

»Äh, das …«

»Haben Sie schon von meiner Frau gehört, ja?« Max mischte sich ein. Käthe mochte das nicht, wenn er sich in ihre Belange hängte, doch in diesem Fall warf sie ihm einen dankbaren Blick zu. »Ihre Puppen sind preisgekrönt und haben in kürzester Zeit Weltrang erlangt.« Er spielte auf die Goldmedaille an, die Käthe letztes Jahr in Gent bei der Weltausstellung errungen hatte.

»Äh, tatsächlich.« Der Verkäufer geriet ins Stottern. Er beugte sich vor. »Tatsächlich hat mein Chef auch einen Katalog von Ihnen bekommen, Frau Kruse. Aber er meinte, Ihre Puppen seien zu teuer.«

»Zu teuer.« Käthe musste sich beherrschen, dass sie nicht laut auflachte, denn ihre Puppen waren mit vierundzwanzig Mark im Einkauf sicher nicht günstig, aber immer noch eher ihren Preis wert als diese Scheußlichkeiten. Kämmer & Reinhardt hatten versucht, das hübsche, kindliche Gesicht ebenso zu kopieren wie die praktische Puppenkleidung. Und spätestens wenn man der Puppe unter den Rock blickte, erkannte Käthe mit ihrem Kennerblick, wie wenig *diese* Puppe mit dem Original zu tun hatte, dem sie nachzueifern versuchte. Der Körper wieder aus Pappmaché, du meine Güte, wann lernten die denn, dass das nicht für Kinder taugte?

»Wir verkaufen diese Puppe mit großem Erfolg.«

»Seit wann?«, wollte Max wissen.

»Sie kam kurz vor Weihnachten auf den Markt. Ja, im November oder so.«

»Diese Schufte.« Käthe merkte, Max war erboster als sie selbst. Aber dann verstand sie, was ihn so aus der Fassung brachte: Die Porzellanköpfe waren denen ihrer eigenen Puppen nachempfunden – aber unter Garantie nicht mit der Kopfpresse gefertigt. Sie mussten also die Köpfe einfach nach der Vorlage seiner Kopfpresse produziert haben. Eine eigene Schablone hergestellt … nun, und dafür hatten sie ihnen nichts bezahlt. Natürlich brachte das Max aus der Fassung, er fühlte sich um seinen Lohn betrogen.

»Möchten Sie die Puppe nun kaufen?« So langsam verlor der junge Mann die Geduld mit Käthe. Sie schüttelte entschieden den Kopf und gab sie ihm zurück.

»Ganz sicher nicht.«

Zurück auf der Straße wandte sie sich an Max. »Du hast von Kämmer & Reinhardt kein Geld mehr bekommen, oder?«

»Alle Rechte waren damals mit den fünftausend Mark abgegolten. Solange sie die Presse nicht für neue Puppenköpfe verwenden, bekomme ich keinen Pfennig mehr von ihnen. Sonst allerdings fünfzig Pfennig pro Kopf.«

»Willst du das auf sich beruhen lassen oder … «

Max überlegte. Käthe hakte sich bei ihm unter. Sie musste erst mal Abstand gewinnen zu diesem Laden. Den jungen Mann dort traf keine Schuld, ebenso wenig den Inhaber des Spielzeugwarengeschäfts. Sie waren nur die Überbringer der schlechten Nachricht, dass es offenbar Konkurrenten gab, die sich nicht zu schade waren, Käthes Puppen zu kopieren.

»Würde es denn was bringen?«, fragte Max. »Einen jahrelangen Rechtsstreit vielleicht, und am Ende wären sie pleite, und wir wären auch über die Maße strapaziert. Wozu? Damit sie mir wieder Lizenzgebühren zahlen? Für diese, wie du es nennst, Scheußlichkeiten?«

Käthe drückte seinen Arm. Sie wusste, es fiel ihm sicher

schwer, auf diese zusätzliche Einnahmequelle zu verzichten, die sich da am Horizont für ihn auftat. Umso mehr fühlte sie sich verpflichtet, ihn zu trösten. »Wir werden sie überflügeln«, versprach sie ihm. »Unsere Puppen sind hochwertiger, schöner und werden von Kindern mehr geliebt. Das wird auch Kämmer & Reinhardt früh genug bemerken.« In Gedanken machte sie schon eine Liste der Dinge, die sie sofort angehen wollte, wenn sie zurück in Kösen war. Bald!, dachte sie.

Aber erst waren sie in Weimar, und Käthe gab es ungern zu, aber Weimar tat ihr gut. Mit Max nur Paar sein zu dürfen tat ihr gut. Sie schlief aus – für ihre Verhältnisse – und hatte bereits einige Korrespondenz erledigt und einen strammen Morgenspaziergang absolviert, wenn Max aus den Federn kroch. Oder sie kroch wieder zu ihm unter die Bettdecke, und bis zur Mittagsstunde blieben sie im Bett.

Es war der Tag vor ihrer Abreise, der Tag nach der Konfrontation mit den Puppenkopien. Käthe rekelte sich im Bett. Sie trug ein Nachthemd mit kurzen Ärmeln und Spitzenbesatz am Halsausschnitt, der gewagt tief war. Und unter dem Nachthemd war sie nackt, was sich irgendwie genau richtig anfühlte. Max musterte sie von der Seite. Sie strich verlegen über ihre Haare, die vermutlich ganz zerzaust waren. Wohler fühlte sie sich mit ihrer Flechtfrisur. Aber so viel Liebe lag in seinem Blick, so viel Sehnsucht und Verzücken. Da musste sie einfach fragen … »Was denn?«, fragte sie mit rauer Stimme.

»Ich überlege nur, ob wir wirklich zurück müssen nach Kösen und Berlin.«

»Na, du hast deine Arbeit, ich die meine. Wo sollen wir denn sonst hin?«

»Nach Italien zum Beispiel. Rom, Neapel? Vielleicht noch weiter. Mir steckt die Reiselust gerade so in den Knochen.«

Ihr war klar, dass die ihn vor allem deshalb kitzelte, weil er mit ihr allein reisen konnte. Aber sie hatte selbst Gefallen gefunden an diesem unbeschwerten Leben, da sie nicht tausenderlei bedenken musste, damit ihre Kinder satt, sauber und ausgeschlafen waren und in der Fabrik alles seine Ordnung fand.

»In Kösen wartet aber die Arbeit auf mich.«

»Schön daran ist: Die läuft dir nicht weg. In zwei oder drei Wochen ist die immer noch da.«

»Und die Kinder?«

»Sind gut versorgt in Kösen. Mensch, Käthe. Nur du und ich? Wann hatten wir das denn mal für länger?«

Fast nie, musste sie zugeben. Also gab sie sich einen Ruck. »Italien also?«

Max strahlte sie an. »Italien!«

Rom, Mai 1914

Am nächsten Tag reisten sie ab, über München und dann mit der Eisenbahn nach Italien. Käthe hatte sich zuvor telefonisch versichert, dass in Kösen alles zum Besten sei. Sie versprach, von unterwegs Postkarten zu schreiben, Briefe und Päckchen zu schicken. Niemand schien überrascht oder beunruhigt zu sein, dass die Chefin und Mama nun länger nicht da sein würde. Fast hätte Käthe beleidigt sein können, aber sie war's nicht, denn die Vorfreude auf Rom siegte.

Rom! Darauf war Käthe nicht vorbereitet, wie die Ewige Stadt sie mit ihrer Vergänglichkeit einlullte und mit ihrer Pracht verzückte. Es war ihre erste Reise so weit gen Süden, mit Max war sie früher wohl, als sie noch auf dem Monte Verità lebte, manchmal bis nach Florenz gekommen, weiter aber nicht.

Und nun die Ewige. Was sie nicht erwartet hatte, war die Wucht, mit der die antiken Stätten sie einnahmen. Kalter Stein, Marmor, das war eben so ganz anders als das, worin sie selbst so gut war. »Gefällt es dir?«, fragte Max ein ums andere Mal, wenn sie mit staunend weit aufgerissenen Augen durch das Forum Romanum und entlang der Mauern des Colosseums schritt.

»Das fragst du noch.«

Max, der schlaue Bildungsbürger, wurde nicht müde, ihr alles zu erzählen, was sie interessieren könnte – all sein angelesenes Wissen. Doch nach drei Tagen schmerzten ihr die Füße vom römischen Pflaster, sie sehnte sich nach Stille, Ruhe, nach Zeit für sich, um die Eindrücke zu sortieren.

»Da hab ich was für uns«, sagte Max. So war er. Während sie in vielen Winkeln Europas Geschäftspartner hatte, wusste er aus dem Stegreif eine Handvoll Künstlerfreunde, bei denen sie einkehren konnten. In diesem Fall sogar feudal in der Villa Falconieri, keine dreißig Kilometer südöstlich von Rom gelegen. Er schrieb an Richard Voß, der sogleich zurückkabelte – »Kommt!«, und am nächsten Tag schon standen sie vor der riesigen, neoklassizistischen Villa, die Platz für Künstler bot, wann immer sie Platz brauchten.

Käthe fühlte sich an ihre erste gemeinsame Zeit mit Max erinnert, damals vor zwölf Jahren. Sie die junge, erfolgreiche Schauspielerin, er der berühmte Bildhauer.

»Welche Freude, dass ihr hier seid!«

Richard Voß kam ihnen entgegen. Er trug einen hellen Anzug, Einstecktuch und einen Hut. »Willkommen! Kommt rein, ich hab euch ein Zimmer herrichten lassen, ihr müsst euch um nichts kümmern.«

Er lüpfte den Hut, das schlohweiße Haar darunter war sorgfältig zurückgekämmt. Mit seinem Charme verstand er es, Käthe und Max für sich einzunehmen, und sie fühlten sich vom ersten Tag an wohl.

»Mein Haus ist euer Haus!«, rief Voß, und das rief er wohl ziemlich vielen Menschen zu, deren Gesellschaft und Bewunderung er genoss. Käthe kannte ihn als profilierten, vor allem erfolgreichen Schriftsteller, und während ihres Aufenthalts wurde er nicht müde, allen Anwesenden von seinem jüngsten Erfolg vorzuschwärmen, der Verlag müsse eine Auflage nach der nächsten drucken. Insbesondere auf die jüngst verfilmten Werke und seinen bekanntesten Roman »Zwei Menschen« nahm er regelmäßig Bezug.

»Fühlst du dich nicht wohl?«, fragte Max. Da wohnten sie bereits eine knappe Woche in der Villa Falconieri und bereiteten sich gerade auf das abendliche Dinner im Speisesaal vor. Das war eine ausschweifende, ernste Sache – alle fanden sich am Tisch ein, es wurden mehrere Gänge serviert, und anschließend ging es in die Bibliothek, wo bis weit nach Mitternacht hitzig diskutiert wurde.

Käthe hatte ihre Haare gebürstet und flocht nun flink zwei Zöpfe, die sie zu ihrer gewohnten Schnecke auf dem Kopf steckte. Sie trug ein ungewöhnliches Kleid, festlich und rot, beides passte nicht zu ihr, aber Max hatte es mit ein paar anderen aus Mailand kommen lassen, zusammen mit Anzügen für sich selbst. Sie vermutete, er wolle nicht zurückstehen neben den erfolgreichen Schriftstellern, Malern und Kunsthistorikern, die sich das alles wie selbstverständlich leisteten. Ebenso die dicken Zigarren, die nach dem Essen auf den Tisch kamen. Käthe bekam vom Rauch Kopfschmerzen, aber zugleich belebten die Diskussionen sie auf eine merkwürdige Art.

»Ich fühle mich wohl«, behauptete sie. »Mir gefällt nur nicht, wie die Herren bei Tisch nur ein Thema kennen.«

»Ach, Käthchen.«

»Herzliebster, nix da mit Käthchen. Stört es dich nicht, dass sie kein anderes Thema haben? Die Engländer hier, geheime Absprachen dort, Geheimverträge da, Krieg sei unvermeidlich, was werden die Russen machen und die Franzosen erst, mit denen wir verfeindet sind ... « Sie legte eine Hand auf die Brust. »Mir wird da doch ganz anders, Max. *Wir* vor allem. *Wir* sind mit niemandem verfeindet, *wir* verkaufen die Puppen in aller Welt. Wenn ich mir vorstelle, was so ein Krieg auch für uns bedeuten könnte. Im Krieg kauft keiner mehr Puppen für die Kinder, und die halbe Welt würde keine mehr von einer kleinen, deutschen Manufaktur ordern ... «

»Ach, Käthe.« Er setzte sich auf die gepolsterte Bank am Fußende und schlüpfte in die Schuhe, die ein guter Geist frisch geputzt hatte. Überhaupt – überall in diesem herrschaftlichen Anwesen gab es Dutzende Bedienstete, die sich um alle Belange der Gäste kümmerten, es rührte Käthe sehr, wie sich gekümmert wurde.

»Machst du dir deshalb keine Gedanken?«

Er zuckte mit den Schultern. »Gedanken schon. Aber Sorgen? Du zerbrichst dir dein zartes Köpfchen viel zu sehr über diese Dinge. Was sollte der Kaiser davon haben, wenn er die jungen Männer in den Krieg schickt? Oder der englische König? Das will doch keiner.«

»Sagst du jetzt, da wir ungestört sind. Aber da draußen redest du Voß und den anderen nach dem Mund. Weiß er, was er da redet? Weißt du es? Noch sind deine Söhne jung, aber in zehn oder zwölf Jahren wären sie die Ersten, die man einberufen würde.«

»Geht's um die Kinder oder doch eher um die Firma? Du wirst dich entscheiden müssen, Käthe.« Max stand auf und schlüpfte in das Jackett seines neuen Anzugs. Schick sah er aus, hellgraues Tuch, feinster Stoff. Käthe stand auf. Sie steckte ihm ein rotes Tüchlein in die Tasche, das perfekt auf ihr Kleid abgestimmt war.

»Es geht mir um die Zukunft«, sagte sie leise. »Dass die nicht immer so sein wird wie unser Leben jetzt. Das fürchte ich.«

»Du bist eine Schwarzmalerin, Herzliebste. Das wird nicht passieren. Und nun komm. Ich will diesen Abend genießen, wer weiß, wie lange wir noch hier sind.«

Eine Woche später reisten sie nach Hause. Die Kinder hießen sie mit großem Gebrüll willkommen. Max zog es nach Berlin, und wenig später schrieb er von Hiddensee. Käthe hingegen verbrachte ganze Tage in ihrer privaten Werkstatt und erstellte neue Puppenmodelle. Was anderes blieb ihr ja nicht, außer nach vorn zu blicken und zu hoffen, dass die guten Zeiten noch lange andauern würden.

Doch am 28. Juni erschütterte das Attentat auf Kronprinz Franz Ferdinand von Österreich-Ungarn und seine Gattin Sophie Europa. Und wenige Wochen später war er da – der Krieg.

Käthe versuchte, ruhig zu bleiben. Ihre Söhne waren zu jung, ihr Mann zu alt, um eingezogen zu werden. Für den Moment war ihre Familie in Sicherheit. Aber um sie herum trafen nach und nach die Hiobsbotschaften ein. Brüder, Ehemänner,

Söhne. Sie wurden an die Front gerufen, um an der Seite Österreich-Ungarns gegen die Franzosen, Engländer und Russen zu kämpfen.

»Da habt ihr eure geheimen Bündnisse«, seufzte Käthe. Aber Max war nicht da, er hörte es nicht. Sie sagte es zu dem Auftragsbuch, in dem sie eigenhändig notierte, was von den Kunden in den vergangenen Tagen und Wochen storniert worden war. Ein Weihnachtsgeschäft wie 1913 würden sie dieses Jahr wohl nicht erleben. Im Gegenteil; sie musste scharf rechnen, wie sie über die Runden käme, wenn weiterhin so viele Stornos eingingen.

Schon klingelte das Telefon im Vorzimmer erneut, Fräulein Stine nahm den Anruf entgegen. Sie klopfte an Käthes Tür. »Ihr Mann, Frau Kruse.« Stine hatte verheulte Augen. Zwei ältere Brüder, beide hatten die gefürchtete Post bekommen. Marschbefehl gen Westen.

»Ich hab gerade an dich gedacht«, begrüßte Käthe ihren Mann, sobald Fräulein Stine ihn durchgestellt hatte.

»Denkst du nicht immer an mich?«

Sie lachte. »Na, fast. Manchmal denk ich auch an die Kinder.«

»Sind sie wohlauf?«

»Sind sie.«

»Was hast du nun vor?«

»Ach, wenn ich das wüsste. Die Puppen will keiner, wie ich's dir in Italien gesagt habe.«

»Du hattest also recht«, räumte Max ein.

»Ja, leider. Wäre mir anders auch lieber gewesen.«

»Na, dir wird schon was einfallen, womit die Kindlein spielen können, damit sie brave Soldaten und Witwen werden.«

Käthe hätte gern mit ihm geschimpft, weil er so negativ klang. Das alles – die politischen Entwicklungen der vergangenen Wochen, das unausweichliche Zusteuern auf die Kriegserklärung, wie Schlafwandler waren die Mächtigen da in etwas hineingestolpert, so kam es ihr vor, allesamt blind für das, was es für den Einzelnen bedeuten mochte ... Die Begeisterung, die nun durch die Städte und Dörfer schwappte, die fröhlichen Rufe der Soldaten – »Weihnachten sind wir wieder daheim!« –, und das alles sollte doch nur verschleiern, dass jeder Einzelne fürchtete, nicht zu Weihnachten daheim zu sein oder niemals zurückzukehren.

Käthe seufzte. Sie hätte ihren Mann gern aufgemuntert, wusste aber nicht wie. »Fährst du nach Hiddensee?«

»Na, da ist jetzt nichts los«, murrte Max. »Nee, ick bleib in Berlin. Kann ja mal nach Kösen kommen, wenn mir langweilig wird.«

So war das also. Berlin war auf einmal leergefegt, entweder zog's die Menschen in den Krieg, oder es zog sie so sehr runter, dass keiner mehr reden mochte.

»Hast du von Gabriele gehört?«

»Na, sie schreibt sich die Seele aus dem Leib. Alles wie immer, die Gute. Aber sie leistet mir Gesellschaft. Als Freundin«, fügte Max hinzu, und dann, so leise, dass Käthe erst glaubte, sie hätte sich verhört: »Mehr war sie übrigens nie.«

»Max ... «

»Ich dachte, das solltest du wissen.«

Himmel, was war denn mit ihm los?

»Und dass du das auch weißt, meiner Schwester Anna geht es schlechter. Vielleicht besuche ich sie für ein paar Tage.«

»Mach das.« Käthe war in Gedanken schon wieder woanders. Sie dachte über die Zukunft ihrer Manufaktur nach.

Kaum hatte sie aufgelegt, klopfte Fräulein Stine. Sie drückte sich ein Taschentuch gegen die Augenwinkel, tupfte neuerliche Tränen fort. »Herr Francke will mit Ihnen sprechen, Frau Kruse.« Sie schluchzte auf.

Käthe ahnte, was kam.

»Nun hat es mich auch erwischt.« Oskar Francke, der in den letzten Jahren so eine gute Seele für den Betrieb gewesen war, legte ihr seinen Einberufungsbescheid vor. »Damit sind Sie mit den Frauen nun ganz allein, Frau Kruse.«

»Ach, Oskar.« Käthe nahm den auf feldgrauem Papier getippten Brief entgegen. »Sie werden uns aber auch sehr fehlen.« Die vier Lagerarbeiter, die sie inzwischen beschäftigte, waren bereits letzte Woche abberufen worden.

»Glauben Sie's?«, fragte Oskar leise. »Dass wir Weihnachten wieder zusammen feiern?«

Käthe hielt in der Bewegung inne. »Ich hoffe es«, sagte sie leise. »Wohin geht's für Sie?«

»Nach Westen.«

»Dann sorgen Sie dafür, dass der Franzose weiß, mit wem er's zu tun hat.« Käthe fand die Vorstellung abscheulich, wie schon bald junge Männer auf offenem Feld gegeneinander kämpfen würden. Sie hatte, merkte sie, keine so genaue Vorstellung davon, wie ein Krieg sich gestaltete, wie eine Schlacht ablief, was genau da passierte. Männer starben, so viel wusste sie, oder sie wurden verwundet und kehrten versehrt nach Hause zurück. Aber wenn ihr nun mit Oskar Francke auch der letzte tatkräftige Kerl genommen wurde, hieß das für sie auch, dass alle Arbeiten in der Manufaktur von Frauen ausgeübt werden mussten. Das war für Käthes Produktion nicht so entscheidend wie für andere Industriezweige; sie spürte aber wohl, wie da eine große Erschütterung auf sie alle zukam.

»Werden Sie schreiben?«

Oskar drehte verlegen die Mütze in den Händen. »Wem sollte ich schreiben. Ihnen etwa? Sie haben doch mehr als genug zu tun.«

Käthe stand auf. Sie umrundete den großen Schreibtisch und blickte ihn von unten herauf nachdenklich an. »Na, bei Fräulein Stine ist es vielleicht anders. Die würde Ihnen gern schreiben, glaube ich.«

Das überraschte ihn. »Aber so ein Bürofräulein ... Bin doch nur ein einfacher Tischler. Nun ja. Jetzt wohl ein Gefreiter.«

»Fragen Sie sie einfach.« Käthe gab ihm zum Abschied die Hand. »Und dann wünsche ich Ihnen alles erdenklich Gute, Oskar. Sie haben hier wundervolle Arbeit geleistet, und wann immer das hier vorbei ist, haben wir einen Platz für Sie. Ich hoffe, das wissen Sie.«

Er drückte ihre Hand, drehte sich dann hastig um und verließ ihr Büro. Käthe lauschte. Das Klappern der Schreibmaschinen war verstummt. Sie hörte Oskar etwas sagen, Stine antwortete.

Als sie am Abend heimging, saßen die beiden auf der leeren Laderampe. Oskar hatte Stine ein Blümchen und eine Flasche Limonade mitgebracht, und sie redeten leise miteinander. Als sie Käthe bemerkten, sprangen beide hastig herunter und wollten in unterschiedliche Richtungen davongehen. Doch Käthe blieb stehen und sagte nur: »Genießt eure Zeit.« Mehr nicht. Denn wer wusste denn, wie viel Zeit den jungen Leuten noch blieb.

Sie ging heim, drückte jedes ihrer Kinder an sich und versuchte, die klamme Angst zu vertreiben, die sich ihrer bemächtigt hatte. Mit den Kriegserklärungen Österreich-Ungarns und Deutschlands, mit dem Kriegseintritt so vieler anderer Länder hatte sich der Druck auf ihre Brust verstärkt, und inzwischen glaubte sie, keine Luft mehr zu bekommen. Erst hatte sie gedacht, das müsse am Wetter liegen. Augusthitze lastete auf dem Land. Doch gestern hatte ein Gewitter die Luft geklärt, ein kühler Wind wehte durch den Garten.

Als Käthe sich mit ihren Kindern zum Abendbrot hinsetzen wollte, waren die beiden Ältesten nicht auffindbar. Käthe stand noch mal auf, sie suchte überall, rief nach Mimerle und Fifi.

Sie fand sie schließlich im Kinderzimmer der Kleinen, wo die Mädchen auf dem Boden hockten und aus Papier Figuren ausschnitten. Käthe hockte sich zu ihnen. Sie wusste ja, es gab oft einen Grund, weshalb die Kinder nicht sofort zu den Mahlzeiten erschienen.

»Was macht ihr da?«, fragte sie.

»Wir spielen Krieg«, sagte Fifi, warf ihrer Mutter einen Blick zu, als wollte sie sagen: »Sieht man das denn nicht?«

»Krieg? Oh.«

»Weil doch Krieg *ist*.« Das kam von Mimerle. Sie hatte ein Blatt Papier so übereinander gefaltet, dass sie mehrere Püppchen auf einmal ausschneiden konnte. »Und dafür brauchen wir viele Soldaten. So wie der Kaiser.«

Käthe sah sich um. Auf dem Boden verstreut lagen schon Dutzende Papierpüppchen, alle feldgrau angemalt und mit fröhlichen Gesichtern. Sie musste schlucken. Ihr war klar, weshalb ihre Kinder versuchten, mit dem, was da gerade passierte, auf ihre Art klarzukommen.

Jeder hatte seine eigene Methode, die Schrecknisse des Kriegs anzunehmen, die in weiter Ferne lauerten.

»Möchtet ihr darüber reden?«

Erst dachte sie, Fifi und Mimerle würden den Kopf schütteln, aber dann war es die Zweitälteste, die sagte: »Ich verstehe da so vieles nicht, Mami.«

»Ach, Fifi. Komm her.« Käthe breitete die Arme aus. Sowohl Fifi als auch Mimerle kuschelten sich an sie.

»Wir haben nun einen neuen Lehrer«, erzählte Mimerle. »Der alte wurde eingezogen, und der neue war schon in Pension, kam nun aber zurück, weil er eben zu alt für den Krieg ist.« Sie überlegte. »Ist Papi auch zu alt für den Krieg?«

Käthe drückte Mimerle an sich, die fast schon so groß war wie Käthe mit ihren elf Jahren. »Ja«, flüsterte sie. »Ja, euer Vater wird nicht in den Krieg ziehen, das müssen nur die jungen Männer.«

»Und der Michel und der Jockerle sind dafür viel zu klein.«

Käthe musste die Tränen runterschlucken. »So lang wird der Krieg nicht dauern, dass sie hin müssen«, sagte sie überzeugt. Sie hielt sich an dem fest, was landauf, landab alle Ehefrauen, Mütter, Töchter von ihren Männern, Söhnen und Vätern zu hören bekamen: »Weihnachten sind wir wieder daheim.«

Was anderes blieb ihr nicht, als sich daran festzuhalten. Dass das Sterben bald vorbei war und nicht zu viele Opfer forderte.

·•· 15 ·•·

Kösen, Dezember 1914

Weihnachten kam, doch der Krieg blieb. Käthes Sorgenfalten wurden tiefer, denn sie hatte nicht das Gefühl, als könnte sie für das kommende Jahr auch nur annähernd abschätzen, wie viele Puppen sie verkaufen würden. Und das war noch ihr geringstes Problem, denn mit Ausbruch des Kriegs hatte neben der Kriegsbegeisterung auch die Kriegswirtschaft Einzug gehalten. Alles, das nicht absolut lebensnotwendig war, wurde nicht mehr produziert. Es war schlicht unmöglich, an die Rohstoffe für ihre Puppen zu kommen. Das Rehhaar, mit dem sie die Puppen ausstopfte, war ebenso wenig zu bekommen wie die Trikotstoffe, aus denen die Körper genäht und mit denen die Gesichter überzogen wurden. Farben? Nur feldgrau, davon aber mehr als genug. Aber sie waren von minderwertiger Qualität, ebenso die Stoffe, aus denen die Kleidchen für die Puppen geschneidert wurden. Für die Heimarbeiterinnen gab es schon fast keine Arbeit mehr, und die wenigen Näherinnen, die noch täglich in die Manufaktur kamen, hatten ebenso kaum zu tun. Käthe musste sich was einfallen lassen.

Zuerst aber: Weihnachten daheim. Max kam aus Berlin, Oskar reiste sogar von Hiddensee an, es war eine abenteuerliche Fahrt, quer durchs Land. »Das mach ich nicht mehr, solange gekämpft wird«, erklärte er rigoros, kaum dass er sich den Regen vom Pelzkragen seines Mantels geschüttelt hatte. »Käthe, meine Liebe. Wie geht es dir?«

»Ach, man macht schon was mit.« Sie wollte Max' Bruder nicht mit ihren Sorgen behelligen. Doch er sah's ihr an der Nasenspitze an, dass sie sich sorgte. Und als sie abends in der Wohnstube gemütlich beisammensaßen, sich über jene ausgetauscht hatten, die im Krieg verletzt worden oder gestorben waren – so viele junge Leute, dachte Käthe erschüttert, wohin sollte das nur führen? –, da ergriff Oskar das Wort.

»Puppen wollen sie wohl nicht kaufen im Moment.«

»Nun, unsere feldgraue Puppe I ist noch unser Verkaufsschlager. Aber selbst von der verkaufen wir zu wenig. Können wir ja auch kaum mehr produzieren.«

»Denk's mir. Und hast du schon eine Idee, wie du sie dennoch mit deinen krusigen Sachen versorgen kannst?«

Käthe hatte tatsächlich eine Idee. »Man müsste ihnen etwas Kleineres an die Hand geben. Den Kindern, meine ich. Die Materialknappheit ist schlimm genug, aber so große Puppen, so sehr ich sie auch liebe und weiterhin jedem Kind eine wünsche – sie entsprechen nicht dem Zeitgeist. Da braucht es was Kleines, mit dem sie dennoch spielen können.«

»Kleine Zinnsoldaten?«

Das kam von Max, der sich zur Feier des Weihnachtsfests eine Zigarre angezündet hatte. Er verschwand fast hinter den Rauchschwaden in seinem dunkelgrünen Ohrensessel.

»Aus Zinn wohl kaum … Aber wie wäre es, wenn wir

Draht nehmen, den wir entsprechend formen und dann mit Wolle oder anderem umwickeln, zum Schluss etwas zur Stabilisierung darum pinseln …« Käthe runzelte die Stirn, in Gedanken war sie schon wieder in der Werkstatt und nicht in der Wohnstube. Max merkte das wohl. Er beugte sich vor. »Aber wie bekomme ich die Form so hin, dass sie wahrhaftig menschlich wirkt und das Kind zum Spiel einlädt?«

»Na, so ein Glück, dass du damals einen Bildhauer geheiratet hast.«

Sie lächelte ihn von der Seite an. »Du, so lang ist das noch nicht her. Fünf Jahre gerade mal.«

Er murmelte vor sich hin.

»An mir hat's nicht gelegen.« Sie legte ihm die Hand auf den Ärmel; streiten wollte sie nicht mit ihm am Weihnachtsabend. »Darf ich denn deine Expertise in dieser Sache einfordern? Nach den Weihnachtstagen?«

Er grummelte weiter. Stand auf und trat zum Sekretär. In einem der Fächer verwahrte sie ihr Briefpapier und Stifte. Max nahm sich von beidem und begann, ein paar feldgraue Soldaten zu skizzieren, er schraffierte Uniformen und Mützen, danach zeichnete er die Skelettstruktur mit kräftigen Bleistiftstrichen darüber. »Du müsstest schon einiges an Draht nehmen, dass es hält«, meinte er. »Oder du machst die Puppen kleiner. Viel kleiner.«

»Wie klein?« Käthe stand auf und stellte sich neben ihn. Er blickte nur kurz hoch, wiegte den Kopf und hielt dann einen schwieligen Zeigefinger hoch. »So in etwa?«

»Das sind ja kleine Spielfiguren.« Sofort kam Käthe noch eine Idee. »Man könnte für sie Puppenstuben einrichten.«

»Hübsche Kasernen und Latrinengräben, oder wie?« Das kam von Oskar, der es sich nie nehmen ließ, ihre Ideen etwas zu sarkastisch durch den Kakao zu ziehen. Käthe warf ihm einen Blick zu. »Lagerfeuerromantik wäre wohl eher was, dass uns die willigen Soldaten nicht ausgehen?«

»Was willste machen? Wir sind im Krieg, ob es uns nun passt oder nicht. Die Leute interessiert nichts anderes.« Das kam von Max.

»Die Leute sollten sich aber für was anderes interessieren.« Oskar gab keine Ruhe. »Was Käthe jetzt schon erlebt, wird sich bald auf andere Bereiche unseres Lebens erstrecken. Dass sie jetzt schon kaum Material kriegt. Alles geht an die Fronten im Osten und Westen. Irgendwann haben wir hier gar nichts mehr. Schon jetzt werden die Lebensmittel knapp. Glaubt ihr denn, in zwei Jahren hat jemand noch Sinn für kleine Püppchen, wenn's für die Kindlein drum geht, ob sie verhungern oder nicht?«

»So weit wird's schon nicht kommen.« Max machte eine unwirsche Handbewegung.

Käthe aber wurde stiller. Sie dachte darüber nach, was Oskar sagte. Sie merkte ja den Mangel selbst. Sogar die Arbeitskräfte wurden knapp, denn inzwischen wurden die Frauen nicht nur in den üblichen Frauenberufen gebraucht, sondern auch in denen, die sonst von Männern ausgeübt wurden, denn die jungen Kerle waren ja an der Front. Gab auch ein bisschen mehr Geld zu verdienen, wenn sich die Frauen in einer Rüstungsfabrik verpflichteten. Käthe verstand sie – auch in der Kriegsbegeisterung, die von so vielen Besitz ergriffen hatte. Fräulein Stine war, seit sie sich im August mit Oskar Francke verlobt hatte, bevor er an die Front reiste, glühende Monarchistin und Verfechterin dieses Kriegs geworden. Vielleicht nicht unbedingt, weil sie an »die Sache« glaubte, wohl aber, um sich ihrem Liebsten mehr verbunden zu fühlen. Käthe konnte alles daran verstehen. Es half den Menschen, diese unerträgliche Angst auszuhalten, was im fernen Flandern oder im Osten geschah. Darum engagierten sie sich so für den Krieg, um keinen Zweifel daran aufkommen zu lassen, das alles habe schon seine Richtigkeit.

»Uns bleibt wohl nichts anderes, als auf bessere Zeiten zu hoffen. Und bis dahin irgendwie durchzukommen.« Käthe seufzte. Sie betrachtete Max' Skizzen und war ganz gerührt von den kleinen Soldaten aus Draht, Wolle und Stoff. Doch, daraus ließe sich wohl was machen. Sie wollte es zumindest versuchen. Denn aufgeben kam für sie nun nicht mehr infrage. Sie fühlte sich für ihre Frauen verantwortlich, vor allem für die Familie, der sie ja das Auskommen ermöglichte mit der Manufaktur.

Den Heiligabend feierten sie in friedlicher Eintracht, die Kinder freuten sich über reichlich Geschenke, die zu kaufen Käthe sich nicht hatte verkneifen können. Die Kinder sollten es doch schön haben, sagte sie immer. Max ließ sich von den Jüngsten den Bart zausen, Oskar hockte sich sogar zu ihnen auf den Boden, spielte mit der neuen Eisenbahn und musste nach stundenlangem Spiel von Käthe und Max gemeinschaftlich wieder hochgezogen werden. Der Weihnachtsschmaus war ein Festmahl, knusprige Gans, Klöße und eine dunkle, sämige Sauce, dazu Rotkraut, das Anna im Herbst eingekocht hatte. »Wir werden den Garten im kommenden Jahr komplett ummachen«, beschloss Käthe, ganz die praktisch denkende Haushaltsvorsteherin. Max enthielt sich eines Kommentars; ihm war's gleich, solange nur sein Platz hier blieb.

Nach den Feiertagen reisten Max und Oskar wieder ab. Erst nach Berlin, Oskar dann weiter zu seiner geliebten Lietzenburg auf Hiddensee. Regelmäßig schickte er Karten an Käthe und die Kinder, auf der Vorderseite Aquarelle, die Rückseite mit ein paar launigen Zeilen. Käthe schrieb ihm nun auch regelmäßig; sie meinte zu spüren, dass Max' Bruder etwas einsam war da oben in seinem Schlösschen an der Ostsee.

Im April telegrafierte Max und schrieb, seine Schwester Anna sei verstorben. Sofort hängte Käthe sich ans Telefon und versuchte, ihn zu erreichen, doch war er bereits zu ihr nach Dresden gefahren. Von dort kam zwei Tage später seine Ankündigung, wann die Bestattung sei. Käthe setzte sich in den nächsten Zug nach Dresden, das Reisen in Kriegszeiten war allerdings für die Zivilbevölkerung nicht so leicht. Sie brauchte doppelt so lange für die Strecke, und als sie am Dresdner Hauptbahnhof aus dem Zug stieg, war Max nicht da, um sie in Empfang zu nehmen.

Sie machte sich auf den Weg zu Annas Adresse. Zu Fuß, denn die Droschken waren in Dresden inzwischen immer seltener Teil des Straßenbilds. Die Spuren des Kriegs, sie waren überall.

Anna Kruse hatte bis zuletzt kinderlos eine wunderschöne Villa in einem Dresdner Vorort bewohnt. Hier traf Käthe auf Max, der von der Trauer niedergedrückt wurde. Ausgerechnet Anne, die ihm vom Alter am nächsten stand und zudem die Liebste unter seinen Geschwistern gewesen war, war nun von ihnen gegangen.

Als Käthe ihn umarmte, spürte sie, wie der Verlust in ihm wühlte, und sie versuchte, ihm den Schmerz zu nehmen.

»Schau, nun muss sie nicht mehr leiden.«

Denn Anna war schon lange krank gewesen, hatte über chronische Schmerzen geklagt. Max lächelte nachsichtig, als wollte er sagen »was weißt du vom Leiden?«, und dann setzten sie sich in Annas Salon. Ein Dienstmädchen mit weißem Spitzenhäubchen und schwarzem Kleid servierte ihnen Kaffee und kleine Küchlein. Max sah sich um. Sein Blick ruhte auf dem Vitrinenschrank aus Nussbaumholz, auf der Esszimmergarnitur im angrenzenden Speisezimmer, das man durch die halb geöffneten Flügeltüren sah. Er sah die hübschen Gemälde – einmal die Lietzenburg über dem Kamin, ein anderes Mal ein Porträt von Anna –, und er holte tief Luft, als müsste er nun etwas Bedeutungsvolles sagen.

»Käthe«, sagte er schließlich, »ich will einen Hausstand gründen. Mit dir.«

Sie lachte auf. »Aber wir haben doch schon zwei Haushalte, den kleinen in Berlin und das große Haus in Kösen.«

»Na, das meine ich nicht. Ich meine ein Familienheim, wo

wir alle unter einem Dach leben. Wo ich meinen Platz habe, ebenso wie du und jedes unserer Kinder. Ich bin's satt, allein zu sein.«

Käthe blieb auf der Hut. Ihr Herz wollte schon jubilieren, denn war es nicht das, was sie sich immer ersehnt hatte? Ein gemeinsames Haus mit Max, in dem sie zusammenlebten? Das hatten sie in Berlin schon versucht, und es war aus Platzgründen und weil sie selbst so viel Raum für ihre Puppenwerkstatt forderte, gescheitert. Auch in Kösen wäre immer Platz für ihn gewesen, doch das war ihm ja offenbar immer zu provinziell gewesen.

»Nach Kösen willst du offensichtlich nicht ziehen?«, erkundigte sie sich vorsichtig.

»Nee, da hängt der Hund ja tot überm Zaun.«

»Aber nach Berlin kann ich auch nicht. In Kösen hab ich meine Manufaktur.« Das hätte er sich ja mal ein paar Jahre früher überlegen können, dass er das Alleinsein nicht mehr mochte. Zumal Käthe befürchtete, es könnte nur eine seiner Anwandlungen sein, von denen in ein paar Monaten schon keine Rede mehr sein würde. So wie seine Künstlerkolonie auf dem Monte Verità sich nie erfüllt hatte oder das Leben als Kulissenbauer mit großem Namen am Münchner Hoftheater. Nach seinen frühen Erfolgen als Bildhauer war er nicht länger ein Suchender, fast schon war er getrieben vom Leben. Und nun? Wollte er sich zur Ruhe setzen, sich mit den Kindern umgeben, was genau bewog ihn denn zu dieser Entscheidung?

»Ich freu mich natürlich über deinen Entschluss«, fügte sie eilig hinzu. Sie sah, wie sich seine Stirn wieder umwölkte.

Und ja, sie würde sich wirklich freuen, wenn er mehr in der Familie war, mehr Teil ihres Lebens ... Dennoch fragte sie sich, wie lange das halten würde. Ob er dieses Lebens nicht früher oder später wieder überdrüssig werden würde.

»Du klingst nicht besonders begeistert.«

»Ich bin nur verwundert, Herzliebster.« Das besänftigte ihn ein wenig. »Willst du nach Kösen kommen? Denn wie gesagt, Berlin ist für mich keine Option.«

»Kösen keine für mich.«

Fast wollte sie schon wieder der Mut verlassen. Die Begeisterung dämpfte er direkt mit seinen Worten. »Dann suchen wir etwas dazwischen«, schlug sie vor. »Und ich fahre regelmäßig nach Kösen, wenn es dort Dinge gibt, die sich nicht telefonisch regeln lassen.«

Das Haus in Kösen jedenfalls – das wollte sie behalten. Es war ihr Haus, wie es bisher noch keins für sie gegeben hatte. Max aber brummelte nur, sie müssten sich nun um die Beisetzung kümmern, alles andere dann später.

Fast glaubte Käthe, er hätte die Sache schon wieder vergessen. Doch als sie sich drei Tage später am Bahnhof voneinander verabschiedeten, kam er wieder drauf zu sprechen.

»Was spricht denn gegen Berlin?«

»Es ist himmelweit weg von Kösen!«

»Aber Berlin ist mein Zuhause, und deins doch auch!«

Käthe schüttelte den Kopf. »Berlin ist außerdem zu teuer. Wir wissen nicht, wie lang dieser Krieg noch dauern wird.«

»Dann Potsdam?«

Das läge immerhin auf dem Weg nach Kösen. Näher an Berlin dran, doch Käthe spürte, dass Max sich nicht zu weit von seinem Berlin entfernen wollte. »Da findet sich schon was«, meinte sie.

»Sollte sich schnell finden lassen, immerhin müssen Annas Möbel irgendwo hin. Was soll ich dem Spediteur denn sagen? In Berlin ist kein Platz.«

Käthe seufzte. Sie war drauf eingestellt, sofort nach Kösen zurückzureisen. Nach Ostern begann das neue Schuljahr, die Kinder brauchten sie. Und sie brauchte die Kinder. Aber wie Max eben war – wenn er sich was in den Kopf setzte, musste er es sofort entscheiden, es duldete keinen Aufschub.

»Schreib mir, wenn du ein Haus gefunden hast«, schlug sie vor.

Seine Miene verfinsterte sich.

»Soll ich nach Potsdam mitkommen?« Denn Potsdam sollte es ja wohl nun werden.

»Wenn's dir nichts ausmacht, Herzliebste.«

Sie umfasste seine Wangen mit beiden Händen. »Nie, nie, nie wird's mir was ausmachen, mit dir zusammen zu sein«, versicherte sie ihm. »Nur wir beide müssen wohl irgendwann begreifen, dass wir nicht allein sind in dieser Welt. Du und ich, wir haben fünf gemeinsame Kinder. Sechs, wenn wir Johannes nicht vergessen.«

Kurz verfinsterte sich seine Miene. Johannes, über den sprach er nicht gern. »Musst du damit wieder anfangen.« Unwillig streifte er ihre Hände ab.

Käthe trat einen halben Schritt zurück, zutiefst getroffen durch seine Worte. Nie würde sie jene Nacht vergessen, obwohl sie schon bald zehn Jahre zurücklag, als sie in dem kleinen Vogeltürmchen, ihrem liebsten Roccolo auf dem Monte Verità lebte und ihr drittes Kind dort allein auf dem Küchenfußboden zur Welt brachte, weil niemand mehr bei ihr war – weder ihre Mutter noch ein Kindermädchen, das Max damals nicht länger hatte bezahlen wollen. Der kleine Johannes fing nicht an zu atmen oder hatte schon vor der Geburt aufgehört – so genau wusste sie das gar nicht. Es war immer noch eine schwärende Wunde in ihrem Herz, die nur notdürftig verheilt war. Und nun sah sie an Max' Miene, dass auch an ihm dieser Verlust nicht gänzlich spurlos vorbei-gegangen war, auch nach so vielen Jahren nicht. Vielleicht, weil er sich Vorwürfe machte. Dabei war sie mit seiner Rolle bei dieser Geschichte im Reinen. Er war nicht dort gewesen, und wenn er bei ihr gewesen wäre, hätte er doch nicht viel daran ändern können, dass sie Johannes verloren.

»Lass gut sein, Max. Ich will deshalb nicht streiten.«

Seine Schultern sanken herab; er hatte sie hochgezogen, als fürchtete er von ihr Schläge.

»Schau du nach einem Haus in Potsdam, und dann tele-grafierst du mir, ja? Ich komme, wir schauen es uns an, und wenn es uns beiden zusagt, mieten wir es. Oder wir kaufen, wie es dir lieber ist.«

»Ein Haus kaufen?« Er lachte ungläubig. Das war eine große Investition. Aber Käthe hatte sich das gut überlegt. In diesen unsicheren Zeiten hätte sie gern etwas, das ihr ge-hörte, das ihr keiner wegnehmen konnte. Geld zerrann, es floss in Kriegsanleihen oder in die Teuerung. Aber ein Haus, das nur ihr gehörte – das blieb.

»Der Zeitpunkt ist gut«, war sie überzeugt. Und war nicht davon abzubringen. Max ließ es auf sich beruhen. Zum Abschied hielt er sie lange fest, wollte sie gar nicht ziehen lassen. Käthe winkte ihm, bis der Dresdner Bahnsteig schon lange nicht mehr zu sehen war. Und dann blickte sie hoffnungsvoll nach vorn.

Ein gemeinsames Heim für Max und sie – damit hätte sie zuletzt gerechnet.

16

Potsdam, Mai 1915

Ein Haus kaufen wollte sie. So hatte Max das nicht geplant, aber Käthe war fest entschlossen, und als er ihr telegrafierte, er habe nun eins gefunden, leider nur zur Miete, kam direkt zurück: *Such weiter.*

So kannte er sie nicht. Er fragte sich insgeheim, ob er sie überhaupt noch kannte, denn mit ihrem Umzug nach Kösen war sie gewachsen. Innerlich natürlich nur, äußerlich blieb sie klein und unscheinbar, und ausgerechnet derjenige, der sie doch am besten kennen sollte nach dreizehn gemeinsamen Jahren, hatte sich davon täuschen lassen. Da stand er nun, streifte durch die Potsdamer Straßen, aber Häuser standen hier nicht zum Verkauf. Und das eine, das er mieten wollte, gefiel ihr nicht, es genügte ihren Ansprüchen nicht.

Da erst merkte er, was in den letzten drei Jahren passiert war. Von ihm unbemerkt war Käthe über ihn hinausgewachsen. Und er wusste selbst nicht, ob es an ihrem Wachsen lag oder daran, dass er nach Annas Tod so betrübt war und ihm die Bildhauerei nicht mehr von der Hand ging, aber all das deprimierte ihn auf eine Art, dass er einem Impuls folgend den langjährigen Mietvertrag für sein Berliner Atelier in der Fasanenstraße kündigte. Nun gab es kein Zurück mehr, er *musste* etwas in Potsdam finden, das Käthes Ansprüchen genügte.

Der Zufall wollte es, dass ihm das Angebot gemacht wurde, eine Wohnung in der Augustastraße anzumieten, luxuriös und über zwei Geschosse, direkt am Park gelegen. Aber eben nur zur Miete, kein Haus, sondern Bel Etage. Er schrieb Käthe, ob er zusagen solle. Sie schrieb: *Ich komme!*, und zwei Tage später schritten sie die Räumlichkeiten ab.

Sie taten es schweigend, Käthe mit gerunzelter Stirn. Er wüsste gern, was sie dachte, doch folgte er ihr mit hinter dem Rücken gefalteten Händen still durch den Salon, das Wohnzimmer mit offenem Kamin, die angrenzende Bibliothek und das Arbeitszimmer. Dort blieb sie stehen, drehte sich im Kreis und bewunderte die Stuckarbeiten an der Decke. Durch die hohen Fenster fiel das abendliche Licht und ergoss sich golden auf das honigfarbene Fischgrätparkett. Ein mit hellblauem Leinenstoff bezogenes Sofa stand unter den Fenstern. Der Schreibtisch war wuchtig, die Regale waren leer. Staub tanzte durch die Luft.

Er räusperte sich, sagte aber nichts, während Käthe die Räume abschritt. Er wusste, ob sie nun hier einzogen oder er weitersuchen musste, war vor allem Käthes Entscheid – und das nicht nur, weil sie die Miete bezahlen würde. Sie sollte sich hier wohl fühlen. Dieses Heim sollte vor allem Käthes sein.

Sie inspizierte die große Küche, die Speisekammer, dann nahm sie die Treppe zum Obergeschoss. Die Schlafzimmer und Bäder. Käthes Finger strichen über die Armaturen und die Porzellanbecken, sie maß die messinggoldenen Löwenkopffüße der Badewanne mit liebevollem Blick. Max warf ihr im Spiegel einen fragenden Blick zu; sie wirkte verschlossen, so sehr in sich gekehrt, er konnte ihre Gedanken zum ersten Mal nicht erraten.

Sie, die für ihn immer ein offenes Buch gewesen war. Gelegentlich seufzte sie. Bei den mit jadegrünen Seidentapeten bespannten Wänden des langen Flurs im oberen Stock zum Beispiel. Oder als sie sich bückte und mit der Hand über den feinen Orientläufer strich, der auf dem Parkett ruhte. Als sie im größten Schlafzimmer stand und auf den Park blickte. Fünf hohe Fenster bildeten einen Erker, der Vorbesitzer hatte darin eine Sitzbank eingepasst. Käthe setzte sich vorsichtig darauf, sie drückte eines der Kissen an ihren Bauch und blinzelte in die Abendsonne.

Dieses Bild hätte er gern festhalten wollen für die Ewigkeit. Als Fotografie, als Gemälde … als Skulptur! Aber mit dem Gedanken kam sogleich die Müdigkeit. Max wusste – das Schöpferische hatte ihn verlassen. Erst hatte der Krieg ihm die Konzentration auf diese elementare Ausdrucksweise genommen, weil er sich im Krieg nicht in die Kunst zu vertiefen vermochte. Und nun, nach Annas Tod … Sie war ihm immer ein Spiegel gewesen. Auch das hatte die Zeit ihm genommen, und nun war er müde. Die Persephone, sie sollte seine letzte Arbeit bleiben, er gedachte, sich zur Ruhe zu setzen.

Darum Potsdam. Darum das Leben mit seinen Kindern und hoffentlich oft genug auch mit seiner Frau. Er hätte es ihr gegenüber niemals eingeräumt, doch er vermisste Käthe, wenn sie in Kösen war. Jederzeit hätte er selbst nach Kösen reisen können; das wusste er wohl. Allein: Kösen reizte ihn so gar nicht, und das, was er sich einst davon für sie versprochen hatte, es hatte sich nicht erfüllt.

Das sollte er sich wohl abgewöhnen. Dass er an ihr zog und zerrte, bis sie seinem Anspruch genügte und das tat, was er von ihr erwartete. Mit Kösen war stets die Hoffnung verbunden gewesen, sie würde schon bald nach Berlin zurückkehren und ihm mitteilen, dass nur der Mittelpunkt des Reichs der richtige Ort für sie sei und dass die Puppenmanufaktur ihr nicht genug künstlerischen Raum bot. Doch Käthe hatte sich mit diesem neuen Leben erstaunlich rasch arrangiert. Er befürchtete fast, sie liebte es zu sehr, denn selbst ihre Aufenthalte in der Sommerfrische auf Hiddensee waren zuletzt auf zwei oder drei Wochen im August beschränkt geblieben.

Und dieses Jahr würden sie gar nicht reisen. Der Krieg. Für alles, was geschah oder nicht passierte, gab es diese universale Begründung. Wir müssen sparen – der Krieg. Wir wollen näher beisammen wohnen – weil Krieg ist. Der Manufaktur geht es schlecht, kein Wunder … Krieg. Menschen starben auf den Schlachtfeldern, weil nun mal dieser verdammte, allzu große Krieg über Europa und die Welt gekommen war und kein Ende fand. Im Gegenteil – im Westen hatten sich die Stellungen eingebuddelt, es gab kaum Bewegung dort. Und allmählich beschlich Max dieses Gefühl, dass nach dem Krieg, unabhängig davon, wie lange er dauern würde, nichts mehr wäre wie zuvor. Der Krieg (schon wieder!) hatte das Leben zerteilt, eine Zäsur war er und nicht nur ein Mittler des unabdingbaren Wandels.

»Hast du nun in alle Schränke geguckt?«, wollte er wissen.

Käthe lächelte flüchtig. »Hier könnten wir glücklich werden«, meinte sie verträumt.

»Dann lass uns doch glücklich werden, verdammt. Ich bin bereit dafür. Mehr als das.«

»Der Mietzins ist verhandelbar?«

»Es soll nun nicht allzu lang leer stehen. Wir sollten zugreifen.«

Sie verdrehte die Augen, denn das war nun keine Antwort auf ihre Frage. Max räusperte sich. »Es sind schon so tausend Mark.«

»Im Monat!«

»Nun, im Jahr hätte ich sogleich zugeschlagen, das hätte ich mir fast selbst leisten können.« Zumindest in den Vorkriegsjahren hatte er gut verdient, und Käthe müsste ja noch besseres Geld gemacht haben, wenn sie nicht alles direkt wieder in das Unternehmen gesteckt hatte.

»In Ascona habe ich für dich über zweihundert Franken im Monat berappt«, erinnerte er sie.

Käthe seufzte. »Daran möchte ich nicht denken.« Das war damals eine Menge Geld gewesen, und sie hatten es den Oedenkovens für ein fragwürdiges Lufthüttchen am Berghang in den Rachen geworfen.

»Also ist es dir zu teuer?«

Sie wiegte den Kopf. »Es wird schon gehen. Ein paar Reserven haben wir noch nach alledem.«

Und wieder schwang der Krieg mit. Natürlich hatte Käthe – wie auch Max – letztes Jahr Kriegsanleihen gezeichnet. Wohl beide unter dem Eindruck dessen, was vollmundig versprochen worden war – dass nämlich dieser Krieg schon bald vorbei sein würde und dann für das deutsche Volk Normalität einkehrte und sie ihre Anleihen dank der Reparationszahlungen der unterlegenen Feinde mit großzügigem Zinskupon zurückgezahlt bekämen. Max hatte ihr geraten, nicht ihr ganzes Geld darein zu stecken, es würden weitere Anleihen kommen, meinte er. Sie hatte ihn angesehen, als glaubte er, sie wüsste *gar nichts* über Wirtschaft.

»Dann miete ich es.«

»Ja, mach das nur. Nächstes Wochenende bringe ich die Kinder mit, und im Sommer können wir herziehen. Die Großen werden nicht oft hier sein, aber für die Kleinen freut es mich.«

»Sie haben mir gesagt, der Kaiser nebst Gemahlin sei oft im Park gegenüber unterwegs.«

»Das erzählen wir ihnen mal nicht, sonst wollen Mimerle und Fifi gar nicht mehr zur Schule.« Käthe runzelte nachdenklich die Stirn. »Überhaupt, die Schule. Es ist gut, dass sie dort einen festen Platz haben, zusätzlich zu Potsdam.«

Während sie sprachen, wanderten sie noch einmal durch alle Räume, und Käthe, nachdem sie sich durchgerungen hatte, fand für jedes Zimmer die Bestimmung. Sie wurde munter, hatte sich wohl nun an den Gedanken gewöhnt. Potsdam also – auf eine goldene Zukunft, auch wenn die Vergangenheit so manches Mal gezeigt hatte, wie ein Neuanfang vergiftet werden konnte.

Habe ich richtig entschieden?, fragte Käthe sich ein ums andere Mal, wenn sie in den folgenden Monaten den Zug am Kösener Bahnhof bestieg und nach Potsdam fuhr. Stets ihre Schreibmappe auf den Knien; sie las Briefe und machte sich Notizen, wie sie darauf reagieren wollte. Viele Witwen und Waisen schrieben ihr in den letzten Monaten. Jedes Schicksal rührte ihr Herz, doch konnte sie für diese Menschen in den seltensten Fällen etwas tun, außer ihnen Mut zuzusprechen, dass auch wieder gute Zeiten kommen würden, in denen sie alle nachholen würden, was der Krieg ihnen derzeit verwehrte.

Max' Entschluss, in Potsdam Hof zu halten und nicht länger die Berliner Atelierwohnung zu blockieren – schließlich hatte er sich ganz aus dem Kunstschaffen zurückgezogen – hatte sie anfangs verwirrt. Inzwischen glaubte sie, etwas besser zu verstehen, was das Alter mit ihm machte. Die Kluft, die sich durch sein Pensionärsdasein hätte auftun können, war durch den gemeinsamen Hausstand mehr als wettgemacht worden. Er wollte ihr näher sein, wollte auch den Kindern noch etwas von sich mitgeben. Durch Annas Tod war er mit der eigenen Endlichkeit konfrontiert worden, und dass sein Bruder Oskar auch nicht mehr so konnte, wie er wollte, trug sein Übriges dazu bei.

Käthe stieg nun also, wann immer es geboten war, in den Kösener Zug gen Berlin und pendelte zwischen Wohnstatt und Werkstatt, je nachdem, wo man sie mehr brauchte. Dieses neue Leben auf der Schiene empfand sie als anstrengend, aber auch bereichernd, denn während die Eisenbahn durch die wunderschöne Landschaft ratterte, sortierten sich ihre Gedanken. Sie sah klarer. War sich mehr ihrer selbst bewusst, denn diese Fahrten, sie schenkten ihr Zeit für sich selbst. Zeit, die sie bisher kaum je gehabt hatte, denn immer gab es jemanden, um den sie sich kümmern musste, erst um ihre Mutter, der sie half, dann um Max, der so abweisend war, gerade zu Beginn. Dann die Kinder, die sich nach und nach einstellten. Der Jüngste war nun auch aus dem Gröbsten heraus, und schon drängte sich ihr die Frage auf, ob es das nun gewesen sei mit den Kindern. Fünf an der Hand, das sechste im Herzen – da konnte sie froh und glücklich sein, nicht wahr?

Zuerst aber sollte dieser vermaledeite Krieg vorbei sein, der ihr immer häufiger schwer auf dem Gemüt lag. Die Zukunft, die sich immer als weißes Blatt präsentiert hatte, sie wurde nun verdüstert von dem, was an Nachrichten aus Osten und Westen kam. Neue Kriegsanleihen wurden ausgegeben, und Max, der sich gar nichts anderes denken konnte, außer Kaiser und Vaterland treu zur Seite zu stehen, er zeichnete wieder mit und steckte sein Geld hinein, soweit er flüssig war. Käthe sagte nichts dazu; sie hatte schon vor langer Zeit aufgegeben, mit Max über sein Geld zu diskutieren, denn das war tatsächlich *sein* Geld. Solange er nicht versuchte, sich in ihre Geschäfte einzumischen oder darein, wie sie *ihr* Geld ausgab, war es ihr recht.

Die deutsche Spielwarenindustrie, die vor dem Weltkrieg zu der größten weltweit gehört hatte und zudem überall hohes Ansehen genoss, da sie Güter höchster Qualität lieferte –

sie litt unter der zunehmenden Knappheit sowohl an Rohstoffen als auch zahlungsfähiger Kundschaft. Darüber hinaus gab es für einige der besten Kunden Ausfuhrverbote – keine Puppen gingen nach Frankreich, Russland, England. Und für die Bestellungen aus anderen Ländern, die im Krieg neutral blieben, erhielt sie ebenfalls keine Erlaubnis, sie auszuliefern. Spielzeug seien keine kriegswichtigen Güter, sie müsse sich gedulden, bis der Krieg vorbei sei. Käthe schrieb den Kunden, sie vertröstete, sie dachte aber auch schon an die Zukunft. Wie ließe sich die Spielwarenindustrie nach dem Krieg wieder auf gesunde Füße stellen? Das war ihr Bestreben – nicht nur bezüglich der eigenen Puppen, es ging auch um die Konkurrenz. In dieser jämmerlichen Situation waren sie alle enger zusammengerückt.

Käthe begann zu reisen. Es war beschwerlich in diesen Jahren, und sie war auch auf das Deutsche Reich und Österreich-Ungarn beschränkt. Doch wollte sie mit ihren Vorträgen, die sie in großen Sälen hielt, die Menschen dafür sensibilisieren, dass irgendwann – eines fernen Tages – dieser Krieg vorbei sein würde. Und dann wollte sie darauf vorbereitet sein.

Ein Zettel flatterte aus ihrer Briefmappe, darauf die unterschiedlichen Studien einer kleinen Soldatenpuppe, die Max in wenigen Minuten für sie aufs Papier geworfen hatte. In *dieser* Angelegenheit kam sie auch viel zu langsam voran; nur in der Eisenbahn blieb Zeit, darüber nachzudenken. Listen zu schreiben, was beschafft werden müsste; erst für ihre Werkstatt, dass sie einen Prototyp erstellte, später dann für die Massenproduktion. Wobei »Massen« – inzwischen produzierte sie nur noch kleine Stückzahlen, die Belegschaft war geschrumpft.

»Nächster Halt: Potsdam!« Der Ruf gellte durch die Waggons, und Käthe raffelte ihre Sachen zusammen, die ersten Häuser dieser neuen Heimatstadt tauchten bereits auf. Hatte sie auch alles dabei? Ein letzter Blick auf die Polsterbank zweiter Klasse, dann trat sie zum Ausgang. Der Schaffner tippte an die Mütze und wünschte der »gnädigen Frau« noch einen guten Tag; Käthe lächelte verhalten unter ihrem Strohhut. Gnädige Frau – man sah ihr an, dass sie aus gutem Hause kam, das Reisekostüm aus feinem dunkelblauen Stoff, locker geschnitten, sie liebte ihre Reformkleider nach wie vor. Und inzwischen gingen immer mehr Frauen dazu über, sich nicht mehr ins Korsett zu zwängen, dafür mussten zu viele körperlich hart arbeiten, seit die Männer im Krieg waren.

Nicht alle Männer. Denn einer, ihr Herzliebster, stand am Bahnsteig, den ergrauten, rötlichen Bart hinter einem Wildblumenstrauß versteckt, lächelte er sie schelmisch an. Käthe flog in seine Arme, die immer noch stark genug waren, sie zu halten. »Da biste ja. Komm auch grad aus Berlin.«

Er nahm ihr die Reisetasche ab, hob die Augenbrauen, weil sie doch recht schwer war. »Haste Bücher eingepackt?«

Käthe hatte eine ganz andere Frage. »Wieso denn Berlin? Hast du wen besucht?«

»Nee. Komm, ich bring dich erst mal nach Hause.«

Sie begriff es. Daran, wie er sanft ihren Arm umfasste und sie vom Bahnsteig lotste. Wie er fröhlich erzählte, was die

Kinder während ihrer Abwesenheit angestellt hätten. Käthe verlangsamte ihre Schritte. »Max«, sagte sie.

»Was denn?«

»Berlin.«

Er senkte den Blick. Diesmal versuchte er gar nicht, sich rauszuwinden, das war ja schon ein Fortschritt. »Ja, Berlin. Hab ich mich verquatscht, was?«

Um sie herum kamen und gingen die Menschen. Käthe drückte die Blumen an ihre Brust, damit sie nicht zerdrückt wurden. Sie hätte gern was gesagt, aber jedes Wort blieb ihr im Hals stecken. Schließlich gab sie sich einen Ruck. »Das Atelier? Die Wohnung?« Sie waren sich doch einig gewesen, dass er beides kündigen und ganz nach Potsdam ziehen würde. Nur deshalb hatte Käthe sich mit diesem neuen Konstrukt einverstanden erklärt, dass ihr so viel abverlangte – die Reisen, und ständig war sie weit weg von den Kindern. Aber ihr Trost war damals gewesen, dass Max bei ihnen war.

»Ja, nun.« Er kratzte sich im Nacken. »Komm erst mal aus dem Bahnhof raus, ich erkläre dir alles.«

Die Erklärung konnte sie sich schon denken.

Max war nie ein Familienmensch gewesen. Würde er auch niemals werden. Sie hatte sich mit Potsdam etwas eingeredet, das so nicht passieren würde. Für die Kinder war auch während ihrer Abwesenheit gesorgt – sie hatte wie schon in Kösen auch in Potsdam eine Köchin und ein Kindermädchen eingestellt. Aber die stille, winzig kleine Hoffnung war da gewesen, dass er sich ändern könnte. Und nun erkannte sie – das hatte nie zu seinem Plan gehört.

»Wieso Potsdam?«, fragte sie, wider besseres Wissen, denn sie fürchtete, die Antwort könnte ihr nicht gefallen.

»Dass ihr mir nicht in Berlin rumhockt, wenn ihr mal bei mir seid.« Er lachte. Ach, auch so ein alter Kerl konnte wie ein junger Bursche lachen, und ihm konnte sie nichts krummnehmen. Hatte sie doch vom ersten Tag an gewusst, wer er war und was sie von ihm erwarten durfte.

Schlimm war nur, dass sie immer wieder gehofft hatte, er würde sich ändern.

17

Kösen, August 1915

*K*äthe musste der Wahrheit ins Auge blicken: Die Spielzeug-industrie lag am Boden. Es gab kaum noch Material, und das Wenige, was sie bekam, war von minderwertiger Qualität. Dank Max' tatkräftiger Unterstützung war es ihr gelungen, die neuen Püppchen innerhalb weniger Monate von einer Idee zum fertigen Produkt zu bringen, und sie schaltete in vielen überregionalen Zeitungen Anzeigen dafür. Erste Be-stellungen trudelten ein, doch das war nichts im Vergleich zu früheren Geschäftsjahren. Es genügte für den Augen-blick, dass sie über die Runden kamen, und Käthe achtete sehr auf ihre Rücklagen. Die gute, alte Zigarrenkiste, sie war zurück, wenngleich sie diesmal das Geld auf dem Konto der Sparkasse beließ. Max erhielt weiterhin regelmäßige Zuwen-dungen, sie einigten sich auf einen monatlichen Betrag, un-abhängig davon, wie viele Puppen verkauft wurden. Auch das trug der Betrieb.

Trotzdem – es blieb schwierig. Ihre Arbeitskräfte wander-ten ab, in den vielen Rüstungsfabriken gab es mehr zu holen. Und auch wenn sie genug Anfragen aus dem Ausland bekam, musste sie diese stets abschlägig bescheiden – sie durfte keine Waren ausführen.

Weil es in der Manufaktur nicht so viel zu tun gab, Käthe

aber an die Zukunft dachte – denn irgendwann musste dieser Krieg doch vorbei sein? –, begann sie, sich mit anderen Spielzeugherstellern auszutauschen.

So kam es, dass ihr angeboten wurde, Vorträge zu halten. Der Erste, der ihr dies vorschlug, war ausgerechnet Franz Reinhardt. Er suchte sie in Kösen auf. Der Sommer war sonst die geschäftigste Zeit des Jahres; sie bereiteten das Weihnachtsgeschäft vor. Diesmal aber gab sich wohl niemand der Illusion hin, die Väter könnten Weihnachten wieder daheim sein. Der Krieg war wie erstarrt, vor allem aus dem Westen kamen selten Neuigkeiten, die Anlass zur Hoffnung gaben.

Käthe saß viel in ihrem Büro, schrieb Listen, streifte durch die Werkstätten. An diesem Nachmittag kam sie gerade von einem dieser Rundgänge zurück und wollte vom Vorzimmer direkt in ihr Büro weiter, als sie einen Besucher bemerkte, der auf einem Stuhl neben der Tür offensichtlich auf sie gewartet hatte.

»Meine liebe Frau Professor Kruse!«

Mit ausgestreckter Hand kam er auf sie zu. Fräulein Stine tat, als müsste sie einen Stapel Akten aus dem Zimmer schaffen, die Tür klappte zu. Käthe reichte ihm die Hand. Sie fühlte sich überrumpelt.

»Herr Reinhardt, das ist eine Überraschung.«

»Na, das will ich aber meinen! Ich war gerade in der Gegend, Sie wissen ja, ich reise viel, um unsere Puppen einem breiten Verkäuferpublikum zu präsentieren. Und da dachte ich so bei mir: ›Die Frau Professor Kruse, die sitzt doch in Naumburg, da könnte ich mal Guten Tag sagen‹. Na, was meinen Sie, wie ich gestaunt habe, dass ich mich so vertan hab! Kösen ist es natürlich. Hübsch haben Sie es hier. So … gemütlich. Wie eine Puppenstube!«

Er lachte dröhnend über seinen eigenen Witz.

»Nun, es hat nicht die Ausmaße Ihrer Fabrik in Waltershausen. Kommen Sie doch mit in mein Büro.« Käthe ging voran. Herr Reinhardt blickte sich auch hier neugierig um. Sie nahmen Platz, Käthe schob ein paar Blätter auf ihrem Schreibtisch herum. Sie legte eine Bestellung aus Schweden obenauf. Über sechshundert Puppen. Herrn Reinhardt entging das nicht; er war immer schon ein guter Beobachter gewesen.

»Man sieht sich ja kaum in diesen Zeiten.« Es gab derzeit keine Puppenausstellungen. Käthe war darüber ganz froh, sie hatte sich die letzten Male nur zu sehr geärgert, weil nicht nur Kämmer & Reinhardt, sondern auch andere Puppenhersteller versuchten, ihre Puppen zu imitieren.

»Jedenfalls habe ich überlegt … Nun, dieser Krieg sollte ja mal ein Ende finden … da kommen dann mit dem Friedensschluss ganz andere Herausforderungen auf uns zu. Und Sie, Frau Professor Kruse, mit Ihrem Werdegang und Ihrer Expertise, mit Ihren zweifellos vorhandenen Verbindungen in die Welt der Kunst ebenso wie in die der Spielzeugherstellung – nun, von Ihnen könnten viele Menschen lernen.«

Käthe wandte nicht ein, dass es so klang, als wollte er ihr Wissen ausnutzen. Herr Reinhardt merkte wohl, dass seine Worte nicht wie erhofft auf fruchtbaren Boden fielen – mit Schmeicheleien kam er bei ihr nicht weit. Nicht nach der gemeinsamen Geschichte, als Kämmer & Reinhardt beinahe Käthes Lebenswerk zerstört hatten. Er kramte in seiner Aktentasche, und spätestens, als er die jüngste Ausgabe der *Gartenlaube* vor sich auf den Tisch legte, wusste sie, dass er sich auf diesen Besuch minutiös vorbereitet hatte.

»Hören Sie, Gnädigste ...« Er räusperte sich. »Lassen wir mal alle alte Feindschaft beiseite. Wir beide wissen, was Herr Kämmer vor einigen Jahren getan hat, als er Ihre Puppen verschandelte. Und dann haben Sie die Sache selbst in die Hand genommen. Mit Erfolg, muss ich sagen, denn wenn man von deutschen Puppen spricht, ist Ihr Name nie weit. Das war früher anders. Da lobte man unsere Puppen mit Biskuitköpfen. Aber für die interessiert sich grade niemand mehr. Sie hingegen ...« Er schnaufte. Käthe verkniff sich ein Lachen. Sie fand Gefallen daran, wie er sich wand, um sich zu entschuldigen, ohne eine Entschuldigung tatsächlich auszusprechen. »Also, wie Sie sich selbst erfinden.« Er blätterte in der Zeitschrift. Käthe wusste, wonach er suchte. Gabriele Reuter hatte in dieser Ausgabe in einem Artikel über Käthes Werkstätten geschrieben, so liebevoll, dass man meinte, man stünde tatsächlich neben den Näherinnen oder daheim in Käthes Haus. »Hier habe ich es.«

Er hielt ihr aber gar nicht Gabrieles Hymne unter die Nase, sondern die Anzeige, die Käthe in diesen Monaten in vielen Zeitschriften schaltete.

»Sehen Sie, was ich meine?«

»Das sind meine Potsdamer Soldaten«, sagte sie nicht ohne Stolz.

»Ganz genau! Wie famos die sind!« Herr Reinhardt schlug mit dem Handrücken auf die Zeitschrift. Er las vor: »›Kleine, elf Zentimeter hohe Figuren, die jede menschliche Stellung getreu nachbilden lassen und damit der Phantasie des Kindes weitesten Spielraum geben – als Freunde und Feinde.‹ Ich wette, sie finden reißenden Absatz.«

»Wir sind zufrieden«, sagte Käthe bescheiden. Dabei war sie wirklich stolz auf die Püppchen.

»Haben Sie welche hier? Darf ich sie mal sehen?« Herr Reinhardt schaute sich suchend in Käthes Büro um. An der Wand gegenüber vom Fenster stand eine Kommode, auf der einige Puppen saßen – ihre schönsten Prototypen und jene, die auf der Weltausstellung prämiert worden war. Auch wenn das erst zwei Jahre her war, fühlte es sich für Käthe an, als wär's in einem anderen Leben gewesen.

»Ich hole sie.« Käthe trat an die Kommode. Aus einem Fach nahm sie eine Kiste mit drei Soldatenpüppchen. Herr Reinhardt ließ sich Zeit, sie in die Hand zu nehmen und zu betrachten. Er drückte die Körper. Versuchte wohl, den Mechanismus dahinter zu erraten. Käthe verkniff sich ein Grinsen. Schau an, dachte sie. Sein Besuch war ganz gewiss kein Zufall, und wenn sie nicht alles täuschte, versuchte er, auch das Innenleben der Püppchen zu ergründen.

Dann aber legte er die Püppchen mit einem Seufzen zurück in die Schachtel. Käthe hatte die Zeit genutzt, ihn zu beobachten, und ihr waren ein paar Details aufgefallen, die ihr zuvor entgangen waren. Dass der dunkelblaue Anzug etwas aus der Mode geraten war, zum Beispiel. Und die Manschetten, die unter dem Anzug hervorspitzten, sahen leicht abgeschabt aus. Auch an Herrn Reinhardt gingen diese Zeiten nicht spurlos vorbei, erkannte sie.

»Na, jedenfalls: Wir sitzen alle in einem Boot, liebe Frau Professor Kruse. Und was halten Sie davon, wenn Sie andere an Ihrem Wissen teilhaben lassen? Ich dachte an eine Vortragsreihe in loser Folge, Sie könnten durch das Reich reisen ...«

So begann es. Da sowohl Franz Reinhardt als auch Käthe zahlreiche Kontakte zu anderen Spielwarenherstellern hatten, fragten sie dort an, und die Resonanz war groß. Man wollte gern hören, was Frau Professor Kruse dachte. Jeder sah ihren Erfolg, jeder wollte davon auch ein kleines bisschen profitieren.

»Was tuste dir das an?«, wollte Max wissen, als sie ihm bei ihrem nächsten Besuch in Potsdam davon erzählte. »Haste doch hier genug Kinder, die dir zuhören. Und dein Herzliebster wartet auch auf dich.«

Das war es eben. Max wartete nicht auf sie. Er hatte sein Leben nicht wie versprochen geändert, sondern war weiterhin wochenlang in Berlin. Käthe aber wollte mehr sehen als Kösen und Potsdam, und Hiddensee reizte sie nicht. Außerdem: Sie hatte sich mit zweiunddreißig Jahren endgültig einen Namen gemacht, jeder kannte sie und wollte von ihr lernen.

Wer hätte das gedacht, als sie vor über zehn Jahren aus einer Kartoffel und einem Mehlsäckchen die ersten Puppen für Mimerle und Fifi nähte?

So ging sie auf Reisen, und die Kinder blieben daheim. Mimerle und Fifi waren ohnehin nicht länger in Potsdam; sie besuchten ein Naumburger Lyzeum und wohnten als Kostgäste im Haushalt eines Arzts. Nur in den Ferien kamen sie nach Potsdam. Die Kleinen waren gut aufgehoben und behütet, ihnen fehlte es ebenso an nichts.

Im September 1916 war sie wieder unterwegs. Nicht zum ersten Mal begleitet von Max, dem seine Italienreisen fehlten und der wohl versuchte, sie durch seine Ausflüge in deutsche Lande zu kompensieren. Nun war auch Käthes dreiunddreißigster Geburtstag. Morgens wurde sie von Max geweckt, er sang ihr ein Ständchen und rollte einen Wagen ins Hotelzimmer, auf dem ein Strauß roter Rosen das Frühstück beschattete – Brot auf Marke, was anderes gab's ja schon nicht mehr. Aber die Rosen, die waren wunderschön.

»Herzliebste, da bist du nun im vierunddreißigsten Lebensjahr.« Er prostete ihr mit seinem Becher Ersatzkaffee zu. »Was kannst du denn noch vom Leben erwarten?«

Sie lachte. Dreiunddreißig, das war doch, mit Verlaub, kein Alter! »Das halbe Dutzend Kinder vollmachen vielleicht?«, schlug sie leichthin vor, bemerkte aber sogleich, dass Max sich etwas anderes erwartet hatte. Ach, Max. Immer noch hatte er Erwartungen an sie, und immer wieder enttäuschte sie ihn.

»Du hast doch schon dein halbes Dutzend. Reicht dir das nicht?«

Darüber musste sie nicht nachdenken. »Nein!«, erklärte sie rundheraus. »So ein kleines, süßes Baby …« Sie bekam glänzende Augen.

»Willst ja nur wieder 'ne Puppe zum Schmusen haben«, mutmaßte Max.

»Und was ist daran so schlimm, dass ich mir Kinder wünsche?«

»Na, nichts ist schlimm dran. Da gehören aber immer noch zwei dazu, du.«

»Ach, Herzliebster.« Sie hängte sich ihm an den Arm, und er lächelte auf sie herab. Käthe spürte, wie sein Widerstand schmolz. Nicht, weil er gern ein Kind haben wollte, sondern wohl eher, weil er ihr diesen Wunsch nicht abschlagen konnte. »Schau mal, die großen Mädchen sind schon fast erwachsen, nicht wahr? Und so ein kleines … Es wär so schön.«

Mehr sagte sie nicht, denn sie wusste schon vom letzten Mal, als sie den Wunsch nach einem weiteren Kind geäußert hatte, dass Max darauf unwirsch reagieren konnte. Und dann war er doch nach längerem Nachdenken dazu bereit, er wusste ja, die Kinder satt zu bekommen, das war kein Problem. Auch wenn die Versorgungslage im Reich immer schwieriger wurde. In Kösen hatte Käthe den kompletten Garten umgraben lassen, sie bauten dort an, was sich gut einlagern und einkochen ließ, und im Sommer hatten Köchin und Kindermädchen reichlich zu tun. Wenn Mimerle und Fifi da waren, packten sie ebenfalls mit an. Die Bauern ringsum hatten auch genug, wenn man es ihnen ordentlich bezahlte. Das alles nahm Käthe die Angst; sie wusste, solange es in den Werkstätten irgendwie weiterging, würde sie auch alle satt bekommen. Nun, und solange Max nicht weiter das

Geld mit vollen Händen in die Kriegsanleihen warf, würde es noch Jahre reichen, selbst wenn alles teurer wurde.

»Lassen wir's doch einfach auf uns zukommen, Liebste.« Er küsste sie sanft auf ihre Schläfe. »Wenn es passiert, dann ist es eben so.« Und damit es passieren konnte, ließen sich die beiden noch mal in die Kissen sinken und vergaßen für ein Weilchen alles um sich herum.

Danach öffnete Käthe die Päckchen und Briefe, die aus Potsdam und Naumburg von den Kindern kamen. Mimerle schickte ein Stickbild vom Naumburger Dom. Sehr hübsch, doch Max nahm es Käthe sofort aus der Hand. »Wieso hat sie das nicht gemalt?«, fragte er. »So ein Talent verschwendet sie. Und dann auch noch einfarbig gestickt.«

Käthe sagte nichts. Dabei hätte sie viel sagen können. Zum Beispiel, dass Sticktwist schwer zu bekommen war. Dass Mimerle lieber stickte als malte, auch wenn ihr Vater das nicht so gern hörte. Auch an Fifis Geschenk hatte Max etwas auszusetzen. Natürlich! »Nicht mal selbstgemacht«, knurrte er. »Ein Buch, ich meine … «

»Ein Notizbuch«, sagte Käthe sanft. »Und so ein hübsches.« Es war in blau kariertes Leinen gebunden, und vermutlich hatte Fifi es sich mühsam vom Taschengeld abgespart, denn billig waren solche Bücher nicht. Käthe legte es unter das Stickbild.

Hanni hatte für sie ein Bild gemalt. Sanssouci sollte das wohl sein, aufsteigende Treppen, das gelbe Schloss ganz oben. Darüber strahlte die Sonne, und linker Hand hatte Hanni noch das japanische Teehaus aus dem Park Sanssouci hingemalt. Das hatte sie wohl besonders beeindruckt. Max brummelte, diesmal aber eher zufrieden als verstimmt. Na, wenigstens die Siebenjährige schaffte es, *seinen* Ansprüchen zu genügen. Auch Michel und Jockel hatten gemalt, Letzterer einen bunten Wirbel mit allen Wachsmalstiften, die im Potsdamer Haushalt zu finden war. Michel hatte sich an einem Familienporträt versucht, er selbst überragte alle. Das Potsdamer Kindermädchen Lotti hatte neben alle Personen die Namen geschrieben.

»Nun gut«, sagte Max. Käthe sagte nichts. Sie war gerührt von den Geschenken ihrer Kinder und legte die Bilder zu den anderen Gaben. Sie spürte Max' Unzufriedenheit, doch wollte sie sich davon nicht die gute Laune verderben lassen.

18

Potsdam, April 1918

*K*äthe seufzte. Sie stand im Flur zwischen den Kinderzimmern und beaufsichtigte das Packen. Potsdam – dieses Kapitel war vorerst vorbei. Sie mussten zurück nach Kösen.

Ihre Kinder waren verwirrt, sie verstanden nicht, was vor sich ging. Das Kindermädchen Lotti ließ jeden ihre Verzweiflung spüren; nachdem sie bereits einen Bruder an der Ostfront verloren hatte, war nun ein weiterer bei den Streiks und Unruhen in Berlin verletzt worden. Seit Wochen bangte sie um ihn. »Das wird nicht mehr«, hatte sie zuletzt düster verkündet; der Sechzehnjährige sei nicht mehr ganz richtig im Kopf. »Zu viel Sozialismus«, konstatierte sie.

Käthe hätte ihr da gern rechtgegeben. Aber sie sah die Zeichen dieser Zeit. Auch wenn es sie schmerzte – das Gefühl, dass sich die Zeiten ändern würden, wurde mit jedem Kriegsmonat schlimmer.

Begonnen hatte es mit dem Rübenwinter 16/17, als allzu viele Menschen hungern mussten. Brot und alle anderen guten Nahrungsmittel gingen, sofern sie überhaupt verfügbar waren, direkt an die Front, um die Soldaten wohlgenährt und bei Laune zu halten. Die Menschen daheim sollten sehen, wo sie blieben – und Rüben fressen. Da machte es sich für Käthe bezahlt, dass sie so auf ihren Gemüsegarten geschaut hatte.

Dennoch war's knapp für sie alle gewesen, knapper als die Jahre zuvor.

Vor einem Monat dann, nach dem Friedensschluss von Brest-Litowsk mit den Russen, als viele Menschen schon glaubten, der Krieg sei nun bald vorbei, ohne dass man ihn verloren hatte, obwohl sich jeder Blick gen Westen richtete … Da spürte Käthe, dass Potsdam nicht länger der richtige Ort für ihre Kinder war. Max tobte. Berlin, *sein* Berlin war schon lange nicht mehr, was er gewohnt war. »Überall die Roten, ständig wird gestreikt!«, grollte er. Ihm, dem Bürgerlichen, der nie so richtige Not gekannt hatte, nur eben seine Art von Not, wenn sein verschwenderisches Leben vorübergehend nicht so möglich war, wie er's gern hätte, sah sich damit konfrontiert, dass die Menschen es nicht länger hinnehmen wollten. Und das nahm er persönlich.

Käthe aber. Aufgewachsen als Tochter einer Näherin. Immer arm gewesen, bis sie sich als junge Schauspielerin aus dem Elend hatte befreien können … Sie verstand die jungen Leute – und die Alten! –, die auf die Straße gingen. Vierhunderttausend Menschen legten in Berlin im Januar die Arbeit nieder, die Stahlindustrie stand still, und Stahlindustrie hieß in diesem Fall: die Rüstungsfabriken. Das hatte die Regierenden in die Knie gezwungen, davon war sie überzeugt. Deshalb hatten sie erst den Brotfrieden mit der Sowjetukraine geschlossen und kurz darauf die Bolschewiken in Russland mit einer absurd heftigen Offensive zum Friedensschluss gezwungen.

Aber Ruhe war seither nicht eingekehrt. Der Brotfrieden

brachte nicht die erhoffte Verbesserung der Versorgungslage im Reich, der Krieg ging im Westen unvermindert weiter. Das Leben blieb teuer, kaum jemand hatte Geld für Spielzeug oder anderen Tand. Käthe drückten zunehmend Sorgen. Auch deshalb brachen sie die Potsdamer Zelte ab.

»Und was wird aus mir?«, fragte Lotti. Sie stand etwas verloren mit einem Arm voll Nachthemden vor Käthe. Ihre Nase war gerötet, die Augen waren geschwollen vom Heulen.

»Sie finden schon was«, versuchte Käthe, sie zu trösten. Sie schaute wiederholt auf die Uhr. Für den Abendzug wurde es aber knapp! Kurz überlegte sie, lieber morgen zu fahren, aber die Billetts hatte sie schon gelöst, und sie wollte kein zweites Mal bezahlen. Sie konnte ja froh sein, wenn überhaupt ein Zug fuhr. Um Lottis Sorgen konnte sie sich nicht auch noch kümmern – selbst wenn sie wollte.

Schließlich waren alle Koffer gepackt, jedes Kind hatte eine Reisetasche. Käthe schulterte einen Rucksack mit Proviant und ging voran. Zum Bahnhof mussten sie zu Fuß, sie trieb ihre Kinder an. Bevor sie ging, verabschiedete sie sich von der Köchin und Lotti. Ein Dienstmädchen hatten sie schon seit anderthalb Jahren nicht mehr. Auch ein großbürgerlicher Haushalt musste das Sparen anfangen.

»Mama, meine Füße tun mir weh!« Hanni jammerte das erste Mal, da hatten sie noch nicht das Ende der Straße erreicht. Käthe blieb kurz stehen. Sie legte die Hand auf ihren Bauch, der sich unter dem verwaschenen Reformkleid wölbte. Fünfter Monat. Das Baby strampelte fröhlich. Nach ihren Berechnungen kam es im August.

Sie hatte vor anderthalb Jahren erst auf eine Schwangerschaft gehofft, und dann kam jener schreckliche Winter, in dem es für alle Menschen so knapp war und viele schlimmen Hunger litten, dass ihre Worte, ein Kind mehr mache doch keinen Unterschied, ihr fast wie Hohn vorkamen. Ihr Körper jedenfalls wollte kein Kind empfangen in diesen bitteren Wintermonaten, und auch im Sommer drauf nicht. Erst im Spätherbst hatte es dann geklappt, und da hatte sie schon fast die Hoffnung aufgegeben.

Am Ende der Allee tauchte eine große Gestalt auf, die Mantelschöße flogen hinter ihm, als er sich ihnen mit großen Schritten näherte. Max hatte den Hut tief in die Stirn gezogen, die Schultern berührten fast die Ohren, und er blickte nur auf seine Füße. Käthe hob die Reisetasche wieder auf und rief ihn. »Max! Hier sind wir!«

Er blickte hoch. Die Stirn gerunzelt, da braute sich was zusammen, sie merkte es wohl. Die Veränderungen, die der Krieg mit sich brachte, all das – es hatte Spuren bei ihm hinterlassen. Dass nichts mehr selbstverständlich war in seiner Welt, es belastete ihn. Sein Geist war alt geworden, unbeweglich. Aber wehe, Käthe deutete derlei auch nur an!

»Da seid ihr. Braucht nicht zum Bahnhof, es fährt kein Zug. Nirgendwo hin fahren sie. Nur zur Front mit jungen Männern.« Sein Blick streifte die Jungen, Michel mit seinen sieben Jahren, Jockel grad mal fünf. Als überlegte er, wie lange dieser Krieg gehen musste, dass aus seinen Söhnen junge Männer wurden.

»Ich hab doch die Billetts hier.« Sie wühlte in ihrer

Rocktasche. Hatte sie eingesteckt, damit sie nicht verloren gingen.

Max schnaubte. »Die sind nicht das Papier wert, auf dem sie gedruckt sind. Sieh's ein, Käthe. Das Kaiserreich bricht zusammen.« Er kaute auf den Worten herum. Sie schmeckten ihm nicht.

»Aber wie sollen wir denn jetzt nach Kösen kommen?« Käthe begriff nicht. Es mussten doch Züge fahren.

»Na, gar nicht. Komm, den trag ich.«

Widerspruchslos ließ sie sich von ihm den Rucksack vom Rücken nehmen. Käthe griff nach Hannis Hand. »Na komm«, sagte sie. Fühlte sich verwirrt von dieser Entwicklung, hatte sie doch gehofft, in Kösen käme sie zur Ruhe. Potsdam jedenfalls war ihr zu unsicher. Zu nah war Berlin, noch näher war die kaiserliche Residenz, wenn die Menschen irgendwann auf die Idee kamen, ihm die Schuld an ihrer Misere zu geben, kämen sie nach Potsdam. Dann hätten sie Zustände wie in der Hauptstadt, und davor fürchtete Käthe sich.

Die Kinder wussten auch nicht, wie ihnen geschah. Brav trabten sie neben Max und Käthe her zurück in die Augustastraße.

»Und nun?«, fragte Käthe entmutigt.

»Kann uns wer aus Kösen holen?«

»Ja, wie denn?« Ein Automobil besaßen sie nicht.

»Ruf Renner an, vielleicht hat er eine Idee.«

Das tat Käthe. Guter, alter Herr Renner, seit Jahren nun in ihrem Dienst und verdientermaßen inzwischen mit Prokura versehen, damit er während Käthes Abwesenheiten Entscheidungen in ihrem Sinne traf. Sie hängte sich ans Telefon, doch er war schon aus dem Büro nach Hause gegangen. Käthe legte auf. Sie mussten wohl bis morgen warten.

»Bleiben Sie doch?« Lotti klang hoffnungsvoll.

»Nur diese Nacht. Es fährt kein Zug mehr.«

Blieb die Hoffnung, dass morgen einer fuhr.

Doch Max, der am nächsten Morgen in aller Früh zum Bahnhof lief, brachte schlechte Neuigkeiten – keine Züge bis auf weiteres. Käthe versuchte es wieder in Kösen.

Herr Renner klang ratlos. »Ja, da weiß ich auch nicht … Wir haben nur den Leiterwagen noch, mit den beiden Kaltblütern. Den könnte ich nehmen, wär aber ein paar Tage unterwegs.«

»Ja, bitte. Die Kinder … Wir wollen aus Potsdam weg.«

»Versteh ich gut, werte Frau Professor Kruse. Ich mach's auch. Aber nicht allein, ich such mir wen, der mich begleitet.«

Käthe atmete auf. Von Kösen waren es knapp zweihundert Kilometer, es wäre also mit einem Tag Wartezeit nicht getan. Sie packten die Koffer wieder aus. Lotti freute sich, die Kinder allemal – sie liebten ihr Potsdamer Kindermädchen. Käthe schrieb nach Naumburg an Mimerle und Fifi, dass sie sich verspäten würden. Dann warteten sie.

Am Abend des vierten Tags ratterte der Leiterwagen die Augustastraße herunter und hielt vor dem Haus. Käthe, die schon den ganzen Tag so kribbelig war, schickte ihre Kinder sofort los, dass sie packten. Sie ging selbst nach unten in den Hof.

»Schneller ging's nicht«, meinte Herr Renner entschuldigend. »Die Pferde brauchten Pause. Und wir ja auch.«

»Machen Sie sich keine Gedanken.« Auf dem Kutschbock neben Renner saß ein zweiter Mann, das Gesicht im Schatten seiner Hutkrempe verborgen, einen feldgrauen Mantel um die Schultern gelegt.

Renner stieg umständlich vom Kutschbock. »Er wollte mich unbedingt begleiten. Na ja. Sie werden sich einiges zu erzählen haben.«

Max, der Käthe nach draußen begleitet hatte, gab Renner einen Klaps auf die Schulter. »Haben Sie gut gemacht. Kommen Sie erst mal rein, wir haben bestimmt 'ne warme Suppe und etwas Brot für Sie.«

»Kommen Sie auch mit«, sagte Käthe zu dem jungen Mann da oben auf dem Kutschbock. Sie stand vorn bei den beiden Pferden. Der junge Mann rührte sich erst nicht. Dann sagte er mit verwaschener Stimme: »Bleib bei den Pferden.«

»Aber das müssen Sie nicht. Drin ist es warm, und wir haben genug zu essen.« Gott sei Dank hatten sie das.

»Glauben Sie wirklich? Ich möchte Ihren Kindern den Anblick ersparen.« Mit diesen Worten hob er den Kopf, damit Käthe ihm ins Gesicht sehen konnte. Und nein, mit einem *Gesicht* hatte das nicht mehr viel zu tun. Käthe riss die Augen auf. Sie wollte etwas sagen, doch er kam ihr zuvor. »Tja, Sie hätten mich fast nicht erkannt, was? Ist ja auch 'ne Weile her.«

Sein Lachen klang wie ein Röcheln.

»Herr Francke. Das ist lange her.«

Es war tatsächlich Oskar Francke. Von diesem jungen, hoffnungsfrohen Mann, der vor fast vier Jahren in den Krieg gezogen war, war nicht mehr viel geblieben. Dass er bis heute überlebt hatte, grenzte ja schon an ein Wunder. Doch er war versehrt, und das erkannte sie nicht nur an den roten Narben, die sein Gesicht verunstalteten. Alles andere an ihm war aschgrau, nein, feldgrau.

»Was ist passiert?«, fragte sie leise. Er machte keine Anstalten, von der Kutsche zu steigen. Die Pferde schlugen unruhig mit dem Schweif.

»Was soll schon passiert sein. Der Krieg ist passiert.«

Seine kaum unterdrückte Wut machte sie sprachlos. Sie hätte gern etwas gesagt. Etwas Tröstendes. Etwas, das ihn wieder heil machte.

»Seit wann sind Sie zurück?«

Sie war seit Wochen nicht in Kösen gewesen. Und wenn, nur kurz auf ein Gespräch mit Herrn Renner, dann hatte sie sich die meiste Zeit in ihrem Haus verkrochen, weil es ihr zum ersten Mal während einer Frühschwangerschaft nicht gut ging. Sie merkte: Die Leute, die um sie waren, die hatte sie aus den Augen verloren, weil sie sich nur noch ums eigene Überleben kümmerte.

Und so durfte es auch nicht sein.

»Drei Wochen nun. Es hat gereicht, dass Stine die Verlobung mit mir gelöst hat. Kann's ihr nicht verdenken, bin ja ein Monster nun. Wer will so einen schon haben.«

Käthe sagte nicht, dass nach dem Tod so vieler hoffnungsvoller, junger Männer sicher manche Frau froh sein würde, einen so guten Kerl wie Oskar zu bekommen, denn das half ihm nicht. Er hatte sich doch eine Zukunft mit Fräulein Stine ausgemalt.

»Das tut mir sehr leid.«

»So ist es nun mal.« Er schaute sie nicht an, nutzte wieder den Schatten seiner Hutkrempe. Käthe spürte, da war einer, der allein sein wollte. Sie bedankte sich bei ihm, dass er Herrn Renner begleitet hatte, der ja auch nicht mehr der Jüngste war. »Wenn es Ihnen lieber ist, richten Sie sich die Straße runter im Mietstall bei den Pferden ein. Ich lasse Ihnen was zu essen bringen.«

Mehr konnte sie nicht für ihn tun. Weil er nicht mehr zuließ.

Herr Renner kannte die ganze Geschichte. Als die Kinder schon im Bett waren, saß er mit Käthe und Max zusammen.

»Solche wie ihn werden wir nun häufiger sehen«, sagte er leise. Max hatte zur Feier des Tages eine Flasche Wein aufgemacht. »Die können wir ja auch nicht alle mitnehmen«, sagte er, und das richtete sich anklagend gegen Käthe, er fürchtete wohl, die Zustände in Berlin könnten, sobald sie auf Potsdam überschwappten, das Ende seines Weinkellers sein. Herr Renner drehte das Weinglas mit dem guten Roten mit der einen Hand, während die Finger der anderen auf die Tischplatte trommelten. »Also die Versehrten. Gibt welche, denen hat das Gas das Augenlicht genommen. Oder ein Schrapnell beide Beine, einen Arm. Sie werden dazu gehören. Zum Straßenbild. Zu dem, was von diesem Krieg bleibt. Und da sind die Millionen Toten noch nicht mitgerechnet.«

»Die Welt wird eine andere sein«, murmelte Max. Käthe sah ihn an. Sein Reden von der »anderen Welt«, das kam nun immer häufiger.

»Aber kann diese neue Welt nicht auch eine bessere sein?«

Max winkte ab. »Was denn. Eine Welt, in der das Volk regiert? Mit dem Kaiser wird das nicht weitergehen, wir wollen es nur noch nicht wahrhaben. Sie werden irgendwann seinen Kopf fordern wie einst den des französischen Königs. Die Monarchie ist vorbei.«

Käthe merkte, wie ernst es ihm damit war. Sie blieb pragmatisch. Irgendwie, dachte sie, würde es schon weitergehen, sowohl für ihre Familie als auch für sie selbst als Unternehmerin.

»Wenn der Krieg verloren geht, bin ich bankrott«, fügte Max hinzu. Er trank sein Glas zur Neige aus, schenkte sich nach bis zum letzten Tropfen. Käthe, die nicht mittrank, weil sie keinen Alkohol vertrug, starrte ihn mit offenem Mund an. Aber sie zahlte ihm doch jeden Monat so viel Geld, wohin verschwand das denn?

»Ah, haben Sie auch weiter mitgezeichnet.« Herr Renner hüstelte. »Bin seit vorletztem Winter nicht mehr dabei. Verluste begrenzen.«

Da verstand Käthe. »Du hast weiter Kriegsanleihen gezeichnet?«, flüsterte sie. »Mit allem, was ich dir gegeben habe …«

»Lass gut sein, Käthe«, unterbrach Max sie unwirsch. Musste Renner ja nicht wissen, dass er sich von ihr aushalten ließ! »Ich hab aufs falsche Pferd gesetzt, ich sag, wie's ist.

Aber wir kommen doch wieder auf die Beine, oder? Dir wird schon was einfallen.«

Musste ja. Aber sie wollte ihm kurz böse sein, denn das Geld, das er in den Krieg gesteckt hatte, hätte sie besser für den Wiederaufbau brauchen können.

»Mir wird schon was einfallen, jawohl.«

Am nächsten Morgen ließen sie Potsdam hinter sich, und es sollte sehr lange dauern, bis sie zurückkehrten.

19

Kösen, August 1918

Mutti, ist dir nicht wohl?«

Wie ein guter Geist tauchte Fifi hinter ihr auf. Käthe erschrak, sie hatte gedacht, niemand merkte, wie sie nächtens über den Flur geisterte. Max jedenfalls bekam nichts mit, der schlief oben selig wie ein Baby.

Baby war ihr Stichwort. Sie seufzte, ihre Hand stützte sich an der Wand ab, und sie atmete ganz bewusst. Das Ziehen im Rücken, das sie nun schon einige Tage begleitete, hatte sich wie ein Eisenband um den Bauch gelegt, das alle paar Minuten schmerzhaft zusammengezogen wurde. Zugleich spürte sie, wie in ihrem Unterleib der Kopf des Babys nach unten drückte.

»Mhhh, das zieht aber ordentlich.«

»Komm, leg dich wieder ins Bett. Du musst müde sein.« Fifi legte ihr fürsorglich den Arm um die Schultern und führte Käthe zurück ins Schlafzimmer.

»Ein bisschen Zeit hätt's ja noch«, murmelte Käthe. Sie hätte die Geburt frühestens in zwei Wochen erwartet, aber offensichtlich hatte es ihr siebtes Kind etwas eiliger als die anderen vor ihm.

Käthe ließ sich auf die Bettkante plumpsen. Fifi legte ihr ein Bettjäckchen über den Rücken, doch Käthe schüttelte es sofort wieder ab. Viel zu warm bei dieser Hitze! Der Sommer hielt selbst Kösen mit heißen Klauen umklammert, man wollte sich tagsüber gar nicht aus dem Schatten bewegen. Sie hatte mit Kopfschmerzen einen Gutteil des Tags in der kühlen Küche verbracht. Zur Puppenmanufaktur ging sie nicht; Herr Renner kam alle zwei Tage und erzählte, was es Neues gab: nichts.

»Hätten wir nur bald Frieden«, seufzte Käthe. Sie hatte in den letzten Wochen der Schwangerschaft schon immer wieder gehofft, dieses Kind werde im Frieden geboren.

Wie als Antwort auf ihre Worte spürte sie die nächste Wehe. Käthe reichte es nun; die Wehen kamen zu schnell und waren zu heftig für simple Übungswehen. »Da möchte wohl jemand heute Nacht noch auf die Welt kommen«, seufzte sie. »Fifi, geh du zur Hebamme, ja? Es ist nur zwei Straßen weiter, du kennst den Weg.«

Ihre Zweitälteste nickte tapfer. Das rote Haar kringelte sich schweißnass um ihr blasses Gesicht. Selbst in diesem Moment, da sie sich doch um ganz andere Dinge sorgen sollte, fuhr Käthe der Gedanke durch den Kopf, wie hübsch ihre Tochter war, das Gesicht so puppig und zart ... Mit ihren fünfzehn Jahren war sie Käthe längst über den Kopf gewachsen, da kam sie eher nach Max.

Fifi lief los, die Treppe hinunter und aus dem Haus. Käthe trat ans Fenster. Sie konnte sehen, wie ihre Tochter die Straße entlangeilte, die Arme um den Oberkörper geschlungen, den Kopf gesenkt. Sie war noch nicht ganz angekommen in ihrer Körpergröße.

Die nächste Wehe packte Käthe, und sie hielt sich an der Fensterlaibung fest. Der Druck nach unten wurde brennend, dann spürte sie, wie etwas zerriss, und mit einem Platsch ergoss sich das Fruchtwasser zwischen ihren Beinen. Sie hatte keine Minute zu früh nach der Hebamme schicken lassen.

Als Fifi fünfzehn Minuten später mit ihr zurückkam, hatte Käthe es eilig. Sie stand vor dem Fußende des Betts und ließ ihr Becken kreisen, das machte den Schmerz etwas erträglicher.

»Na, Frau Professor. Schnell noch ein Kind zur Welt bringen, bevor die Sonne aufgeht?«

Käthe lachte. »Schwanger zu sein ist bei der Hitze nun wirklich kein Spaß.«

»Das haben Sie bald hinter sich.«

Käthe half der Hebamme, ihre Röcke zu raffen, damit sie sie untersuchen konnte.

»Na, wenn Sie wollen, können Sie pressen.«

Das musste sie Käthe nicht zweimal sagen. Sie wollte. Drei, vier Wehen dauerte es nur, bis das Köpfchen vollständig geboren war, und mit einer weiteren glitt das Baby sicher in die Hände der Hebamme. Sie hielt es fest, während Fifi ihrer Mutter half, sich aufs Bett zu setzen. Dann gab die Hebamme den Säugling an Käthe weiter, nabelte ihn ab, und Käthe legte ihn sich auf den Bauch. Ein Handtuch über dem Baby, das gar nicht laut schrie, sondern sie nur überrascht anschaute, als könnte es gar nicht glauben, dass es schon in der Welt war.

»Da bist du ja«, seufzte Käthe. Sie hob ihn hoch – jawohl,

ihr dritter, nein, vierter Sohn! – und bettete ihn an ihrer Brust. Sofort sperrte er den kleinen Mund auf, er schnaufte und suchte nach der Milchquelle. Käthe lächelte selig und öffnete ihr Kleid.

»Gut habt ihr das gemacht.« Die Hebamme war zufrieden. Während das Baby sich bereits an der Brust festsaugte, wurde die Plazenta geboren. Die Hebamme legte sie in eine Schüssel und ging ins angrenzende Bad, um sie bei Licht zu untersuchen. Käthe ließ sich von Fifi ins Bett helfen.

»Soll ich den Papa wecken?«, fragte Fifi.

»Bloß nicht, lass ihn schlafen. Sonst grollt er uns den Rest des Tages, weil wir ihm keine Ruhe lassen.«

Außerdem wollte Käthe ihn nicht so hier bei sich haben. Sie musste ihr jüngstes Kind ungestört betrachten, seine Finger und Zehen zählen, ihn später dann anziehen und neben sich ins Bett legen, bevor sie selbst hoffentlich noch ein paar Stündchen Schlaf bekam. Auch wenn sie gar nicht müde war. Wie immer nach einer Geburt.

Vorhin, als sie allein im Schlafzimmer gestanden und auf die Hebamme gewartet hatte. Als sie Fifi nachblickte – da erinnerte sie sich wieder. Wie es gewesen war, als sie vor ziemlich genau zwölf Jahren allein in der winzigen Küche des Roccolo den kleinen Johannes zur Welt gebracht hatte, der nie seinen ersten Atemzug tat, sondern kalt und bleich in ihren Armen lag. Damals war etwas in ihr zerbrochen, und sie hatte gefürchtet, ihr stünde dasselbe noch mal bevor.

Aber nein, hier war ein Baby, das an ihrer Brust saugte, es atmete, die Haut war rosig, der Haarflaum von einem zarten

Weizenblond. Kein Grund, sich um diesen Säugling Sorgen zu machen. »Du wächst im Frieden auf. Bald«, versprach sie ihm. Es war wie ein Versprechen.

Die Hebamme kam zurück. Sie war nicht ganz zufrieden mit Käthe. »Die Plazenta ist nicht vollständig«, meinte sie. »Da müssen Sie aufpassen. Wenn Sie Fieber kriegen, schicken Sie nach mir, Frau Professor.«

Käthe nickte. Sie war nun doch etwas müde von der Geburt. Aber der neue Tag dämmerte bereits herauf, bald würde Max aufstehen und nach ihr suchen, so viel wusste sie. Und sie wollte ihm frisch und sauber entgegentreten, auch wenn er wohl von früheren Gelegenheiten wusste, dass Geburten eine ziemliche Sauerei sein konnten.

Die Hebamme half Fifi beim Putzen, dann halfen sie Käthe aus dem Bett und ins Bad. Währenddessen schlief der Kleine im Weidenkorb.

Käthe wusch sich und zog ein frisches Nachthemd an, zwischen die Beine stopfte sie ein paar Frottierstofftücher, die sie sonst auch während ihrer Menstruation benutzte. Die ersten Tage nach der Geburt empfand sie als anstrengender als die Geburt selbst – Wochenfluss und Milcheinschuss, sie schwitzte Tag und Nacht, ihr Körper stellte sich auf das Leben ohne Kind im Bauch ein. Obwohl sie das ja schon kannte, hatte sie großen Respekt vor dieser Zeit.

Die Sonne ging auf, und Käthe kroch zurück ins Bett. Fifi klapperte unten in der Küche, sie sprach mit der Köchin. Das Kind hatte eine unermüdliche Energie, dabei musste sie doch so erschöpft wie Käthe sein.

Sie holte das Baby zu sich ins Bett. Kuschelte sich mit ihm ein, legte ihn in ihre Armbeuge und küsste seine Stirn. »Bald ist Frieden«, versprach sie ihm.

Doch erst kam Max ins Schlafzimmer gepoltert, kaum dass Käthe eingedöst war. Er sah sie im Bett liegen, mit dem Säugling neben sich, und ein glückliches Grinsen breitete sich auf seinem Gesicht aus. »Mensch, Käthe! Das hast du brillant gemacht, so ganz ohne Unterstützung.«

»Fifi war da. Und die Hebamme.«

»Und wo sind die beiden jetzt?«

Käthe richtete sich auf. Sie gab Max seinen Jüngsten in die Arme, der das erste Aufwallen väterlichen Stolzes einfach mal verschlief. Max wurde ganz still. In seinen Pranken verschwand das Baby fast. Käthe sah den beiden zu, wie sie sich miteinander vertraut machten, und zum ersten Mal seit langem wünschte sie sich wieder die Kamera herbei, um diesen wertvollen Moment festzuhalten. Aber ihre Fotokamera lag im Schrank in ihrem Büro der Puppenmanufaktur, weil sie dort am häufigsten Verwendung dafür hatte.

»Hast du schon einen Namen für ihn?«, fragte sie leise.

Max schüttelte den Kopf. »Wir könnten ihn … «

Und da kam ihr eine Idee. »Friedebald«, unterbrach sie ihn. »Warum nennen wir ihn nicht Friedebald?«

»Friedebald … « Max runzelte die Stirn, er spürte dem Namen nach. »Es gibt wohl kaum einen hoffnungsvolleren Namen für ein Kind, das in diese Zeiten fürchterlichsten Kriegsgeschehens hineingeboren wird.«

So war es beschlossene Sache. Der kleinste Kruse verschlief bald darauf auch, wie seine Geschwister nacheinander ins Schlafzimmer drängten, um ihn kennenzulernen.

Käthe spürte die Hoffnung. Auf baldigen Frieden, auf eine andere Welt, in der ihre Kinder aufwachsen und gedeihen durften. In der sie auch anderen Kindern wieder die Puppen bringen konnte, die ihnen so viel Freude bereiteten.

Sie spürte, wie etwas unglaublich Zufriedenes sie erfasste. Dieser Moment, mitten im Krieg. Während anderswo Söhne starben. Der war dennoch für sie genau richtig, denn ihre Kinder waren bei ihr, und Max, der hinter Hanni und Jockel stand, blickte sie mit einem ruhigen Stolz an, den sie selbst empfand.

Das alles hatte sie geschafft. Mit ihm gemeinsam, aber oft auch auf sich gestellt. Und Letzteres, ja. Das war schwer gewesen, das hatte auch manches Mal weh getan. Aber sie war noch hier, und um nichts in der Welt würde sie aufgeben, für ihre Familie zu kämpfen.

»Friedebald«, flüsterte sie dem kleinen Jungen zu, und sein Name nährte ihre Hoffnung, dass es nun wirklich bald bessere Zeiten geben würde.

Drei Tage später kam das Fieber.

Käthe hatte schon vorher gespürt, dass etwas nicht mit ihr stimmte. Die Milch kam nicht. Das war das Erste. Und dann wurde sie von so abgrundtiefer Traurigkeit gepackt, dass sie an der Wiege von Friedebald stand und ihre Augen schier überliefen von so vielen Tränen, weil sie wusste, dass er nicht so klein bleiben würde. In vier Wochen schon würde er wacher sein, hätte einen kleinen Satz gemacht, er verlor all den Neugeborenen-Zauber. Sie hatte das bei jedem ihrer Kinder beobachtet und bedauert.

»Mama, ist dir nicht wohl?«

Fifi wich ihr selten von der Seite. Sie versorgte Käthe mit frischer Hühnerbrühe, sie verteidigte all die Leckerbissen gegen ihre Geschwister, die sie dann ins Schlafzimmer brachte, wo Käthe die meiste Zeit im Bett verbrachte. Anders als bei den bisherigen Geburten erholte sie sich nicht so schnell. Fifi legte die eiskalte Hand auf ihre Stirn. Bevor Käthe protestieren konnte, rief sie: »Mama, du glühst ja.«

Sie holten die Hebamme. Die zog die Stirn kraus, sorgenvoll. »Das habe ich befürchtet«, meinte sie. »Frau Professor, Sie bleiben brav im Bett. Ihre Tochter soll sich mal ums Kind kümmern. Das ist keine Brustentzündung, das ist wohl eher der Unterleib, der uns Kummer bereitet.«

Sie drückte auf Käthes Leib herum, und Käthe ächzte, denn das schmerzte ordentlich. Die Hebamme schüttelte den Kopf, das gefiel ihr alles gar nicht. »Der Rest von der Plazenta muss raus«, meinte sie. »Wie waren die Nachwehen?«

»Ich hatte nicht so viel.«

»Milchfluss?«

Käthe schüttelte den Kopf. Der kleine Friedebald trank nicht gern und protestierte immer, wenn sie ihn anlegte. Bisher hatte sie sich nichts dabei gedacht, weil sie zu müde zum Denken war.

»Ich hole Ihnen was, das die Wehen anregt. Das Fieber wird Sie noch ein paar Tage begleiten, Sie sollten viel liegen.

Können sich Ihre Töchter um den Säugling kümmern, dass Sie ihn höchstens anlegen müssen? Können Sie eine Amme bekommen?«

Letzteres musste Käthe verneinen. Eine Amme, wie denn? Also musste Flaschenmilch her. Die Hebamme schrieb alles auf, damit Fifi zur nächsten Apotheke laufen konnte. Friedebald wachte auf und weinte. Käthe versuchte, ihn anzulegen, doch er brüllte die Brust an, aus der nichts kam. Die Hebamme übergab das Baby an Max, der ohnehin nur im Weg stand. Dass es Käthe nicht gut ging, das war er nicht gewohnt, damit konnte er nicht umgehen. »Herzliebster«, flüsterte sie. Doch ihre Stimme war zu leise, er verließ das Zimmer mit dem schreienden Säugling und ließ sie mit der Hebamme allein.

Da bekam Käthe zum ersten Mal Angst. Was, wenn sie das hier nicht überlebte? Wenn sie einschlief und nie mehr aufwachte?

Es wurden schwere Wochen.

Max begriff erst nicht, was die Hebamme ihm da sagte. »Krank, was heißt denn krank?« Sein Käthchen war doch nie krank, selbst nach den Geburten der Kinder war sie schon so bald wieder auf den Beinen gewesen und hatte sich um Haus und Manufaktur gekümmert.

»Krank heißt, dass ich im Moment nicht viel tun kann. Sie sollten einen Arzt kommen lassen, Herr Professor. Kindbettfieber«, fügte die Hebamme hinzu. Sie war etwa in Käthes Alter, ihr hatte der Krieg nicht die Pfunde weggeschmolzen, vermutlich wurde sie oft in Naturalien bezahlt. Er hatte sie bisher gemocht, aber was sie ihm da jetzt sagte, gefiel ihm nicht, und deshalb wollte er sie am liebsten aus dem Haus jagen.

Die Hebamme ging, und Fifi kam in sein Zimmer. *Sein* Zimmer, das er den anderen Haushaltsmitgliedern abgetrotzt hatte, im Hinterhaus gelegen, Blick aufs Grüne, Stille den ganzen Tag, soweit das eben ging mit so vielen Kindern im Haus. Jetzt legte sie ihm den Säugling auf den Schoß.

»Was soll ich damit?«, knurrte er.

»Ihn füttern.« Sie ging die Flasche holen.

Friedebald schlief auf seinem Schoß, doch als Fifi zurückkam und die Flasche mit dem Gummisauger brachte, regte er sich bereits. »Er hat seine festen Zeiten«, meinte sie nur und zeigte ihm dann, wie es ging. Bisher hatte er sich da ja rausgehalten.

»Wird jetzt aber nicht zur Gewohnheit, dass du ihn bei mir ablädst?«

»Keine Sorge, wir werden dich nicht häufiger behelligen als unbedingt nötig.«

Sie ließ ihn erst mal alleine. Er blickte auf das Baby. Es schaute zu ihm auf. Der blonde Flaum krauste sich bereits, und Max ertappte sich dabei, wie er mit dem kleinen Finger darüber strich und von zärtlichen Gefühlen für den Jüngsten überrollt wurde. Mit den vier Kindern aus erster Ehe hatte er nun zehn Nachkommen. Als Käthe ihn gefragt hatte, ob sie noch eins wollten, hatte er erst rigoros Nein sagen wollen, obwohl er wusste, wie sehr sie jedes Kind liebte. Wie sehr es ihr nachhing, dass sie Einzelkind geblieben war. Sie hatte nie viel Familie gehabt, bis sie ihre eigene gründete. Und er hatte nur deshalb nachgegeben, weil er an Anna denken musste. Seine Schwester, die ihn sein Leben lang begleitet hatte, die er immer noch vermisste. Geschwister, hatte er erkannt, waren ein guter Begleiter auf dem Lebensweg, mal nah, mal fern. Das wünschte er auch seinen Kindern.

Hübsch war er, der kleine Friedebald. Ein Püppchen geradezu, und auch das empfand er bei aller Angst um Käthe als tröstlich. So ein schönes Kind sollte einfach nicht ohne Mutter aufwachsen.

Der Arzt kam am späten Nachmittag, er machte ein ernstes Gesicht. Max musste im Flur warten, wo er Furchen in den Läufer spurte und jedes Mal vor der Schlafzimmertür stehen blieb und lauschte. Murmeln, mehr nicht. Zu gern hätte er den Doktor am Hemdkragen gepackt und ihn geschüttelt, bis der ihm versprach, dass Käthe wieder ganz genesen würde.

Aber der Arzt, ein Mann, der sich nicht einschüchtern ließ, war ernst, als er schließlich auftauchte. »Rechnen Sie mit dem Schlimmsten«, meinte er.

Als wäre der Krieg nicht schlimm genug.

Fifi übernahm das Baby. Mimerle kam aus Naumburg und half bei der Pflege ihrer Mutter. Die kleinen Kinder wurden von Liesel abgelenkt. Nur um ihn kümmerte sich keiner, er sollte brav in seinem Salon hocken und warten, bis es Käthe besserging. Das hielt er einen Tag aus, aber in der Nacht schlich er zu ihr.

Das Licht neben ihrem Bett brannte, und Mimerle saß in

einem Lehnstuhl am Fenster. Ihre Gestalt hob sich dunkel vor dem Nachthimmel ab. Sie stand auf, als er hereinschlich. »Papi, willst du bei ihr bleiben?«

»Ja.« Er blickte zum Bett. Seine kleine, zarte Frau. Wie winzig sie in dem großen Bett aussah, wie bleich ihr Gesicht leuchtete in der Dunkelheit. »Geh schlafen, Maria.«

Sie legte ihm die Hand auf den Arm, als wollte sie noch was sagen. Aber dann nickte Mimerle, verließ das Schlafzimmer. Er hörte sie noch mal, wie sie im Babyzimmer nach dem Rechten sah, doch Fifi und Friedebald schliefen auch, sie hatten ihr ein Bett in die Kinderstube gestellt.

Er trat an Käthes Bett. Nahm ihre Hand, die so eisig war, dass er erschrak. »Käthe?«, flüsterte er.

Sie rührte sich nicht. Er legte eine Hand auf ihre Brust, spürte sie sich ganz leicht nur heben und senken. Ihre Stirn glühte vom Fieber. Sie stöhnte leise im Schlaf.

Max schleppte den Lehnstuhl ans Bett und setzte sich zu ihr. Auf keinen Fall wollte er sie heute Nacht allein lassen.

Schlaf fand er nicht. Er grübelte viel. All die Jahre, in denen er nicht bei ihr gewesen war. In denen er sie als selbstverständlich erachtet hatte, sei's in Berlin, später auf dem Monte Verità, wo sie ihm immer ein Häuschen warmgehalten hatte. Nie hatte sie sich gegen seine Pläne aufgelehnt, hatte wohl diskutiert mit ihm, aber es fand sich immer ein Weg. Und nun dies. Er hatte sein Berliner Atelier hinter sich gelassen, wusste nicht, ob eine Rückkehr in ein anderes Berlin nach Kriegsende überhaupt möglich war. Wenn das Schicksal ihm nun Käthe nahm, wäre er ein Witwer von über sechzig Jahren, mit sechs kleinen Kindern und einer Puppenmanufaktur. Vom Puppenmachen verstand er zu wenig, dass er das ohne sie schaffte. Sie würde an allen Ecken und Enden fehlen.

Vor allem aber würde sie ihm fehlen. Seine liebste Käthe. Sie war so jung gewesen, als sie sich das erste Mal trafen, und danach war sie in das Leben mit ihm hineingewachsen, ebenso in die Verantwortung, die sie übernommen hatte. Nie hatte sie sich von ihm beirren lassen. Dass er sie formen wollte, das hatte sie abgewehrt, war ihm wiederholt entwischt. Weder die Fotografie noch die Malerei hatten sie nachhaltig fesseln können. Für sie waren es die Puppen, weil die Puppen sie mit ihren eigenen Kindern verbanden und irgendwie auch mit allen Kindern in der Welt, die mit ihnen das freie Spiel lieben lernten. Sie gab diesen Kindern den Entwicklungsraum, den sie selbst wohl nie bekommen hatte.

»Du darfst doch jetzt nicht gehen …«, murmelte er ein ums andere Mal. Ohne Käthe wäre die Welt dunkler, sie wäre auch nicht länger seine Welt. Ohne Käthe war kein Vorstellen, kein Denken. »Wir haben so viel verloren, bleib bei uns …«

Nie hatte er sich ihr so nah gefühlt wie in diesen bangen Stunden.

Doch Käthe überlebte. Zwei Tage später schlug sie am Morgen die Augen auf. Das Fieber war gesunken, und sie verlangte nach etwas Wasser. Später, nachdem Fifi sie auch mit ein wenig Brühe gefüttert hatte, wollte sie Friedebald sehen. »Er lebt doch?«, wollte sie wissen.

»Ich kümmere mich um ihn, Mami.« Fifi sagte das nicht ohne einen gewissen Stolz, denn mit fünfzehn Jahren war aus der einstigen Puppenmutter eine Ersatzmama für ihren jüngsten Bruder geworden. Zufrieden stellte Käthe fest, dass ihre Tochter alles so gemacht hatte, wie sie selbst es nicht hätte besser machen können. Nur die Sache mit der Pulvermilch, die störte Käthe. »Dass das nicht anders ging«, seufzte sie.

»Er wär sonst verhungert, Mutti.«

Doch sie brachte Käthe einen properen, satten und zufriedenen kleinen Rauschengel, die blonden Haare kringelten sich über der Stirn, ein goldener Flaum lag über dem Kopf. Käthe war noch zu schwach, um ihn zu halten, aber Fifi half, dass sie sich aufsetzen konnte, und mit Friedebald auf ihrem Schoß saß sie ein halbes Stündchen im Bett, und sie redeten ein wenig. Danach reichte ihre Kraft sogar für ein kleines Stück richtiges Brot, das es wie durch ein Wunder beim Bäcker gegeben hatte. »Mimerle hat drei Stunden drum angestanden«, erzählte Fifi.

»Wie ist es sonst in der Welt?«

Da zuckte Fifi nur mit den Schultern. »Unverändert Krieg.«

Für die Kinder gehörte der Krieg zum Alltag.

Nach dem nächsten Schläfchen saß Max an Käthes Bett. Friedebald lag zufrieden schnaufend auf seinem Arm. »Da bist du wieder«, sagte Max. Er war sichtlich ergriffen davon, sie wieder bei sich zu haben.

Käthe konnte nicht sprechen, ihre Kehle fühlte sich ganz

ausgedörrt an. Erst nachdem sie ein halbes Glas Wasser getrunken hatte, fand sie ihre Stimme wieder. »Ich hatte Fieberträume.«

»Du hast uns ganz schön viel Angst eingejagt.«

Er sollte sie nicht ständig unterbrechen! Was sie zu sagen hatte, war wichtig.

»Im Traum hab ich gesehen, wie wir getanzt haben. Im Überbrettl. Weißt du noch? Ich hab gesehen, wie wir auf dem Berg gelebt haben und wie ich das Telegramm aus Amerika bekam. Das mit den hundertfünfzig Puppen.« Sie sammelte sich. »Ich hab gesehen, wie wir am Strand von Hiddensee spazieren gingen, du mit Mimerle voran, ich mit unseren Söhnen hinterdrein. Friedebald fing gerade erst an zu laufen. Das war wohl ein Blick in die Zukunft, und da wusste ich, dass ich leben werde.«

»Käthe …« Er griff nach ihrer Hand, hielt sie ganz fest. »Du sollst nicht vom Tod sprechen.«

»Mach ich gar nicht. Ich habe auch nicht vor, ihm in nächster Zeit noch mal gegenüberzutreten.« Sie betrachtete Max mit Friedebald auf seinem Unterarm. So winzig war das Baby … Und es würde ihr letztes sein, das begriff sie auch. Ein weiteres Mal wollte sie das Schicksal nicht herausfordern.

»Nun ist alles gut, oder?«

»Wenn der Frieden erst da ist, wird alles gut, jawohl.«

Also warteten sie auf den Frieden.

Es sollte noch bis zum Herbst dauern, bis sie ihren Frieden bekamen. Ende September, es herrschte immer noch Krieg, schleppte Käthe sich zum ersten Mal wieder in die Manufaktur. Es waren nur noch wenige Arbeiterinnen da, und als sie Herrn Renner fragte, warum das so sei, meinte er, ohne Rohstoffe könnten sie auch nicht fertigen, da habe er die Frauen nach Hause geschickt. Einige hatten noch mal für ein paar Wochen Arbeit in einer Rüstungsfabrik in Leipzig gefunden, aber vermutlich würden sie nach dem Krieg zurückkehren.

Nach dem Krieg. Es wurde zu einem geflügelten, hoffnungsvollen Wort. Nach dem Krieg wurde alles besser. Wenn erst Frieden ist!

Aber dann kam der Frieden – und nichts wurde besser. Aber das merkte Käthe nicht sofort.

20

Kösen, Januar 1919

Käthe rieb sich die rotgefrorenen Finger, bevor sie zum Federhalter griff. Sie saß wie jeden Morgen im Bett und trank ihren süßen Tee, während sie die Briefe las, die täglich eintrafen. Nun ging sie ans Beantworten.

Dass sie dafür im Bett unter der warmen Decke blieb, hatte rein praktische Gründe. Mit dem Ende des Kriegs war nicht plötzlich alles besser geworden, sondern sie mussten weiterhin frieren. Es gab kaum Heizmaterial, und das Wenige, was sie ergattern konnte, ließ sie für die Wohnstube verfeuern oder in der Küche, damit es wenigstens eine warme Mahlzeit am Tag gab.

Das Haus war ihnen eng und gleichzeitig zu groß geworden; Käthe dachte schon länger darüber nach, sich in Kösen räumlich zu verändern. Kösen aber würde es bleiben, das stand für sie fest. Max hingegen schrieb aus Berlin; er hatte es nach Kriegsende nicht mehr lang bei ihr ausgehalten. »Weißt ja, wo du das Geld hinschicken sollst.« Das Geld, das *sie* verdiente – er verlangte inzwischen die Hälfte des Gewinns. Käthe zahlte es ihm. Viel war's nicht im Moment. Ihnen wäre mehr geholfen, wenn er nicht sein ganzes Geld in die Kriegsanleihen gesteckt hätte, denn das war nun vermutlich futsch oder würde weit weniger wert sein, wenn es irgendwann zurückgezahlt wurde. Schon jetzt stiegen die Preise.

Doch Max klang fröhlich, nach dem zu urteilen, was er aus Berlin schrieb. *Wenigstens bleiben uns die Kommunisten nun erspart!,* frohlockte er. Nach der Wahl zur Nationalversammlung aber werde er Berlin verlassen: *Ist mir wirklich zu unangenehm hier. Hiddensee ist kalt um diese Jahreszeit, aber wenigstens schießen sie da nicht Zivilisten übern Haufen.*

Käthe seufzte. Es behagte ihr gar nicht, dass ihr Herzliebster sich in Berlin aufhielt. Die Aufstände in der Hauptstadt waren immer schrecklicher geworden, und inzwischen fürchtete sie, das zarte Pflänzchen der parlamentarischen Demokratie, dem sie sich durchaus neugierig zugeneigt fühlte, könnte von Kommunisten oder Nationalisten im Keim erstickt werden. Sie nahm einen neuen Briefbogen und schrieb an Max.

Herzliebster, gib nur acht auf Dich. Geld schicke ich mit nächster Post; es wird alles teurer, die Kinder sind wieder gewachsen. Geschäftlich stehen wir gut da; fast täglich neue Großaufträge aus dem Ausland.

Es stimmte. Den Krieg hatten sie überstanden, die Manufaktur gab es noch. Nicht unbeschadet, ein blaues Auge war geblieben. Erst langsam kehrten die Arbeiterinnen zurück. Einige kamen gar nicht; sie hatten bessere Arbeitsplätze gefunden. Einige waren in die Stadt gegangen, andere hatten geheiratet. Eine war im Rübenwinter gestorben. Eine andere hatte die Spanische Grippe erwischt, die letzten Herbst durch das Kaiserreich und die ganze Welt gefegt war. Käthe hatte sich auch für eine Woche ins Bett legen müssen; sie fürchtete, es könnte für eines ihrer Kinder schlecht ausgehen, doch die hatten allesamt kaum mehr als eine fiebrige Erkältung gehabt und waren schon bald wieder fröhlich durchs Haus gehüpft. Sogar Friedebald, der die Nächte an ihren Bauch gekuschelt fieberte, hatte sich rasch erholt. Käthe allerdings fühlte sich auch jetzt, sechs Wochen nach ihrer Erkrankung, immer noch geschwächt.

Sie versiegelte den Brief an Max und zog den nächsten Umschlag heran. Eine Bestellung aus Schweden, hundert Puppen schnellstmöglich. Käthe legte ihn beiseite. Wie's um die Lieferzeiten stand, müsste sie erst mit Herrn Renner besprechen. Aber vor Mai würde es nichts für den schwedischen Händler werden. Und das schrieb sie ihm auch – auf Deutsch, ihr Englisch war gehörig eingerostet, und Schwedisch konnte sie schon gar nicht. Er würde schon jemanden finden, der ihm ihre Zeilen übersetzte. Käthe legte noch eine Preisliste hinzu und widmete sich dem nächsten Brief.

Die Tür klapperte, und die Köchin Anna brachte ihr einen großen Becher Tee mit Zucker, so viel eben grad zu haben war. Dazu eine Scheibe Kartoffelbrot, das besser schmeckte, als es klang. Es war heute dick mit Butter bestrichen und mit Käse belegt. Ein kleines Festmahl schon zum Frühstück?

»Geht's uns zu gut?«, erkundigte Käthe sich.

»Es gab mehr zu kaufen. Vielleicht geht es endlich mal bergauf.« Anna seufzte. Auch sie hatten der Krieg und der Verlust von zwei Brüdern gezeichnet. Der dritte wurde immer noch vermisst – irgendwo in Russland wohl, er war in Kriegsgefangenschaft geraten.

»Dafür wird eben alles teurer. Danke, Anna.« Käthe runzelte die Stirn, ihr Blick hing schon wieder über einer Bestellliste für Rohstoffe. Dass die Preise gewissen Schwankungen unterworfen waren, wusste sie. Bisher hatte sie oft versucht, den günstigsten Preis abzupassen. Aber dass sie nur eine Richtung kannten – nach oben nämlich – war ihr neu. Allein das Rehhaar war über den Winter um fünfzehn Prozent teurer geworden, der Trikotstoff gar um zwanzig. Die Nachfrage war eben auch gestiegen, Käthe war nicht die Einzige, die ihre Produktion wieder hochfuhr. Viel Rechnerei für sie, dass immer genug von allem da war. Sie würde wohl die Preise erhöhen müssen. Auch für Bestellungen, die bereits eingegangen waren, musste sie nachhaken und den neuen Preis mitteilen.

»Schlafen die Kinder noch?«, fragte Käthe. Sie las bereits den nächsten Brief.

»Jockel ist schon auf. Die anderen weckt Liesel gleich.«

»Ich komme dann nachher runter, bevor sie aus dem Haus gehen.«

Auch so eine Frage, über die Max und sie vortrefflich stritten. Was wurde aus den Kindern? Die Kriegszeit hatte Lücken in ihre Schulbildung gerissen, gerade bei den beiden Ältesten. Aber Käthe und Max waren sich auch einig, dass Mimerle und Fifi nicht mehr ewig zur Schule gehen sollten – sie sollten sich eher im mütterlichen Betrieb einbringen. Fifi kümmerte sich weiterhin um Friedebald, war ihm wie eine zweite, kleine Mutter. Mimerle reiste mit Max; sie hatte ihre Schulbildung abgeschlossen, befand er. Es sei doch gut, dass sie zwei erwachsene Mädchen hatten, die sich einbringen konnten. Seine Auffassung, nicht unbedingt die von Käthe. Sie musste an ihre eigene Kindheit und Jugend denken, wie sie immer der Mutter geholfen hatte. Rückblickend erkannte sie nun, dass diese Arbeit ein Segen für sie gewesen war; sie hatte so viel dabei gelernt, dass es ihr erst die Puppenmacherei eröffnet hatte. Und sollten Mimerle und Fifi nicht froh und dankbar sein, dass sie eine Aufgabe hatten? Dass sie einen Platz hatten, an dem sie wirken konnten? Dass sie in ganz anderen Umständen aufwachsen durften als in jenen ärmlichen Verhältnissen, in denen Käthe hatte gedeihen müssen?

Dankbarkeit erwartete sie ja nicht! Aber Mimerle und Fifi sollten zumindest zu schätzen wissen, was sie hatten. Vor allem: was sie nicht mussten! Andere junge Frauen mussten in ihrem Alter schon in einer Fabrik schuften oder standen kurz vor der Heirat, wobei letzteres ja für ihre Töchter auch durchaus erstrebenswert war. Wenn ihre Zeit gekommen war. Mit sechzehn und siebzehn waren sie dafür noch viel zu jung.

Käthe beendete ihre morgendliche Korrespondenz. Der restliche Tee war kalt, sie spülte den letzten Bissen damit herunter, bevor sie aufstand und sich für den Tag fertigmachte. Sie wusch Gesicht und Oberkörper mit kaltem Wasser über der Waschschüssel und zog eines ihrer angenehm weiten Reformkleider an. Auch die begleiteten sie nun schon fast so lange wie Max. Die meisten waren etwas zerschlissen, sie würde sich bald Stoff bestellen und diesen zu einer Schneiderin bringen, damit sie neue bekam. Aber für den Moment ging dieses noch. Schwarz, weit geschnitten. Sie bürstete die Haare und flocht sie zu zwei Zöpfen, die sie dann auf dem Kopf wie eine kleine Krone aufsteckte. Ein prüfender Blick in den Spiegel. Müde siehst du aus, dachte sie, und dann musste sie über sich selbst lachen. Wie sollte sie *nicht* müde sein mit sechs Kindern, einem großen Haushalt, einem florierenden Unternehmen und der ständigen Sorge um das Wohl von einigen Dutzend Mitarbeiterinnen?

Den Weg zur Manufaktur ging sie wie jeden Morgen zu Fuß. Der Schnee knirschte unter ihren Stiefeln, und Käthes Atem stand in Wölkchen vor ihrem Mund. Eine Arbeiterin auf dem Fahrrad, die kräftig in die Pedale trat, überholte sie.

Im Torbogen stand Oskar Francke und begrüßte Käthe. Die Schiebermütze trug er tief ins Gesicht gezogen, als könnte er damit seinem Umfeld den Anblick etwas leichter machen.

Die Vernarbungen in seinem Gesicht waren im Laufe der Zeit etwas verblasst, doch er glaubte immer noch, er habe eine widerwärtige Fratze, die alle jungen Frauen abschreckte. Alle Bemühungen seitens Käthe, ihn zu ermutigen, waren ins Leere gelaufen, weshalb sie inzwischen darauf verzichtete.

»Morgen, Frau Professor.«

»Guten Morgen, Oskar.« Sie blieb stehen. »Wie geht es Ihnen heute?«

»Wie's einem Krüppel halt geht.« Er hielt den Kopf gesenkt.

»Machen Sie's sich nicht zu schwer, Herr Francke. Irgendwann gibt's schon eine, die Sie sieht, wie Sie sind.«

»Kann nicht jeder so viel Glück haben wie Sie mit Ihrem Herrn Kruse.« Er tippte sich an die Schirmmütze, als Käthe weiterging.

Glück mit Max – hatte sie das? Inzwischen fühlte es sich oft nicht so an. Er war ihr fremd geworden in den vergangenen Jahren, sie hatten sich voneinander entfernt. Für Käthe zählte die Puppenmanufaktur – für Max nur, dass er regelmäßig Geld daraus bezog. Häufiger fragte sie sich, ob das für ihr Glück genügte.

Aber da waren die Kinder. Und grundsätzlich – er war ihr Herzliebster. Mit keinem anderen hätte sie diesen Weg gehen können, denn er hatte in ihr hervorgekitzelt, wer sie nun war.

»Manchmal ist das Glück nicht so leicht zu entdecken«, gab sie Herrn Francke noch mit. Dann betrat sie das Gebäude. Tauchte ein in das, was *ihr* Glück war. Dieses Leben, das sie sich nie hätte ausmalen können.

Die Sorgen blieben. Ebenso blieb Fifi, wenn auch widerstrebend. Mimerle allerdings siedelte in diesem Frühjahr nach Berlin über, sie wohnte nun beim Vater und sorgte für ihn. Nicht weil er alt wurde – einsam war er, und das störte ihn ganz gewaltig, weshalb seine Briefe zunehmend fordernd wurden, bis Käthe nachgab. »Dann lass halt Maria mit dir reisen!«, rief sie ihm zu, als sie bei Gelegenheit telefonierten. Ihr gemeinsames Leben hatte sich auseinandergezogen, und hatte Käthe nach Friedebalds Geburt und ihrer eigenen

Krankheit gehofft, Max könne etwas häuslicher bleiben, belehrte er sie in den folgenden Monaten eines Besseren. Er blieb ein seltener Gast in Kösen. Auch als sie ihm vorschlug, sich innerhalb der Kleinstadt räumlich zu verändern, ging es ihm nur um die eine Frage: »Was wird mit mir?«

Ja, was wurde mit ihm? Sie besichtigte einige Häuser, bevor sie sich zum Kauf einer größeren Immobilie durchrang. Etwas außerhalb gelegen in der Kukulauer Straße, auf der anderen Seite des Parks, in dem die Salinen sich erstreckten.

»Wie werde ich da wohnen?«, war Max' erste Frage, als Käthe ihm im Frühsommer von ihrem Neuerwerb berichtete.

»Es gibt eine eigene Etage für dich«, erklärte sie knapp. »Da kannste deinen ganzen Kram gern hinstellen, im ersten Stock leben dann wir.«

»Und das können wir uns leisten.« Er war immer noch nicht so richtig damit einverstanden, das hörte sie wohl.

»*Ich* kann es mir leisten. Du hast dein Geld ja lieber dem Kaiser nachgeworfen.« Die Spitze konnte sie sich nicht verkneifen. Sofort war Max verstimmt.

»Du bist auch eine von den Weibern, die im Januar die SPD gewählt haben.«

»USPD, wenn du's genau wissen willst!«, giftete sie. Das kränkte ihn dann doch.

»So habe ich dich nicht erzogen, Käthchen.«

Nein, hatte er nicht. Ob er sich Vorwürfe machte, weil er Käthe zu viel Freiraum gelassen hatte, weil er seinen eigenen

Freiraum nie hatte aufgeben wollen? Da sah er nun, was daraus erwuchs – sie hatte ihr Leben, er seins. Die Berührungspunkte waren nur noch die monatlichen Schecks und ihre Tochter, die bei ihm lebte. Auch seine Tochter, aber Käthe konnte im fernen Kösen nicht so recht den Finger drauf legen – es fühlte sich eher danach an, dass Mimerle sie in den meisten Belangen ersetzt hatte.

Und im Grunde konnte ihr das nur recht sein. Sie hatte ja genug zu tun! Doch es fühlte sich auch falsch an, ohne dass sie sagen konnte, warum. Für sie hatte es ihr Leben lang nur Max gegeben. Er war früh genug in ihr Leben getreten, um sie vor irgendwelchen Dummheiten zu bewahren. Das wünschte sie sich auch für Mimerle und Fifi.

Aber nicht jetzt. Sie waren viel zu jung!

Die einen waren jung – und die anderen, die taten ihren letzten Atemzug. Als die Nachricht von Oskar Kruse-Lietzenburgs Tod Käthe erreichte, waren die Pflaumen reif, und sie saß mit Fifi und Friedebald unter den Birken im Garten ihres neuen Hauses. Das Telefon läutete wie so oft. »Geh du«, sagte Käthe zu Fifi. Sie ließ ihre Tochter inzwischen häufig ans Telefon gehen, bezog sie auch in die Büroarbeit für die Werkstätten ein. Ihre Vision war, dass Fifi früher oder später – natürlich am besten sofort! – Gefallen an der Arbeit fand und sich in dem Familienbetrieb einbrachte.

Fifi übergab ihrer Mutter Friedebald, der vor vier Tagen eins geworden war. Max war nur zu seinem Geburtstag angereist und danach direkt mit Mimerle aufgebrochen, zurück nach Hiddensee. Oskar war nicht zum Geburtstag seines jüngsten Neffen gekommen. »Ihr seid ja im September hier«, hatte er sein Fernbleiben entschuldigt.

»Mama!« Fifis Stimme, so dringlich. Sie hatte das Wohnzimmerfenster aufgestoßen, in der einen Hand den Telefonhörer. »Mama, es ist Papa! Tot!«

Für einen kurzen Moment dachte Käthe, Max sei tot. Sie hetzte mit Friedebald auf dem Arm ins Haus, Fifi drückte ihr den Hörer in die Hand und nahm ihren Bruder. Käthe presste den Hörer an ihr Ohr. »Ja?«

Sie fürchtete diesen Moment so sehr. Dass Max irgendwann nicht mehr sein könnte.

»Käthe.«

Es war seine Stimme. Grabesschwer. Sie hätte heulen wollen vor Erleichterung. »Käthe – Oskar ist gestorben.«

»Oh, Max!« Sie weinte und lachte, aber vor allem weinte sie. Mit Max um seinen Bruder, dem er in den letzten Jahren so nahe gestanden hatte. »Es tut mir so leid.«

»Nun bin ich ganz allein in der Welt.«

»Wir kommen nach Hiddensee. Weißt du, wann die Beisetzung ist?«

»Erst Anna und nun Oskar.«

Dann legte er auf. Ihre Frage hatte er nicht beantwortet, er hatte sie ignoriert. Käthe legte den Hörer ratlos auf die Gabel. Sollten sie nun nach Hiddensee oder lieber nicht?

Eine Stunde später rief Mimerle an. Sie hatte sich derweil gekümmert. Den Pastor holen lassen, der nun mit Max auf der Südterrasse saß und Schnaps trank. Nebenher regelten sie, was eben geregelt werden musste, wenn einer starb. »Natürlich kommt ihr«, für Mimerle keine Frage.

»Es klang nur so, als wollte der Vati uns nicht dabeihaben.«

»Der Vati ist unter Schock, sagt der Pastor. Dabei war Onkel Oskar doch wirklich schon alt genug. Aber er hat's kommen sehen. Als wir vor drei Tagen abends ankamen, hat er Max gesagt, er soll die Lietzenburg kriegen, wenn's mit ihm vorbei ist. Mit zweiundsiebzig konnte er auf ein reiches Leben zurückblicken.«

Vermutlich traf's Max eher, dass sein Bruder gerade mal fünf Jahre älter war als er. Auch Käthe spürte, wie die Endlichkeit von Max' Leben in Oskars Tod mitschwang. Doch sie schluckte gegen diese Befürchtung. »Wir reisen morgen an.«

Bei ihrer Ankunft auf Hiddensee aber fand sie alles bereits organisiert, von der Auswahl des Sargs und der Grabstätte über die Wirtschaft, in der sie danach einkehren würden, bis zum Blumenschmuck. Als Käthe fragte, wer das denn alles organisiert habe, meinte Max: »Mimerle natürlich, sonst war ja keiner da.« Hatte also die Älteste bereits übernommen, was sonst allzu oft Käthes Aufgabe gewesen war – für die Dinge sorgen, für die Max sich außerstande sah.

»Na, hast du's gut.«

Die kleine Spitze konnte sie sich nicht verkneifen.

Max war schweigsam, so kannte sie ihn ja nicht. Ging ihm der Verlust des Bruders also doch sehr nah, dachte sie. Doch Mimerle verriet ihr später, als sie mit Fifi beisammensaßen, was Max tatsächlich beschäftigte. »Die Lietzenburg kriegt er natürlich.«

»Und das freut ihn nicht?« Jetzt verstand Käthe. Die Lietzenburg war für Max vor allem in den letzten Jahren praktisch gewesen, ohne großen Aufwand konnte er herkommen, wann immer ihm der Sinn danach stand. Das große Gebäude am Strand, das mit den zahlreichen Gästezimmern wie eine Künstlerkolonie im Kleinen war, da oft Schriftsteller, Maler und andere Kunstschaffende auf Einladung Oskars ihre Sommerfrische hier verbrachten – das alles sollte nun in Max' Besitz übergehen.

»Er scheut die Verantwortung. Wen soll er einladen? Wem den Aufenthalt verwehren?« Maria zuckte mit den Schultern. »Aber ich kann's nicht übernehmen, das habe ich ihm sofort gesagt. Ich will nach Berlin.«

Käthe horchte auf. Davon hatte sie noch gar nichts gehört. Sie setzte die Teetasse auf den Unterteller und neigte den Kopf leicht zur Seite. »Was ist denn in Berlin?«

Mimerle wurde rot. »Das Konservatorium. Ich habe dort kürzlich vorgespielt, und sie haben mir einen Platz angeboten. Zum Herbst kann ich dort ein Studium aufnehmen.«

»Am Berliner Konservatorium«, echote Käthe. Ihre Gedanken rasten. Das war nun wirklich nicht, was sie für ihre Älteste vorgesehen hatte. »Was hält Max davon?«

Mimerle hielt Käthes Blick stand. »Der weiß nichts davon. Aber ich will's trotzdem machen, Mutti. Sie haben mir außerordentliches Talent bescheinigt.«

»Auf keinen Fall gehst du nach Berlin.«

Beide Frauen blickten auf. Unbemerkt war Max eingetreten. Er stand neben der Anrichte, seine große Bildhauerpranke ruhte auf dem Schrank, als wär's nur ein Spielzeug. »Berliner Konservatorium, dass ich nicht lache! So was hast du doch nicht nötig, Maria.« Er war der Einzige, der sie so nannte und nicht Mimerle zu ihr sagte. Käthe fuhr der Gedanke durch den Kopf, ob ihre Tochter deshalb inzwischen lieber bei ihm war als bei ihr. Doch dann sprach Max weiter. »Ich rede dir doch schon ewig zu! Genie setzt sich immer durch, da braucht es keine verstaubte Lehranstalt, in der sie dir das Talent austreiben und es gegen maschinengetreuen Tastanschlag ersetzen.«

»Aber dort könnte ich mein Klavierspiel perfektion …«

»Papperlapapp«, unterbrach Max sie. »Was soll denn aus deinem Väterchen werden, wenn du in Berlin hockst? Darf ich dich daran erinnern, dass mit der Lietzenburg auch für mich eine Verantwortung einhergeht? Du wirst hier gebraucht.«

»Mama?« Hoffnungsvoll wandte Mimerle sich an Käthe. Als könnte sie Max überstimmen oder seine Meinung ändern! Käthe zuckte mit den Schultern.

»Weißt du, dein Vater hat mehr Lebenserfahrung als ich. Als ich in deinem Alter war und wir uns kennenlernten, wusste er sofort, dass in mir eine Künstlerin steckt. Ich habe mich von ihm leiten lassen. Und das solltest du auch.«

Mimerles Miene verdüsterte sich, als sie begriff, dass es ihren Eltern ernst war. Doch Max war noch nicht fertig.

»Glaub's mir, das willst du alles nicht. Auf der Akademie hat schon so mancher seine Begabung zu Grabe getragen. Hilf mir lieber mit der Lietzenburg, alles weitere wird sich fügen.«

»›Hilf mir‹? Du meinst eher, ich soll dir alles aus der Hand nehmen, damit du unbelastet weiterhin deinen Lebensabend genießen kannst. Ohne Verantwortung, weil ja immer eine Frau da sein wird, die sich kümmert.« Mimerle sprang auf. »Aber da mache ich nicht mit! Ich will meine Entscheidungen treffen, so wie Mama, bevor sie dir begegnet ist. Da kam sie nämlich ganz gut zurecht.«

Käthe hatte genug.

»Setz dich wieder hin, Maria.« Nun musste sie auch mal den Geburtsnamen der Ältesten benutzen, und sei's nur, damit sie sah, wie ernst es Käthe war. »Vor der Begegnung mit deinem Vater war ich nichts. Ich war ein Kind, das sich von den Männern einlullen ließ. Dass da nichts Schlimmes passiert ist, verdanke ich nur glücklicher Fügung. Und das wird's nicht sein, was du willst? Das Berlin von heute ist ein anderes als vor zwanzig Jahren.«

»Ihr mit eurer Monarchentreue«, fauchte Mimerle. Sie sank auf ihren Stuhl und legte die Hände in den Schoß. Beinahe hilflos wirkte sie. Käthe wusste auch, wieso: Die Akademie war nicht alles. Mimerle bräuchte darüber hinaus noch Geld für ein Pensionszimmer und was eine junge Frau eben fürs Leben in der Hauptstadt benötigte. »Ich könnte ja bei Gabriele wohnen. Lili ist inzwischen ausgezogen, da wäre Platz.«

Sie hatte sich das alles schon sehr gründlich überlegt, stellte Käthe fest. Aber Max blieb hart. »Kein Konservatorium, kein Berlin! Ich brauche dich hier. Wenn sich das mit der Lietzenburg eingerichtet hat, vielleicht nächstes Jahr im Herbst. Aber nicht sofort.«

Dabei blieb's. Aus dem nächsten Herbst aber wurde nichts – Max wusste schon, wie er seine Älteste in den kommenden Monaten einspannte, dass sie gar nicht mehr auf die Idee kam, sie könnte noch mal ohne ihn nach Berlin.

21

Berlin, Februar 1921

Das Erste, was Käthe überraschte, war der Lärm. Dann: so viele Leute auf den Straßen, manche auch ganz elend im Gesicht oder verfroren in viel zu dünnen Mänteln. Der Schneematsch im Rinnstein, der Niesel vom dunkelgrauen Himmel – alles so trist und müde, als hätte die Hauptstadt jeder Lebensmut verlassen.

Käthe drückte ihre Aktenmappe an sich. Sie war mit dem Zug aus Kösen gekommen, in einer Angelegenheit, die ihr sehr wichtig war. Darum wollte sie nicht bis zum Sommer warten, wenn sich alle auf der Lietzenburg trafen. Sie musste mit Max reden.

Am Bahnhof nahm sie eine Motordroschke. Das war auch neu, keine Droschken Erster und Zweiter Güte mehr, nun konnte man sich von einem Autotaxi kutschieren lassen, wenn man nicht mit der Elektrischen fahren wollte. Und Käthe ließ sich fahren; sie war eine bekannte Geschäftsfrau, die sich nicht in eine Straßenbahn quetschen und ihr Gepäck selbst tragen würde.

Als das Autotaxi vor dem Haus in der Fasanenstraße hielt, trug der Fahrer ihre Reisetasche bis zur Tür. Käthe drückte ihm einen Schein extra in die Hand, und der junge Mann verbeugte sich beinahe unterwürfig. »Wenn Sie mal wieder eine

Motordroschke brauchen, Gnädigste, rufen Sie gern diese Nummer an.« Er drückte ihr einen Zettel in die Hand.

Käthe stieg die Treppen hoch. Viel hatte sich hier verändert, seit sie zuletzt in Berlin gewesen war. Alles etwas schäbiger. Etwas abgewohnt. Ganz oben unterm Dach ging eine Tür auf, eine Frau kreischte, ein Mann brüllte. Dann knallte die Tür zu, Stille.

Käthe klopfte an die Tür von Max' Atelier. War er überhaupt da? Sonst müsste sie oben in der Wohnung klopfen. Aber da hörte sie schon seine schweren Schritte. Er öffnete, sah sie stumm an. Überrascht war er, dass sie ihn aufsuchte.

»Du warst lange nicht in Kösen«, sagte sie zur Begrüßung. Nicht mal zu Weihnachten war er gekommen, hatte sich immer herausgeredet.

»Und du nicht in Berlin.« Sie stellte sich auf die Zehenspitzen und küsste ihn auf die Wange.

»Nun bin ich ja hier.«

Er führte sie ins Atelier. Das war rummeliger denn je, überall standen halbfertige Kunstwerke, die er wohl nie vollenden würde, und die gute Chaiselongue, auf der sie sich einst geliebt hatten in ihrem ersten gemeinsamen Winter, stand immer noch neben dem Ofen. Käthe konnte sich ein Lächeln nicht verkneifen. Sie nahm den Hut ab und hängte ihn mit dem Mantel an den Garderobenständer. »Wo ist Mimerle?«

»Oben in der Wohnung. Sie grollt mir, dann will sie allein sein.« Max zuckte mit den Schultern. »Aber ich vermute, du bist nicht hier, um dich nach unserem Wohlergehen zu erkundigen?«

Käthe zögerte. Sie hatte nicht vorgehabt, mit der Tür ins Haus zu fallen, doch Max machte keinen Hehl daraus, dass er ihre Absicht durchschaute. Es musste einen Grund geben, weshalb Käthe ohne Vorankündigung aus Kösen kam.

»Es geht um unsere Werkstätten.« Sie drückte die Aktenmappe an ihre Brust. »Wollen wir bei einem Becher Tee darüber reden?«

Max machte eine einladende Handbewegung zum Ofen. Du weißt ja, wo alles ist, sagte er ihr damit. Käthe setzte Teewasser auf, spülte die Kanne aus. Die Handgriffe beruhigten ihren Geist, sie ging in Gedanken noch mal ihre Argumente durch, während Max sich an den Tisch setzte und seine Finger auf die Holzplatte trommelten.

Sie wollte Max dazu überreden, dass die Werkstätten auf ihren Namen eingetragen wurden. Bisher gehörten sie ihnen beiden, weil das damals, als Käthe vor dem Krieg die Manufaktur gründete, einfacher gewesen war. Es wirkte nach außen auch professioneller, wenn ein Mann die Geschäfte führte, hatte Max argumentiert – auch wenn er sich nie mit dem alltäglichen Geschäft befasst hatte. Seine Teilhaberschaft bestand nur auf dem Papier, er bekam die Hälfte des Gewinns überwiesen. Zumindest daran sollte sich auch nichts ändern. Aber Käthe wollte, dass die Puppenmacherei allein ihr gehörte.

Die Idee war ihr gekommen, als sie mit Herrn Renner über den jährlichen Geschäftszahlen saß. Sie wollte weitere Investitionen tätigen, neue Puppentypen auf den Markt bringen. Denn das vergangene Geschäftsjahr war gut gewesen. Aber für jede geschäftliche Entscheidung musste sie erst Max' Zustimmung einholen. Das war unter normalen Umständen kein Problem, jedoch – die Umstände waren nicht mehr normal. Max war selten bei ihr, auf schriftliche Fragen antwortete er auch nur, wenn ihm gerade der Sinn danach stand. Käthe wollte nicht unbedingt sagen, dass er auf seine alten Tage wunderlich und weniger verlässlich wurde – aber genau so war es.

Und darum wollte sie einiges klären. Zu ihren Gunsten natürlich, denn Max partizipierte auch nach Jahren weiterhin davon, dass er ihr bei dem Puppenkopfproblem und mit den kleinen Soldatenpüppchen geholfen hatte. Sie war nicht grundsätzlich dagegen, ihn finanziell zu unterstützen. Es ging ihr nur um Planungssicherheit für die kommenden Jahre. Herr Renner wiegte immer so bedenklich den Kopf, wenn sie ihm auftrug, einen neuen Scheck für Max auszustellen. »Alles wird teurer«, mahnte er, und sie wusste, damit meinte er auch: Max wurde teurer.

Sie hatten sich daher hingesetzt und einen Plan ausgearbeitet. Regelmäßige Zahlungen an Max, damit er seinen Lebensstandard halten konnte. Zugleich aber genügend Geld für zukünftige Investitionen. Bereits jetzt war spürbar, was Herr Renner für die kommenden Jahre befürchtete, dass nämlich die Teuerung sich immer mehr beschleunigen würde; die Reichsregierung setzte darauf, durch hohe Geldmengen den Markt zu fluten, um Reparationszahlungen nach dem schmachvollen Friedensdiktat von Versailles zu leisten und die überfälligen Kriegsanleihen zurückzuzahlen. Dadurch

wurde alles weniger wert, die Preisspirale drehte sich unauf-
hörlich … Stop!

Käthe stellte zwei Becher auf den Tisch, zog die Mappe heran und gab Max den Vertrag, den sie bereits von ihrem Ju-
risten hatte aufsetzen lassen. Max runzelte die Stirn. »Was ist
das?«

»Ein Vertrag, der zukünftig unsere Rechte und Pflich-
ten in Bezug auf die Käthe-Kruse-Werkstätten in Kösen re-
gelt.«

»Käthe-Kruse-Werkstätten?«

Nun hatte sie seine Aufmerksamkeit; seine Augenbrauen
wanderten hoch. Er stand auf, schlurfte durchs Atelier, umständlich kramte er nach der Lesebrille, die zu benutzen er
sich nur in uneitlen Momenten erlaubte. Wenn es wichtig
war. Käthe wartete geduldig. Sie wusste, einfach würde er es
ihr nicht machen.

Er las. Sie trank Tee, stand irgendwann auf und wanderte
durchs Atelier. Ihr Blick glitt über die letzten Arbeiten. Die
Lietzenburg im Schnee, gemalt in Öl auf Leinwand. Eine
junge Frau, in der Käthe sogleich Mimerle erkannte. Eine ältere, die erst auf den zweiten Blick als Käthe selbst erkenn-
bar war, da sie einen so harten Zug um den Mund hatte. Den
kannte sie so nicht vom Blick in den Spiegel.

Max räusperte sich. »Das hast du dir ja fein ausgedacht.«

»Was stört dich?«

»Mich stört«, er wählte die Worte bedächtig, »dass es
dann so aussieht, als hätte ich keinen Anteil an dem, was wir
geschaffen haben. Als wär ich nur die Laus in deinem Pelz.

Das bin ich ja mal nicht. Ich habe mich all die Jahre genauso eingebracht wie du.«

»Du hast gelegentlich eine gute Idee beigesteuert«, widersprach sie.

»Ohne mich wärst du nie drauf gekommen.«

Käthe lachte auf. Oh, jetzt stritten sie schon vortrefflich, es war genau das passiert, was sie hatte verhindern wollen. »Du meinst, du hast mich stets kurzgehalten, wo es ging, dass mir gar nichts anderes übrig blieb, als über dich hinauszuwachsen?«

»So groß bist du nicht.«

»Größer jedenfalls als der alternde Bildhauer und Maler, der in seinem trutzigen Schlösschen auf der Ostseeinsel hockt, sich von der Tochter betüddeln lässt und nur empfängt, wer ihm in den rückwärtsgewandten Kram passt.«

Max haute mit der Faust auf den Tisch, dass die Becher tanzten. »Red nicht so mit mir!«

Käthe hielt den Mund. Oh, sie hätte noch so viel sagen können, aber sie spürte auch, dass hier einer vor ihr saß, dem keines ihrer widerspenstigen Worte behagte. Sie war schon lange nicht mehr die naive Achtzehnjährige, die nackt vor dem Ofen vor ihm posierte, nachdem sie sich geliebt hatten.

»Das ist doch keine Ehe mehr«, murmelte Max. »Du in Kösen, ich hier … Wann sind wir uns denn so fern geworden, Käthe?«

Sie sagte weiterhin nichts, aber in Gedanken, da erzählte sie ihm was. *Du wolltest das so. Hast mich erzogen, dass ich unabhängig bleibe, zugleich hast du mich an deine finanziellen*

Zuwendungen und deine Zuneigung gebunden. Dass ich nun erfolgreich bin und dich nicht mehr so brauche, das gefällt dir dann auch nicht, die Geister hast aber du gerufen ... Nein. Das konnte sie ihm nicht vorwerfen. Er hatte sie wohl geformt, aber sie hatte sich ja auch von ihm so formen lassen.

»Käthe? Wir sind doch noch ...?« Er sprach nicht weiter.

»Eheleute?«

Er nickte. Sie glaubte zu sehen, wie seine Augen feucht glänzten. Das Alter, dachte sie. Es setzte ihm immer mehr zu. Im April wurde er achtundsechzig.

»Das werden wir immer sein.« Sie stand auf, trat zu ihm. Seine Hände umfingen ihren Leib, er blieb sitzen und vergrub sein Gesicht an ihrem Bauch. Sie strich über sein ergrautes, rötliches Haar. Die Liebe spürte sie immer noch, nach so vielen Jahren und so vielen Augenblicken, in denen er sie enttäuscht hatte. In denen sie nicht genügt hatte. Würde sie überhaupt je genügen?

»Liebende«, fügte sie hinzu, denn Eheleute, das waren sie immer nur auf dem Papier gewesen.

»Ach, Käthe.« Er schmiegte sich an sie, und es geschah etwas, mit dem sie am wenigsten gerechnet hatte. Sie hatte Lust auf ihn. Darauf, mit ihm nackt auf der Chaiselongue zu liegen, nachdem sie sich geliebt hatten. Käthe nahm sein Gesicht in die Hände, sie küsste ihn auf den Mund. Max umfasste ihre Taille. »Du hast mir gefehlt«, murmelte er.

Sie nahm seine Hand und führte ihn zur Chaiselongue. Max lachte. »Ich sehe, was du da versuchst!«, das war aber sein schwacher Versuch, sich zu wehren, und als sie ihn zu sich auf das breite Sofa zog, verstummte sein Widerstand. Sie küssten sich und zogen einander aus. Sie taten das mit einer Gemächlichkeit, die ihrem Alter angemessen war, ohne Hast. Als hätten sie alle Zeit der Welt. Und vielleicht hatten sie die auch, denn an diesem Abend, in dieser Nacht gab es nur Max und sie. Keine Kinder, keine Puppenmanufaktur, keine Trauer um die verstorbenen Geschwister. Sie war Katharina Simon, die Schauspielerin, er war Max Kruse, der Bildhauer. Beide auf ihrem Feld brillant, hatten sie sich gefunden, um einander mehr zu sein als nur vorübergehend Gefährten.

In dieser Nacht schlief Käthe in Max' Armen ein.

Als sie am Morgen aufwachte, stand Max am Tisch, wo sie gestern Abend den Vertrag liegen gelassen hatte. Käthe beobachtete ihn im bleichen, kalten Morgenlicht, das durch die hohen Fenster das Atelier flutete. Sie musste nicht hinaussehen, um zu wissen, dass es in der Nacht geschneit hatte; die Welt war so gedämpft da draußen.

»Was machst du da?«, fragte Käthe.

»Ich lese den Vertrag.«

»Ach, lass den doch. Komm lieber wieder zu mir«, schnurrte Käthe und lupfte einladend die Felldecke, unter der sie nackt lag. Eiskalt war's im Atelier, und er stand nackt am Tisch. Fror er denn nicht?

Sie sah, dass er immer noch einen wohlgeformten, kräftigen Körper hatte. Die Jahre als Bildhauer und Maler, als er mit ganzen Körpereinsatz Kunstwerke erschuf, die ihn überdauern würden, hatten ihn geformt. Käthe zog die Felldecke höher. Sie hatte mit vielem gerechnet, als sie nach Berlin reiste. Sicher auch mit dem Streit, der ihrer Liebesnacht vorausging. Letztere aber hatte sie überrascht, und sie rechnete in Gedanken, ob das nun ein ungünstiger Zeitpunkt war, wenn sie kein Kind mehr wollte. Gut möglich. Aber sie war siebenunddreißig, warum sollte ihr Körper noch ein Kind wollen, nachdem die letzte Geburt sie schon fast das Leben gekostet hatte?

Max ging zu einem Sekretär zwischen den beiden großen Fenstern, er wühlte darin und kam mit einem Füllfederhalter zurück. Käthe hielt den Atem an, als er die Verträge unterschrieb.

»So, nun hast du, was du willst. Aber das Geld kommt pünktlich, ja?«

»Jeden Monatsersten.«

Max war noch nicht fertig. »Und im Vertrag steht's nicht drin, aber ich möchte, dass Mimerle bei mir bleibt.«

Käthe, die schon hatte frohlocken wollen, runzelte die Stirn. »Wie meinst du das?«, fragte sie behutsam.

»Na, sie kümmert sich. Macht mir das Haus behaglich. Das soll so bleiben. Nichts mit der Akademie, auch wenn sie dich anbettelt. Zuletzt konnte ich es noch verhindern, aber dieses Jahr ist sie fest entschlossen und wird alle Hebel in Bewegung setzen. Dich wird sie auch bekniehen. Das will ich nicht. Sie soll sich um die Lietzenburg kümmern und um mich.«

Käthe musste schlucken. Das durfte sie nicht für ihre Tochter entscheiden, selbst wenn die noch minderjährig war.

»Was denkt sie selbst darüber?«

»Sie meint, nur an der Akademie könne sie was aus sich machen, aber *wir* wissen, was fürn Quatsch det is.« Wenn er sich erregte, kam der Berliner in ihm durch, der er nur durch Zuzug als Kind war. »Also, bist du auf meiner Seite?«

»Mir bleibt ja kaum was anderes übrig.«

»Sie mag es bei mir.«

Das konnte Käthe sich eben auch gut vorstellen, und deshalb nickte sie knapp. Damit war es besiegelt. Die Werkstätten gehörten allein ihr.

Sie fuhr zurück nach Kösen, konnte ihr Glück nicht fassen.

Erst als sie wieder im Zug saß, ging Käthe auf, dass sie Mimerle nicht gesprochen hatte. Sie war wie eine heimliche Geliebte in Max' Atelier geschlichen, war die Nacht über bei ihm geblieben und am nächsten Morgen mit einer Motordroschke zum Bahnhof gefahren. Ob Max ihrer Tochter vom Grund ihres Besuchs erzählen würde?

Zwei Wochen später wurde sie ernstlich krank. Jeden Morgen musste sie sich mit einer beunruhigenden Regelmäßigkeit übergeben, und danach war sie für den Rest des Tags schlapp. Mimerle meldete sich; sie hatte von Max erfahren, dass ihre Eltern eine Vereinbarung getroffen hatten, und weil ihr Vater nichts von ihrem Jammern hören wollte, weil sie nicht zum Konservatorium durfte, beklagte sie sich bei der fernen Mutter.

Dass Du mich nicht unterstützt, enttäuscht mich am meisten. War es nicht Großmutter Christiane, die sogar nachts genäht hat, damit Du zur Mittelschule und später zum Schauspiel-

unterricht konntest? Hätte sie gewollt, dass mir die Möglich-
keiten verwehrt bleiben, mein Talent zur Perfektion zu schlei-
fen?

Käthe zerriss den Brief, ohne darauf zu antworten.

»Wird das denn gar nicht besser mit deiner Kotzerei?« Fifi
war genervt, denn durch Käthes Unpässlichkeit war sie erneut gezwungen, sich um Friedebald zu kümmern, der mit
anderthalb Jahren eine besonders unruhige Phase durch-
lebte. Aber wer konnte diesem hübschen Kind schon böse
sein? Also ließ sie es an ihrer Mutter aus, der sie ohnehin böse
war, weil Käthe sie weiterhin in den Werkstätten einspannte,
wann immer sich Gelegenheit ergab.

»Da muss ich wohl mal zum Arzt.« Käthe machte sich
langsam auch Sorgen. Sie ließ sich beim Sanitätsrat Funke
einen Termin geben. Dieser untersuchte sie gewissenhaft
und hüstelte dann verlegen. »Und Sie wissen nicht, wie Sie
in diesen ... ah ... Zustand gelangt sind?«

Käthe, die sich gerade hinter dem Paravent wieder anklei-
dete, hielt in der Bewegung inne. »Nein?«, fragte sie. »Sie
sind doch der Arzt.«

»Nun, ich vermute, Sie und Ihr Mann ...« Wieder ein
Hüsteln. »Sie ... verkehren gelegentlich?«

»Ich habe ihn neulich in Berlin besucht, ja. Aber ich weiß
nicht, was das mit meinem Erbrechen zu tun hat, es begann
erst gut zwei Wochen nach meinem Besuch ...«

Da begriff sie.

»Ach herrje«, sagte sie nur.

»So könnten Sie's auch sagen.« Dr. Funke setzte sich hinter seinen Schreibtisch und zündete sich eine Zigarette an. »Sie wollten keine …«

»Nun, nach Friedebald …« Sie dachte an jene Wochen im Delir zurück. Daran, dass sie fast gestorben wäre. An ihre Fieberträume, an all das …

»Ja, die Wege des Herrn. Über die wissen wir nichts. Ich habe Ihnen ja geraten, Ihre Familienplanung an diesem Punkt um Ihrer selbst willen abzuschließen …«

Er verstummte. Sagte kein Wort mehr, aber Käthe wusste auch so, was er meinte. Sie war zutiefst erschüttert. Nicht allein von dem Umstand, dass ihre Berliner Nacht Folgen hatte. Das hatte sie sich ja schon am Morgen ausgerechnet und den Gedanken eher mit Grausen von sich gewiesen. Nein, dass sie es so gut hatte verdrängen können, obwohl dies ja nicht ihre erste Schwangerschaft war, bei der sie zunächst wochenlang von Unwohlsein geplagt wurde …

»Was mach ich denn nur …«

»Es wird schon gut gehen.«

Käthe fühlte sich mit dieser Diagnose alleingelassen.

Noch ein Kind? Das siebte dann? Dabei hatten sie doch genug, dachte sie. Und wie sollte sie das Max sagen?

Weil sie's nicht besser anzufangen wusste, setzte sie sich abends hin und schrieb ihm einen Brief. *Du wirst noch mal Vater, Max. Das muss aber nun wirklich das letzte sein, ja? Wie wär's, wenn wir es Max junior nennen?*

Die Antwort kam prompt: *Nur über meine Leiche! Hoffentlich wird's ein Mädchen!*

Da konnte sie schon wieder darüber lachen, dass das

Schicksal ihnen noch mal einen Streich gespielt hatte. Käthe schrieb zurück: *Ein Mädchen nenn ich Maximiliane – und sei's aus Prinzip!*

22

*I*m November wurde Max junior geboren.

Fifi schrieb ein Telegramm nach Berlin, offensichtlich hatte keiner Lust auf ein Telefonat. *Gesunder Junge. Max junior.* Das sollte Max wohl genügen, und es sollte ihn wohl auch der Verantwortung entheben, auf die Geburt seines letzten Kinds – denn dafür würde er schon sorgen, dass es das letzte blieb! – in irgendeiner Weise zu reagieren.

»Was machst du da, Papi?«, erkundigte sich Mimerle. Er stand zugegebenermaßen etwas ratlos vor seinem Bett im Schlafzimmer, den Koffer vor sich aufgeklappt.

»Ich packe, wir reisen nach Kösen!« Noch mal wollte er Käthe nicht allein lassen. Was, wenn ihr diesmal was zustieß?

»Nun gut. Ihr beiden, das versteh, wer will. Erst willst du sie monatelang gar nicht sehen und nun was? Sollen wir heute noch fahren?«

»Ja, wenn heute noch eine Eisenbahn fährt, fahren wir heute.«

Mimerle schüttelte den Kopf. Sie ging ins Wohnzimmer und telefonierte. Als sie zurückkam, nahm sie Max ganz sanft die Socken aus der Hand. »Du setzt dich jetzt hin und wartest, bis ich alles gepackt habe. Und dann fahren wir heute Abend noch nach Kösen, ich habe unsere Billetts gerade bestellt.«

»Ach, Mimerle.« Ohne sie ging es nicht.

Sie aber warf ihm nur einen knappen Blick zu, packte fertig und ging dann, um ihre Reisetasche ebenfalls zu packen.

Auf dem Weg zum Bahnhof nahm Max ihre Hand. »Ich weiß, Papa«, sagte sie ganz ruhig. »Ich weiß, dass du Angst um sie hast.«

Da brauchte er gar nichts sagen, und das war gut so.

Am späten Abend erreichten sie Kösen, und weil zu dieser Stunde niemand mehr auf dem Bahnhofvorplatz stand, liefen sie das Stück. Mimerle trug auch Max' Koffer, er hatte den Hut tief in die Stirn gedrückt und die Hände in den Manteltaschen vergraben. Erst als er die Lichter vom Haus sah, verlangsamte er seine Schritte. Nun kam's ihm unsinnig vor, dass er sofort losfahren musste, um nach Käthe zu schauen.

Mimerle klingelte. Die Hunde bellten. Max wich einen Schritt zurück; das mit Käthe und den Hunden war ja auch so ein Thema. Warum hielt sie welche? War's mit den Kindern nicht schon laut genug im Haus?

Fifi öffnete. Ein wuscheliger Mischling wuselte an ihr vorbei und begrüßte Mimerle, ignorierte Max. »Ihr seid das.«

»Wir haben das Telegramm bekommen.«

Fifis Blick ging zwischen Schwester und Vater hin und her. »Na, dann kommt halt rein. Die Mutti ist oben und erholt sich.«

»Und das Baby?«

»Ein kleiner Wonneproppen, fast so hübsch wie Friedebald.«

Max atmete auf. Jetzt erst konnte er benennen, was ihn die ganze Zeit so gestört hatte. Die Befürchtung, wenn schon nicht mit Käthe, dann müsse etwas mit diesem Kind sein. Aber nein, alle wohlauf. Er folgte Fifi die Treppe hoch in Käthes Schlafzimmer. In dem dunklen, großen Bett sah er zuerst ihr Gesicht, ganz klein und noch etwas blass von den Strapazen. Als sie ihn erkannte, richtete sie sich auf. Behutsam, als wäre ihr Körper noch ein wenig wund.

»Herzliebster.«

Er setzte sich zu ihr auf die Bettkante. »Diesmal keine roten Rosen wie dereinst bei Mimerle.«

Sie erinnerte sich gut. »Aber das macht doch nichts.« Ihre Hände drückten seine. Er sah sich um, suchte nach dem Weidenkorb, in dem all seine Kinder als Säuglinge gelegen hatten. Er stand auf der tiefen Fensterbank. Leer.

»Wo ist … «

»Max junior? Hier. Ganz nah bei mir.« Käthe lüpfte die Bettdecke. Max trat näher. Das Baby mit Haube und in seinem wollenen Hemdchen lag ganz dicht an Käthes Hüfte gekuschelt. Sie lächelte.

»Was denn, willst du ihn im Bett behalten und gar nicht hergeben?«

»Wenn er doch der letzte ist.«

Max nickte.

»Sonst alles gut?« Er traute sich nicht, nach der Geburt zu fragen. Käthe verstand ihn trotzdem.

»Alles bestens. Eine leichte Geburt. Keine Komplikationen.«

Und mehr gab es wohl nicht zu sagen. Sie hatten ein letztes Mal dieses Glück gehabt. Eins gab es noch, das ihn störte. »Der Name.«

»Ich habe dir gesagt, dass ich ihn Max nennen werde.«

»Ich habe wohl nicht damit gerechnet, dass du's wirklich tust.«

Sie hatte sich verändert. Und ihm gefiel das vielleicht nicht. Aber er musste es akzeptieren. Käthe war unabhängig geworden. Erst schmiss sie ihn aus den Werkstätten, dann setzte sie sich beim Namen des siebten Kinds durch. Sie brauchte ihn nicht mehr.

Er wusste nur nicht, ob er darüber froh sein sollte oder traurig. Sie bereitete sich schon jetzt auf ihr Leben ohne ihn vor.

Es ging gar nicht darum, ohne ihn zu sein. Max war ihr Fixstern, und solange er da war, würde das so bleiben. Vermutlich würde es auch so bleiben, wenn er nicht mehr da war.

Dennoch hatte Käthe erkannt, dass sie ohne ihn sein können *musste*. Der kleine Max war ein Geschenk gewesen, und sie wollte sich gar nicht von ihm lösen. Am wohlsten war ihr, wenn sie mit ihm sein konnte, und diese letzte Babyzeit genoss sie in vollen Zügen.

Doch ewig ging das nicht so; schon bald musste sie wieder in die Werkstätten und nach dem Rechten sehen. Herr Renner empfing sie mit Papierstapeln und dem denkwürdigen Satz: »Wir sind zu billig.«

Das verstand sie zuerst nicht. »Aber mein lieber Herr Renner, unsere Puppen kosten im Einkauf zum aktuellen Kurs schon neunzig Mark in der einfachsten Ausführung!« Vor dem Krieg wären sie auf den Puppen sitzengeblieben.

»Ja, aber.« Er rückte die Halbmondbrille auf seiner spitzen Nase zurecht, studierte die Zahlenkolonnen. »Haben Sie mal geschaut, was die Konkurrenz nimmt?«

»Ich vermute mal, die Preise sind ähnlich.«

»Und sie steigen.«

»Aber wie kann das sein?«

Herr Renner erklärte es ihr.

Nach dem Krieg hatte die Reichsregierung hohe Reparationszahlungen leisten müssen, und da diese in harten Devisen – Goldmark oder Sachleistungen – hatte erfolgen müssen, zugleich aber die Menschen im Land auch irgendwie entschädigt werden mussten, wenn sie Kriegsanleihen gezeichnet hatten, wurde immer mehr Geld in Umlauf gebracht. »Inzwischen ist die Mark nur noch ein Hundertstel von dem wert, was sie vor dem Krieg im Wechselkurs zum Dollar kostete. Unsere Löhne sind zu billig, aber mehr zahlen können wir auch nicht, sonst steigen die Preise ja weiter bis ins Unendliche.«

»Ja, und was machen wir nun?«, wollte Käthe wissen. Sie war einigermaßen ratlos. Einige Dinge verstand sie im Wirtschaftskreislauf, aber das mit der Inflation, da sperrte sich etwas in ihr. Wie konnten ihre Puppen immer weniger wert sein, obwohl im Land die Preise stiegen? Und was konnte sie überhaupt noch tun, außer diese ewige Preisspirale mitzumachen?

»Viel mehr können wir da nicht machen. Nur hoffen, dass wir heil durchkommen, bevor es nix mehr zu kaufen gibt. Und das Lager bis dahin vollpacken, dass wir auch über die schlimmste Krise hinaus produzieren können.«

Käthe war einverstanden. »Machen Sie, Renner. Sie kriegen das hin, und mein Vertrauen haben Sie sowieso.«

Sie selbst nahm ihren täglichen Gang durch die Werkstatträume wieder auf, wo sie die fertigen Puppen kontrollierte. Dabei sahen die Puppen sie mit ihrem ernsten, klaren Blick an, da war so viel Interpretationsspielraum in diesen aufgemalten Gesichtchen, dass Käthe an müden, schlechten Tagen nur Trauer oder Wut oder Sorge sah.

Nein, das wollte sie nicht.

Sie setzte sich hin und begann, eine neue Puppe zu entwerfen. Eine, die freundlich in die Welt blickte, die den Menschen ein bisschen den Glauben an das Gute zurückgab.

Die Arbeit ging ihr leicht von der Hand, und schon wenige Wochen später präsentierte sie Fifi und Herrn Renner ihre neue Kreation. »Die Puppe II«, verkündete sie stolz. »Ich nenne sie das Schlenkerchen.«

Fifi nahm die Puppe. Sie drehte sie hin und her, runzelte die Stirn. Käthe merkte, dass sich Wut in ihr regte. Was hatte ihre Tochter denn jetzt schon wieder an ihrer Arbeit auszusetzen, dass sie so kritisch guckte?

»Und die wird ein Erfolg«, fügte sie hinzu. »Wir müssen mit der Teuerung und allem, was damit einhergeht, umgehen lernen. Das Schlenkerchen ist kleiner, seht ihr? Kleinere

Puppen, weniger Material. Das hat uns schon über den Krieg gerettet.«

»Ich weiß nicht.« Fifi runzelte die Stirn. »Dieses Grinsen …«

»Es ist ein Lächeln, und zwar ein freundliches.« Käthe riss ihr fast ungeduldig die Puppe aus der Hand. Sie wollte sich von ihrer Tochter auf keinen Fall ihre Neuentwicklung madig machen lassen. »Siehst du das denn nicht? Wir alle brauchen etwas mehr Licht im Leben, und diese kleine Puppe mit ihren Schlenkerärmchen ist genau das Richtige für die Kinder dieser Welt. Ist eh schon alles schwer genug.«

Sie seufzte. Fifis Reaktion entmutigte sie. Wollte ihr denn gar nichts mehr gelingen?

Käthe kehrte in die Werkstatt zurück und versuchte, das Schlenkerchen nach Fifis Vorschlag umzugestalten. Aber es wollte ihr partout nicht gelingen, und sie hätte schon fast aufgegeben, als ihre Tochter leise anklopfte. »Darf ich reinkommen?«

»Natürlich, Fifi. Immer! Du darfst doch jederzeit zu mir kommen.« Käthe legte die Puppe beiseite. Darüber wäre noch zu reden, aber nicht jetzt.

Ihre Tochter kam herein. Wie sehr sie Käthe glich. Mit bald achtzehn Jahren war sie in jenem Alter, in dem Käthe zum ersten Mal Mutter geworden war. Fifi hatte die roten Haare vom Vater, doch in allem anderen war sie ganz Käthe. »Ach, Mutti.«

»Nenn mich nicht so.« Längst wollte sie nicht mehr Mutter sein für ihre älteren Kinder. »Käthchen, bitte.«

»Na, Käthchen dann.« Fifi sah sich suchend in der Werkstatt um, in der sich wie dereinst in der Wohnstube in der Fasanenstraße die vielen Einzelteile fürs Puppenhandwerk türmten. Säcke mit Holzwolle und Rehhaar, Stapel von Trikotstoffzuschnitten oder ganze Ballen mit neuen Stoffen, Stickgarn in tausend Farben, ebenso Tuben mit Ölfarben, Pinsel, Nadeln unterschiedlichster Länge, Fadenspulen, allerlei Knöpfe, Kleinkram, Kurzwaren ... Manchmal blickte Käthe auf dieses Durcheinander und bekam geradezu einen Rappel, dann versuchte sie, alles an einen festen Platz zu räumen. Das ging ein paar Stunden gut, bis ihr wieder etwas in die Hand fiel, das sie sofort bearbeiten musste. Und schon waren alle guten Vorsätzen und die Sehnsucht nach Ordnung vergessen, die Dinge umringten sie und flüsterten ihr zu, was aus ihnen werden sollte. Irgendwann gab sie's auf, und was in der Werkstatt geschah, passierte so ähnlich im ganzen Haus.

Fifi räumte ein paar Schnittmusterbögen für neue Puppentrachten von einer Holzkiste und hockte sich drauf. Sie nahm das Schlenkerchen in die Hände und bewegte es behutsam hin und her, als könnte es ihr die richtigen Worte zuflüstern. »Ich war neulich ja in Berlin.«

»Ja, bei Mimerle und Herzliebsten.« Käthe blickte sich suchend auf ihrem Arbeitstisch um. Wo war nur diese verflixte Nadel, mit der sie am liebsten die Köpfe annähte?

»Ich war mit Lilli in einem Spielwarengeschäft. Sie brauchte ein Geschenk für das Kind einer Freundin.«

»Da hätte sie doch nur was sagen brauchen. Ich hätte ihr eine Puppe geschickt.«

»Es war aber keine Zeit, sich eine schicken zu lassen. Und du weißt, wie Lilli ist.«

Käthe wusste es. Wie ihre Mutter Gabriele Reuter – stur bis ins Letzte, bloß alles allein schaffen. »Ja, und? Wart ihr im Warenhaus Tietz? Die haben auch meine Puppen.«

»Waren wir. Und sie hatten nicht nur deine Puppen, sondern«, Fifi atmete tief durch, »auch welche vom Fabrikanten Bing. Kennst du den?«

Natürlich kannte Käthe den. Und sie ahnte, worauf Fifi hinauswollte. »Ignaz Bing, natürlich. Der war ein feiner Kerl. Leider schon vor ein paar Jahren verstorben, und seither leitet sein Sohn die Geschäfte. Ich mag ihn nicht.«

»Allein aus menschlichen Gründen? Oder weil er seine Puppen als *Imitat der Käthe-Kruse-Puppen* verkauft? Und zwar schreibt er das genauso auf die Etiketten. Er wirbt mit *deinem* Namen, Mutti.« Als Käthe in der Bewegung innehielt, fügte Fifi hinzu: »Käthchen.«

»Das habe ich tatsächlich nicht gewusst«, sagte Käthe langsam. Sie hatte wohl gehört, dass viele Hersteller weiterhin versuchten, ihre Puppen zu kopieren. Dass aber einer so dreist war, sich mit den Kopien zu brüsten, *weil* sie Käthe imitierten … »Hast du so eine Puppe gekauft?«

Fifi lachte. »Natürlich nicht! Lilli hat schließlich eine Puppe I genommen, die mit der hübschen bayrischen Tracht. Ihre Freundin stammt aus München.«

»Na, da wird das Kind sicher viel Freude haben.« Käthe legte die Hände in den Schoß. Sie wollte so viel fragen. *Und er wirbt tatsächlich mit meinem Namen? Sind sie denn hübsch, diese Bing-Puppen? Meinst du, der Kunde merkt den Unterschied?*

»Mama. Käthchen. Du musst da was tun.«

»Hm, ja. Da muss ich wohl was tun.«

Natürlich musste sie was unternehmen, wenn jemand sie kopierte. Aber Käthe wusste nicht mal, ob Fifi die Wahrheit sagte. Ob diese Puppen wirklich so sehr nach den Käthe-Kruse-Puppen aussahen? Das wollte sie erst herausfinden. Fifi war nicht die aufmerksamste Beobachterin. Sie hatte selbst erlebt, wie Kämmer & Reinhardt sich einst an der Kä-the-Kruse-Puppe versucht und jämmerlich daran verhoben hatten. Der Unterschied zwischen ihrer wertvollen Hand-arbeit und dem stümperhaften Imitat eines anderen Spiel-zeugfabrikanten müsste doch jedem anderen auch auffallen, oder?

»Ich kümmere mich darum.«

»Gut. Dass sie dir Anteile am Markt klauen – das soll wirk-lich nicht mehr passieren.«

Eine Woche später kam die schriftlich auf neutralem Na-men bestellte Bing-Puppe in Kösen an. Käthe riss das Paket auf. Sie betrachtete die Puppe und merkte, wie ihre Wan-gen warm und rot wurden. So eine Frechheit! Es stimmte, da musste sie Fifi einmal recht geben. Diese Puppe sah ih-rer eigenen zum Verwechseln ähnlich, von der Kopfform über die aufgemalten Haare und das sorgfältig orchestrierte Gesicht – sogar das Lichtfunkeln in den Augen passte per-fekt! – bis hin zu dem hübschen, roten Samtkleid mit weißem Spitzenkragen, das sie in dieser Form schon seit Jahren im

Sortiment hatte. Was für eine Dreistigkeit! Doch das Schild am Handgelenk der Puppe setzte dem Ganzen die Krone auf – *Imitat der Käthe-Kruse-Puppe – nur schöner!* stand darauf.

Käthe war sogleich am Telefon und rief ihren Anwalt an. »Was können wir da tun?«, wollte sie wissen.

Der beschwichtigte zunächst. »Meine liebe Frau Professor, nun beruhigen Sie sich.« Das fiel ihr zugegebenermaßen schwer. Wenn sie sich überlegte, wie viele dieser Imitate in den Spielzeuggeschäften auslagen und dass von den Kundinnen der Unterschied nicht bemerkt wurde!

»Sie können natürlich den Klageweg einschlagen.« Doch Dr. Hecker klang wenig überzeugt. »Das allerdings könnte langwierig werden und ins Geld gehen.«

»Oder?«

»Oder Sie halten aus, dass jemand mit Ihrem Namen wirbt.«

»Niemals!« Schon allein deshalb nicht, weil einst Kämmer & Reinhardt ihren Namen beschädigt hatten, als sie diese bläulichen Scheußlichkeiten auf den Markt geworfen hatten.

»Dann sollten Sie Klage erheben. Ich fürchte allerdings, selbst wenn Sie erstinstanzlich gewinnen sollten, wird Bing das nicht auf sich beruhen lassen. Es könnte unter Umständen bis zum Reichsgericht gehen.«

Käthe überlegte. Aber sie wollte diese Ungerechtigkeit nicht hinnehmen, dass jemand anderes die Lorbeeren erntete für die Arbeit, die sie sich all die Jahre gemacht hatte.

»Dann bereiten Sie die Klage vor«, sagte sie knapp und legte auf. Als nächstes rief sie in Berlin an, wo Max und Mimerle gerade weilten. »Ich werde euch die Tantiemen kürzen müssen, meine Werkstatt wirft nicht genug ab und jetzt muss ich noch prozessieren obendrein!«

»Nun hol mal Luft, Käthchen.« Max reagierte gewohnte unwirsch auf so eine Eröffnung, hätte sie sich ja denken können. Sobald es an *seinen* Geldbeutel ging, verstand er keinen Spaß. »Was heißt das, ich kriege weniger Geld?«

»Na, hab ich doch gerade gesagt! Wir müssen alle sparen, damit meine Werkstätten genug abwerfen.«

»*Deine* Werkstätten. Seit wann sind das denn *deine*?«

Käthe verkniff sich die Bemerkung, dass es schon immer *ihr* Unternehmen gewesen war und Max' Erfindungsgeist all die Jahre bereits mehr als abgegolten war. Es reichte, wenn sie sich mit dem Bing-Konzern stritt, nicht auch noch mit Max. Doch er war verstimmt, das merkte sie im Lauf des Telefonats. Seine Antworten wurden einsilbig, und als Käthe vorschlug, sie könne nach Berlin kommen und ihm alles erklären, meinte er nur: »Das lass mal schön bleiben« und reichte den Hörer an Mimerle weiter. Die wiederum hörte sich Käthes Ausführungen geduldig an. »Wir kommen schon rum, aus der Vermietung der Lietzenburg ziehen wir ja auch einiges«, meinte sie leichthin.

»Ihr *vermietet*?«

Das wiederum war für Käthe neu.

»Na, was meinst du denn? Onkel Oskar hat's sich leicht gemacht, aber das waren auch andere Zeiten, und er musste nicht auf die Mark gucken. Ist jetzt ganz anders, alles wird teurer, ständig! Die Leute dürfen aber auch kommen, wenn sie Butter oder Eier mitbringen.«

»Das sind Zeiten, in denen wir leben …« Käthe schüttelte den Kopf. »Man mag sich gar nicht vorstellen, wohin das noch führt.«

·‧· 23 ·‧·

Holland, Oktober 1923

Oh man, arme meid. Heb je honger? Wacht even, ik zal iets halen.«

Käthe und Fifi sahen einander fragend an. Sie hatten nicht alles verstanden, was die wohlgenährte Frau sie gefragt hatte, die soeben in den Zug gestiegen war und sich ihnen gegenüber auf die Holzbank gesetzt hatte. Aber sie stand auf und schob sich durch das Gedränge der vielen Fahrgäste Richtung Speisewagen.

Fifi beugte sich zu Käthe rüber. »Hat sie uns wirklich gerade gefragt, ob wir Hunger haben?«

Käthe zuckte mit den Schultern. Ihr Blick hing an zwei anderen Reisenden, die einander gerade zeigten, was sie während ihres Ausflugs ins Deutsche Reich eingekauft hatten. Der Mann hielt einen wollenen Anzug in der Hand, der für Begeisterungsstürme sorgte. Die Holländer waren allesamt über die Grenze gefahren, um die günstigen Einkaufsmöglichkeiten zu nutzen, die Deutschland derzeit den Nachbarn bot.

»Hier, een broodje kaas. En melk! Je moet iets op je ribben krijgen.« Die ältere Frau drückte Käthe zwei Stullen in Butterbrotpapier in die Hand. Fifi bekam eine Flasche Milch geschenkt. Sie blickten einander von der Seite an, beide nicht sicher, ob sie das Geschenk annehmen sollten. Aber ihnen beiden knurrten die Mägen, denn in einem Punkt hatte die freundliche Holländerin mit den rotblonden Haaren unter dem rotkarierten Kopftuch recht – sie hungerten.

»Bedankt«, murmelte Käthe. Viel Holländisch konnte sie nicht. Sie gab Fifi das größere Brot und begann, das kleine zu essen, in winzigen Bissen. Es schmeckte köstlich, und die Milch dazu war kühl und erfrischend. Nach der Hälfte wickelte Käthe den Rest für später ein. Fifi machte es ihr nach.

»Chocola?« Die nächste Mitreisende hielt ihnen Schokolade hin. Auch die nahm Käthe an und bedankte sich. Sie war inzwischen an einem Punkt angelangt, dass sie sich nicht mal mehr schämte, wenn sie von Fremden etwas zu essen annahm.

Die letzten zwei Jahre hatten jeden im Deutschen Reich besonders gefordert. Aus der anfänglich beschleunigten Inflation war inzwischen eine galoppierende Katastrophe geworden, die an niemandem spurlos vorbeiging. Käthe, die noch letztes Jahr im Herbst für Appel und Ei eine neue Fertigungsstätte in Kösen hatte erwerben können, wusste jetzt schon kaum mehr, wie sie ihre Familie satt kriegen sollte. Hanni, Jockel und Michel, die inzwischen die Odenwaldschule besuchten, schrieben regelmäßig und baten um eingewecktes Obst, notfalls auch Gemüse, am liebsten natürlich Dauerwürste oder Butter. Käthe schickte, was ging, sie fürchtete, es müsse schlimm stehen um die Versorgung der Kinder. Was sie aber verschickte, stand im eigenen Haushalt nicht länger zur Verfügung, und von Mimerle kamen ebenfalls regelmäßig Postillen von Hiddensee, weil die Logiergäste zwar das Geld eimerweise oder in Schubkarren heranbrachten, sie sich dafür aber nicht mal auf dem örtlichen Markt was kaufen konnte.

Hyperinflation nannte sich dieses Phänomen, das eine Schattenwirtschaft hatte entstehen lassen, in der Käthe kaum Platz hatte, denn wer tauschte schon Butter gegen Puppen? Es waren schwere Zeiten für ihre Manufaktur gewesen. Nun aber war sie mit Fifi unterwegs, um ihre Puppen in Amsterdam und später in London zu präsentieren.

Denn weitergehen musste es ja irgendwie? Sie konnte es kaum auf sich beruhen lassen, wie ihr Leben derzeit war. Denn das hieße aufgeben – nach all den Jahren! Und wovon sollte die Familie leben, wenn sie nicht länger für ein Auskommen sorgte? Max' Kunst warf seit Jahren nichts mehr ab. Sie wusste gar nicht, ob er überhaupt noch künstlerisch tätig war. Denn Max war nach ihrer letzten Auseinandersetzung um die Puppenwerkstätte verschwunden. Wie ein flüchtiger Geist. Gerade noch, dass er ihr half, das neue Gebäude zu erwerben. Denn ohne einen Mann ging's nicht in der Geschäftswelt, oder nur sehr schwer. Insofern unterschied sich die junge Weimarer Republik nicht vom einstigen Kaiserreich.

Ratlos ließ Amsterdam die beiden Reisenden zurück. Die Hotels waren alle zu teuer; sie hatten mit knapper Not sehr viel Reichsmark in ein paar Gulden umgetauscht und mussten bei ihrer Ankunft dann erkennen, dass sie damit nicht weit kamen. Fifi belauschte zwei junge Frauen, die an der Straßenbahnhaltestelle miteinander scherzten, und sprach sie an. Deutsche, stellte sich heraus, die hier in Holland arbeiteten. »Wissen Sie, wo wir wohnen können?«

»Na, im te Huis ist für alle Platz«, meinte die eine. »Ein Heim für Frauen, da sind einige Freundinnen untergekommen.«

Käthe fragte nach und erfuhr, dass es viele junge Frauen aus dem Deutschen Reich nach Holland zog. »Wir sind hier die billigen Arbeitskräfte.« Die Kleinere der beiden lachte. Unter ihrem Glockenhut trug sie die blonden Haare ganz kurz. »Ich komm aus Bochum, und was ich verdiene, schicke ich meiner Familie, die kommen damit gut rum. Dabei kriege ich nur 'nen Hungerlohn.«

Käthe und Fifi ließen sich auf dem Weg zum te Huis von den beiden jungen Frauen erzählen, wie es sie nach Holland verschlagen hatte. Es gab viele von ihnen, die aus der heimatlichen Not geflohen und nun hier begehrte Arbeitskräfte waren. »Die Holländer haben keine Ahnung, wie's um uns steht«, erzählte Greta, die Ältere der beiden. Sie hatte ihre schwarzen Haare zu einem strengen Zopf geflochten, und ihr Gesicht wirkte seltsam spitz wie das einer Maus. »Die beklagen sich immer noch, weil sie vor fünf Jahren nur Brot auf Karten bekommen haben. Das war ihre größte Sorge, können Sie sich das vorstellen? Na, und dann sehe ich die properen Babys, die meine Dienstherrin und ihre Freundinnen haben, mit Grübchen im Kinn und Speckfalten an den Beinen. Mein kleiner Neffe war so mager nach 'nem halben Jahr, dass wir ihn noch in seine Neugeborenenjäckchen hatten stecken können.«

Käthe verstand die jungen Frauen, auch ihre leise Verbitterung. Der Krieg hatte ihnen allen viel abverlangt, und der Frieden – nun, der hatte nicht die erhoffte Besserung gebracht, sondern das Elend nur verlängert.

Nach ihrem Aufenthalt in Holland reisten sie weiter nach London. Schrecklich! Die Überfahrt bescherte Käthe eine der schlimmsten Nächte ihres Lebens; sie hielt sich an dem Köfferchen mit ihren Musterpuppen fest, während das Schiff so grässlich unter ihnen schaukelte, dass sie glaubte, tot wäre sie besser dran als auf diesem kleinen Schiff. Aber nein, es gab doch einen Grund, weshalb sie das alles auf sich nahm! In London sollten ihre Puppen in einem Warenhaus der englischen Öffentlichkeit präsentiert werden. Das war so bedeutsam für Käthe, dass sie es sich nicht nehmen ließ, die Puppen persönlich dort hinzubringen. Die ausländischen Märkte waren inzwischen wichtig für sie, unwägbar, wie es mit der heimatlichen Nachfrage weitergehen würde. Es gab Gerüchte, ja. Darüber, dass es zu einer Währungsreform kommen sollte, mit der dann die Inflation gestoppt wurde. Ob es den Menschen davon schlagartig besser ging? So gut, dass wieder die breite Masse darüber nachdenken konnte, Puppen für ihre Kinder zu kaufen? Käthe bezweifelte es. Sie brauchte Alternativen.

In London war sie eingeladen, ihre Puppen in einer Warenhausausstellung zu präsentieren. Eine Gelegenheit, die sie sofort ergriffen hatte. Vor inzwischen dreizehn Jahren war eine ähnliche Ausstellung im Warenhaus Tietz ihr Durchbruch als

Puppenmacherin gewesen, und seitdem hatte sie ihre Puppen auf vielen Ausstellungen in aller Welt präsentiert. Jedes Mal hatte man ihre Werke wohlwollend betrachtet.

Käthe erhoffte sich in diesem Fall einen ähnlichen Effekt.

Sie kamen im Regent Palace unter, einem großen Hotel, bei dessen Anblick Käthe den Mund gar nicht mehr zubekam. Neun Stockwerke. Der Frühstücksraum aber, der befand sich unter der Erde. Was ihn nicht weniger beeindruckend machte in seiner Größe und der allmorgendlich summenden Aufregung darin. Sie war ja nicht verwöhnt von den letzten Jahren; erst der Krieg, dann die Inflation. Beides hatte Schritt für Schritt große Not über alle gebracht, und wenn sie nun an ihrem Tisch im Hotelrestaurant saß und zum Frühstück bereits mehrere Gänge serviert wurden, während an anderen Tischen die Damen in schönsten Kleidern und die Herren im feinen Zwirn ihren Reichtum zur Schau stellten, da fühlte sie sich fast noch schäbiger als jüngst in Holland.

Käthe und Fifi trugen dunkelbraune Wollkleider, deren einziger Unterschied die kleinen, abnehmbaren Kragen waren, um ihre Garderobe ein wenig aufzupeppen. Damit blieben sie aber weit hinter den Möglichkeiten der britischen Oberschicht zurück, die sich hier herumtrieb.

»Schau dir das nur an, Fifi«, murmelte Käthe beeindruckt. Doch ihre Tochter hatte nur Augen für den ersten Teller, den ein Kellner in roter Livree vor ihr hinstellte. Käthe wandte sich von dem Putz der Damen ihrem eigenen Teller zu und staunte nicht schlecht. In Fett ausgebackener Bückling. Und das war nur der Anfang, denn in der Folge bekamen sie Speck und Eier, Porridge mit Sahne und Toast mit Orangenmarmelade. Dazu gab es Breakfast Tea, so viel man wollte, und wer nach dieser Folge noch immer nicht satt war, konnte nachbestellen.

»Du liebe Güte«, murmelte Käthe. Eins der Tellergerichte hätte ihr schon genügt, um satt zu werden, aber sie konnte auch nicht aufhören zu essen, weil sie einerseits so sehr hungerte und zum anderen nicht das Gefühl loswurde, in einem Paradies aufgewacht zu sein. London im November, wer hätte gedacht, dass hier solche Pracht auf sie wartete.

Für zehn Uhr waren sie in der Lobby mit Herrn Seelig verabredet. Mit ihm hatte Käthe im Vorfeld ausgiebig korrespondiert, denn er war das Bindeglied vieler deutscher Spielzeughersteller mit dem englischen Markt. Das war nur möglich, weil er schon lange in London lebte und mit einer Engländerin verheiratet war; anderenfalls wäre er während des Kriegs interniert worden.

»Meine liebe Frau Kruse!« Herr Seelig war ein jugendlicher Mittfünfziger mit krausen Haaren, die sich offenbar nicht mal von Pomade anständig bändigen ließen. Er schüttelte Käthes Hand, begrüßte auch Fifi, die verlegen vor ihm knickste. »Na, so eine Überraschung, dass Sie so früh angereist sind. Ich hoffe, Sie hatten es angenehm auf dem Weg hierher?«

»Eigentlich nicht«, gab Käthe zu und erzählte ihm von der holprigen Überfahrt. Herr Seelig kratzte sich am Kopf, woraufhin die Haare etwas wirr abstanden. »Die Batavia haben Sie benutzt, nun. Die ist nicht unbedingt für ihren Komfort bekannt. Für die Rückfahrt werde ich Ihnen eine bequemere Passage buchen. Kommen Sie, wir werden schon erwartet.«

Geplant war, dass Käthe und Fifi heute bei Harrods, dem berühmten Londoner Kaufhaus, direkt am Eingang einen eigenen Stand betreuen würden, an dem ihre Puppen angeboten wurden. Das hatte Herr Seelig für sie eingefädelt mit dem Verweis darauf, dass es doch für die englische Kundschaft so hübsch persönlich sei, wenn die Puppenmacherin aus Kösen sich den Interessierten vorstellte. Käthe könne ein wenig über die Puppen erzählen, er war überzeugt, dass sie das meistern würde. Käthe äußerte den Einwand, ihr Englisch könnte etwas eingerostet sein, sie habe seit der Mittelschule nur selten Gelegenheit gehabt, es zu nutzen. »Dann schicken Sie Ihre reizende Tochter vor!« Fifi aber, die zu ihrem braunen Wollkleid eine schlichte Bernsteinkette trug, versteckte sich fast hinter Käthe, weil sie sich das Gespräch mit plappernden Engländerinnen genauso wenig zutraute.

»Na, wollen wir doch mal sehen. Kommen Sie!«

Herr Seelig schritt voran, hinaus in die Novemberkälte. Käthe zog ihre Felljacke eng um den Oberkörper – ein Geschenk von Max, als er ihr noch Geschenke gemacht hatte, im Moment fehlte ihm dafür das Geld – und folgte ihm mit raschen Trippelschritten. »Komm schon, Fifi!«

Draußen empfing sie das kalte Novembergrau. Käthe schloss zu Herrn Seelig auf. »Was sind das für hübsche rote Blüten, die alle Menschen ans Revers geheftet tragen?«, fragte sie.

Er warf ihr einen Seitenblick zu. »Armistice Day«, erwiderte er knapp, und darüber dachte sie die nächsten dreihundert Meter nach, was hieß noch mal *armistice*?

Fifi lief nun neben ihr. »Waffenruhe«, flüsterte sie Käthe zu. Käthe blieb stehen. Jetzt verstand sie. »Ach …« sagte sie.

Später erfuhr sie mehr über den Armistice Day, der seit 1919 jedes Jahr in den ersten Novembertagen begangen wurde, um der Gefallenen und Versehrten des schrecklichen Kriegs zu gedenken, der auch in England Spuren hinterlassen hatte. Vielem davon begegneten sie auf dem Weg zu Harrods, denn die Veteranen bestimmten das Straßenbild mit ihren Rollstühlen, ihren Krücken, mit denen sie liefen, weil ihnen ein Bein fehlte. Und fast jeder, der Käthe und ihrer Tochter entgegenkam, trug eine der roten Mohnblumen am Revers. Käthe zog unwillkürlich den Kopf zwischen die Schultern. An einem Zeitungsstand blieb sie stehen und zeigte stumm auf die Papierblumen, die ihr der Verkäufer für ein paar Pennys verkaufte. Sie steckte eine an ihre Felljacke, die andere gab sie Fifi.

Sollte sie sich schämen, weil sie als Deutsche hier war? Nein, ganz sicher nicht. Aber mit der Papierblume wollte sie den Engländern sagen, dass sie deren Leid verstand. Dass ihr Schmerz von Käthe gesehen wurde.

Herr Seelig kommentierte das nicht. Er führte sie zum Kaufhaus Harrods. Der Aufbau der Puppen war noch nicht vollendet, deshalb blieb Käthe und Fifi noch etwas Zeit, den Einkaufstempel, der sich über mehrere Geschosse erstreckte, zu erkunden.

»Was ist das?« Fifi hob einen Kasten hoch, an dem eine Schnur hing.

»Keine Ahnung.« Käthe war genauso ratlos wie ihre Tochter. Sie nahm den Kasten, der sich erstaunlich leicht anfühlte. Es gab eine runde Aussparung, über die eine Art dichtes Netz gespannt war.

»It's a broadcast receiver.« Ein Verkäufer trat zu ihnen, nahm Käthe das Gerät aus der Hand und zeigte ihnen die wenigen Tasten zur Bedienung. »Also called radio.«

»Ein Radioempfänger!« Davon hatte Fifi schon gehört. Ganz aufgeregt erzählte sie Käthe, dass man damit beispielsweise Konzerte hören konnte, die ganz woanders zur selben Zeit stattfanden. Käthe war beeindruckt, vor allem, weil die Technik sich ihr so gar nicht erschloss. Aber es funktionierte, denn als der Verkäufer das Radio einschaltete und an den Knöpfen drehte, hörten sie erst ein Rauschen und dann eine Stimme, die Nachrichten verlas. Käthe starrte ihn mit offenem Mund an. Er reichte ihr den Radioempfänger, und sie drehte ihn staunend hin und her.

»Wie Zauberei«, meinte Fifi.

»Das brauchen wir in Deutschland auch!«, rief Käthe. Sie war vollends verzückt. Was lebten sie doch in modernen Zeiten!

Der Verkäufer sah sie an und runzelte die Stirn. »You are German?«

»Yes, yes!« Käthe wollte alles über den Radioempfänger wissen. Doch bevor sie im Kopf eine Frage an den jungen Mann formulieren konnte, riss er ihr das Radio aus den Händen.

»You German slugs! Go away, leave us alone!« Er starrte

sie wütend an. Dann ließ er eine wahre Tirade auf sie niederprasseln. Käthe verstand nicht alles, was er sagte, aber dass er sie übel beschimpfte, so viel bekam sie mit. Sie griff nach Fifis Arm und zog ihre Tochter mit sich. »Lass uns lieber verschwinden«, sagte sie leise. Bloß kein Aufsehen erregen! Sie errötete und pflückte die Papiermohnblumen von ihrem Revers und Fifis Kleiderkragen. Sie vermutete, vor allem die Tatsache, dass sie sich mit den Blumen schmückte und damit vorgab, sie empfinde Mitgefühl mit den trauernden Angehörigen, hatte ihn so in Rage versetzt. Wer wusste denn, ob er nicht einen Bruder oder den Vater in einem Schützengraben in Nordfrankreich verloren hatte?

Mit gesenktem Kopf eilte Käthe zur Treppe. Sie wollte nun nicht mehr all die schönen Dinge betrachten, die das Kaufhaus zu bieten hatte – davon konnten sie sich ohnehin nichts leisten, sie waren ja nur arme Schlucker verglichen mit den Engländern, die seit fünf Jahren wieder in Frieden und Sicherheit lebten. Von denen hatte sich keiner mit der Inflation und weiterhin andauerndem Hunger herumschlagen müssen in den letzten fünf Jahren! Aber das zählte nicht, so viel verstand sie wohl. Das eine Elend gegen ein anderes aufrechnen, so funktionierte das nicht.

Herr Seelig war erleichtert, Käthe zu sehen. »Schauen Sie nur, wie hübsch wir alles arrangiert haben.« Er führte sie zu den Verkaufstischen, die direkt gegenüber vom Eingang aufgestellt waren. Jede Kundin, die durch die Türen kam, lief direkt auf Käthes Puppen zu. »Wie hübsch!«, sagte Käthe abwesend. Aber es war wirklich ein schöner Anblick:

Es gab nicht nur die Puppe I, sondern auch das Schlenkerchen und die Puppenstubenpüppchen, die Käthe während des Kriegs entwickelt hatte. Drei adrette, junge Verkäuferinnen standen in ihren Uniformen hinter den Verkaufstischen, vor denen sich bereits Kundinnen drängten. Und es wurden immer mehr, die sich die Schachteln anschauten, sie über den Tisch reichten und fast die kunstvollen Türmchen aus Puppenschachteln ins Wanken brachten. Käthe blieb wie angewurzelt stehen. Da waren sie. Ihre Puppen, für die sie so viel auf sich genommen hatten. Und sie verkauften sich besser denn je, weil sie all die Jahre des Mangels nicht von ihrem Grundsatz abgewichen war – dass nämlich jede Puppe ihren hohen Qualitätsstandards genügte. Keine verließ ohne Käthes abschließende Kontrolle die Manufaktur.

Fifi merkte, wie ergriffen sie war, und drückte ihren Arm. Käthe nahm die Hand ihrer Tochter. »Schau nur, wie weit du gekommen bist, Mutti.«

»Ja«, sagte Käthe und schluckte gegen die Gefühle an, die ihr die Brust eng werden ließen. »Ich seh's wohl.«

Sie gingen zu Herrn Seelig, der Käthe und Fifi zeigte, wie sie ebenfalls hinter den Verkaufstisch schlüpfen konnten, wo sie ihre Mäntel ablegten und beim Verkauf halfen. Die jungen Frauen sahen Käthe neugierig an, sagten aber erst nicht viel. Sie wirkten etwas eingeschüchtert von der Frau, die die Puppen herstellte und dann persönlich nach dem Verkauf sah. Doch schon bald legten sie ihre Scheu ab, denn Käthe stellte sich ganz in den Dienst der Verkäuferinnen, reichte ihnen Tüten an und gab auf Fragen bereitwillig Auskunft. Wenn die Vokabeln ihr auf die Schnelle nicht einfielen, half Fifi aus, oder Herr Seelig sprang ihr zur Seite.

Es ging wohl eine gute Stunde so, und in der Zeit gingen an die fünfzig Puppen über den Tisch. Ein riesiger Erfolg für Käthe, und in Gedanken rechnete sie schon, wie viele Puppen das in einer ganzen Woche wohl sein würden, wenn täglich zehn Stunden lang verkauft wurde.

»What an affront! German dolls? That's a disgrace!«

Käthe drehte sich um. Vor dem Stand war eine ältere Dame aufgetaucht, die ihr Lorgnon gezückt hielt und die Aufschrift der Kartons las. Ihre grauen Löckchen wippten im Stakkato ihrer Empörung. »I won't buy anything here, if these don't disappear immediately!«

Herr Seelig wurde ebenfalls auf die Dame aufmerksam. Er näherte sich von der anderen Seite, während Käthe verzweifelt nach ein paar Worten suchte, die sie der Dame entgegenhalten könnte. Darüber zum Beispiel, dass fünf Jahre nach Kriegsende auch die Besiegten ein Anrecht darauf haben sollten, wieder als Teil der Staatengemeinschaft aufgenommen zu werden. Die Bitterkeit, weil die Deutschen immer noch als die Monster gesehen wurden, die sie nicht waren – zumindest hatte Käthe bisher keinen kennengelernt, den sie der Gräuel für fähig hielt, die man ihrem Volk nachsagte – vermischte sich mit ihrer innersten Verzweiflung. Was sollte sie denn noch tun, damit ihre Familie überleben konnte? Käthe wich zurück und überließ Herrn Seelig das Feld. Er wandte sich in seinem geschliffenen Englisch an die Dame und versicherte ihr, so viel bekam Käthe mit, er habe großes Mitgefühl für sie, er bedaure zutiefst, wenn sie am Armistice Day durch diesen Verkaufsstand in ihrem englischen Gefühl verletzt werde. Natürlich werde er persönlich dafür sorgen, dass die Puppen schleunigst verschwanden, damit sie auch zukünftig ganz beruhigt bei Harrods einkaufen konnte.

Käthe hatte genug gehört, sie zog Fifi am Ärmel mit sich. Weil eine Engländerin sich also verletzt fühlte, musste sie weichen. Also gut. Sie sah jedenfalls schwarz für ihre Puppen und fühlte sich ganz verzweifelt und leer.

Fifi konnte sie nicht aufmuntern, denn Käthe wollte sich gerade einfach in ihrer schlechten Laune und ihrem Kummer eingraben. Stand ihr das denn nicht zu nach unzähligen Jahren, in denen sie auf alle geschaut hatte und sich nie schonte? Ihre Kraft neigte sich dem Ende, sie wusste ja nicht mal, wie sie den Verdienst aus dem Verkauf im Harrods so anlegen sollte, dass sie ihn heil nach Deutschland bekam, und eintauschte, ohne dass er schon am nächsten Tag nur noch die Hälfte wert war ... Selbst wenn es ihr gelang, das Geld vor der Inflation zu schützen, wäre als nächstes Max zur Stelle, der dann wieder *seine* Hälfte abhaben wollte. Derweil verkauften andere Spielzeugfabrikanten tausendfach Puppen, die sie in einer bewussten Täuschung als Käthe-Kruse-Puppen ausgaben. Und hier in London wollten die Kundinnen die Puppen von Käthe Kruse kaufen, aber nur, bis sie bemerkten, dass Käthe Kruse eine Deutsche war ...

Sie weinte nicht oft, doch an diesem Novembertag fühlte Käthe sich, als hätte sie die schlimmste Niederlage ihrer Karriere als Puppenmacherin erlitten. Sie schickte Fifi fort, rollte sich auf ihrem Bett ein und weinte so lange, bis sie einschlief.

»Psst, warten Sie hier. Ich schau nach ihr.«

Fifis Stimme weckte sie. Käthe richtete sich auf und sah sich um. Sie brauchte einen Moment, bis sie wieder wusste, wo sie war. London. Regent Palace Hotel.

»Mutti? Herr Seelig wartet draußen auf dich. Soll ich ihn reinlassen …?«

»Bloß nicht«, murmelte Käthe benommen. Sie setzte sich auf. »Er soll unten warten. Wie spät …?«

»Bald halb fünf. Ich sag ihm Bescheid.«

Käthe sammelte sich, während sie Fifi mit Herrn Seelig flüstern hörte. Dann kam ihre Tochter zurück, brachte ihr aus dem angrenzenden Bad ein Glas Wasser, das Käthe in kleinen Schlucken trank.

»Fifi. Niemals bittest du einen fremden Mann in das Schlafzimmer einer Frau. Niemals, hörst du?«

»Ja, Mama.«

»So, und nun mach ich mich frisch, danach wollen wir hören, was Herr Seelig uns zu sagen hat.«

Sie machte sich allerdings nicht viel Hoffnung. Was sollte er schon sagen, außer dass ihre Puppen für alle Zeiten aus dem Kaufhaus Harrods verbannt werden würden?

Doch Herr Seelig überraschte sie. Als Käthe und Fifi zehn Minuten später die Lobby des Hotels betraten, erwartete er sie bereits in einer der Sitzgruppen aus tiefen, dunkelgrünen Clubsesseln mit Samtbezug. Auf dem niedrigen, ovalen Kaffeetisch aus poliertem Walnussholz stand eine Etagere mit winzigen Sandwichs und Scones. Ein Kellner brachte eine silberne Teekanne und verteilte drei durchscheinende Porzellantässchen, die mit Kolibris in schillernden Farben bemalt waren.

»Meine liebe Frau Kruse. Ich muss mich bei Ihnen entschuldigen. Es war … Aber bitte, setzen Sie sich erst.«

Käthe setzte sich auf die vordere Kante eines Sessels, während Herr Seelig den Kellner auf Englisch anwies, den Damen Tee zu servieren. Erst nachdem der junge, beflissene Mann seinem Auftrag nachgekommen war und sich entfernte, räusperte sich Herr Seelig. »Ich habe mit dem Kaufhaus Harrods eine Übereinkunft getroffen. Nachdem wir Ihre Puppen weggeräumt haben, habe ich mit dem Geschäftsführer gesprochen.« Er strahlte Käthe an. »Sie werden Ihre Puppen selbstverständlich weiterhin anbieten.«

»Das ist ja wundervoll!«, rief Fifi. »Ist es doch, oder Mutti?«

Käthe warf ihrer Tochter einen nachdenklichen Blick zu. Dann wandte sie sich an Herrn Seelig. »Unter welchen Bedingungen?«, fragte sie.

»Nun, es ist leider so …« Er geriet ins Schwitzen. »Wir haben eine Einigung erzielt, ja. Ihre Puppen bekommen neue … Etiketten.«

»Etiketten«, echote Käthe.

»Sie werden zukünftig als *K. K. Dolls* vertrieben. Und ich halte das für den gesamten englischen Markt zumindest vorübergehend für eine gute Idee«, fügte er hastig hinzu. »Ich kümmere mich selbstverständlich um die Details und beauftrage gleich morgen eine Druckerei mit den neuen Etiketten. Der Austausch wird vor Ort vorgenommen, und dann können Ihre Puppen wieder in alter Pracht in den Regalen der Spielwarenabteilung angeboten werden.«

Käthe war wie vor den Kopf geschlagen. K.K. Dolls … Sollte sie sich hinter dieser Abkürzung etwa verstecken, weil ihr Name nicht wohlgelitten war?

Doch sie erkannte auch die Notwendigkeit. Sie wollte, dass ihre Manufaktur überlebte, und das gelang nur, wenn sie aus dem Ausland Einnahmen generierte. Denn in Deutschland konnte sie kaum mehr verdienen, da hatten die Händler zuletzt das Zahlungsziel so lange ausgereizt, bis sie die Puppen für ein Vielfaches des Einkaufspreises verkauft hatten und an Käthe nur noch 'nen Appel und ein Ei überweisen mussten. Sie hatte das gewusst und musste doch weitermachen. Zuletzt hatte sie nur noch gegen Vorkasse geliefert, Lagerware. Es ging nur das vom Hof, was bereits bezahlt war, und das schnellstmöglich. Viel war es ohnehin nicht, denn Käthe hatte einen Großteil ihrer Näherinnen in Kurzarbeit geschickt, und manche hatte sie sogar entlassen müssen. Das hing ihr nach. Und dann kam diese Engländerin und behandelte Käthe, als hätte sie eigenhändig die jungen englischen Soldaten in den Schützengräben erdrosselt! Nein, das war zu viel, das musste sie nicht aushalten.

Hier in London also war ihr Name nicht länger erwünscht. Daheim im Deutschen Reich hingegen schmückten sich andere mit ihrem Namen, um das eigene Geschäft anzukurbeln … Käthe seufzte. Sie fühlte sich unwohl damit, sich verleugnen zu lassen.

»Geben Sie der Sache noch ein, zwei Jahre Zeit. Diese Wunden werden heilen. Doch es wird eine Weile dauern.«

»Glauben Sie das wirklich.« Käthe konnte es sich nicht vorstellen. Sie hatte gesehen, wie die Engländerinnen ihr nachblickten. Wie sollte da ein friedliches Miteinander möglich sein auf Dauer?

24

Kösen, November 1923

Als sie nach Kösen zurückkehrten, freute sich Max, sie zu sehen. Der kleine Max. Der große war mal wieder nicht hier, sondern zog es vor, die Tage nach der Währungsumstellung in Berlin zu verbringen. Mimerle hatte er mitgenommen. »Bestimmt zieht er abends durch die Bars oder lädt zum Tanz ins Atelier ein.« Fifi hängte ihren Mantel an die Garderobe, während Käthe noch im Umhang in der Eingangshalle kniete, Max junior auf ihrem Schoß, der den Kopf an ihrem Hals barg. Sie strich über seine dunkelblonden Kleinkindlöckchen und spürte, wie ihr Herz ganz weit wurde von der Liebe ihres Jüngsten. Sie hatte ihn so sehr vermisst, dass sie jetzt selbst die Tränen runterschlucken musste.

In ihrer mehrwöchigen Abwesenheit hatte sich einiges in der Heimat verändert. Es war tatsächlich zu einer Währungsreform gekommen, die Hyperinflation sollte damit der Geschichte angehören. Doch Käthe glaubte nicht, dass sie diese Angst irgendwann verlassen würde, dieses Gehetzte, dass sie schleunigst etwas kaufen musste, sobald sich die Gelegenheit bot, weil es wenige Stunden später schon zwanzig Prozent teurer sein könnte.

Die Rentenmark war also da und sollte alles zum Besseren wenden. Und zu Käthes Überraschung tat es das auch. Sie merkte auch daran, wie wenig sie in manchen Dingen wirtschaftlich wirklich *verstand*, denn sie war im ersten Moment skeptisch. Die Menge der Rentenmark war stark begrenzt, es wurden auch keine zusätzlichen Scheine ausgegeben, und der Wechselkurs zur alten Reichsmark war festgeschrieben auf eine Billion. Für eine Billion Reichsmark bekam man also eine Rentenmark. Und die Leute tauschten ihr Geld um und waren froh, wieder etwas Geld im Portemonnaie zu haben, bei dem sie nicht fürchten mussten, dass es am nächsten Tag nur noch die Hälfte wert war.

Zu Weihnachten traf sich die ganze Familie in Kösen. Käthe stand noch bis zur letzten Minute in ihrer Werkstatt, sie überreichte ihren Mitarbeiterinnen Geschenke und trocknete so manche Träne.

Es waren aber vornehmlich Freudentränen. Tränen der Erleichterung. Die schlimmste Zeit war vorbei, so fühlte sich das gerade an. All die Jahre, in denen Käthe um die Existenz gebangt und gekämpft hatte – sie würden sich nun zukünftig auszahlen. Die deutsche Nachfrage stieg. Die internationale Nachfrage blieb ungebrochen, auch wenn Herr Renner schon wieder den Spielverderber mimte. Die Zukunft nicht aus dem Blick verlieren, das mussten sie wohl. Aber das durfte eine Unternehmerin ja nie, so viel hatte sie inzwischen gelernt.

Sie kam also zum Weihnachtsfest heim, es war schon zur Mittagsstunde. Die kleinen Kinder ruhten, die großen Mädchen schmückten den Baum. Max saß im Ohrensessel davor, schmauchte einen Zigarillo und kommentierte.

»Das Pferdchen weiter nach oben! Die Kerze muss schon weiter hinaus, sonst fackelst du den Baum ab.«

Käthe stand im Flur und beobachtete die Szene. Ihr wurde das Herz ganz weit. Diese gespannte Erwartung, das leise Summen, das ihr Haus erfasst hatte – und jeden einzelnen Bewohner, jede Bewohnerin. Das war so schön. So hatte sie sich als Kind immer ein Familienleben vorgestellt. Nicht so großbürgerlich, denn dafür hatte ihre Vorstellungskraft nicht genügt. Aber ein Vater, der über seine Töchter wachte, kleine Kinder, die sich vor Aufregung um den Schlaf brachten. Der Duft von Apfelpunsch und Gänsebraten zog durch die Räume.

Dass sie dieses reiche Leben haben durfte – das verdankte sie längst nicht mehr nur Max, der sich in den ersten Jahren ihres Zusammenlebens um das Finanzielle gekümmert hatte. Längst verdiente nicht er das Geld, sondern sie – die Lietzenburg mal ausgenommen, und die trug sich gerade mal selbst. Nein, nur dank Käthes unermüdlichem Einsatz waren sie heil durch Krieg und Inflation gelangt, und nun, da das eigene Elend spürbar nachließ, erwachte auch ihre Kraft wieder.

Es gab da noch etwas, worum sie kämpfen musste. Gleich im neuen Jahr wollte sie Max nach Berlin begleiten und dort einen Termin wahrnehmen.

Zunächst aber: Weihnachten. Sie begannen das Fest mit einer Marzipantorte zum Kaffee, Muckefuck für die Kleinen, und dazu packten sie die Pakete aus, die Käthe in den vergangenen Wochen von ihren Vertretern im Ausland bekommen

hatte. Aus Holland kamen Hagelslag, Kaffee, Kakao, Honig-
kuchen und Ingwermarmelade. Aus England wunderschöne
Stoffe und für jedes Kind ein seidener Morgenrock, Tee und
Orangenkonfitüre; aus Stockholm gab es Knäckebrot und
Skier. Jedes Paket sorgte für neue Begeisterung, und die Kinder waren danach schon von diesen Gaben völlig überdreht
vor Freude.

Max hielt natürlich gar nichts von ihrer Idee. »Was denn,
lässt dich das wirklich nicht los? Ist doch die beste Werbung,
die du kriegen kannst. Das Geld musst du nicht einem Anwalt in den Rachen werfen.« Er knurrte so vor sich hin. Käthe aber spitzte den Mund und blickte aus dem Zugfenster.
Sie reiste mit Mimerle und ihrem Mann nach Berlin, denn
morgen hatte sie einen Termin in der Anwaltskanzlei Axter
und Osterrieth. Die beiden Justizräte waren spezialisiert auf
Urheberrechtsfragen, und Käthe hatte eine knifflige Frage für
die beiden Herren betreffend die zwei Puppen, die in ihrem
Koffer einträchtig nebeneinander lagen. War die eine Puppe
aus dem Haus des Herstellers Bing eine Urheberrechtsverlet-
zung der anderen Puppe, die in ihrer eigenen Werkstatt von
Hand gefertigt wurde?

Max vertrat immer noch die Meinung, sie sollte einfach
mal froh sein, dass sie überhaupt kopiert wurde, eine bessere Werbung gab es nicht für sie. Aber Käthe sah nur die sin-
kenden Absatzzahlen in ihren Büchern. Vor allem aus dem
Ausland kamen neuerdings weniger Bestellungen. Durch die
Währungsreform war die Inflation über Nacht zum Stehen

gekommen, und zumindest für die inländische Nachfrage war dies ein Segen. Ausländische Händler jedoch mussten nun den neuen, höheren Preis zahlen, und da griffen viele wohl lieber zu Konkurrenzprodukten. Nur F. A. O. Schwarz, Harrods und das schwedische Warenhaus Nordiska bestellten noch regelmäßig bei ihr.

»Wie soll ich denn über die Runden kommen, wenn erneut die Inflation steigt? Dann weiß im Ausland niemand mehr, dass es uns gibt, und im Inland werde ich auch keine Puppen mehr los. An diesen Dingen sparen die Menschen doch zuerst.«

Max schnaubte. Mimerle, die sich aus allem raushielt und die Nase lieber in ein Buch steckte, saß neben ihm. Er verschränkte bockig die Arme vor der Brust, Mimerle hob die Hand und strich kurz über seinen Oberarm, dass seine Gesichtszüge ganz weich wurden. Käthe wandte den Blick ab, denn sie ertrug nicht, wie ihre Älteste inzwischen ihren Platz eingenommen hatte als jene, die Max zu jeder Tageszeit zu besänftigen wusste.

Sie vermisste jene Zeit, als Max und sie noch produktiv gestritten hatten und sich nicht gegenseitig Gemeinheiten an den Kopf warfen.

»Bisher ist es noch gutgegangen«, war Max' Argument, mit dem er alles Weitere totschlagen wollte.

»Und wenn's nicht mehr gut geht, hältst du es mir vor, weil ich dann deinen Lebensunterhalt nicht länger finanzieren kann. Nein, danke.«

Sie zog aus ihrer Handtasche ein Buch und schlug es auf.

Und sei's nur, um ihm zu signalisieren, dass sie nun genug hatte von dieser Art Diskussion.

Später, als sie auf dem Berliner Bahnhof standen und Max nach einem Gepäckträger suchte, hakte sich Mimerle bei Käthe unter. »Nimm's ihm nicht übel«, sagte sie leise. »Er hadert mit dem Alter. Dass er nicht mehr bildhauen kann, trifft ihn schwerer, als er zugeben mag. Es war doch immer ein Teil von ihm. Und verband ihn mit dir.«

Käthe schwieg. So hatte sie das bisher nie betrachtet. Er verlangte seinen Teil vom Gewinn und berief sich damit auch nach all den Jahren auf *seinen* Anteil, den er bei der Entwicklung ihrer ersten Puppen gehabt hatte. Der Blick des Künstlers, der auf ihrer Arbeit geruht hatte. Und der ihr gerade zu Beginn ihres Schaffens aus so mancher Sackgasse geholfen hatte.

»Ach, Mimerle. Aber ist es inzwischen nicht mein Geschäft? Es hat nur noch wenig mit ihm zu tun.«

Ihre Tochter machte sich los. Sie musterte Käthe mit unverhohlener Abscheu. »So siehst du das also? Er hat seine Schuldigkeit getan und soll sich nun von dem aushalten lassen, was du ihm hinwirfst?«

»Mimerl…«

»Nenn mich nicht so. Ich heiße Maria.«

Käthe streckte die Hand nach ihrer Tochter aus, die ihre Ellbogen umfasst hielt und sich nach Max umsah. Sie spürte, wie fern Mimerle ihr inzwischen war. Dabei war sie Käthe von allen Kindern am ähnlichsten mit ihrem dunkelblonden Haar, das sie ebenfalls zu einem Florentiner Zopf um den

Kopf gesteckt trug wie eine Krone. Auch die gerade geschnittenen Reformkleider mit langem Rock zog sie weiterhin den modernen Kleidern ihrer Altersgenossinnen vor. Nicht, weil Mimerle kein Interesse an Mode hatte, sondern weil Käthe ihr in den letzten Jahren mehr oder weniger subtil zu verstehen gegeben hatte, dass die Kleider ihr gut standen und sie sich bloß nicht verändern dürfe. Sie musste sich nicht herausputzen, um einen Mann von ihren Vorzügen zu überzeugen.

Max kam mit einem Kofferträger zurück. Sie verließen das Bahnhofsgebäude und nahmen ein Taxi zum Atelier. Käthe merkte, dass sie sowohl ihren Mann als auch ihre Tochter verstimmt hatte. Das tat ihr leid, doch sie konnte auch nicht aus ihrer Haut. Sie fand es nun mal ungerecht, dass Max allein dieses luxuriöse Leben mit zahlreichen Reisen führen konnte, während sie von der anderen Hälfte des Gewinns die Werkstatt erweitern und einen großen Hausstand in Kösen führen sollte. Und nun auch noch der Prozess mit Bing!

Sie ging früh zu Bett, während Max und Mimerle noch lang beisammensaßen. Sollten sie doch wie ein altes Ehepaar aufeinanderhocken!

Auf einmal fühlte sie sich in Berlin seltsam fremd.

Am nächsten Morgen war der Termin bei den Herren Axter und Osterrieth um zehn Uhr. Als Käthe die Kanzlei in der Wilhelmstraße, Ecke Leipziger betrat, fühlte sie sich sogleich gut aufgenommen. Ein Bürofräulein servierte ihr starken, schwarzen Kaffee und bat sie noch um etwas Geduld, Herr

Justizrat Osterrieth sei gerade noch in einer anderen Sache bei Gericht.

Käthe wurde in ein Büro geführt, das mit deckenhohen Regalen, Holzvertäfelungen und einem alten Standglobus in der Ecke eingerichtet war. Das Fräulein bat sie, auf einem Sessel Platz zu nehmen. Die Wartezeit vertrieb Käthe sich damit, ihre Puppe und die der Firma Bing aus dem Koffer zu holen und sie auf dem niedrigen Kaffeetisch aufzubauen.

Keine fünf Minuten später, sie hatte gerade das erste Mal an ihrem Kaffee genippt, sprang die Tür auf, und der Justizrat Osterrieth stürmte herein. Er warf den Hut auf einen Garderobeständer hinter der Tür, den Mantel in Richtung der jungen Sekretärin, die ihn geschickt auffing, als gehörte dies zu ihren täglichen Aufgaben. Dann schritt er raumgreifend auf Käthe zu und drückte ihre Hand so fest, dass sie einen Schmerzlaut unterdrücken musste.

»Meine liebe Frau Professor Kruse! Entschuldigen Sie die Wartezeit, eine dringende Angelegenheit beim Landgericht hielt mich länger auf als erhofft. So, so, worum geht es denn? Muss ich Sie rauspauken oder jemand anderen in Schwierigkeiten bringen?«

Käthe mochte den älteren Herrn auf Anhieb. Seine tief dröhnende Stimme, seine Präsenz – sofort wusste sie, dass dieser Mann ihr Anwalt vor Gericht sein musste, denn er würde ihre Sache mit viel Verve vertreten.

»Letzteres«, sagte sie. »Es gibt jemanden, der schamlos meine Puppen kopiert. Und ich will, dass er damit aufhört.«

»Puppen, so so. Damit kenne ich mich gar nicht aus, Sie

werden mir also alles genau erklären müssen. Ich hole nur etwas zu schreiben. Wenn es Ihnen nichts ausmacht.«

Er setzte sich zu ihr, strich sich die ergrauten, pomadigen Strähnen aus der Stirn und ließ sich von Käthe erzählen, was sie herführte.

Rasch war er überzeugt, dass ihre Sache tatsächlich Aussicht auf Erfolg haben könnte – vor allem, da ihr Konkurrent so schamlos mit ihrem Namen warb. Käthe war erleichtert und leistete gern eine Vorauszahlung auf das Anwaltshonorar, damit Herr Osterrieth mit seiner Arbeit beginnen konnte.

Auf dem Weg zurück in die Fasanenstraße dachte Käthe noch, was für ein Glück es war, dass sie das einfach entscheiden konnte. Wenn ihr etwas nicht passte, ging sie zu einem Anwalt und legte die Sache in seine Hände.

Max allerdings war alles andere als überzeugt davon, dass diese Sache gut ausgehen würde. Als sie ihm beim gemeinsamen Mittagessen davon erzählte, brummelte er erst, dann legte er den Löffel neben seinen Teller. Mimerle, die zwischen den beiden saß, warf Käthe einen beschwörenden Blick zu.

»Nun lass doch dieses Prozessieren.«

Käthe ließ sich von Max nichts mehr sagen. Das hatte sie lang genug getan. »Ich will aber zu meinem Recht kommen, und das kriege ich nicht, wenn ich nach Nürnberg fahre und die Gesellschafter von Bing lieb bitte, meine Puppe nicht länger zu kopieren.«

»Die haben eben herausgefunden, dass sich damit gutes Geld machen lässt.«

»Aber sie machen ihre Puppen in industrieller Produktion. Hast du sie dir mal angeschaut? Sie nehmen den Trikotstoff kreuz und quer, wie das Schnittmuster gerade draufpasst, und die ganze Machart ist so lieblos und *billig*, kein Vergleich mit unserer Handarbeit.«

»Na, dann geh halt hin und mach auch 'ne industrielle Produktion draus.«

Auf einmal war es still am Tisch. Mimerle blickte Käthe an. Die wusste nicht, was sie sagen sollte. Industrielle Produktion? Hatte Max das wirklich gerade vorgeschlagen?

»Das meinst du nicht ernst«, flüsterte sie.

»Was? Doch, klar. Sieh der Realität mal ins Auge, Käthe. Wir leben in einer industriellen Welt, und dass man noch nach alter Väter Sitte fertigt, wie du es tust, das wird irgendwann gewiss aussterben, weil's eben das ist, was du selbst immer als größtes Manko siehst – es kostet zu viel Geld.«

»Es ist aber auch unser größter Vorteil!«, widersprach sie heftig. »Nur durch Handarbeit, nur durch das, was von der Hand zum Herzen kommt … « Sie suchte nach den richtigen Worten. Ausgerechnet Max schlug ihr vor, sie solle auf das verzichten, was sie bisher ausgezeichnet hatte?

»Von der Hand zum Herzen, so ein Quatsch.« Max' Faust donnerte auf den Tisch. Mimerle zuckte zusammen. Doch Käthe reckte das Kinn. Sie merkte, es ging gar nicht um die Handarbeit. Es ging um den Fortbestand ihrer Werkstatt, um die Ausrichtung der Produktion.

Darum, ob die Puppen weiterhin genug Geld abwarfen, um Max seinen ausschweifenden Lebensstil zu finanzieren.

»Wann hast du dich von mir abgewandt?«, fragte sie leise in der Stille.

»Ich habe mich nicht …« Er verstummte. Sein Blick ging von Mimerle zu Käthe, und kurz glaubte sie in seinen Augen das Verstehen aufblitzen zu sehen.

So war es immer gewesen, dachte sie. Er hatte sie geformt, seine Worte waren das gewesen, schon als er sie ins Tessin schickte, hochschwanger mit Fifi und mit Mimerle an der Hand. Danach hatte er sie gezwungen, das einfache Leben auszuhalten, das sogar härter war als ihre Kindheit in Breslau, denn dort hatte sie wenigstens etwas Unterstützung durch ihre Tante und immer genug zu essen gehabt. In dieser entbehrungsreichen Zeit hatte sie ihren Kindern ein kleines Glück schenken wollen, und auch das hatte er abgeschmettert. Deshalb war sie zum Puppenmachen gekommen. Er hatte sie dorthin getrieben, ob gewollt oder nicht, wusste sie nicht zu sagen. Ein Erzieher war er gewesen, und sie hatte es damals hingenommen. Doch damals war sie jung gewesen, kaum älter als Mimerle jetzt, die sich von ihrem Vater auch hierhin und dorthin schieben ließ, wie es ihm eben gefiel. Käthe sagte aber nichts dazu; sie gab es ungern zu, doch sie war froh, dass Max sich mit Mimerle arrangiert hatte, denn sonst müsste sich ja jemand anderes um ihn kümmern und ständig für ihn da sein. Sie hätte dafür keine Zeit.

Dennoch: Sie wollte aufbegehren gegen diese Ungerechtigkeit. Dass er schon wieder meinte, er könne die Welt nach seinem Willen einrichten und die Frauen müssten nur nach seiner Pfeife tanzen.

Und während sie all diese Dinge dachte, wurde sie ganz ruhig.

Sie musste das nicht mehr. Wenn es ihr zu viel wurde, könnte sie gehen. Wollte sie natürlich nicht, denn das mit der Liebe, das war kompliziert und ließ sich nicht einfach wegwischen. Max war ihr Lebensmann. Keinen anderen hatte es bisher in ihrem Leben gegeben, und die Vorstellung, nach ihm könnte es einen anderen geben – ach nein. Das konnte sie nicht zu Ende denken.

Trotzdem rieb sie sich regelmäßig an ihm. An seiner Sturheit. Seinen Überzeugungen. Seinen Forderungen. Das konnte sie am wenigsten ertragen, wie er seine eigene Bequemlichkeit, seinen ausschweifenden Lebenswandel über die Familie stellte – und das Wohl der Werkstätte. Und wenn Käthe es dann *wagte*, eine Andeutung zu machen, dass die Werkstätte ja vor allem *ihre* sei – da wurde er fuchsteufelswild, als hätte er sich mit seiner Puppenkopfpresse damals die Hälfte der Unternehmensanteile für alle Zeiten gesichert. Dabei hatte es nie einen Vertrag gegeben oder derlei. Sie hatte sich immer Handschlag auf sein Wort verlassen und darauf, dass sie schon miteinander auskommen würden.

»Ich will nicht streiten«, sagte Käthe leise. Sie legte die Serviette neben ihren Teller. Der Appetit war ihr vergangen.

»Musst du auch gar nicht. Lass nur weiterhin das Geld fließen, dann kannst du mit deinem Teil machen, was dir gefällt. Meinetwegen wirfst du es weiterhin Anwälten in den Rachen.«

»Papi …« Mimerle klang fast erschöpft. Käthe konnte diese Resignation gut nachempfinden.

»Entschuldigt mich, ich möchte mich hinlegen.« Sie verließ den Tisch, bevor alle die Mahlzeit beendet hatten. Auch deshalb fühlte sie sich schlecht. Sie wusste, wie viel Wert Max auf ein gemeinsames Essen legte. Wenn sie schon da war. Aber sie spürte aufziehende Kopfschmerzen, gegen die half nur, dass sie sich ausruhte.

Als sie nach zwei Stunden aufstand, war die Wohnung leer. Sie rief nach Mimerle. In der Küche lag auf dem Tisch ein Zettel.

Sind auswärts bei Freunden. Papi will morgen nach Hiddensee abreisen, wenn Du nicht gehst. Bitte vertrag Dich doch wieder mit ihm. Maria.

Käthe knüllte den Zettel zusammen. »Niemals«, flüsterte sie. Es ging Max ums Prinzip, das war ihr klar. Aber wenn er sich nicht mit ihr im Guten einigen wollte, dann fuhr sie eben zurück nach Kösen.

Sollte er wirklich glauben, dass ihr Urheberrechtsstreit Geld und Zeit verschwendete – nun, dann hatte sie ihm für den Moment nicht mehr viel zu sagen. Sie kämpfte hier um ihr Vermächtnis. Ihre Puppen schenkten den Kindern glückliche Stunden, und niemand sollte minderwertige Puppen in ihrem Namen verramschen dürfen.

Warum sah Max das nicht ein? Das wäre doch, als würde ein anderer Bildhauer eine billige Replik seines Marathonläufers in Umlauf bringen, dem man sofort ansah, dass er nicht vom Original stammte. Würde Max das denn hinnehmen?

Aber sie spürte schon, wo der Hase im Pfeffer lag.

Für ihn waren ihre Puppen keine Kunst. Wenn es hoch kam, handelte es sich um Kunsthandwerk. Aber selbst die Puppen, die Käthe für die Weltausstellung anfertigte, die also die Höhe ihres künstlerischen Schaffens waren, rangen ihm allenfalls ein anerkennendes Nicken ab. Mehr nicht. Seine Meinung aber war immer die gewesen: Mach Geld aus den Puppen. Viel Geld. Je mehr, umso besser.

Käthe erkannte dieses Muster. Sie stand in der alten Atelierwohnung, in der ihre Puppenproduktion damals ihren Anfang genommen hatte. Einhundertfünfzig Puppen für F. A. O. Schwarz, nachdem sie das Patent von Reinhardt & Kämmer zurückgefordert hatte. Max hatte sie schon damals für »schön dumm« gehalten, weil sie nicht die Lizenzgebühr genommen hatte, ohne an den Puppen rumzumäkeln, die Reinhardt & Kämmer verhunzt hatten. Jawohl, verhunzt.

Damals hatte sie zum ersten Mal für sich eingestanden. Für das, was sie mit ihrer eigenen Hände Arbeit erschuf. Sie hatte nicht lockergelassen. Und es war dabei nicht nur um ihren künstlerischen Anspruch gegangen. Sondern auch um die strahlenden Kinderaugen. Egal, welchem ihrer Kinder sie irgendwann eine Puppe in die Arme drückte, von Mimerle bis Max hatten sie alle gestrahlt, hatten die Puppe fest an sich gedrückt wie ihr eigenes Kind.

Darum ging es doch. Und nicht um die Frage, ob eine Lizenzgebühr von einer Reichsmark angemessen war, solange nur genug Puppen über den Ladentisch gingen. Das hätte sie gehörig in den Hintern gekniffen während der Inflation, aber darüber dachte Max nicht nach – solange er nur alles hatte, um seinen Lebensstandard zu finanzieren.

Aber das sah Max nicht. Für ihn ging es um seinen Komfort, seinen bequemen Lebensabend. Auch die gemeinsamen Kinder hatte er, so fühlte sich das für sie an, immer als notwendiges Übel begriffen, nun ja, die waren eben da, weil er Käthe liebte und sie mit Leidenschaft liebte, manchmal entstand dabei eben ein Kind.

Ach nein, nun war sie ungerecht. Aber für Käthe war dies der Punkt, an dem sie etwas Entscheidendes begriff, das ihr Voranschreiten der kommenden Jahre prägen sollte. Sie war über Max hinausgewachsen. Vielleicht hatte er es schon seit langem gespürt, hatte versucht, sie weiterhin kleinzuhalten. Aber sie erkannte es erst jetzt. Sie war die treibende Kraft für ihre Werkstätte, sie war außerdem diejenige, die diese Familie zusammenhielt. Und Max zog sich aus allem zurück, er hockte in seinem Sessel und verströmte seine schlechte Laune, dass sie ihn bloß nicht vergaß. Denn ohne ihn wäre sie ein Nichts. Ohne ihn hätte sie sich auf einen ihrer zahlreichen Verehrer eingelassen, hätte sich von dem dann schwängern lassen, wäre ins Unglück gestürzt, weil keiner der anderen für sie hätte einstehen wollen. Er hatte ja immerhin noch das Talent dahinter gesehen und gefördert!

Käthe ging in ihr Schlafzimmer und begann zu packen. Es fühlte sich merkwürdig an, so endgültig.

Es sollte für anderthalb Jahre das letzte Mal sein, dass sie Max und Mimerle sah.

25

Kösen, Dezember 1924

Der Vater kommt wohl nicht zu Weihnachten.«

Käthe sprach am Heiligabend morgens aus, was sie schon seit Tagen wusste. Denn Max hatte sie seit ihrem Besuch in Berlin letzten Januar nicht gesehen, und sie hatte auch nicht damit gerechnet, dass er ausgerechnet zu Weihnachten anreiste, wenn das Haus voll mit allen Kindern war, die von der Aufregung ganz zappelig wurden.

»Wo ist er aktuell?«, fragte Fifi. Sie hatte sich über das Heft mit Prüfungsfragen für die Führerscheinprüfung gebeugt, die sie im neuen Jahr abzulegen plante. Als die Köchin ihr einen Kaffeepott hinstellte, murmelte sie einen knappen Dank.

»Italien.« Käthe seufzte und faltete den Brief zusammen, den sie soeben gelesen hatte. »Der Brief kam nun aus Genua, aber sie wollten am nächsten Tag nach Florenz. Später dann Rom.«

Sie tippte nachdenklich mit dem Zeigefinger an ihr Kinn. Einerseits war es für sie in Ordnung, wenn Max sich fernhielt. Zu sehr fürchtete sie neuerliche Diskussionen, die sie einander entfremden könnten. Andererseits: Sie vermisste ihren Herzliebsten schmerzlich. Er hielt sich mit Absicht fern. So viel hatte sie inzwischen begriffen. Und das tat dann auf eine ganz andere Art weh.

»Mama, Mama!« Die Tür sprang auf, und der dreijährige Max junior sprang herein und kletterte auf Käthes Schoß. Er kuschelte sich in ihre Arme, sein Händchen nestelte an ihrem Kleid, und er schob es hinein. Käthe lächelte nachsichtig und umarmte ihn fest. »Mama, krabbeln?«, fragte er hoffnungsvoll, und sie gewährte ihm, dass er, der seit etwas mehr als einem Jahr nicht mehr stillte, die kleine, schwitzige Hand unter dem Stoff auf ihre Brust legte. Das beruhigte ihn sofort. Weihnachten war für das jüngste Familienmitglied am aufregendsten.

Fifi blickte flüchtig auf, kurz runzelte sie die Stirn. »Dass du dir das weiterhin gefallen lässt«, murmelte sie.

»Er braucht die Nähe«, verteidigte Käthe ihren Jüngsten. »Und ich brauch's ja auch ein bisschen, dass er mich braucht.«

Fifi pustete die Backen auf, sagte aber nichts dazu. Käthe blinzelte. Sie ertrug es nicht so gut, dass Max ihr letztes Kind bleiben sollte. Zu gern hätte sie noch ein Mädchen gehabt. Aber selbst wenn sie Max davon schrieb … kam von ihm genau nichts. Er ignorierte ihre Bitte einfach.

Fifi hingegen fand, mit sieben Kindern sei auch mal genug. Oh ja, sie hatte dazu eine Meinung, wie auch zu vielen anderen Themen. Zum Beispiel war sie der Ansicht, dass die Sache mit dem Auto eine Schnapsidee war. Dennoch büffelte sie für die Fahrprüfung, denn Käthe hatte verkündet, sie wolle zwar ein Automobil anschaffen, in das dann die ganze Familie passte. Aber fahren sollte Fifi den Wagen. Fifi protestierte. Sie behauptete, sie werde »die Karre« bei erster

Gelegenheit in den Graben setzen, ihre Mutter würde schon sehen, was sie von ihr verlangte. Käthe wischte alle Bedenken ihrer Tochter beiseite. »Du schaffst das schon.«

Nun aber kam Max zu Weihnachten nicht nach Kösen. Es wäre unter Umständen anders, wenn sie in Berlin feierten. Kurz hatte Käthe darüber nachgedacht, ihm das vorzuschlagen. Und verwarf die Idee doch wieder, denn das war noch komplizierter. Sie müsste alles, wirklich alles – die Familie, die Geschenke, Christbaumschmuck und sogar die Köchin – nach Berlin schaffen, und allein beim Gedanken, ihre neugierigen, halbwüchsigen Jungs mit einem Koffer voller Weihnachtsgaben in den Zug zu setzen, wusste sie, dass es nicht ging. Außerdem war die Atelierwohnung inzwischen viel zu klein für so viele Leute. Max würde sich in sein Atelier zurückziehen, würde nur auftauchen, wenn es ihm in den Kram passte – also gar nicht.

Käthe nahm ihm so einiges übel. Aber dass er es nicht mal schaffte, an Weihnachten für die Familie da zu sein, das war nun der letzte Tropfen. Sie beschloss, in ihrem Weihnachtsbrief in den höchsten Tönen von diesem Fest zu schwärmen. Wie schön sie alle es hatten – auch ohne ihn!

Es wurde tatsächlich ein friedvolles, wunderschönes Weihnachtsfest. Käthe konnte jede Minute genießen. Die strahlenden Augen ihrer Kinder, wenn sie die Geschenke auswickelten. Max junior hing die ganze Zeit auf ihrem Schoß, und auch das war ein Vergnügen, von dem sie jede Sekunde aufsaugte. Er war schon so groß, und bald würde er in die Welt hinausgehen. Er würde wie seine Geschwister zur Odenwald-schule gehen.

Das war ein bittersüßer Schmerz, dem sie keinen Raum gab. Mit einundvierzig sollte sie die Hoffnung nicht auf-geben. Wenn Max nur wollte, könnten sie noch ein letztes, ein allerletztes Kind bekommen …

Das neue Jahr 1925 brachte viel Schnee, Januargewitter und einen ersten Erfolg vor Gericht. Käthe reiste extra nach Nürn-berg, um eine Aussage zu machen; die Gegenseite schickte lediglich drei Anwälte, die sich im Gerichtssaal aber so un-geschickt anstellten, dass, so sagte es Justizrat Axter später bei einem Schoppen, dem Richter gar keine andere Wahl blieb, als zu Käthes Gunsten zu entscheiden.

»Warten Sie nur, das ist nicht das Ende vom Lied.« Fried-rich Axter blieb realistisch. »Als Nächstes wird die Gegen-seite vors Landgericht ziehen. Aber ich mache mir keine Sorgen. Wenn Sie erneut so eine fundierte Aussage machen, werden sie es sich reiflich überlegen, ob sie bis vors Reichs-gericht ziehen wollen.«

»Ich gehe durch alle Instanzen, wenn es sein muss.« Kä-the hatte sich das schon genau überlegt. Selbst eine Nieder-lage vor dem Landgericht könnte sie davon nicht abhalten, denn sie war überzeugt: Die Puppen, die Bing vertrieb, wa-ren nur ein billiger Abklatsch. Überhaupt, sie wusste ja, dass alle Spielzeughersteller in den knappen Jahren an jeder Stelle hatten sparen müssen. Aber dass sie nun, da Material wieder in Hülle und Fülle verfügbar war, immer noch auf billigen Er-satz zurückgriffen. Das konnte doch nicht sein?

Käthe fuhr heim nach Kösen, und dort erwartete sie bereits ein Telegramm ihrer Kanzlei. Bing ließ es nicht auf sich beruhen, sie musste in zwei Monaten erneut in Nürnberg erscheinen. Diesmal wurde ihr Fall vor dem Landgericht verhandelt.

Auch da machte sie sich wenig Sorgen. Sie notierte den Termin, fuhr am Tag vor dem Prozess nach Nürnberg und schaute am Vorabend noch mal auf ihre Notizen. Halb nach zehn hatte sie sich notiert. Sie frühstückte in aller Gemütlichkeit in ihrem Hotel und spazierte dann zu dem Landgericht hinüber, das in der Fürther Straße gelegen war. Der imposante, dennoch schlichte Justizpalast hatte Käthe schon bei ihrem ersten Besuch hier beeindruckt. Sie wunderte sich zwar, weil Herr Osterrieth nicht wie vereinbart vor dem Eingang auf sie wartete. Doch vielleicht war er in einer anderen Sache noch befasst. Sie trat an den öffentlichen Aushang und suchte mit Hilfe des Aktenzeichens, das ihr die Sekretärin ebenfalls mitgeteilt hatte, den Sitzungssaal heraus. Dann eilte sie die Stufen hoch und suchte nach dem richtigen Raum.

Die Tür zu dem Sitzungssaal stand offen. So eine Erleichterung, sie war also nicht zu spät! Käthe beschleunigte ihre Schritte, ihre Hand tastete noch einmal nach dem modischen Hut, den sie zu diesem Anlass erworben hatte. Sie lief in den Saal und stieß mit Herrn Osterrieth zusammen, der diesen soeben mit seiner Aktentasche in der Hand und der Robe über dem Arm verlassen wollte.

»Frau Professor Kruse!« Er wirkte ehrlich besorgt. »Ist Ihnen etwas zugestoßen?«

Käthe war verwirrt. »Nein, ich bin doch hier?«

»Ja, aber um eine Stunde verspätet! Halb zehn war der Termin angesetzt, und ich habe erst noch versucht, die Richter zu überreden, auf Sie zu warten, die Gegenseite allerdings war nicht davon zu überzeugen. Zu Recht.« Er seufzte. Käthe starrte ihn verdattert an. Sie war zu spät? Wie konnte das sein?

»Aber ich habe mir doch halb nach zehn notiert!«, protestierte sie.

»Halb *nach* zehn?« Der alte Anwalt schüttelte den Kopf. »Na, kommen Sie erst mal mit, Frau Kruse. Wir können uns im Ratskeller hinsetzen.«

»Ja, ist der Prozess denn schon vorbei?« Käthe spähte an ihrem Anwalt vorbei in den Sitzungssaal. Die holzvertäfelten Wände, die Estrade für den Richtertisch, das dunkle Kreuz darüber … Und nun sollte sie gar nicht in diesem Saal für sich einstehen dürfen, nur weil sie sich die Zeit falsch aufgeschrieben hatte?

Käthe ärgerte sich. Aber sie ließ sich von Herrn Osterrieth sanft aus dem Saal schieben.

»Der Prozess ist vorbei, ja. Die Richter haben einen kurzen daraus gemacht, nachdem Sie ja nicht aufgetaucht sind.« Er klang frustriert.

Käthe blieb im Gang vor dem Saal stehen. »Und wie ist es ausgegangen?«

Sie merkte schon an der Stimmung ihres Anwalts: nicht gut.

»Verloren haben wir, liebe Frau Professor Kruse. Es tut mir

furchtbar leid. Es wäre Ihrer Sache sicher dienlich gewesen, wenn Sie hätten pünktlich kommen können.«

Käthe nickte stumm. So etwas hatte sie schon befürchtet, denn da hatten es sich die Richter leicht gemacht. Die Klägerin erschien nicht? Na, dann gab man eben rasch den Beklagten recht und ging zum nächsten Tagesordnungspunkt über. Was für eine Enttäuschung!

»Aber wir machen doch weiter?« Sie folgte Albert Osterrieth, der es nun offenbar eilig hatte. »Wir hatten doch besprochen, dass wir zur Not bis vors Reichsgericht gehen …?«

»Bis vors Reichsgericht, wie stellen Sie sich das vor? Und wenn Sie da auch verlieren, sind Sie gänzlich verloren, Frau Professor. Dann wird jeder mit Ihrem Namen werben, nur weil er auch Puppen herstellt. Damit wird das Künstlerische Ihrer Puppen, das selbst ich als Laie erkenne, ad absurdum geführt. Sie könnten endgültig untergehen.«

»Und das darf nicht geschehen.« Käthes Entschluss stand fest. Herr Osterrieth versprach, sich um die Sache zu kümmern. Vor dem Reichsgericht könne er sie allerdings nicht vertreten. Dafür war er nicht zugelassen. Aber er habe einen Kollegen, der in Urheberrechtsfragen ähnlich versiert sei wie er. Dem könnten sie diesen Fall übergeben.

»Und das nächste Mal erscheinen Sie pünktlich vor Gericht!«

Käthe versprach es, hoch und heilig.

Denn diesmal, das spürte sie, ging es ums Ganze. Es ging auch um ihre Existenz.

26

Kösen, Juni 1925

Die Niederlage vor dem Nürnberger Landgericht hatte sie zurückgeworfen auf sich selbst. Käthe fuhr wieder nach Kösen. Es gab nur noch diese kleine Welt: ihre Kinder, von denen nur Fifi und Max junior da waren. Das Haus und die Werkstätte, in die sie wie gewohnt jeden Morgen ging. Sie stürzte sich in die Arbeit und entwarf neue Puppen. Das war das Einzige, was sie diesem dreisten Ideenklau entgegenhalten konnte – neue Produkte, die noch besser waren. Wenn sie nicht daheim war, saß sie in der Werkstatt über den Entwürfen.

Die Werkstätte war ihnen kürzlich zu klein geworden, allein das sprach ja für den Erfolg ihrer Puppen. Käthe hatte sich schriftlich mit Max beraten, der natürlich weiterhin die Auffassung vertrat, sie müsse einfach die Räumlichkeiten so nehmen, wie sie waren, und sich nicht vergrößern. Was das nun wieder alles kostete! Käthe aber war nicht bereit, ihre Näherinnen an kleinere Tische zu setzen, nur damit fünf mehr in den großen Saal passten, in dem die Puppen von Hand zusammengenäht wurden. Sie suchte und fand unweit ihres neuen Wohnhauses das Pädagogium. Einst Schule, die zum Verkauf stand. Käthe zögerte nicht lange, gerade hatte sie etwas Geld, sie zahlte das Pädagogium an, und sie zogen dorthin um mit Sack und Pack, mit ihren Näherinnen, mit Oskar Francke und Herrn Renner. Sie hatten nun mehr Platz, mehr Möglichkeiten. Außerdem gehörte ein riesiger Park dazu, ein großer Gemüsegarten, für den sich ein alter, buckliger Gärtner zuständig fühlte, der alle zwei Tage zum Rapport in Käthes Büro auftauchte. Das Gemüse und die unzähligen Früchte der Obstbäume schleppte er körbeweise über die Straße in die Küche von Käthes Wohnhaus, wo ihre Köchin Martha sie dann einmachte und verarbeitete.

Käthe hatte große Pläne für die Erweiterung ihrer Produktpalette. Sie mochte es gar nicht, wenn andere Spielzeughersteller schamlos bei ihr klauten. Gegen ein wenig Inspiration hatte sie aber nichts einzuwenden, und das war in ihren Augen auch keine Einbahnstraße. Daher hatte sie interessiert gelauscht, als der prozessführende Anwalt der Firma Bing bei der ersten Verhandlung im Januar ausführte, dass die Puppen seines Mandanten sich ja allein darin von Käthes Puppen unterschieden, dass es sie in unterschiedlichen Größen gab. Käthes Puppe I allerdings wurde seit nunmehr vierzehn Jahren mit dreiundvierzig Zentimetern Länge gefertigt. Das Schlenkerchen, das deutlich kleiner war, wurde nicht so oft nachgefragt; Käthe vermutete, es liege am lächelnden Mund, der für die kindliche Phantasie nicht genug Raum ließ. Außerdem gab es noch das Bambino – ein zwanzig Zentimeter großes Püppchen, das als Baby für die Puppe I herhalten konnte oder aber mit der festen Schachtel, in der es geliefert wurde, Mädchen einlud, dem Püppchen ein Bett zu richten. Käthe legte auch Anleitungen für simple Näh- und Strickprojekte dazu, um Kinder zu animieren, sich mit Handarbeit zu beschäftigen. Als ihr diese Idee kam, musste sie über sich selbst schmunzeln. Sie hätte es als Kind gehasst, wenn sie ihrer Puppe etwas hätte schneidern sollen. Dann gab es noch die Puppenstubenpuppen. Mit ihren zehn oder elf Zentimeter waren sie wohl geeignet, dass ein Kind im Schuhkarton eine Puppenstube einrichtete, oder es griff auf das zahlreiche Zubehör zurück, das ebenfalls im Sortiment war. Aber die Verkaufszahlen waren zuletzt so sehr zurückgegangen, dass Käthe beschloss, die Produktion einzustellen. Ebenso beim Bambino, das in ihrem Katalog als Puppe III lief. Sie brauchte also neben ihrer Puppe I neue Ideen. Neue Puppen, die zum Spiel anregten und Mehrwert boten. Puppen zum Liebhaben.

Und weil sie nicht wusste, wo sie sonst anfangen sollte – denn ihre Kinder waren entweder dem Puppenspielalter entwachsen oder schleppten lieber ein Kuschelkamel durch die Gegend –, kam sie auf den Gedanken, sich selbst eine Puppe zu nähen. Eine, die nur ihr gefiel. Sie wusste selbst nicht, warum sie das tat. Oder doch, sie wusste es sehr wohl, aber sie wollte es sich nicht eingestehen.

Max hatte ihren Wunsch nach einem weiteren Kind rundweg abgelehnt. Sie hatte ihn erst ganz vorsichtig formuliert. *Vielleicht haben wir ja noch mal das Glück, wenn wir wieder zusammen sind.* Seine Antwort kam nicht sofort. Er schrieb nur jedes Mal, wenn sie nachfragte, wohin Maria und er als Nächstes reisen wollten und ob sie nicht bei Gelegenheit mal wieder in Kösen vorbeischauen könnten, dass jetzt noch nicht an eine Rückkehr zu denken sei. Erst müsse er noch nach Rom. Nach Capri, Florenz und Mailand. Und immer so weiter. Käthe vermutete bald, er werde ihr als Nächstes schreiben, er müsse kurz in Berlin nach dem Rechten sehen und anschließend nach Hiddensee, wo die Lietzenburg bald schon wieder Sommergäste empfing.

Tatsächlich kam sein nächster Brief aus Ascona. Es hatte ihn auf den Monte Verità getrieben, den ewig Reisenden. Seine Worte klangen diesmal gänzlich anders. Verträumt fast, ein bisschen sehnsüchtig. Käthe erkannte den früheren Max wieder, der da oben auf dem Berg der Wahrheit eine Künstlerkolonie gründen wollte. Sie fragte, ob sie kommen sollte, die Gelegenheit, dachte sie, müsse doch passen. Ein wenig Nostalgie, und sie könnte auch mal wieder das Grab ihrer Mutter besuchen, in dem sie damals auch ihren kleinen Johannes beigesetzt hatten.

Max' Antwort kam postwendend.

Lass das lieber. Wir würden uns nur streiten, solange wir nicht einig sind über die Zahlungsmodalitäten der Zukunft.

Sie zerriss den Brief. Hätte ihn am liebsten mit allen anderen verbrannt. Wer war sie denn für ihn? Eine Bittstellerin? Solange sie ihm brav das Geld anwies, war sie gut genug. Sie musste endlich von der Puppe I loskommen, auf die er sich nach wie vor berief. Die ihren Ruhm begründet hatte.

So verbrachte sie in diesen Juniwochen jeden Tag in ihrer Werkstatt. Wie schon in der früheren Manufaktur lag diese direkt neben ihrem Büro. Durch die offenen Türen hörte sie

Fräulein Stine und ihre Kolleginnen telefonieren und tippseln, Herr Renner kam gelegentlich vorbei und suchte das Gespräch. Ansonsten blieb sie allein, nur sie und ihre Puppen. Sogar Max junior zog es vor, unten in der Näherei bei Dorte Zorn unter dem Tisch zu hocken und die Fädchen einzusammeln, die bei ihrer Näharbeit abfielen.

Käthe überlegte: Was hätte sie selbst als Kind gebraucht? Wie müsste eine Puppe für *sie* sein, die sie liebhaben konnte? Denn in ihr war immer noch das kleine Mädchen, das sich einst eine Puppe wünschte und nur so ein hartleibiges, lebloses Ding bekam.

Weich müsste diese Puppe sein. Weich wie die Puppe I. Aber etwas größer und mit offenem Blick, nicht aber mit dem erstarrten Lächeln vom Schlenkerchen.

So begann die Geschichte von »Du mein«. Käthe machte sie größer als die Puppe I. Fünfzig Zentimeter maß sie, wie ein Neugeborenes. Es schmiegte sich in ihren Arm wie all ihre Babys. Wann immer sie in ihrer Arbeit innehielt und die Puppe betrachtete, spürte sie die Leere tief in ihrem Innern. Eine Leere, die Max nicht zu füllen bereit war, die sonst auch nichts füllen könnte außer ein weiteres Kind. Aber sie sah's wohl ein, noch ein Kind würde es nicht geben. Und während sie diese Puppe schuf, nahm sie Abschied von ihrer Rolle als Mutter eines Säuglings. So viele Rollen hatte sie in ihrem Leben schon erfüllt und abgelegt. Ob als Tochter, Halbschwester, gefeierte Jungschauspielerin, jugendliche Geliebte ... All diese Lebensrollen hatte sie abgestreift und war in einen neuen Lebensabschnitt eingetreten. Diese Jahre aber, da sie

Mutter für kleine Kinder war – die hatten die längste Zeit ihres Lebens bestimmt, hatten sie zu der gemacht, die sie nun war. Eine Unternehmerin. Eine Pädagogin, die ihre klare Meinung vertrat, weshalb ihre Puppen für die kindliche Entwicklung so wichtig waren.

Käthe jagte die Nähnadel in den festen Trikotstoff. Sie erwischte dabei auch ihren Mittelfinger, und der Blutstropfen färbte das Trikot. Die Wut war ihr ständiger Begleiter geworden. Dabei wusste sie, nicht die Wut war es, die sie tagelang in ihre Werkstatt trieb. Oder die Trauer über ihre zerrüttete Beziehung zu Max. Seine Weigerung, mit ihr ein achtes Kind zu haben.

Nein. Es war die Angst. Die Angst, es könnte mit dem Termin am Reichsgericht vorbei sein. Wenn sie unterlag, das spürte Käthe, dann gab es kein Weitermachen. Dann war ihre Idee von der Puppe als Begleiterin des Kinds gescheitert. Wenn es nur noch billige Kopien ihrer Puppen gab, dann würde sie ihre Manufaktur aufgeben.

Diese spürbare Zäsur, dass sie, egal wie die Sache ausging, nicht so weitermachen konnte wie bisher. Dass sie entweder darüber hinauswachsen oder daran zugrunde gehen würde … Das trieb sie in diese Einsamkeit. In die stillen Nächte. Wenn alle Näherinnen nach Hause gingen, legte Käthe irgendwann auch die neue Babypuppe auf ihren Arbeitstisch und ging hinüber in die Näherei. Weiterhin kontrollierte sie jeden Abend das Tagwerk ihrer Arbeiterinnen. Sie konnte nicht anders. Aber auch das wäre zu Ende, wenn sie unterlag.

Sie spürte die Niederlage schon im Voraus. Fühlte sie in den Knochen und versuchte zu ermessen, was sie tatsächlich für Käthe bedeuten würde. Für ihre Familie. Wie sollten sie danach ihren Lebensunterhalt bestreiten? In Gedanken spielte sie das durch, bis hin zum Verkauf der Lietzenburg. Max könnte nicht mehr reisen, so viel stand auch fest. Sie müsste ebenfalls Einschränkungen hinnehmen. Keine Odenwaldschule mehr für die Kinder, kein Automobil, mit dem Fifi sie durch die Gegend kutschierte.

Wenn ihre kreisenden Gedanken an diesem Punkt anlangten, kam Käthe nicht mehr weiter. Sie legte dann die Hände in den Schoß oder blieb stehen, wo auch immer sie gerade durch ihre Werkstätten schlich. Sie lauschte. In sich hinein, aber auch auf die Stimmen ihrer Arbeiterinnen.

Da war nur Stille.

Und sie fürchtete, mit der Niederlage vor Gericht könnte auch sie vollends verstummen.

Leipzig, Juli 1925

Diesmal hatte sie sich vorbereitet. Sie hatte den Anwalt mehrmals nach der Uhrzeit gefragt. Hatte sie sich aufgeschrieben. Am Vortag reiste sie an. Fifi fuhr sie in dem Buick, den Käthe liebevoll Felix nannte, denn dieser Wagen war ihr Glück. Sie stiegen in einem Hotel ab, Einzelzimmer diesmal, denn Käthe wollte ausgeschlafen sein. Am Morgen frühstückte sie allein, und ihre Gedanken waren nur bei dem, was ihr bevorstand. Selbst wenn Fifi bei ihr gesessen hätte, sie hätte kein Wort über die Lippen gebracht. Sie war froh, für sich sein zu können. Diese letzten Stunden vor der Entscheidung.

Professor Mittelstedt holte sie im Hotel ab, und gemeinsam spazierten sie zum Reichsgericht. Zwei Gehilfen hatten bereits für ihn die zahlreichen Akten ins Gericht geschleppt, deshalb trug er nur eine leere Aktentasche bei sich. Auf halbem Weg blieb er stehen. »Die ist natürlich nicht leer«, erklärte der alte Herr mit Spitzbart und dem Lächeln eines Igels. »Ich habe die hier dabei.« Er zeigte ihr die Champagnerflasche darin.

»Haben wir denn etwas zu feiern?«

»Liebe Frau Professor Kruse – ich habe keinen Zweifel daran, dass vor diesem hohen Gericht Recht bekommt, wer

Recht hat. Sie haben da eine große Sache vor die Richter gebracht. Sollten wir heute Recht bekommen, hätte dieses Urteil historische Wirkung. Niemand könnte dann so schamlos die Spielwaren eines Konkurrenten kopieren, wie Bing es getan hat.«

Da atmete sie tief durch und beschloss, seinen Worten zu glauben und nicht ihrer eigenen, permanenten Furcht.

Der Gerichtssaal im Reichsgericht war noch imposanter als jener in Nürnberg. Auf der Estrade saßen die drei Richter beisammen, vor ihnen auf dem Richtertisch stapelten sich die Akten und Gutachten, die sie heranzogen, um ihr Urteil zu fällen. Zunächst aber wurde verhandelt.

Im Laufe der Verhandlung kam neben den Anwälten auch Käthe zu Wort. Das war ihr wichtig gewesen; sie hatte ihren Fall vortragen wollen. Vor allem wollte sie den Richtern demonstrieren, was ihre Puppen ausmachte. Professor Mittelstedt hatte sie mit Müh und Not davon abhalten können, auch eine Puppe von Bing auf den Richtertisch zu legen – »das dürfen wir nicht machen, und seien Sie versichert, die drei werden sich auf anderem Weg längst eine Bing-Puppe besorgt haben.« Käthe ging es aber darum, die Qualität ihrer Puppe herauszustreichen.

Zu diesem Zweck hatte sie die schönste ausgewählt, die Suse in den vergangenen Monaten gefertigt hatte. Liebe, treue Suse. Sie war von Anfang an bei Käthe gewesen, hatte sogar den Umzug nach Kösen mitgemacht und in all den schwierigen Jahren unverbrüchlich in der Werkstätte gesessen und Puppen gefertigt. Es mochten im Laufe der Jahre einige tausend durch ihre Hände gegangen sein. Suse wusste, wie eine Käthe-Kruse-Puppe sein musste. Selten hatte Käthe bei Suses Puppen etwas zu beanstanden gefunden – und wenn, betraf es eher die Kleidung oder das aufgemalte Gesicht, beides Fertigungsschritte, die nicht in ihrer Hand lagen.

Aber diese Puppe war perfekt. Das Gesicht von einem zarten, hellen Hautton, die aufgemalten Haare dunkel, eine vorwitzige Strähne fiel dem Puppenkind in die Stirn. Die Augen strahlten blau, die Lichtpunkte waren perfekt gesetzt. Alle Nähte waren kunstvoll und so sorgsam ausgeführt, dass sie Jahre halten würden, auch bei großer Beanspruchung. Der kleine Knospenmund war besonders gut gelungen. Und die Kleidung erst! Nach langem Überlegen hatte Käthe sich für ein Matrosenkleidchen entschieden, mit einem breiten Kragen und einem runden Hut mit kleiner Krempe auf dem Kopf.

Als die Richter nun Käthes Version hören wollten, stand sie auf und nahm die Puppe wie ein Baby in den Arm. Der Kopf schmiegte sich in die Ellenbogenbeuge, ihre Finger umschlossen die Füßchen in den roten Lackschuhen. Käthe schritt mit erhobenem Kopf nach vorne. Keinen Blick hatte sie für die Anwälte des Bing-Konzerns übrig! Es war ohnehin in ihren Augen eine Frechheit, dass sich von der Gegenseite niemand hergetraut hatte. Auch wenn sie es natürlich als gutes Zeichen sehen wollte. Die Bings ahnten, dass sie damit nicht durchkommen würden.

Käthe überreichte dem Vorsitzenden Richter die Puppe. Sie hatte seinen Namen vergessen, Müller, Miller, bestimmt hatte Professor Mittelstedt ihn genannt, als er ihr erklärte, dass Dr.

Simon leider nicht wie geplant den Vorsitz innehaben würde. Jedenfalls nahm der ältere Herr die Puppe entgegen und befühlte sie eingehend. Er nahm sogar die Brille ab und führte sie ganz nah an die Augen heran, dass ihm kein Detail entging. Dann gab er sie an den Kollegen zu seiner Linken weiter.

»Sie sehen hier eine meiner Puppen«, sagte Käthe leise. »Diese habe ich seit 1904 in einem stetigen Prozess bis zur Marktreife entwickelt. Dabei habe ich insbesondere auf die Details geachtet, die Ihnen sicher sofort positiv aufgefallen sind. Diese Puppen sind weich, anschmiegsam, haben ein gutes Gewicht und einen wachen Ausdruck, der dem kindlichen Gemüt viel Interpretationsspielraum erlaubt.

Ursprünglich habe ich die ersten Puppen für meine Töchter genäht. Weil sie etwas zum Spielen brauchten. Zum Liebhaben. Mein Älteste Mimerle war eifersüchtig, ich hatte gerade ein Baby bekommen, und da wollte sie auch eins haben.« Die drei Richter lächelten wohlwollend. Das gefiel ihnen, dass ein kleines Mädchen so früh das Mütterliche für sich entdeckte. »Aber bis ich die erste Puppe so fertigte, dass sie meinen hohen Ansprüchen genügte, vergingen Jahre. Erst 1911 war ich bereit, in die Produktion einzusteigen. Meine Puppe gibt es nun also gerade mal vierzehn Jahre am Markt. Dennoch ist sie etwas Neues, sie hat den Puppenmarkt revolutioniert.« Vorsicht. Sie merkte, wie der Richter zur Rechten die Stirn runzelte. Dass sie den dreien ihre Entscheidung einflüsterte, durfte auf keinen Fall passieren. Professor Mittelstedt hatte sie gewarnt.

Käthe verlegte sich nun darauf, in die Details zu gehen.

»Mir ist bewusst, dass Sie als Richter nicht mit dem Puppenhandwerk vertraut sind«, fuhr sie rasch fort. »Lassen Sie mich ein paar Dinge aufzählen, die damals neu waren. Der Puppenkopf ist besonders ausdrucksstark, die Bemalung von Hand wird bis heute von unseren geschulten Künstlern vorgenommen. Des Weiteren haben wir immer viel Wert auf die handgefertigte Ausführung gelegt. Die Kopfform, die Bemalung in dieser Art und Güte, ebenso der feste Stoff und die massige Form gab es zuvor nicht. Die stämmigen Glieder lassen eher an eine Babypuppe denken und nicht an eine kindliche Nachbildung.«

Käthe hätte ewig so weiterreden können. Doch aus dem Augenwinkel bemerkte sie, wie ihr Professor Mittelstedt einen Wink gab. Sie neigte den Kopf. »Meine Herren, hohes Gericht«, sagte sie hastig. »Sie sehen wohl, was ich meine.«

Sie kehrte an den Tisch zurück, hinter dem ihr Anwalt saß. Er wirkte angespannt, und Käthe fürchtete schon, sie hätte sich mit dieser kleinen Ansprache um ihren verdienten Sieg gebracht.

Die Richter steckten die Köpfe zusammen. Sie hatten noch einige Fragen an Käthe. Wie sie auf die Kopfform gekommen sei. Womit sie den Körper ausstopfte. Käthe hatte auf alles eine Antwort. Sie hätte sogar eine Kalkulation vorlegen können, weshalb ihre Puppen zu einem höheren Preis angeboten wurden als die mit billigen Rohstoffen und weniger Sorgfalt gefertigten Puppen von Bing. Aber das war gar nicht nötig.

Die Verhandlung zog sich hin; mittags wurde unterbrochen, die Richter gingen zu Tisch, und Käthe, die vor Nervosität keinen Bissen herunterbekam, verließ den Justizpalast und lief draußen auf und ab. Sie hatte so ein schrecklich ungutes Gefühl! Irgendwas sagte ihr, sie müsste sich auf das Schlimmste vorbereiten.

Nach dem Mittagessen ging es weiter. Und schließlich, am späten Nachmittag, durften beide Seiten noch einmal ihre Position stärken. Zuerst ergriff Professor Mittelstedt das Wort und verteidigte glühend und voller Leidenschaft Käthes Werk und die Einmaligkeit ihrer Puppen. Käthe saß derweil wie erstarrt da, die eiskalten Hände verkrampften sich im Schoß. Nein, sie konnte nicht mehr an ein gutes Ende glauben, denn die Anwälte von Bing hatten ebenfalls gute Argumente vorgebracht.

Dann stand der Anwalt der Beklagten auf und ergriff das Wort. Er schritt langsam vor der Estrade auf und ab, während er seine Ausführungen machte. Mit jedem seiner Sätze wurde Käthe kleiner auf ihrem Stuhl. Sie konnte sich einfach nicht vorstellen, dass sich die Richter noch für sie aussprechen würden.

»Betrachten wir doch mal die blanken Tatsachen. Wenn eine Künstlerin«, er warf Käthe einen liebenswürdigen Blick zu, »deren Puppen auf Ausstellungen mit Preisen ausgezeichnet werden, etwas so Schönes erschafft, weckt diese Schönheit das Interesse der Allgemeinheit. Aber zugleich ist das künstlerische Werk in der Einzelausführung zu teuer, um der Allgemeinheit zugänglich gemacht zu werden. Sie selbst haben es uns in Ihrem Vortrag dargelegt, verehrte Frau Professor Kruse.«

Ihr wurde heiß und kalt zugleich. Am liebsten wäre sie aufgesprungen und hätte widersprochen. Aber schon lag Professor Mittelstedts Hand auf ihrem Unterarm. Peinlich berührt zog er sie sofort zurück, hatte jedoch erreicht, was er wollte – Käthe blieb stumm.

»Wenn dann allerdings in diesem Fall die Spielzeugindustrie sich des Kunstwerks annimmt und dieses auf die ihr im industriellen Maßstab mögliche Art und Weise in Verkehr bringt, darf sich die Künstlerin unserer Auffassung nach nicht darüber beklagen. Im Gegenteil. Durch die breite Verfügbarkeit der Puppen eines großen Herstellers wird auch ihr Nischenprodukt dem Publikum bekannter, sofern der Konzern bereit ist, sich zu erklären, woher er die Inspiration für diese Puppen erhielt. Daher vertreten wir die Auffassung, dass Frau Käthe Kruse sich nicht beschweren dürfte, und bitten das hohe Gericht, die Klage abzuweisen.«

Käthe drehte sich zu Professor Mittelstedt um. Hatte sie das gerade richtig verstanden? Bing zog sich darauf zurück, dass sie mit den billigen Puppen eine Lücke füllten, die sie selbst niemals schließen konnte, weil sie für den Massenmarkt *zu teuer* war? Aber was war damit, dass die Bing-Puppen trotz der billigen Ausführung fast dasselbe kosteten wie ihre eigenen? Wo blieb da das Argument?

Professor Mittelstedt hob beschwichtigend die Hand. Er beugte sich zu ihr herüber. »Glauben Sie mir, Frau Kruse, wir haben alles in unserer Macht Stehende getan, damit die Richter sehen, was wir *wissen*.«

Nun lag es also nicht mehr in ihrer Hand. Der Anwalt der

Gegenseite nickte zufrieden – er glaubte, auf den letzten Metern noch einmal gepunktet zu haben.

»Und was passiert nun?«, fragte Käthe, als sie wenige Minuten später mit ihrem Anwalt vor dem Justizpalast stand.

»Nun müssen wir warten«, sagte Professor Mittelstedt. »Ich werde Sie informieren, sobald die Richter ihr Urteil verkündet haben.«

Er hatte ihr nicht gesagt, wie lange sie warten müssten. Käthe spazierte vom Gerichtsgebäude zurück zum Hotel, sie holte Fifi ab und ging mit ihr essen. Dabei hatte sie gar keinen Appetit, so elend fühlte sie sich.

Sie sollte erzählen, bestürmte Fifi sie. Aber was gab es da schon zu erzählen?

»Ich glaube, wir verlieren«, war Käthes düstere Befürchtung. Was dann?

Sie wollte nicht aufgeben, aber die Worte des Anwalts gingen ihr nicht aus dem Kopf. Was hatte er gesagt? Sie als Künstlerin erschuf ein Kunstwerk, das dann sein Konzern der Allgemeinheit zugänglich machte ...

Künstlerin, pah. Das hätte Max amüsiert, davon war sie überzeugt. Eine Künstlerin hätte sie werden können, seiner Meinung nach, wenn sie sich mehr aufs Aquarellieren verstiegen hätte. Das Gekleckse jedoch hatte sie nie so froh gemacht wie die Arbeit mit Stoff und Holzwolle, mit Nadel und Faden. Und Kunst musste die Künstlerin doch erfüllen, sonst war sie nur inhaltsleer und vermochte niemals den Betrachter zu erfreuen?

Sie wusste wohl, worauf die Anwälte von Bing mit ihrer Argumentation abzielten. Wenn Käthes Puppen Kunst waren, sollte es recht und billig sein, dass andere sich von dieser Kunst inspirieren ließen. Kunst war nichts, was man Kindern zum Spielen in die Hand drückte, so dachten sie wohl. Dass aber Kinder das Beste verdient hatten, was eine Generation zu bieten und zu leisten imstande war – das vergaßen sie. Kunst war an die Kinder ja nicht verschwendet! Wie sollten sie zu empfindsamen, klugen und ästhetischen Erwachsenen werden, wenn ihnen nur die zweitbeste Variante vorgesetzt wurde? Ewig könnte sie sich über dieses Thema echauffieren; sie empfand eine große Ungerechtigkeit, sobald ihre Gedanken wieder um den Prozess kreisten und die Frage, ob Bing die Produktion einstellen musste oder nicht.

»Du bist ja gar nicht in Gedanken bei mir, Käthchen.«

»Ach, Fifi.« Käthe legte den Löffel beiseite. Die köstliche Brokkolicremesuppe hatte sie nicht angerührt. Sie zerpflückte die Scheibe Weißbrot, die dazu gereicht wurde. »Es will mir nicht in den Kopf, weshalb man etwas kopiert, statt sich selbst Gedanken zu machen, wie man es schön hinbekommt. So mach ich es doch immer.«

»Weil die Leute gern die Abkürzung nehmen?«

»Das wird's sein.« Verstehen konnte sie es trotzdem nicht.

Sie spazierten zurück ins Hotel, und Fifi hakte sich bei ihrer Mutter unter. »Es wird schon alles werden. Und wenn du nicht Recht bekommst, wirst du ihnen zeigen, *wie* gut du bist. Wirst ihnen einfach eine neue Puppe vorsetzen, an der sie was zu neiden und zu kopieren haben.«

Vielleicht möchte ich das nicht, dachte Käthe. Ihre Puppen waren gut und richtig, wie sie waren – da sollte keiner sie nachmachen oder sie in eine Richtung treiben, die ihr so viel abverlangte. Sie liebte es, sich neue Puppen auszudenken. Aber doch nicht, um der Konkurrenz auszuweichen!

»Da sind Sie ja!« Der Concierge des Hotels begrüßte sie, kaum dass Käthe und Fifi das Foyer betraten. Er kam ihr entgegen. »Jemand hat für Sie angerufen, schon dreimal. Gerade habe ich einen Pagen hochgeschickt, ob Sie nicht doch schon unbemerkt zurückgekehrt sind.« Er führte sie zum Tresen und zeigte auf das Telefon dahinter. Käthe fuhr der Schreck in die Glieder. War daheim etwas passiert? Ging es den anderen Kindern gut? Max!

»Meine liebe Frau Kruse, Sie sind ja eine vielbeschäftigte Frau, ich dachte nicht, dass Sie so abgängig sind.« Die Stimme von Professor Mittelstedt dröhnte aus dem Hörer. »Nun darf ich Ihnen tatsächlich gratulieren, denn bereits kurz nach fünf hat das Reichsgericht in Ihrer Sache das Urteil verkündet. Sie haben gewonnen. Auf ganzer Linie!«

»Wie … «, stotterte Käthe. Sie wusste gar nicht, was sie sagen sollte. Das war auch nicht nötig, denn Professor Mittelstedt plauderte munter weiter.

»Bereits nach kurzer Beratungszeit waren sich die drei Herren einig, dass sie Ihrer Klage stattgeben würden. Sie haben auf ganzer Linie gewonnen, liebe Frau Kruse, und der Konzern Bing muss die Produktion und den Vertrieb der Puppen, die mit Ihrem Namen werben, mit sofortiger Wirkung einstellen.«

Käthe wusste erst nicht, was sie sagen sollte. Sie schüttelte den Kopf, aber dadurch wurde es nicht weniger wahr. Das war es ja, worauf sie immer gehofft hatte, wenn es in der Welt gerecht zuging – und nun hatte sie Recht bekommen?

»Was ist denn, Käthchen?«, fragte Fifi. Doch Käthe reichte ihr nur den Hörer. Sie nahm ihre Handtasche an sich und verließ das Hotel. Die laue Sommerluft streichelte zärtlich ihre Wangen.

Gewonnen, dachte sie. Ich habe gewonnen.

Sie konnte nicht mit Fifi reden oder feiern, denn dieser Moment. Der gehörte ihr allein.

Käthe ging durch Leipzigs Straßen. Sie kam an einem Blumengeschäft vorbei, die Verkäuferin räumte gerade die Zinkeimer mit den restlichen Blumen rein. Käthe blieb stehen.

»Haben Sie rote Rosen?«, fragte sie.

»Kommen Sie.« Es gab einen ganzen Eimer voll, über zwanzig langstielige, wunderschöne rote Rosen. Käthe kaufte sie alle. Als sie bezahlte, dachte sie darüber nach, dass sie das ja noch nie gemacht hatte – für sich selbst Blumen kaufen. Es fühlte sich dennoch richtig an.

Heute wollte sie sich feiern. Denn sie hatte es verdient.

28

Bozen, Juli 1925

Am nächsten Morgen reisten sie ab. Nach einem kurzen Abstecher in Kösen, wohin vor wenigen Tagen die Kinder für den Sommer zurückgekehrt waren, ging es direkt weiter. Käthe saß neben Fifi, Max junior zwischen ihnen, und so brausten sie gen Süden.

Sie hatte in der Nacht kaum Schlaf gefunden, weil sie darüber nachgedacht hatte, was dieses Urteil tatsächlich für sie bedeutete. Professor Mittelstedt war noch gestern Abend auf ein Glas Champagner vorbeigekommen, und er war überzeugt, dass sie mit diesem Urteil für alle Zeiten keinen Kummer mehr haben würde. »Damit haben Sie Rechtsgeschichte geschrieben, meine Liebe«, davon war er überzeugt.

Rechtsgeschichte, nun ja! Käthe genügte es, wenn sie nicht länger befürchten musste, dass Konzerne ihre Marktlücke mit billigen Kopien fluteten. Und das hatte sie erreicht. Bing musste sämtliche im Verkehr befindliche Puppen einsammeln und vernichten, eine weitere Produktion war ebenfalls verboten worden. Sie sollte sich von der Euphorie tragen lassen, doch sie war vor allem erleichtert. Und sie wollte mit ihrer Familie diesen Erfolg feiern. Genauer: mit Max.

Der aber war immer noch in Italien. Deshalb also fuhren sie nun über den Brenner gen Süden, und zwei Tage später erreichten sie Bozen. Käthe hatte telegrafiert, damit Mimerle und Max nicht kurz vor ihrer Ankunft zu einer mehrtägigen Wandertour aufbrachen. Zuzutrauen war's ihm nämlich.

Fifi war erschöpft, sie hatte drei Tage den Buick über schmale Passstraßen gelenkt und dazu ständig die klugen Ratschläge ihrer halbstarken Brüder im Ohr. Hanni zog sich direkt nach der Ankunft in ihr Zimmer zurück, sie wollte niemanden sehen und hören. Max junior kuschelte sich an Käthe und wollte am liebsten auch seine Ruhe haben. Käthe aber brannte darauf, ihrem Mann zweierlei mitzuteilen.

Sie fanden ihn im Garten. Im schicken weißen Anzug – wann hatte er den schon wieder gekauft? – saß er im Schatten der Platanen, vor sich einen Kuchenteller, neben sich Mimerle, die ihm vorlas. Käthe näherte sich von hinten. Sie blieb stehen.

»Wer ist das?«, fragte Max junior.

Mimerle blickte auf. Sie erkannte die Mutter mit dem Dreijährigen auf dem Arm. »Papi. Das Käthchen ist da.«

Als Käthchen konnte sie sich wieder jung fühlen. Oder noch jünger, denn jung, ja, das war sie immer noch.

Etwas schwerfällig drehte Max sich um. Er musterte Käthe mit Max junior auf dem Arm. Der zappelte, sie ließ ihn herunter. Der kleine Max versteckte sich hinter ihrem Rock. »Da seid ihr ja.«

»Da sind wir, ja.«

Anderthalb Jahre hatten sie sich nicht gesehen. Sie hatten nur schriftlich kommuniziert, denn telefonieren war Max' Sache nicht. Viel zu teuer, was sollte er auch sagen?

»Bleibt ihr länger? Dann könnt ihr mit auf Wandertour.«

Käthe atmete durch. Nun gut. Vermutlich war es auch zu viel verlangt, dass er wegen seiner Familie Pläne änderte. Aber sie wollte sich von ihm nicht ärgern lassen. »Habt ihr vorher noch Zeit? Wir sind müde von der Autofahrt.«

Vor allem Fifi brauchte Erholung.

»Setzt euch doch zu uns.« Mimerle versuchte zu vermitteln. Sie kam zu Käthe und umarmte sie sanft. »Schön, dass ihr hier seid, setz dich zu uns. Möchtest du Limonade?«

»Ja, Limonade wäre fein. Kommt, Kinder. Wir ruhen uns erst mal aus.«

Aber Max stand auf, sobald Käthe sich dem Tisch näherte. Er runzelte die Stirn, weil sich sein Jüngster immer noch hinter ihr versteckte.

»Was ist mit dem Kind?«, wollte er wissen. »Wieso sagt er mir nicht guten Tag?«

»Max, bitte.« Käthe war zu erschöpft, um das jetzt auch noch diskutieren zu müssen. Doch ihr Mann blieb unnachgiebig. Er schob Käthe beiseite.

»Nun sag schon guten Tag.«

Max junior starrte ihn aus großen, dunklen Augen an, und weil er so unsicher war, rutschte ihm der Daumen, an dem er sonst allerhöchstens zum Einschlafen lutschte, in den Mund. Er tastete mit der anderen Hand nach Käthes Rock, und sie nahm ihn auf den Arm. »Er ist müde, Max. Wir alle. Lass uns doch erst mal ankommen«, bat sie.

Ein zweiter Tisch wurde herangerückt, an dem die Jungen und Hanni saßen, die ihre Nase wieder in ein Buch steckte.

Limonade und Küchlein wurden serviert, die Kinder stürzten sich hungrig darauf. Käthe setzte sich zu Mimerle und Max, und zog den kleinen Max auf ihren Schoß. Aber er war so knatschig, dass er sich von seinem Vater wegdrehte. Was den wiederum verstimmte, da er sich mehr Wiedersehensfreude erhofft hatte.

Da hättest du wohl mehr da sein sollen, dachte Käthe. Sie ließ Max junior kuscheln und merkte schon bald, wie er in ihrem Arm schwer wurde. Sei's drum, dachte sie. Sollte er schlafen, wenn er's brauchte.

»So, und was treibt euch endlich nach Italien? Musste ja lange warten, dass du dich herbequemst.« Max feixte.

»Ich hatte zu tun. Meine Werkstätten, die neuen Puppen und dann noch der Prozess gegen Bing ... «

»Ach ja. Ist der immer noch nicht zu Ende?«

Käthe atmete durch. »Doch«, sagte sie ruhig. »Der ist zu Ende. Vor dem Reichsgericht.«

»Haste verloren, wa?« Da kam wieder sein Berlinerisch durch. Er wirkte so selbstzufrieden, hätte auf ihrem Schoß nicht Max geschlafen, sie wäre aufgesprungen und gegangen. Zugleich fragte sie sich, warum sie das all die Jahre mit sich hatte machen lassen.

»Ich habe in allen Punkten Recht bekommen. Bing muss die Produktion einstellen und sämtliche Puppen zurückrufen, die noch in den Läden stehen.«

Max schwieg. Er kaute auf ihrer Antwort herum, als wäre sie für ihn schwer verdaulich.

»Das Reichsgericht sah hier den Tatbestand unlauteren

Wettbewerbs gegeben, so haben sie es im Urteil formuliert, weil die Gegenseite mit meinem Namen geworben hat. Außerdem – und das wird dich amüsieren – haben die Richter in ihrem Urteil besonders darauf hingewiesen, dass durchaus auch ein Kunstwerkschutz vorliegen könne, der selbst dann das Kopieren meiner Puppen verbieten würde, wenn sie nicht unter meinem Namen von anderen in Verkehr gebracht werden.« Max runzelte die Stirn, deshalb fügte Käthe erklärend hinzu: »Na, die Richter finden, ich mache Kunst!«

»Aha«, machte Max nur.

»Und das fand ich so amüsant, weißt du? Wir streiten uns seit Jahren über nichts anderes, aber nun habe ich es von höchster richterlicher Stelle schriftlich, sogar in einem Urteil.« Sie lächelte zufrieden.

Max blickte an ihr vorbei an den Nebentisch, wo sich Jockel und Friedebald um den Limonadenkrug zankten.

»Willst du gar nichts dazu sagen?«

Er sah sie an. Sie wollte nachsetzen, wieso sagte er keinen Ton? Aber dann räusperte Max sich. »Glückwunsch«, sagte er. Mehr nicht. Er stand auf und verließ den Tisch.

»Na, was hat er nun denn wieder«, murmelte Käthe. Sie hatte gedacht, er würde sich über ihren Erfolg freuen.

»Er hat gern seine Ruhe.« Mimerle meldete sich zu Wort. Sie stand auf, nahm den Brüdern den Krug ab und schenkte beiden etwas Limonade in die kleinen, bauchigen Gläser. »Und dann telegrafierst du, du wärst auf dem Weg hierher. Du kannst dir nicht vorstellen, wie mies seine Laune seither war.«

»Also ist uns die Überraschung missglückt.«

»Er hasst Überraschungen.«

»Na, das ist nicht ganz richtig.« Käthe erinnerte sich gut an ihre Jahre im Tessin; da war Max derjenige gewesen, der wie aus der Wiese gewachsen plötzlich vor ihr stand, weil er – Überraschung! – aus Berlin angereist war.

»Du weißt, dass er gern die Kontrolle hat.«

Mimerle setzte sich wieder und strich sich über den langen Rock. Und da fiel es Käthe auf. Sie sah mit Schrecken, was sie selbst all die Jahre befördert hatte, indem sie ihre Älteste mit dem Vater durch die Welt hatte ziehen lassen.

Mimerle – Maria! – war wie sie. Kümmerte sich um Max. Las jeden seiner Wünsche von den Augen ab, dass er sie gar nicht aussprechen musste. War ihm die angenehmste Reisegefährtin, die er sich nur wünschen konnte. Und nahm ihm alle Unbill ab. Sie sorgte für ihn. Sie übernahm das, wozu Käthe nicht länger bereit war.

Und ihre Tochter hatte sich in dieses Leben gefügt, weil Käthe es ihr immer vorgelebt hatte. Weil Freiheit eben nichts war, das den Frauen von Natur aus zustand, wenn es nach Max ging. Er hatte einerseits immer darauf beharrt, dass Käthe und er eine freie Ehe führten. Dass sie heirateten, hatte er ohnehin als persönliche Niederlage begriffen. Seine Reisen dienten nicht nur seinem Vergnügen, sondern waren zugleich Ausdruck seiner Weigerung, Teil des Familienlebens zu sein. Er hatte sich ihr immer entzogen. Immer.

Nun hatte er ja die älteste Tochter, die mit ihm umherreiste. Aber das war es nicht, was Käthe sich für ihre Kinder gewünscht hatte. Sie sah die beiden ältesten Töchter, die unbemerkt zu jungen Frauen herangewachsen waren. Die eben noch nicht unabhängig waren.

War sie selbst denn unabhängig von Max? Er war von ihr finanziell abhängig, sie von ihm emotional. Immer noch hegte sie insgeheim die Hoffnung, er könnte über seinen Schatten springen. Sie könnten noch ein achtes Kind bekommen ...

Ach, nein. Sie machte sich was vor. Max hatte sich schon lange von der Familie abgewendet. Ihn interessierte nur noch, ob er weiterhin Geld bekam, um seinen ausschweifenden Lebensunterhalt zu finanzieren. Dafür war sie gut genug.

Aber dass sie ihn in Italien besuchte, kam gar nicht in Frage.

Sie hatte ihn überrumpelt.

Max stapfte wütend in sein Zimmer. Er hatte überhaupt keine Lust, bei der Hitze wandern zu gehen, wusste zugleich aber nicht, wie er sich besser der Familie entziehen sollte. Also wechselte er die Kleidung – vom weißen Anzug mit Panamahut zu der Wanderkleidung, er wollte niemanden mehr sehen. Ihm stand der Sinn mehr nach zerklüfteten Bergen, nach einem langen Spaziergang. Allein! Dass seine Familie das auch nicht verstand, es war ihm ein Rätsel. So langsam sollten sie ihn doch kennen.

Käthe also hatte sich durchgesetzt. Wunderte ihn ja nicht, sie bekam immer, was sie wollte. Erst ihn, dann sogar als Ehemann, die Manufaktur, die inzwischen nur noch *meine Werkstatt* war, kein Wort mehr davon, wie groß sein Anteil an ihrem Erfolg war. Das sah sie gar nicht. Und dann tauchte sie hier auf, erzählte ihm, wie sie sich gegen den Bing-Konzern durchgesetzt hatte, und brüstete sich damit, dass sogar die Richter am Reichsgericht die Auffassung vertraten, es handle sich bei ihren Puppen um Kunst! Max schnaubte. Er schnürte die Wanderstiefel, griff seinen knorrigen Wanderstock und verließ das Hotelzimmer. Kunst! So weit kam es noch.

Sie hatte sich immer nur auf seinen Schultern zu neuen Höhen aufgeschwungen. Sah sie das denn nicht?

Und nun war sie hier. Er ahnte, was sie als Nächstes von ihm wollte. Noch ein Kind. Dabei hatten sie doch genug, der Kleinste erkannte ihn ja nicht mal. Warum noch eins? Wann hörte das denn auf?

Sollte sie doch weiter ihre Puppen machen, ihrer Kunst nachgehen … Er verließ das Hotel und spazierte durch die Obstgärten. Schritt schnell aus, denn auch mit über siebzig Jahren hatte er genug Kraft, um sich täglich bei einem Spaziergang zu verausgaben. Maria fehlte ihm dabei, aber die hatte Käthchen auch vermisst.

Das war es.

Er hatte sie vermisst. Schnell verscheuchte er den Gedanken. Vermisst, ha. Was ihm fehlte, war die junge Käthe, die unabhängige Schauspielerin, die nicht sofort schwanger wurde … Sie sollte lieber zusehen, dass der Verkauf weiterhin lief, statt sich als Künstlerin zu sehen …

Zwei Stunden später kehrte Max von seinem Ausflug zurück. Erhitzt und müde, aber mit einigen klugen Gedanken mehr in seinem Kopf. Auf dem Weg zum Zimmer kam ihm Käthchen entgegen.

»Wir haben dich gesucht!«, rief sie ihm zu.

»Ich war wandern.«

»Isst du mit uns zu Abend?«

Sie blieb vor ihm stehen. Max nahm den Hut ab und wischte sich mit dem Stofftaschentuch über die verschwitzte Stirn.

»Natürlich esse ich mit der Familie.« Hielt sie ihn für einen Unmensch? Wenn die Familie schon hier war, entzog er sich nicht. Aber ärgern durfte er sich ja trotzdem darüber.

Käthe stellte sich auf die Zehenspitzen. Sie umfasste sein Gesicht mit ihren kleinen, zarten Händen, und bevor er protestieren konnte, küsste sie ihn auf den Mund.

»Ach, Käthchen«, murmelte er.

»Nix ach. Nun sei nicht so griesgrämig. Wir sind nicht ewig hier, und danach kannst du mit Mimerle zur Lietzenburg, da lassen wir dich den ganzen Sommer in Ruhe.«

Kein Wort mehr über ein letztes Kind. Als hätte auch sie begriffen, dass ihre Wege so weit auseinander gegangen waren, dass dafür nun wirklich kein Platz mehr war.

29

Kösen, August 1925

Zehn Tage blieben sie in Südtirol. Dann ging es heim nach Kösen, und Käthe nahm ihr Leben wieder auf.

In der Zwischenzeit war das Urteil des Reichsgerichts rechtskräftig, und eine erste Auswirkung des Umstands, dass die Puppen von Bing nicht länger in den Läden standen, waren einige zusätzliche Bestellungen von deutschen Händlern. Käthe freute sich darüber, einerseits. Zugleich war sie verärgert. Die hatten vorher alle die billigen Bing-Puppen im Regal stehen gehabt, oder? Waren sie so dumm gewesen, sich von dem nachgemachten Produkt täuschen zu lassen, und mussten nun, nachdem diese zurückgerufen wurden, auf das Original zurückgreifen – weil die Kunden eben Puppen von Käthe Kruse haben wollten?

Käthe sorgte dafür, dass die neuen Kunden besonders schöne Pakete bekamen. Die durften ruhig merken, was sie in den vergangenen Jahren verpasst hatten!

Und auch sonst nahm sie ihre Routinen wieder auf. Morgens im Bett die Briefe lesen und beantworten, dazu trank sie eine Kanne Schwarztee. Das hatte sie sich nach Max' Geburt angewöhnt, und da der Jüngste morgens oft noch zu ihr ins Bett gekrochen kam, hielt sie daran fest.

Sie bekam täglich viel Post. Lieferanten, Händler, meist

überschwängliche Dankesworte. Gelegentlich Beschwerden über zu späte Lieferungen, aber nie über zu spät eingegangene Zahlungen, denn das rasche Begleichen von Rechnungen, das hatte sie sich aus der Zeit der Hyperinflation bewahrt: Geld, das da war, musste auch herangezogen werden, bevor es seinen Wert verlor. Zumal Lieferanten gern dazu übergingen, ihre Rechnungen zu korrigieren, falls nicht binnen Wochenfrist bezahlt worden war.

Es kamen auch Briefe von Kindern, die ihr schrieben, wie sehr sie ihre Puppen liebten. Ebenfalls häufig kamen Briefe von Eltern und Großeltern, die ihrer Dankbarkeit Ausdruck verliehen, da die Puppen so viel Freude bereiteten.

Nach den Briefen kam die tägliche Zeitungslektüre. Max junior lag auf ihren Beinen und ließ sich von der druckfrischen Zeitung zudecken, während seine Mutti blätterte. Sie summte leise vor sich hin. Diese friedliche Stunde am Morgen ließ sie sich nicht nehmen.

Die Zeitungslektüre endete immer mit dem Feuilleton, und das hatte neuerdings Gründe. Denn Käthe hatte entdeckt, dass ihr die Kolumnen und Beiträge eines gewissen Fred Hildebrandt außerordentlich gut gefielen. Er schrieb über das Berliner Nachtleben, über Bars und Tanzpaläste, über die mondänen Auswüchse einer Welt, in der auch Käthe einst verkehrt hatte. Damals, vor nun bald vierundzwanzig Jahren, bevor sie Max kennengelernt hatte und diese Begegnung ihr Schicksal für alle Zeiten prägen und lenken sollte. Käthe las begierig jedes Wort des jungen Feuilletonchefs, sie konnte nicht genug davon bekommen. Neben seinen Texten war oft ein Foto von ihm abgedruckt, und sie vermutete, das geschah nicht ohne Grund. Er hatte ein hübsches, klares Gesicht mit einer geraden Nase. Der Blick tiefgründig, er trug auf dem Foto eine Nickelbrille. Und der Mund mit schmalen Lippen, die Mundwinkel leicht nach unten gezogen zum markanten Kinn – sie wollte diesen Mund gern lächeln sehen, und dieses Lächeln sollte ihr gelten.

Fred Hildebrandts wöchentliche Kolumnen fühlten sich für Käthe an, als würde er direkt aus ihnen zu ihr sprechen. Und damit es nicht bei einem Monolog blieb, zog sie an diesem Morgen einen Briefbogen aus der Mappe, nahm noch einen Schluck vom lauwarmen, süßen Tee und schrieb los, wie ihr die Gedanken gerade in den Kopf kamen.

Liebster, noch unbekannter Freund, auch heute haben Sie mit Ihrer Kolumne direkt in mein Herz gesprochen und es zum Klingen gebracht … Wann immer Sie über die »Rakete« schreiben, jenes Kabarett in der Kantstraße, Ecke Joachimsthaler Straße, fühle ich mich an meine Anfangsjahre als junge Schauspielerin erinnert. Damals, zu Beginn dieses Jahrhunderts (und ich bin wirklich nicht so alt, wie Sie angesichts meiner Nostalgie zwischen den Zeilen glauben dürften!) habe ich im Überbrettl getanzt. Sie schreiben so leidenschaftlich über Anita Berber, ich bekäme direkt Lust, sie mir in Berlin mal anzusehen.

Käthe zögerte. Durfte sie das so schreiben? Andererseits: Warum sollte er nicht wissen, wie sehr seine Worte sie bewegten? Rasch beendete sie den Brief mit den herzlichsten Grüßen, faltete den Bogen zusammen, Adresse aufs Kuvert und Briefmarke, dann rasch unter die anderen Briefe im

Körbchen schieben, das täglich von Martha zur Post getragen wurde. Dann stand sie auf und kleidete sich für den Tag an. Als sie über dem Waschtisch stand und ihren Oberkörper wusch, die Haare mit einer Hand aus dem Nacken hob – da blickte sie sich selbst im Spiegel an.

Alt war sie nicht mit ihren knapp zweiundvierzig Jahren, das würde nun niemand behaupten. Ihre Haut war hell und faltenlos, die Augen groß und klar. Die Haare waren nur von einzelnen silbrigen Fäden durchzogen. Es würde noch dauern, bis sie wie einst ihre Mutter ganz grau wurde. In ihrer Erinnerung war das schon immer so gewesen, das hieß, dass Christiane Simon schon mit Mitte dreißig ergraut war.

Auch ihrem Körper sah man die acht Schwangerschaften nicht so sehr an. Käthe drehte sich im langen Unterhemd vor dem Spiegel. Sie schob die Träger von den Schultern und entblößte ihre Brüste. Klein, fest und rund. Sie lächelte. Ihre Finger fuhren über die dunkle Brustwarze. Mit einem Seufzen schloss sie die Augen. Es fühlte sich gut an. Frau sein. Mutter sein. Geliebte … Nun, das war sie nicht länger. Max hatte das Interesse wohl endgültig daran verloren.

Aber sie hatte doch auch Bedürfnisse. Sie brauchte die Nähe zu einem erwachsenen Menschen, körperliche Nähe! Sie konnte es nicht so klar formulieren, aber ihr Leben war ja nicht vorbei, nur weil sie eine Frau jenseits der vierzig war. So, da hatte sie es gedacht. Und Max hatte doch immer gesagt, die Ehe enge ihn ein. Sie wusste nicht, was er in den Jahren ohne sie getan hatte, ob es andere Frauen gegeben hatte. Freundinnen, mit denen er sich die Zeit vertrieb. Gefragt hatte sie ihn nie. Nur ob Gabriele Reuter auch zu diesen Frauen gehörte, das hatte sie irgendwann mal gefragt. Nicht ihn, bewahre. Aber Gabriele war auch ihre Freundin, und sie hatte Käthe damals ernst angeblickt und ihr dann versprochen, dass sie niemals, nie mit Max etwas gehabt hätte oder haben würde.

Das hatte Käthe beruhigt. Und sie hatte sich gesagt, solange ihre Bedürfnisse erfüllt wurden, dürfte sie nicht Max fragen, ob es noch andere neben ihr gab. Sie hatte ja alles, was sie brauchte. Und sowieso: Geliebt hatte sie ihn, bis heute liebte sie ihn. Und sie hatte sich von ihm geliebt gefühlt. Daran würde sich ja nichts ändern, wenn sie …

Weiter kam sie in ihrem Gedankenspiel nicht. Max junior, der bisher auf dem kleinen Sofa gelegen hatte, das zwischen Bett und Fenster eingekeilt stand, setzte sich auf und wollte nun frühstücken. Käthe hatte derweil ihre Haare zu Zöpfen geflochten und steckte sie zu kleinen Schnecken aufgerollt über den Ohren fest. Noch mal der kritische Blick, nachdenklich fast. Sie trug weiterhin die Reformkleider, die einst viel zu modern gewesen waren und inzwischen aus der Zeit fielen. Junge Frauen trugen nun kurze Röcke, sanft fallende Seidenblusen und bunte Farben. Das Korsett hatten sie alle abgelegt und durch kleine Mieder ersetzt, alle Mode konnte auch aufreizend sein, vor allem die darunter. Käthe hingegen war ein Mauerblümchen. Weil Max das so gewollt hatte.

Aber der konnte wollen, wie es ihm gefiel – sie brauchte neue Kleider. Und ob sie ihre Haare so ließ? Nicht zu viel Veränderung auf einmal, dachte sie ängstlich. Es war doch alles gut in ihrem Leben, weshalb wollte sie unbedingt etwas verändern?

Kösen war auch nicht der richtige Ort, wenn eine Frau in der Mitte des Lebens aus dem Dornröschenschlaf aufwachte und etwas an sich verändern wollte. Das merkte Käthe, als sie wenige Tage später den Weg zu einem kleinen Schneideratelier fand, in dem sie sich schon bei anderen Gelegenheiten die Garderobe hatte schneidern lassen. Die Schneiderin war in ihrem Alter, und was bisher vortrefflich zu Käthe und ihrem Modegeschmack gepasst hatte, engte sie nun ein.

Als sie das Atelier betrat, wurde sie von Fräulein Trude begrüßt. Sie wuselte um Käthe herum, freute sich sichtlich, dass wieder eine ihrer besten Kundinnen zu ihr kam. »Was darf ich Ihnen heute schneidern? Ein paar neue Kleider für den Herbst? Ich habe einen wunderschönen, rostbraunen Wollstoff hereinbekommen, den zeige ich Ihnen gern.«

»Nein«, sagte Käthe fest. »Ich möchte Röcke, Blusen und Kleider. Eine komplette Garderobe. Aber sie soll nach der neuen Mode geschneidert werden.«

Fräulein Trude, die ebenso wie Käthe gern die etwas unförmigen Reformkleider trug und gerade das Maßband hob, mit dem sie direkt Käthes Maße nehmen wollte, hielt in der Bewegung inne.

»Ach so«, sagte sie. Etwas bedrückt.

»Können Sie das, Fräulein Trude?«

»Natürlich kann ich das.«

Käthe hörte das Aber heraus und hob fragend die Augenbrauen.

»Aber Frau Professor! Sie sind doch ein Leuchtfeuer der Sittsamkeit, wenn selbst Sie sich nun dieser anzüglichen Mode unterwerfen, was soll dann werden?«

»Anzüglich?«, echote Käthe.

»Ja, haben Sie nicht die neuen Modemagazine gesehen? Röcke, die so eng anliegen, dass sie nichts der Phantasie überlassen. Hochgeschlitzt. Dazu Blusen mit einem viel zu tiefen Ausschnitt, auf den Körper geschneidert, dass die Frau nur kein Gramm zu viel über die Weihnachtstage zulegt. Eine Zumutung ist das, sowohl für mich als Schneiderin als auch für Sie als Trägerin dieser Kleidung. Das können Sie doch nicht wollen?«

Käthe atmete tief durch. »Doch, meine Liebe. Genau das will ich.«

Fräulein Trude seufzte. Sie holte unter dem Tresen eine Handvoll Magazine hervor und breitete sie vor Käthe aus. »Nun denn. Suchen Sie sich was aus.«

Aber Käthe spürte, dass sie ihre Schneiderin mit diesem Auftrag verlor. Das nächste Mal musste sie woanders hingehen. Vielleicht konnte sie auch bei ihrem nächsten Besuch in Berlin in einem der großen Warenhäuser nach den richtigen Sachen schauen. Sie bekam ein Gefühl dafür, dass Kösen ihr in diesem Moment zum ersten Mal seit vielen Jahren zu eng wurde.

Sie wählte aus dem Katalog zwei verschiedene Blusen, einen schmalen Rock – für den durfte Fräulein Trude gern den

Wollstoff verwenden, denn als sie ihn auf dem Schneidetisch ausbreitete, war er von erstaunlich weicher, seidig fallender Qualität – und dazu zwei Abendkleider, die sie auch in Berliner Bars oder im Theater tragen konnte. Fürs Varieté taugten sie auch. Daran, wie Fräulein Trude die Lippen spitzte, merkte Käthe, wie wenig ihre Schneiderin von diesen Extravaganzen hielt. Aber das durfte sie nicht kümmern. Ihre Schneiderin war Zeit ihres Lebens unverheiratet geblieben. Die Gründe kannte Käthe nicht, vielleicht hatte es einen Liebsten gegeben, der in den französischen Schützengräben zurückbleiben musste. Das war etwas, worüber man selten sprach.

Fräulein Trude versprach, dass Käthe die Kleidungsstücke in zehn Tagen abholen könne. Auf dem Rückweg nach Hause spazierte Käthe durch Kösen; eine Marktfrau bot Blumensträuße an, und sie kaufte bei ihr einen Strauß Bartnelken. Heute hatte sie Zeit, und die nahm sie sich einfach. Sie hatte ihr Leben lang immer nur ihren Zielen nachgesetzt, aber inzwischen reifte bei ihr die Erkenntnis, dass sie nicht alles tun musste.

»Da sind Sie ja endlich! Vorhin hat jemand für Sie angerufen«, begrüßte die Köchin Martha sie bei ihrer Rückkehr. Sie wirkte gestresst; sie mochte es gar nicht, wenn sie für Käthe ans Telefon gehen musste.

»Jemand? Mehr wissen Sie nicht?« Käthe lachte. Der Spaziergang durch die Sonne und die Aussicht auf ein paar hübsche Kleider bereiteten ihr erstaunlich gute Laune.

»Na, so ein Herr aus Berlin, Journalist oder so. Fred irgendwas.«

Käthe hängte gerade ihren Hut auf und hielt in der Bewegung inne. »So, so«, sagte sie leise. Das konnte doch nicht etwa ...? Nun, er würde noch mal anrufen. Das hoffte sie zumindest. Ihre Telefonnummer hatte sie nämlich auf dem Brief vermerkt, falls er mal Interesse hatte, mit ihr über die guten früheren Zeiten zu plaudern. Bewusst hatte sie nicht von »alten« Zeiten gesprochen, um sich selbst nicht alt zu fühlen im Vergleich zu dem jungen Herrn Hildebrandt.

Tatsächlich klingelte am nächsten Morgen wieder das Telefon, und diesmal war Käthe zur Stelle. »Mein lieber Herr Hildebrandt.«

»Nennen Sie mich Fred, gnädigste Frau Professor Kruse.«

Sie lachte. Perlend und fast ein wenig kokett. »Aber nur, wenn Sie mich Käthe nennen. Mindestens!«

Sie einigten sich rasch auf Fred und Käthchen, und Fred drückte ihr seine Bewunderung aus. »Dass mich mal eine echte Künstlerin anruft!«

Na, das sehen andere Leute nicht so, dachte sie. Aber sie wollte ihm nicht gleich auf die Nase binden, dass ihr Ehemann andere Ansichten pflegte. Lieber sonnte sie sich in der Bewunderung des jüngeren Mannes.

»Ach, Sie nun wieder. Dabei haben Sie mit Ihren Texten mich in den letzten Monaten so oft berührt und aufs Äußerste unterhalten.«

»Sie sollten mal lieber all die Dinge erleben, über die ich schreibe. Meine Worte können nicht ansatzweise den Zauber der Berliner Nächte einfangen.«

»Ist das eine Einladung, lieber Fred?«

»Aber nur, wenn Sie wirklich kommen, liebes Käthchen.«

Sie plauderten noch ein wenig. Käthe schwebte auf Wolken, sie genoss Freds Bewunderung und seine gewitzte Art. Zum Abschied versprach sie, ihn recht bald in Berlin zu besuchen. Sie konnte es kaum erwarten. Max weilte im Sommer selbstverständlich auf Hiddensee, damit wäre die Atelierwohnung in der Fasanenstraße leer. Sie schrieb an Gabriele, ob sie in der Stadt sei.

Die Antwort kam postwendend. *Bin immer hier, erwarte Deine Ankunft bald! Ist was passiert?!*

Allein der Nachsatz zeigte, wie sehr sich Gabriele wunderte. Käthe wunderte sich selbst; sie, die zwanzig Jahre lang nur die Puppen und ihre Kinder umsorgt hatte, begann nun endlich, sich auch um ihre eigenen Bedürfnisse zu kümmern.

Es war allerhöchste Zeit dafür, das merkte sie wohl auch.

Berlin, September 1927

Eine schick gekleidete Dame stolzierte über den Kurfürstendamm Richtung KaDeWe. Sie trug eine kleine rehbraune Schultertasche, einen kecken, fliederfarbenen Hut auf den kurzen, wippenden Löckchen, die das regnerische Wetter in ihre Frisur zauberte. Am meisten aber berückte ihr modischer, kurzer Mantel aus violettem Wollstoff, unter dem sie ein kurzes Kleid trug. Alles an dieser Frau strahlte ihr Modebewusstsein aus, ihre Klasse. Sie war hübsch. Und sie wusste es.

Vor dem KaDeWe wartete ein Mann auf sie, etwa in ihrem Alter. Sie begrüßten sich wie alte Bekannte, dann betraten sie gemeinsam das Kaufhaus. Der erste Weg führte sie in die Spielwarenabteilung, wo sie erst neugierig die Gänge abschritt und schließlich vor einem Regal stehen blieb. »So geht das aber nicht!«, rief sie und begann, die Puppen in dem Regal neu zu arrangieren. »Die müssen für sich stehen und sollen nicht mit den Puppen von anderen Herstellern vermischt werden.«

Er stand daneben und beobachtete sie halb amüsiert, halb liebevoll. Erst als sie mit der neuen Auslage zufrieden war, hakte sie sich bei ihm unter, und sie gingen weiter. Ihr nächstes Ziel war die Damenmodeabteilung, wo sie sich für ein

Ensemble aus Rock und Kostümjacke interessierte. »Für die Messen«, sagte sie fast entschuldigend. »Wenn ich die neuen Puppen der Welt präsentiere, muss ich doch auch präsentabel sein.«

»Du kannst alles tragen, Käthchen«, meinte ihr Begleiter.

»Ach, Fred. Du machst es ja schon wieder!«, schimpfte sie zärtlich. Sie trat zu ihm und zupfte ein unsichtbares Fädchen von seinem Jackettaufschlag.

»Was denn?«, fragte er in aller Unschuld. Sie lächelten einander an, und so mancher, der die Szene beobachtete, mochte denken, was für ein hübsches Paar die beiden doch abgaben.

Zum dritten Mal war Käthe seit August nach Berlin gekommen, und weil Max immer noch auf Hiddensee weilte, hatte sie es sich in seiner Wohnung eingerichtet – wohlgemerkt mit Mimerles Erlaubnis, der sie schrieb, sie bräuchte eine Pause von allem, sie müsse wieder kreativ werden, aber ohne dass sie alle drei Minuten von Kindern, Kaufleuten und Näherinnen aus ihren Gedanken gerissen wurde. Sie nutzte diese neu gewonnene Freiheit allerdings, um sich nächtelang mit Fred Hildebrandt in den Bars und Nachtclubs der Hauptstadt herumzutreiben. Viel hatte sich getan, seit sie selbst auf der Bühne des *Überbrettls* ihre leicht anzügliche Kunst zum Besten gegeben hatte. Was zur Kaiserzeit für Empörung, ja, für einen Skandal gesorgt hätte, lockte jetzt nicht mal mehr einen Hund hinter dem Ofen hervor. Stattdessen sah sie mit großem Staunen Nackttänzerinnen – dass es das gab! – und tauchte in die dunkle Welt der Nacht ein. Sie erfuhr von Süchtigen, Alkohol, Heroin, was eben so dabei half, den Schmerz zu vergessen, den der Krieg bei so vielen jungen Leuten hinterlassen hatte. Und sie fühlte sich frei. Niemandem etwas schuldig. Eine Frau von bald zweiundvierzig Jahren, die tun und lassen konnte, was sie wollte.

Fred war für sie ein Segen, er schenkte ihr etwas, das sie vom Leben nicht mehr erhofft hatte. Er war talentiert, liebevoll, aufmerksam. Bei ihm konnte sie eine andere sein, und das tat ihr überraschend gut. Darum war sie zu ihrem Geburtstag auch zu ihm nach Berlin gereist und nicht in Kösen bei der Familie geblieben. Sie wollte nur mit ihm zusammen sein, das genügte ihr.

Das lag natürlich nicht nur daran, dass Fred sie mit einer Seite der körperlichen Liebe erneut vertraut machte, von der sie gedacht hatte, sie wäre vorbei. Auch wenn sie Vergleiche scheute, weil diese niemandem gerecht wurden – weder Max noch Fred, schon gar nicht ihr selbst – waren die Nächte mit ihrem Liebhaber das Beste, was ihr in den letzten Jahren passiert war. Sie ließ sich in seinen Armen fallen und fand Erfüllung in diesen klandestinen Stunden. Mit Fred bekam Liebe eine ganz andere Bedeutung.

Er wollte sie nicht formen, wie Max es vor fünfundzwanzig Jahren versucht hatte. Für Fred war Käthe keine Leinwand, die er nach seinen Vorstellungen gestalten konnte. Im Gegenteil – er ermutigte sie, ihren eigenen Stil zu finden. Und das tat sie. Erst waren es nur kleine Veränderungen. Inzwischen blickte sie morgens in den Spiegel und sah eine andere Frau. Und das nicht erst, seit sie bei ihrem letzten Berlinbesuch in einen Friseursalon marschiert war und der Friseurin erklärte, sie wolle die Haare kurz tragen – »wie eine moderne junge Frau«.

Denn so fühlte sie sich nun, dank Fred.

Der nahm ihre Veränderung nicht nur wohlwollend auf, sondern geradezu begeistert. »Du bist eine ganz andere Frau, Käthchen!«, rief er verzückt, als sie sich ihm mit der neuen Frisur vorstellte. Sie lachte.

»Na, ich hoffe nicht!«, war ihre Antwort. Er hob sie hoch und wirbelte sie durch die Luft.

»Auf jeden Fall wirst du mir immer gefallen, immer immer immer!« Er küsste sie auf den Mund, und dann zogen sie wieder los, das Berliner Nachtleben in sich aufnehmen und genießen.

Bei ihrer Rückkehr nach Kösen hatte Martha die Nase gerümpft, aber sagen durfte sie ja nichts, die Frau Professor war schließlich ihre Arbeitgeberin. Käthe bekam wohl das Getuschel ihrer jungen Näherinnen mit, einige bewundernd, manch eine aber fühlte sich abgestoßen von der Jugendlichkeit einer Frau, die doch »das Beste hinter sich haben sollte«.

Eben nicht, dachte Käthe.

Als Max in ihrem Alter war, ein paar Jahre älter sogar, hatte er nach erster Ehe Käthe kennengelernt – damals war sie gerade mal süße achtzehn gewesen, und niemand hatte Anstoß daran genommen, dass er sich so ein junges Ding suchte. Aber wenn bekannt würde, dass *sie* sich einen jüngeren Liebhaber gesucht hatte, hui! Da wollte sie lieber nicht wissen, was Max' alte Freunde dazu sagten. Sie blieb lieber in Freds

Kreisen und ließ sich von ihm zu den schönsten Abenden ausführen.

Das Leben war üppig, und sie genoss es in vollen Zügen.

»Was machst du da in Berlin eigentlich?«, fragte Fifi, als Käthe nach ihrem Geburtstag nach Kösen zurückkehrte. Es gab schlesischen Mohnstriezel zur Feier des Tages, und Max junior wich ihr nicht von der Seite.

»Berlin? Ach, so dies und das. Es ist sehr inspirierend.«

»Das merke ich«, brummelte Fifi. »Ständig kommst du mit neuen Ideen. Das können wir gar nicht so schnell umsetzen, wie du dir was ausdenkst. Bleibst du diesmal wenigstens länger hier?«

»Kann ich nicht versprechen.« Käthe lächelte fein. Fred und Berlin – das sollte ihr Geheimnis bleiben. Für ein Wochenende im Oktober hatten sie sich bereits wieder verabredet. Mimerle und Max müssten dann in Italien weilen. Dachte sie.

Bis es so weit war, ging sie in ihr Atelier. Jawohl, so nannte sie die kleine, private Werkstatt nun, in der sie allein vor sich hinwerkelte, wann immer ihr neue Puppenideen in den Kopf kamen. Und wie früher, als sie noch regelmäßig mit Max über die Nasenerker und Gesichtsformen gefachsimpelt hatte, nahm sie heute die neuen Puppen, sobald sie fertig waren, im Koffer mit nach Berlin. Fred aber interessierte sich nicht für den Prozess, sondern nur für das Ergebnis. Erst das musste sich seinem prüfenden Blick gegenüber behaupten.

Er gab zu, sich nicht auszukennen. Ließ sich von Käthe er-klären, was sie selbst sich von den Puppen erhoffte, welche Kriterien erfüllt sein müssten, damit sie in Produktion ge-hen konnten. Weich und anschmiegsam, daran hatte sich in knapp zwanzig Jahren nichts geändert. Ausdrucksstark. Die Gesichter mussten Raum geben für die zärtliche Interpre-tation im kindlichen Spiel. Konnte die Puppe fröhlich und traurig zugleich schauen? Nein, sicher nicht. Aber ihr Blick konnte klar und ruhig sein, dass darin jedes Gefühl seinen Platz fand.

Berlin, Oktober 1925

Kühler Nebel über der Stadt. Käthe blickte aus dem Fenster ihres Zugs; sie hatte die Fahrt genossen. Diese zarte Anspannung, das sehnsüchtige Ziehen irgendwo in der Magengrube. Freds letzte Worte hallten noch in ihr nach, als sie sich gestern am Telefon verabschiedeten.

»Und komm mir nicht, dass du nur zwei Tage bleiben kannst!«

»Drei darfst du diesmal haben.« Sie lachte. Er zog sie immer damit auf, dass sie einfach zu erfolgreich war. Nie konnte sie die Manufaktur für längere Abwesenheiten verlassen. Sie verschwieg ihm, dass ihre häufigen Fahrten nach Berlin inzwischen Fragen aufwarfen. Fifi erkundigte sich, ob sie denn unbedingt schon wieder zum Warenhaus Tietz müsse, ob sich das nicht zusammen mit einem Besuch bei Wertheim im September hätte erledigen lassen. Ob denn unbedingt im November dann noch die Spielwarenausstellung dazukommen müsse. »Ständig bist du weg und lässt mich mit allem allein. Lass mich wenigstens mitkommen, dann könnten wir gemeinsam nach so hübschen Kleidern schauen, die du dir immer mitbringst!«

Käthe vertröstete ihre Zweitälteste. Von diesem Besuch wollte sie ihr ein Halstuch mitbringen, fest versprochen.

Der Zug rollte in den Bahnhof, sie verließ das Abteil und winkte auf dem Bahnsteig einen Kofferträger heran, der sie zum Taxistand begleitete. Sie hielt ihre Handtasche fest an die Brust gedrückt. Das hier war immer noch Berlin, sie mochte eine Frau von Welt sein, die es gewohnt war, allein zu reisen – was alles möglich war in dieser Zeit! Aber immer noch hatte sie Angst, jemand könnte ihr das Portemonnaie entreißen.

»In die Fasanenstraße, Künstlerhaus St. Lukas«, trug sie dem jungen Taxifahrer auf, dem ein Arm fehlte. Doch geschickt lenkte er das Automobil mit der Linken durch den Stadtverkehr Richtung Charlottenburg. Käthe gab ihm ein dickes Trinkgeld, und er trug ihr die Koffer bis zur Wohnungstür.

Sie schloss auf, brachte Koffer und Reisetasche ins Schlafzimmer und atmete tief durch. Endlich angekommen. So gern sie auch reiste, aber der beste Moment war, wenn sie am Ziel angelangt war und auspacken konnte. Sie ging ins Wohnzimmer, nahm den Hörer ab und ließ sich mit Fred verbinden. »Ich bin da«, sagte sie atemlos, und er lachte, voller Vorfreude auf die gemeinsamen Stunden. »In einer Stunde bin ich bei dir«, versprach er.

Käthe packte die Puppen aus, legte die neuen Prototypen auf den Küchentisch. Hübsch waren sie geworden. Sie empfand ehrlichen Stolz auf diese neuen Puppen. Die Puppe I bekam nun bald entsprechend größere und kleinere Gefährten, nur die ganz kleinen Puppenstubenpuppen würden sie dann nicht mehr fertigen. All das hatte sie sich überlegt und mit

Fred darüber gesprochen. Der meinte nur, sie solle machen, wie sie es für richtig hielt. Er vertraute ihrem Urteil.

Käthe zuckte zusammen, als ein Schlüssel im Schloss der Wohnungstür knirschte. Sie erwartete niemanden, der einen Schlüssel besaß? Der Hausmeister hatte einen, damit er während der langen Abwesenheiten nach dem Rechten sah …

»Da sind wir schon. Nanu? Hat jemand schon für uns geheizt?«

Mimerles Stimme. Käthe rutschte das Herz in den Magen, sie schaute in den Flur, wo gerade ihre Älteste einen kleinen Koffer abstellte und Max aus dem Mantel half.

»Ihr seid das!« Käthe zeigte ihre Überraschung. »Das habe ich ja nicht gewusst, dass ihr nach Berlin kommt.«

Vater und Tochter fuhren herum. Sie starrten Käthe an, einen Moment sagte keiner was. Dann trat Mimerle auf Käthe zu und gab ihr einen Kuss auf die Wange. »Mutti. Du trägst die Haare anders.«

»Nicht nur die Haare«, meckerte Max. Er kam auf Käthe zu. Das Alter drückte nun schon ein wenig auf die Schultern dieses über siebzigjährigen Mannes, und als seine Lippen über Käthes Mund strichen, schauderte sie kurz, weil sein Bart sie kitzelte. Er bemerkte es, musterte sie scharf. »Alles in Ordnung, Käthchen?«, murmelte er. »Du hast gar nicht die hübschen Kleider an, die ich an dir so mag.«

»Das neue Kleid steht dir wunderbar.« Mimerle sprang ihrer Mutter zur Seite. »So modern und schick!«

»Modern, mhmh.« Max war damit gar nicht einverstanden. »Gibt's was zu essen?«

»Ich habe ja nicht mit euch gerechnet.« Käthe überlegte fieberhaft. In einer halben Stunde kam Fred, und der würde schön staunen, dass sie nicht allein war. Das würde Fragen geben, vor allem von Max' Seite ... Sie musste sich schnell etwas einfallen lassen.

»Ich kümmere mich schon.« Mimerle schob sich an Käthe vorbei und drückte ihren Arm. »Erst mal haben wir bestimmt noch ein paar Äpfel im Keller. Und du hast deine Stulle nicht gegessen, Papi.«

»Die war auch ungenießbar.« Immer noch miesepetrig ließ sich Max am Küchentisch nieder. Sein Blick fiel auf Käthes Puppen, die aufgereiht darauf lagen. »Was ist dit denn?«

»Ach, die habe ich nur schon mal rausgelegt. Gleich kommt ein Journalist vom Tageblatt, er möchte einen Bericht über meine Puppen bringen, im Feuilleton«, plapperte Käthe drauflos. »Ich dachte, am besten zeige ich sie ihm.«

Max drehte sich zu ihr um. Er musterte sie lange, von ihrer hübschen Kurzhaarfrisur über das schicke Seidenkleid bis zu den modischen Schuhen. »So so, die *Puppen* zeigst du ihm.«

Sie spürte, wie sie rot wurde.

»Na, dann gehen Mimerle und ich wohl besser auswärts was essen. Verstehe gar nicht, wieso du dich von ihm nicht hast einladen lassen. Sind für ihn doch Spesen.«

»Ach, er schlug es eben so vor.« Sie tat so, als würde sie sich darüber auch ordentlich ärgern.

Max schaute sich um. »Hast du gar nichts hergerichtet für den Besuch? Einen kleinen Imbiss?«

»Wollte ich noch.«

»Wenn er schon so bald kommt.«

»Ja, mein Zug hatte Verspätung.«

Max musterte sie nachdenklich. Dann zeigte er auf die Puppen. »Die kenne ich noch gar nicht. Darf ich?« Und bevor Käthe protestieren konnte – was sie eh nicht hätte tun können, was sollte sie dagegen haben, wenn Max sich die Puppen anschaute? – nahm er eine in die Hand und drehte sie hin und her. »Die ist aber kleiner als die Puppe I.«

»Ein neues Modell.«

Max' schwieligen Finger fuhren über das Gesicht und die aufgemalten Haare. Käthe hätte ihn fast angefahren, er solle jetzt doch nicht so tun, als hätte er noch irgendein Interesse an ihren Puppen. Das hatte ihn ja die letzten Jahre auch nicht gekümmert, ob sie was Neues entwarf, ihn hatte immer nur interessiert, ob das Geld regelmäßig floss.

Mimerle holte ein paar schrumpelige Äpfel aus der Kammer, vermutlich hatte sie die bei ihrem letzten Aufenthalt dort liegen gelassen. Während sie das Kerngehäuse herausschnitt, warf sie Käthe einen fragenden Blick zu. Aber die wusste auch nicht, was sie sagen sollte. Die ganze Situation drohte in einer Katastrophe zu münden.

Sie hatte doch nie vorgehabt, Max von ihrer Liebschaft zu erzählen. Fred sollte ihr Geheimnis bleiben, solange sie eben mit ihm zusammen war. Und ihr war ja bewusst, das würde nicht ewig so gehen, irgendwann würde einer von ihnen das Interesse am anderen verlieren. Vermutlich er an ihr.

Aber nun musste sie irgendwie die Situation retten. Käthe

setzte sich zu Max, sprang aber sogleich wieder auf und bot Mimerle ihre Hilfe an.

»Was biste denn so zappelig«, knurrte Max. »Aufgeregt etwa?« Wieder dieser Blick, den sie nicht zu deuten vermochte. Ahnte er was?

»Ach was. Ich möchte nur, dass wir's schön haben. Wo wir endlich mal wieder zusammen sind.«

Max streckte den Arm aus. »Na, dann komm mal her«, und sie ging zu ihm, er zog sie an sich. Die Türglocke schrillte, und Käthe konnte sich nicht einfach losmachen. Mimerle ging öffnen.

»Guten Tag, Hildebrandt mein Name. Ich bin mit Frau Professor Kruse verabredet. Bin ich hier richtig?« Sie hörte ihn durch die halboffene Tür. Max drückte ihren Oberkörper etwas näher an sich. Besitzergreifend. Du gehörst mir, sagte diese Geste.

»Ich bin Maria Kruse, die Tochter.«

»Freut mich sehr, Sie kennenzulernen. Wie schön!«

»Ich habe gehört, Sie wollen über meine Mutter schreiben? Kommen Sie nur herein!« Mimerle betrat die Küche, dicht gefolgt von Fred. Mit einem Blick erfasste er die Situation.

»Der Herr Professor ist auch zugegen! Aber davon haben Sie mir gar nichts erzählt. Was für eine Überraschung!« Er trat auf Käthe und Max zu, reichte beiden die Hände. Max richtete sich zu seiner vollen, immer noch imposanten Größe auf.

»Sie sind also von der Presse.«

»Feuilleton des Tageblatts, jawohl. Nebenher versuche ich mich als Romancier«, fügte Fred hinzu. Er sah Käthe an, doch sie schüttelte kaum merklich den Kopf.

»Und da interessieren Sie sich für Puppen?«

Fred zögerte nur einen winzigen Moment. Erleichtert stellte Käthe fest, dass er sich sofort an die ungewöhnlichen Umstände anpasste. »Natürlich interessieren mich die Puppen Ihrer Frau Gemahlin. Sie hat ein unverwechselbares künstlerisches Talent, mit dem sie Kindern etwas Großartiges schenkt.« Er machte eine kleine Pause. »Meine Nichten und mein Neffe sind ganz begeistert von den Käthe-Kruse-Puppen. Meine Schwägerin war mir dankbar, als ich diese zum Weihnachtsfest letztes Jahr anschleppte.« Er lachte. Nun war er in seinem Element, der geborene Geschichtenerzähler. Er berichtete von der anfänglichen Überraschung. Wie die Kinder – von denen Käthe wusste, dass es sie nicht gab – losspielten und sich stundenlang beschäftigten. »Und darum dachte ich, ein Bericht über Ihre Gattin kurz vor Weihnachten in unserem Blatt könnte uns beiden nützen. Denn unsere Leser wünschen sich genau das – einen Mehrwert. Nicht nur Theaterkritiken und Berichte über die letzte Vernissage eines bedeutenden Malers. Übrigens, haben wir von Ihnen in Zukunft noch etwas zu erwarten?«

»Ich denke nicht«, erwiderte Max knapp.

Und damit hatte er für diesen Tag alles gesagt und verfiel in brütendes Schweigen, während Fred und Käthe sich über die Puppen unterhielten, als handelte es sich tatsächlich um ein Interview.

An diesem Abend lag sie zum ersten Mal seit langem neben Max im Ehebett. Als sie das Licht löschte, seufzte er in der Dunkelheit. »Mensch, Käthe.«

»Was denn, Max?«

»Ich merk's schon, wie viel dir der junge Mann bedeutet. Der Journalist.«

Sie lag schweigend neben ihm. Wartete, dass er mehr sagte. Ihr eine Szene machte.

»Ich versteh's auch. Bin nicht mehr der Alte. Werde alt.« Er lachte, musste husten. Käthe setzte sich auf. Schlang die Arme um die Knie. »Was gibt er dir?«

Sie war auf diese Art Gespräch nicht vorbereitet.

»Ihr habt euch heute jedenfalls nicht das erste Mal gesehen«, stellte Max fest. Zufrieden mit sich, dass ihm das aufgefallen war. »Und er macht auf mich einen klugen Eindruck. Er wird wissen, wo seine Grenze ist.«

»Max ...«

»Nein, Käthchen. Jetzt rede ich mal.« Ein erneuter Husten schüttelte ihn, dass Max sich ebenfalls aufsetzte. Käthe glitt unter der Bettdecke hervor, sie ging ins Badezimmer. Sein Husten drang durch die Wände. Sie lehnte die Stirn an den Spiegel, kühlte sich ab. Nur kein falsches Wort. Was wollte Max denn machen, wenn er erfuhr, dass Fred keine Grenzen kannte? Weil sie selbst keine Grenzen akzeptieren wollte? Es war ja von ihr ausgegangen, dass Fred und sie ihre kleine Liebschaft begannen. Hätte sie ihm nicht geschrieben, wäre sie nicht auf seine verspielte Art eingegangen ...

Das war's ja. Sie hatte das gewollt. Von der ersten Zeile an hatte sie gehofft, er würde sich für sie interessieren. Und zwar genau so.

Sie lebten nicht mehr im Kaiserreich, wo ein Ehemann den Nebenbuhler zum Duell forderte. Das wäre ohnehin nicht Max' Lesart einer glücklichen Ehe gewesen. Oder irgendeiner Ehe.

Sie ließ Wasser in ein Glas laufen und brachte es Max. Setzte sich zu ihm und schwieg, während er in kleinen Schlucken trank. Er beruhigte sich allmählich, und Käthe hielt den Kopf gesenkt, sie wartete.

»Er hatte gar keinen Reporterblock dabei.«

»Ich weiß«, sagte sie nach längerem Schweigen.

»Ich werde dir keine weiteren Fragen über ihn stellen.«

Sie blickte ihn an. Er wirkte müde, aber gefasst.

»Wir hatten doch auch gute Jahre, nicht wahr?«

Käthe umfing sein Gesicht mit beiden Händen. »Aber ja!«, flüsterte sie eindringlich. »Die besten Jahre hatten wir.«

»Und ohne mich wärst du nicht, die du jetzt bist.«

Sie ließ ihn los. Fast hätte sie ihn von sich gestoßen in diesem Moment, diesen alten Mann, der immer noch von seinem Anteil träumte, den er an ihrem Erfolg hatte, weil seiner schon so weit zurücklag.

»Das stimmt wohl auch.« Sie räusperte sich, stand auf und umrundete das Bett. Doch dann hielt sie inne. Nein, mit ihm in einem Bett schlafen, das ging nun nicht mehr. »Gute Nacht, Max. Ich schlafe im Kinderzimmer bei Mimerle.«

Sie raffte Kissen und Decke an sich und ging barfuß aus dem Raum. Max rief ihr nicht nach, er nahm auch dies einfach hin. Natürlich tat er das. Streiten wollte er nicht, er wollte ihr nur klarmachen, dass er immer noch der Stachel in ihrem Fleisch war, dass er auch in Zukunft von ihr verlangte, dass sie ihm seine Apanage überwies. Weil er sich die verdient hatte.

Weil du meinst, ich wäre ohne dich nie was geworden. Dabei weiß das keiner. Ich hätte eine berühmte Schauspielerin werden können, wenn du nicht dahergekommen wärst. Dann stünde ich heut noch auf der Bühne, und die Männer, mit denen ich zusammen wäre, wären solche wie Fred. Jung und charmant, gebildet und der neuen Zeit gegenüber aufgeschlossen. Aber ich habe mich an dich gebunden. Weil ich dich liebe. Und du kannst noch so sehr grummeln, ich werde dich bis ans Ende deiner Tage lieben.

Im Kinderzimmer standen zwei Stockbetten, in einem schlief Mimerle unten. Käthe breitete ihr Bettzeug im anderen unten aus und holte ein frisches Laken. Leise bezog sie die Matratze, legte sich hin und blickte zu ihrer Ältesten, die so friedlich schlief.

Aber ohne ihn gäbe es dich nicht. Und deine Geschwister.

Und ja, auch wenn sie es nicht so sagen würde wie Max – selbstgewiss und als hätte er sein größtes Kunstwerk mit ihr erschaffen, der Kunsthandwerkerin und Mutter –, auch sie gäbe es nicht ohne ihn. Denn jeder wird durch jede Begegnung geprägt.

Zwei Tage später reiste sie ab, ohne Fred noch einmal gesehen zu haben. In Kösen erwartete sie ein Brief von ihm. Er hatte einen Text beigelegt, der tatsächlich von ihr handelte und geschrieben war wie eine hübsche Reportage fürs Feuilleton. *Für Deinen Mann*, hatte er an den Rand gekritzelt.

Sie zerknüllte die getippten Seiten, ohne sie zu lesen.

Sein Brief war so nichtssagend und unpersönlich, sie hätte ihn in Kösen an das Gradierwerk nageln können, dass jeder Stadtbewohner ihn las.

Sie legte ihn zu den anderen. Über Fred Hildebrandt wurde in ihrem Haus nie mehr gesprochen, und wenige Wochen später kündigte sie ihr Abonnement der Zeitung. Morgens widmete sie sich nun anderen Magazinen.

Ein Nachspiel aber hatte es, dass er sie nach Berlin gelockt und ihr die Warenwelt der Metropole gezeigt hatte. Käthe hatte Gefallen daran gefunden, sich in den mondänen Kreisen zu bewegen. Und jene Kreise, in denen Gabriele Reuter verkehrte wie eh und je – sie hatten auf Käthe gewartet, so kam es ihr vor.

Sie war überrascht, als sie mit offenen Armen empfangen wurde. Mehr noch – sie war nicht länger »die Frau von Max Kruse, unserem geschätzten Bildhauer«, sondern »Frau Käthe Kruse, die Puppenkünstlerin mit eigener Manufaktur und Weltmarke«. Das schmeichelte ihr.

»Das hättest du schon vorher haben können«, meinte Gabriele. Sie saßen nun wieder häufiger beisammen. In früheren Jahren waren sie oft gemeinsam gereist oder hatten sich auf Hiddensee in den Sommermonaten getroffen. Gabriele aber winkte ab, wenn Käthe wissen wollte, ob sie denn noch oft die Sommer dort verbrachte. »Zu viele Manns«, meinte sie lapidar. Das verstand Käthe.

»Dass die alle schreiben wollen, macht's nicht leichter.«

»Schreibst du denn derzeit etwas?«

Gabriele nickte. »Über Töchter. Und Mütter natürlich.«

Sie erzählte ein wenig von dieser Geschichte, mit der sie hoffte, an frühere Zeiten anknüpfen zu können. »Aber machen wir uns nichts vor, Käthchen. Ich bin eine alte Schachtel, niemand möchte lesen, was eine alte Schachtel zu sagen hat.«

»Fontane lesen sie weiterhin, und der ist schon tot.«

Darüber konnte Gabriele sogar lachen. »Ja, und Thomas Mann werden sie in hundert Jahren noch hofieren als einen der ganz Großen. Verdientermaßen, übrigens. Aber dass man sich an mich in hundert Jahren noch erinnert, da hab ich wohl qua Geburt das falsche Geschlecht mitbekommen.«

»Immerhin hat dein Roman damals alle Verkaufsrekorde geschlagen.« Käthe versuchte, das Positive zu sehen. Gabriele aber seufzte nur.

Sie saßen in Gabrieles Wohnung beisammen. Vor einigen Jahren war sie von der großen, schick ausgestatteten Bel Etage in eine kleine Wohnung in der Luisenstraße unweit der Charité gezogen. Ihre Tochter Lili war längst aus dem Haus, sie hatte sich nach einer gescheiterten Ehe in München niedergelassen. Gabriele brauchte nicht mehr so viel Platz und verdiente auch nicht mehr so gut wie vor dem Krieg.

Doch der Wein war vorzüglich, und dazu genossen sie ein französisches Baguette und köstlichen Käse. Gabriele war immer noch Genussmensch.

»Damals lasen sie mich gern, mit einem leichten Schaudern.« Gabriele nahm eine Olive aus der Schale und steckte sie in den Mund. »Heute titulieren sie mich als ›Dichterin der Frau‹, und schöner könnten sie gar nicht umschreiben, dass ich eine Dichterin zweiter Klasse bin. Ich mach mir da nichts vor, an uns Frauen wird immer ein anderer Maßstab angelegt. Meine Romane dürfen gern diskutiert werden, aber dass ich Veränderung fordere, führt dann doch zu weit. Politisch ist das nicht gewollt. Wie Frauen dürfen eine Meinung haben? Pah. Die soll aber bitte nicht die hohen Herren stören, sondern sich aufs Häusliche beschränken. So sieht's aus.«

»Aber niemand zwingt uns, aufs Häusliche beschränkt zu bleiben.«

Gabriele warf ihr einen beinahe mitleidigen Blick zu. »Glaubst du das wirklich, Käthchen? Meinst du denn, du hättest mit deinen Puppen so vor dich hin werkeln dürfen, wenn es keine Puppen, sondern meinetwegen Werkzeuge oder Angeln gewesen wären? Das hätte kein Mann akzeptiert, dass du in eine männliche Domäne eindringst. Spielzeug, ja. Das ist niedlich, das gehört zu Kindern, da darf eine Frau gern mitmischen. Die haben dir den Prozess gegen Bing auch nur deshalb verziehen, weil keiner mehr an dir vorbeikommt.« Gabriele kicherte. »Da haben sie nicht aufgepasst, mh?«

Käthe würde es nicht so sehen. Sie war immer freundlich von den Herren der Geschäftswelt behandelt worden. Hatte sich den Respekt verdient, weil sie verlässlich war. Ihre Puppen waren einmalig, und seit sie den Bing-Konzern in seine

Schranken verwiesen hatte, musste sie auch keine weiteren Verwerfungen fürchten.

»Ich bin mit den Männern immer gut ausgekommen. Wenn du ihnen freundlich begegnest, tun sie das auch.«

»Nun, aber sie lassen dich immer spüren, dass sie dich nicht für voll nehmen, nicht wahr? Diese leicht überhebliche Überraschung, die sie alle ausstrahlen, dass du es geschafft hast, in ihre Reihen vorzustoßen?«

Käthe schüttelte lächelnd den Kopf. So einfach wollte sie es Gabriele nicht machen. »Die meisten bewundern mich für meinen Ideenreichtum und mein Durchhaltevermögen.«

»Aber du wirst nie eine von ihnen sein. Das meine ich.«

Darüber dachte Käthe nach.

Auch bei ihrer Rückkehr nach Kösen war diese Frage noch präsent. War sie eine von ihnen? Also eine der Unternehmerinnen, die sich nicht von der männlichen Vorherrschaft beirren ließen und Teil des männlich geprägten Kreises waren, der Frauen zuvörderst ausschloss?

Sie wusste es nicht. Merkte aber: Darüber hatte sie nie so nachgedacht wie Gabriele. Ihre Freundin hatte sich im Literaturbetrieb wohl immer daran gerieben, dass ältere Männer die höheren Vorschüsse bekamen, junge Frauen sich mit Brosamen begnügen mussten, solange sie nicht selbst einen Bestseller platzierten. Gabriele hatte dieses Glück vor dreißig Jahren gehabt, und trotzdem hockte sie nun in dieser kleinen, kalten Wohnung, weil sie danach nie wieder so erfolgreich war und das Geld immer weniger wurde. Die

Zeit der Hyperinflation hatte ihr besonders zugesetzt, kein Mensch kaufte Bücher, wenn man nicht wusste, ob man morgen für das halbe Pfund Butter nicht das doppelte bezahlen musste.

Käthe hatte nie das Gefühl gehabt, sie werde ausgeschlossen. Anfangs hatte man sie als »die junge Frau von Professor Kruse« nicht ganz für voll genommen, und das war ihre Chance gewesen. Sie hatte beharrlich ihren Weg beschritten, und nun, nach zwanzig Jahren Puppenmacherei, wenn sie ihre spärlichen Anfänge auf dem Monte Verità hinzurechnete, war sie bereit für etwas Neues. Das Leben war halb rum, sie strebte nach anderen Projekten, wollte sich und ihre Manufaktur neu erfinden.

32

Kösen, Januar 1928

Der Brief war einer von vielen, die tagtäglich in ihrem Postkörbchen lagen. Käthe hatte weiterhin die Angewohnheit, sich morgens eine Kanne schwarzen Tee im Schlafzimmer neben das Bett zu stellen, die sie dann gesüßt Tasse für Tasse leerte. Max junior war schon zur Schule aufgebrochen, er hatte nun das Alter und würde sicher irgendwann ebenfalls zur Odenwaldschule gehen wie seine älteren Geschwister. Einstweilen aber bekam er die Dorfschulbildung der kleinen Kösener Volksschule am nördlichen Rand der Stadt.

Max war wieder in Kösen. Seine schlechte Laune kroch ins Mauerwerk und verdarb selbst Käthe die Laune. Fifi und Mimerle, die zum ersten Mal ernsthaft verliebt waren und beide fest entschlossen, schon bald den Bund fürs Leben einzugehen – ohne sich allerdings aus dem Familienbetrieb zurückzuziehen, das war Käthes Bedingung gewesen – beklagten sich regelmäßig über den Altersstarrsinn ihres Vaters. Hanni nahm's hin. Sie war ohnehin kaum daheim, half im Kontor der Werkstätte aus und ging morgens als Erste aus dem Haus.

So konnte Käthe ungestört ihr tägliches Ritual begehen. Sie öffnete die Briefe, las, verfasste Antworten, machte Notizen, was sie später in der Werkstätte veranlassen musste. Und dann fiel ihr ein Brief in die Hände, dickes, cremefarbenes Papier, die Zeilen getippt und schwungvoll unterzeichnet vom Eigentümer des Oberpollinger in München.

Sehr geehrte Frau Kruse, wir planen, für den Muttertag ein besonders hübsches Fenster zu machen – und zwar nur Kinder. Nun gefallen uns aber unsere Figuren nicht so gut, und wir können uns ein liebevolles Bild mit ihnen so recht nicht vorstellen, so dass wir uns dachten, vielleicht können Sie uns helfen, indem Sie nun einfach Ihre Puppen so groß machen, dass wir ihnen normale Kleidung anziehen können. Die Kinder sollen drei und fünf Jahre alt sein, Junge und Mädchen. Kleider und Anzüge zur Auswahl schicken wir gern. Schönste Grüße!

Käthe legte den Brief vor sich auf die Bettdecke. Sie überlegte. Die Idee reizte sie selbstverständlich, denn Kinder im angegebenen Alter, die wären ungefähr einen Meter groß, das ältere noch etwas größer. Die größte Puppe in ihrem Sortiment stellte zurzeit das Träumerchen dar. Diese Puppe mit beschwertem Körper sollte möglichst detailgetreu ein Baby nachbilden, einen neugeborenen Säugling; in der Herstellung war es deutlich teurer als die nach wie vor allseits beliebte Puppe I, die es in zig Variationen gab. Aber mit fünfzig Zentimeter Länge war das Träumerchen fast schon zu groß für die kleinsten Puppenmütter und -väter. Käthe hatte zwar ein entsprechendes Pendant für den Verkauf an Privatkunden aufgelegt – weniger schwer, genauso groß, aber mit etwas weniger kindlichem Gesichtsausdruck – und bot es als

>du Mein< an. Doch sie merkte eine gewisse Kaufzurück-
haltung. Ihre Gedanken gingen bei der Entwicklung daher in
ein Segment, vor dem sie sich immer gedrückt hatte. Wenn
der Bing-Konzern meinte, sie könnten mit ihrem Namen im
teuren Segment wildern, konnte sie das auch! Ihr aktuelles
Projekt war eine günstigere, kleinere Käthe-Kruse-Puppe für
die Masse. Doch bei der Entwicklung tauchten immer neue
Probleme auf. Warum sich also nicht mal in eine andere Aufgabe verbeißen?

Käthe beendete ihre morgendliche Arbeitsstunde, kleidete sich an und spazierte hinüber in die Werkstätten im Pädagogikum. Leichtfüßig sprang sie die Treppe hoch, grüßte
Fräulein Stine und ihre drei Helferinnen, die inzwischen im
Büro tagein, tagaus eifrig tippten, sie schaute bei Herrn Renner vorbei, der eine Zigarre qualmte und über den Büchern
brütete. Einige Kontorgehilfen gingen ihm zur Hand, so ein
großer Betrieb wollte ja straff geführt werden. Herr Renner
blickte nur kurz auf, er nickte ihr zufrieden zu. Gut. Käthe
ging zum Ende des Gangs, dort war ihre kleine Werkstatt.
Stille. Ein Sofa, begraben unter Kartons und Kisten mit ver-
schiedensten Materialien. Durch eine Flügeltür gelangte sie
in das Atelier. Hier standen die Nähmaschinen, fünf an der
Zahl, jede für einen anderen Produktionsschritt. Sie summte
leise. Sie hatte auch schon eine Idee, wie sie diese Schaufensterpuppen hübsch gestalten konnte!

Natürlich kannte sie Schaufensterpuppen – und der Eigentümer vom Oberpollinger, der Hamburger Kaufmann Max
Emden, nutzte vermutlich in allen Kaufhäusern die bisher

gängigen Puppen aus Wachs. Es gab neuerdings auch etwas haltbare Puppen, die aus einem Gipsgemisch gefertigt wurden, aber Käthe gruselte sich direkt, als sie sich daran erinnerte, wie sie im Warenhaus Tietz in Berlin die Fratzen dieser Schaufensterpuppen angrinsten. Nein, vielen Dank auch. Das ging bestimmt hübscher. Mit den Gesichtern der krusigen Puppen würden die Leute bestimmt stehen bleiben und sich für die ausgestellte Ware interessieren.

Also machte Käthe sich ans Werk. Aber wie sollte es ihr gelingen, die kleinen Puppen größer zu machen? Größer hieße auch, dass sie mehr Stabilität benötigten, und stehen sollten sie auch nach Möglichkeit, vermutete sie. Erst schrieb sie an Max Emden, sie nehme den Auftrag mit Freuden an, denn das sei nun genau eine Herausforderung nach ihrem Geschmack. Er schickte die Kleidungsstücke – bayrische Tracht, natürlich, Lederhosen und karierte Hemden für den Buben, Dirndl und weiße Söckchen fürs Mädel – und nannte als Liefertermin Ostern.

Das war mal sportlich, dachte Käthe. Aber der Muttertag war für den zweiten Sonntag im Mai terminiert, Ostern war am 9. April. Eine Weile sollten die Puppen ja im Schaufenster stehen, und es müsste noch Zeit bleiben für Korrekturen auf dem letzten Drücker.

Sie zog sich also in ihr Atelier zurück und machte sich ans Werk.

Als sie nach zwei Wochen kaum mehr zu Hause auftauchte, sah Fifi nach ihr.

»Hier steckst du, Mutti.«

»Ja, hier stecke ich. Glaub nicht, dass ich nach Hause komme, solange ich *dieses* Problem nicht gelöst habe.«

Fifi seufzte. Sie war es schon gewohnt, dass ihre Mutter sich wochenlang in ein Problem verbiss. Fifi fühlte sich immer noch nicht im Leben angelangt, immer noch bei der Mutter wohnhaft, wenngleich sie schon seit einer Weile verlobt war. Aber Käthe blieb nun mal der Fixstern für ihre Kinder.

»Was ist denn los?«

Käthe erklärte es ihr. »Ich bin immerhin schon so weit. Aber wie sieht das denn aus?« Sie zeigte auf eine Puppe, knapp einen Meter groß. Der Körper sah aus wie eine kleine Mumie.

»Mh, interessant.« Fifi wusste natürlich von dem Auftrag. »Ich hatte ja keine Ahnung, dass Oberpollinger kleine ägyptische Pharaonen wollte. Dachte doch, der Ägyptentrend sei nun durch.« Sie spielte auf jene Zeit an, als durch den Grabfund des ägyptischen Pharaos Tutanchamun 1922 viele in der Spielzeugindustrie versucht hatten, durch kleine Sarkophage und Mumien einem Trend nachzurennen. Käthe hatte davon nichts wissen wollen.

»Das ist keine Mumie, sondern das Skelett.« Käthe runzelte ärgerlich die Stirn.

Fifi betrachtete die Puppe. Sie drehte den Arm hin und her. »Ich verstehe. Du hast dich bei den Soldatenpüppchen bedient, die wir während des Kriegs gefertigt haben.«

»Genau.« Käthe stand auf und trat neben ihre Tochter. Sie mochte es nicht, bei ihrer Arbeit gestört zu werden, doch wenn man ihr Fragen stellte, konnte sie nicht anders und wollte sich erklären. »Stopfen ging nicht, also brauchte ich ein Skelett, und das habe ich mit Mullbinden umwickelt, damit die Fäden nicht einschneiden und sich Rillen bilden. Die möchte ich danach mit Trikotstoff überziehen. Ich hoffe, das klappt. Aber das ist nicht das größte Problem.«

»Sondern?«

»Der Kopf! Ich brauche einen guten Kopf, und da stoße ich an meine Grenzen. Die Puppenköpfe funktionieren nicht, außerdem müsste ich an einer der Puppenkopfpressen größere Umbauten vornehmen, dass ich auch eine entsprechend größere Form pressen kann. Und dann hab ich die Form ja nicht, die kommt nicht aus der Luft.«

»Aber wenn du einen Kopf hättest …?«

»Du heckst doch was aus, Sofie Kruse! Was schlägst du vor?«

»Nimm halt den von Friedebald!«

Käthe starrte ihre Tochter sprachlos an. Für einen kurzen Moment hatte sie keine Ahnung, was Fifi meinte.

»Na, die Büste? Die Igor von Jakimow in deinem Auftrag angefertigt hat?«

»Die Büste, natürlich!«

Dass sie da nicht selbst drauf gekommen war. Dennoch runzelte Käthe die Stirn.

Friedebald war drei gewesen, als Igor von Jakimow eine wunderschöne Büste von ihm angefertigt hatte. Käthe hätte es niemals laut ausgesprochen, doch von ihren sieben Kindern war Friedebald das hübscheste mit den blonden Löckchen, den runden Wangen und der Stupsnase.

»Wir nehmen einen Gipsabdruck von Friedebalds Kopf, und den benutzen wir als Form für einen Puppenkopf«, war Fifis Vorschlag. Käthe musste nicht lange überlegen, denn das war genau die Lösung, nach der sie gesucht hatte.

»Du bist ein Genie!« Sie umarmte Fifi, und dann begann sie sogleich, alles zusammenzusuchen, was sie für den Gipsabdruck brauchten. Zum Glück war in ihrer Werkstatt alles vorhanden, um einen Abguss anfertigen zu lassen. Sie müsste dann nur die Haare abschleifen, danach könnte sie den Kopf verwenden …

Ganz so einfach war es nun nicht, und der April näherte sich mit riesigen Schritten, während Käthe weiterhin über der richtigen Form und dem passenden Material brütete.

»Es will einfach nicht gelingen«, seufzte sie einen Abend beim Abendbrot. Max junior kuschelte sich auf ihren Schoß, Max war da, auch Mimerle und Michel, der für ein verlängertes Wochenende heimgekommen war.

»Was genau?« Er war ein aufgeweckter Siebzehnjähriger, der gute Noten nach Hause brachte und ein gewisses Interesse für die technische Seite der Puppenproduktion zeigte. Käthe erklärte es ihm. Michel dachte nach, während er auf seiner Käsestulle herumkaute. »Und das lässt sich nicht lösen?«

Fifi mischte sich ein. »Du kannst dich gern drum verdient machen! Aber was wir auch versuchen, die Puppen verlieren sofort die Farbe, wenn man sich ihnen mit Seife nähert.«

»Und ein wenig robust sollen sie schon sein. Im Idealfall stehen sie die nächsten zwanzig bis dreißig Jahre beim Oberpollinger im Fenster.«

»Weiß gar nicht, weshalb du das alles auf dich nimmst.«
Max meldete sich auf seine gewohnt brummige Art zu Wort.
»Bleib bei der kleinen Form, die große übersteigt wohl deine
Fähigkeiten.«

Käthe schwieg dazu. Sie war's satt, sich von Max erklären
zu lassen, was sie konnte und was nicht. Statt einer Antwort
stand sie auf, räumte ihren Teller ab und ging wieder an die
Arbeit.

»Wird spät!«, rief sie, als sie in den Wollmantel schlüpfte,
denn draußen wehte ein eisiger Wind.

»Wir kommen gleich nach!« Fifi und Michel folgten ihr.
Gemeinsam stapften sie durch den Nieselregen. Es tat Käthe
gut, dass sie nicht allein war, aber sie fragte sich auch, ob ihre
Kinder verstanden, wie sehr das komplizierte Verhältnis der
Eltern alles belastete.

Wie sich herausstellte, wussten beide das ganz genau.

»Mutti, lass dir von Papa nichts erzählen. Er weiß doch
nicht, was er da redet. Seit Jahren hat er nichts mehr mit Holz
oder Ton gemacht.« Fifi schleppte einen Klotz Ton in den
Nebenraum, wo sie sich an die Modellierung eines weiteren
Kindskopfs wagte, diesmal für das fünfjährige Mädchen. Der
Kopf müsste etwas größer sein als der für den dreijährigen
Bub.

Käthe stand mit einem Pinsel in der Hand vor der Jungen-
puppe, die sie mit ein paar Stützen aufrecht hingestellt hatten. Immer noch hielt das Drahtskelett nicht so, wie sie sich
das wünschte. »Euer Vater hat immer versucht, mich voran-
zutreiben …«, sagte sie nachdenklich.

Michel, der gerade versuchte, im Durcheinander von Käthes Arbeitstisch etwas zu finden, schnaubte. Er war der typische Siebzehnjährige: großspurig, etwas bockig, vor allem: dagegen. Eine Haarsträhne fiel ihm keck in die Stirn. Er war ein schlauer Kerl, und Käthe war überzeugt, er würde es weit bringen. »Als müsste man dich antreiben, Mutti. Und wieso macht er das mit *dir*? Reicht doch, wenn er seine Kinder damit triezt, dass sie alle kleine Künstler werden sollen.«

Sie betrachtete ihn zärtlich. Jedes ihrer Kinder hatte ein gewisses Talent geerbt, ob nun von Max oder von ihr, wurde nicht so klar. Für Max wäre eindeutig, dass alles Künstlerische von ihm kommen musste, seine Annemarie aus erster Ehe war ja auch Malerin geworden, er war ein starker Stamm, von dessen Ästen nur die besten Äpfel kamen. Käthe konnte ja gar nicht diejenige sein, die den Kindern das mitgegeben hatte, was sie glänzen ließ.

Bis spät in die Nacht ackerten sie. Käthe beobachtete stolz, wie sehr ihre Kinder sich einbrachten, wie sie damit auch zu ihr hielten. Sie seufzte, denn insgeheim wusste sie, dass dies hier gelingen *musste*. Es ging nicht nur um zwei Schaufensterpuppen für Oberpollinger.

Wie um ihre schlimmste Sorge noch zu befeuern, klopfte es an die Tür der Werkstatt. Fifi blickte auf. Sie saß vor dem Tonklotz und hatte ihm bereits eine recht deutliche Kopfform abgetrotzt. Ihre Arbeitsschürze war vom Ton ganz braun und verschmiert. »Wer stört denn da so spät noch?«

»Keine Ahnung«, log Käthe. Sie ging und öffnete. Jeder in der Manufaktur wusste ja, wenn ihre Werkstatttür geschlossen war, wollte sie nicht gestört werden. Und inzwischen war es neun Uhr abends durch, niemand wäre mehr im Haus. Sie hatte vorhin schon ihre Kontrollrunde durch die Nähstuben gemacht und wie gewohnt alle neuen Puppen ihrem prüfenden Blick unterzogen. Manchmal unterstützte Fifi sie inzwischen bei dieser Aufgabe, doch Käthe war es immer noch das Liebste, wenn sie selbst sich darum kümmern konnte.

»Herr Renner.«

»Ich habe noch Licht gesehen. Entschuldigen Sie, Frau Kruse.«

»Nein, ist schon in Ordnung.« Sie trat zu ihm auf den Flur. »Danke, dass Sie sich kümmern.«

»Immer doch.« Der kleine Mann, den sie einst eingestellt hatte, war in den letzten Jahren sichtlich gealtert, sein Haar war komplett ergraut und er trug nun ständig die vergoldete Nickelbrille auf der Nase. »Sie hatten mich gebeten, einen genaueren Blick in die Bücher zu werfen.«

»Wollen wir in mein Büro gehen?« Käthe spürte auf einmal die Müdigkeit, die sich ihr in die Knochen setzte. Sie ging voran in ihr Büro. Herr Renner setzte sich auf einen der Stühle vor ihrem Schreibtisch. Sie blieb stehen. »Wie schlimm ist es?«, fragte sie.

Er räusperte sich. »Ernst, aber nicht aussichtslos.«

Sie nickte. Das hatte sie gehofft. »Was müssen wir tun?«

»Wir brauchen Geld.«

Käthe lächelte schwach. »Wissen Sie, das habe ich immer an Ihnen gemocht. Sie reden nicht um den heißen Brei herum.«

»Ich weiß nicht, ob Sie das noch mögen werden, wenn ich fertig bin«, murmelte Herr Renner. Er klappte die Aktenmappe auf, die er unter den Arm geklemmt trug, und begann vorzutragen. »Unsere Verbindlichkeiten sind zu hoch. Das letzte Weihnachtsgeschäft hat uns einigen Kummer bereitet, die Lager sind zu voll ... Die Absatzzahlen entwickeln sich dieses Jahr wieder in eine erfreuliche Richtung, aber Frau Kruse, wir müssen auch an die Zukunft denken.«

Nichts anderes tue ich, dachte sie erschöpft. Immer nur an die Zukunft denken.

»Was schlagen Sie vor?«

»Kürzen Sie die Ausgaben.« Er hüstelte.

»Nun, Renner? Sonst sind Sie nicht so verlegen.«

»Ihr Ehemann, Frau Kruse. Er ist der größte Ausgabenposten, nach wie vor.«

»Ja, ich weiß.« Sie starrte auf einen Punkt über Herrn Renners linker Schulter. So hätte sie es nicht formuliert, aber sie mochte Herrn Renner gerade für diesen Pragmatismus.

Max forderte und bekam weiterhin fünfzig Prozent vom Gewinn. Mit dem Geld finanzierte er seinen eher ausschweifenden Lebenswandel, die Reisen nach Italien, die Lietzenburg verschlang ein Vermögen. Und was er nicht ausgab, legte er in Aktien an. Käthe hingegen steckte alles, was sie nicht für den Unterhalt ihres Hauses und die Familie benötigte – denn daran beteiligte Max sich nicht – wieder in ihre Manufaktur.

»Können Sie nichts daran ändern? Oder wollen Sie nicht?«

Sie lächelte traurig. »Vermutlich wär's das Beste, wenn wir ein paar richtig schlechte Jahre hätten, dann bekäme er mal weniger und würde sehen, wie sehr auch sein Lebensunterhalt vom Geschäft abhängt.«

»Verstehe. Also können Sie ihn nicht davon überzeugen, dass er weniger bekommt?«

Käthe schüttelte bedauernd den Kopf. »Wir werden anderweitig einsparen müssen.«

»Oder Sie schießen was zu. Bitten Sie Ihren Mann doch, dass er was dazu gibt.«

Käthe sah ihn nicht an. In Gedanken war sie all diese Möglichkeiten schon allzu oft durchgegangen, und nie war sie zu einem zufriedenstellenden Ergebnis gekommen.

Max blieb stur dabei: Weil ohne seinen Beitrag mit der Kopfpresse damals überhaupt kein Puppenhandwerk im großen Stil möglich gewesen war, verdiente er nach wie vor an jeder Puppe mit. Basta. Das träfe auch dann zu, wenn die Manufaktur Verluste machte. Käthe war also zum Erfolg verdammt, wenn sie nicht ihr Lebenswerk den Bach runtergehen sehen wollte.

»Was ist mit den Schaufensterpuppen? Das lässt sich doch gut an. Könnten wir damit nicht auch Geld verdienen?«, schlug Herr Renner vor. »Die sehen in der Fertigung nicht so viel komplizierter aus, und ich könnte mir denken, dass sie im Verkauf deutlich höhere Preise erzielen.«

Darüber hatte Käthe auch schon nachgedacht. Aber wo sollte sie anfangen zu erklären, wie kompliziert das alles wäre? Sie arbeiteten immer noch zu dritt am Prototyp, teilweise ohne Pausen. Bis daraus ein serienreifes, marktfertiges Produkt wurde, mochten noch Jahre vergehen ... Eins aber hatten ihr die Tage und Wochen im Atelier gezeigt: Sie war längst nicht fertig mit dem Puppenmachen. Sie hatte immer noch neue Ideen und erkundete die Möglichkeiten, die sich ihr boten.

Was sich jedoch nicht ändern ließ, waren ihre Geldsorgen. Käthe ging an diesem Abend heim und dachte nur an die Zahlen, die ihr Prokurist vorgelegt hatte. Ihr war schon klar, ohne Geld von außen würde es schwer werden. Und Max hatte doch genug.

Aber ihn drum bitten? Das widerstrebte ihr sehr. Er hatte immer die Aufteilung in »deins« und »meins« sehr beharrlich betrieben; ihm gehörte die Lietzenburg, ihr gehörte gar nichts, beiden gehörte hälftig die Manufaktur und das Haus, in dem er ein Stockwerk ganz allein bewohnte.

Im Erdgeschoss brannte noch Licht. Vermutlich saß er zwischen all den Büsten, Gemälden und seinem Grammophon, hörte Musik und las in seinen Büchern. Für all das hatte er selbstredend immer Geld.

»Was willst du hier?«, knurrte er, als Käthe sein Wohnzimmer betrat.

Sie blickte sich um. Auf dem Hocker vor seinem Sessel lagen ein paar Bücher, die sie noch nicht kannte, doch sie hatte es längst aufgegeben, seine ständigen Neuanschaffungen nachzuhalten.

»Ich brauche Geld.« Es brachte ja nichts, wenn sie versuchte, ihn im Unklaren über ihre Motive zu lassen.

Max ließ das Buch sinken, in dem er geblättert hatte. Er nahm die kleine Lesebrille ab, die er nur im Privaten trug.

»Sieh an, Geld brauchst du. Wie damals auf dem Berg.« Sie faltete die Hände vor dem Bauch und sah ihn unverwandt an.

»Wie viel? Und vor allem: wofür?«

»Für *unsere* Manufaktur.«

»Was stimmt nicht mit der?«

»Wir müssen investieren. Neue Geräte, neue Rohstoffe, alles wird teurer. Ich würde gern sechs neue Näherinnen einstellen, die Nachfrage zieht gerade an, die müssen wir bedienen.«

»Müssen wir das, so so.«

»Mehr Näherinnen fertigen mehr Puppen an, weißt du.«

Max lächelte und klappte das Buch zu. Er legte es zu den anderen auf den Hocker und nahm das nächste zur Hand. »Mir genügen die Puppen, die deine Näherinnen derzeit fertigen, vollauf.«

»Max ...«

Sie wollte nicht betteln. Aber er wollte auch nicht mit sich reden lassen. Käthe spürte, wie die Enttäuschung ihr in die Knochen kroch. Sie hatte geahnt, wie seine Antwort lauten würde, doch dass er sich nicht mal die Zahlen ansehen wollte, die sie mit Herrn Renner ausgetüftelt hatte, damit Max möglichst wenig zuschießen musste – das enttäuschte sie zutiefst.

»Nix da. Ich hab dich und die Kinder lang genug ausgehalten. Weißt du, was ihr damals auf dem Berg gekostet habt, jeden Monat? Nicht mal das Roccolo war zum Spottpreis zu haben, den man dafür höchstens hätte zahlen sollen. Jeden Monat habt ihr mich ausgesaugt.«

»Weißt du, es war deine Idee, dass wir dorthin gehen.«

So langsam hatte sie es satt, sich von ihm Vorhaltungen für etwas machen zu lassen, das ein Vierteljahrhundert zurücklag und das er ihr aufgezwungen hatte. Sie hatte es nie bereut, dass sie Kinder bekam. Wohl aber oft genug damit gehadert, dass sie sich in diesen Mann hatte verlieben müssen, der sie von Beginn an förderte – aber nur in seinem Sinne. Sie sollte fotografieren, aquarellieren, sich künstlerisch ausdrücken. Dass es dann ausgerechnet die Puppen waren, mit denen sie einen großen Erfolg feierte und die inzwischen in aller Welt verkauft wurden – nun, das war für ihn eine Enttäuschung gewesen. Und überhaupt war's ja nur mit *seiner* Hilfe möglich gewesen, sie sollte ihm für alle Zeiten dankbar sein!

So sah er das, und so sollte sie es gefälligst auch sehen, wenn es nach ihm ging.

Aber Käthe war nicht mehr die achtzehnjährige Hedda Somin, die in den Berliner Theatern das junge Naivchen gab. Sie war gereift, war mit jedem Kind und jedem Schritt, jedem Lebensjahr und jeder Herausforderung über sich hinausgewachsen. Oft genug hatte sie beweisen müssen, dass sie auch ohne Max vortrefflich auskam.

Sie zerknüllte den Zettel in ihrer Rocktasche. Diese Zahlen würde Max nie zu Gesicht bekommen. Bevor sie aber ging, hatte sie noch etwas auf dem Herzen. Das war ihr sogar wichtiger als die Finanzen der Werkstätte.

»Fifi«, sagte sie leise. »Wir sollten sie an die Akademie schicken.«

»Was denn, das auch noch!« Max grollte. Er hatte genug von der Familie, sie merkte das deutlich. Aber Fifis Talent sollte nicht brachliegen und ohne Ausbildung auskommen müssen.

»Sie ist gut«, bekräftigte Käthe. »Sie macht die Büsten für unsere neuen Schaufensterpuppen, und sie hat dein Talent geerbt.«

Konnte nicht wenigstens sein Talent als Argument ihn dazu bewegen, der Tochter diese Freiheit zuzugestehen?

»Verschwendung«, war seine Auffassung. »Was soll sie da lernen? Sie wird sich selbst finden müssen.«

»So wie ich mich einst hab finden müssen?«, fragte Käthe lauernd. Aber sie kannte die Antwort schon. Max, der Freigeist. War er immer gewesen, den trieb sie ihm nicht mehr aus. Aber auch: der Erzieher. Das würde auch für alle Zeiten in ihm stecken, dass er sowohl Käthe als auch ihre gemeinsamen Kinder formen wollte. Nicht, wie es für den Einzelnen das Beste war, sondern was *er* für das Beste hielt.

»Dir hat es nicht geschadet, oder?«

Und was nicht schadet, muss ja gut sein. So sah er das. Sie würde ihn nie vom Gegenteil überzeugen, sie konnte lediglich versuchen, ihren Kindern genug Raum zu geben. Die Ältesten waren längst alt genug, dass sie eigene Familien gründen sollten. Hanni war just mit der Schule fertig, das hatte also noch Zeit; doch für Mimerle und Fifi war's mit dem Heiraten nie so eilig gewesen, und nun waren sie schon Mitte zwanzig. Käthe spürte: Etwas musste sich in dieser Familie ändern, und zwar bald. Damit sie alle weiterhin Luft bekamen und sich nicht gänzlich von diesem alten Mann einnehmen ließen, der ihnen Zeit ihres Lebens dasselbe schwer gemacht hatte.

Sie gab sich einen Ruck. »Wenn das dein letztes Wort ist ... «

»Ist's wohl.«

Sie nickte. Hatte ja auch kaum mit einem Sinneswandel bei ihm gerechnet. »Nun denn. Du wirst sicher in Kürze wieder sonst wohin verschwinden, wie ich dich kenne.« Das machte er ja immer, wenn es ihm mit der Familie zu kompliziert wurde.

»Ja, warum nicht?«

Weil deine Familie hier ist, dachte sie. Aber sie sagte es nicht, denn sie wollte nicht, dass er ihr ins Gesicht lachte.

Meine Familie? Nun, Käthchen. Es ist doch immer nur deine Familie gewesen.

33

Berlin, August 1928

Die Kinder merkten, dass was los war. Käthe war diesmal nicht bereit, das Zerwürfnis mit ihrem Mann allein auszuhalten, wie sie es früher immer getan hatte. Jeder Streit mit ihm, meist ums Geld oder darum, dass sie ihm nicht genügte, war in den letzten Jahren so ausgegangen, dass sie schließlich nachgab. Nur bei dem Prozess gegen Bing hatte sie sich durchgesetzt und getan, was ihr richtig schien.

Nach Käthes Affäre mit Fred Hildenbrandt hatte Max das Atelier in der Fasanenstraße aufgegeben – er bildhauerte ja längst nicht mehr. Aquarelle und Ölbilder malte er wohl noch, aber dafür waren ihm Hiddensee und Italien lieber. Käthe fehlte daher ein Fixpunkt in der Hauptstadt, in die es sie ja doch immer wieder zog, gerade so, als wäre sie ihre Heimat. Unweit der Halenseebrücke fand sie eine kleine Atelierwohnung, und dorthin zog in diesem Sommer Hanni. Wann immer Käthe nach Berlin kam, wohnte sie dort mit ihr, Fifi und den anderen Kindern. Mimerle blieb bei Max, auch wenn die Älteste inzwischen allzu oft in ihren Briefen andeutete, dass sie viel lieber beim Rest der Familie wäre – »nur, er lässt mich ja nicht. Und irgendwer muss sich ja kümmern«. Was kein Vorwurf sein sollte, lediglich eine Feststellung.

Und so versammelten sie sich diesen Sommer alle bis auf

Mimerle in Berlin. Es wurde eng in der kleinen Wohnung, das erinnerte Käthe an ihre Anfangszeit in der Fasanenstraße, und sie schloss ein wenig Frieden damit, dass es die andere Atelierwohnung nicht mehr gab.

Max aber grollte weiterhin, ihm passte es so gar nicht, wie sich seine Lebensumstände danach richten sollten, wie es für alle anderen praktisch war. Im Sommer nach Berlin? Das konnten sie ja wohl vergessen, niemals!

So fand sich Käthe mit Beginn des Sommers in Berlin ein. Aber die Arbeit begleitete sie von Kösen in die Hauptstadt, und während ihre Kinder sich ums Haus herumtrieben – Jockel fotografierte mit ihrer alten Kamera, Michel las und aß Äpfel, Hanni kümmerte sich um die Küche und Fifi um die Korrespondenz mit der Werkstatt –, da saß Käthe in der winzigen Atelierwerkstatt, umgeben von Puppenköpfen und Ballen von Trikotstoff, Nähzubehör und Füllmaterial. Ihr Kopf summte von all den großartigen Ideen, die sie für neue Puppen hatte, seit ihr die Schaufensterpuppen so vortrefflich gelungen waren. Das Kaufhaus Oberpollinger hatte nicht bis nach Muttertag gewartet, sondern direkt weitere Schaufensterkinder für das Weihnachtsgeschäft geordert, um die Festtagsgarderobe richtig in Szene zu setzen. Dafür brauchte es dann wieder neue Puppenköpfe. Aber Friedebald war mit nun zehn Jahren ein willkommenes Modell und besaß auch die Geduld, stundenlang für Fifi zu sitzen, während sie ihn zeichnete und nachbildete. Und wie er da so saß und mit einer Puppe spielte, die Käthe ihm in den Arm gedrückt hatte, kam ihr schon die nächste Idee. Denn Friedebald maulte sogleich, dass er fürs Babyspiel zu alt sei. Käthe erinnerte sich – auch die Mädchen hatten mit zehn, elf Jahren das Interesse verloren, Puppenmutti zu spielen; sie wendeten sich dann anderen Spielzeugen zu. Als hätten sie sich an den Puppen satt gespielt.

Oder lag es daran, dass die Puppen eher wie Babys waren? Mit denen sie eben jene frühkindlichen Rollenspiele verbinden, Vater, Mutter, Kind. Nur dass die Kinder nicht mitwuchsen. Käthe überlegte. Wenn es ihr schon gelang, lebensgroße Puppenkinder fürs Schaufenster zu produzieren, wäre das nicht auch in klein möglich? Also kleinere Puppen, die eben eher kindliche Züge hätten, nicht die babyhaften, wie einst Mimerle sie eingefordert hatte?

Käthe zog sich in ihr Atelier zurück. Sie müsste den Kopf verkleinern, so viel stand fest, er müsste andere Gesichtszüge haben. Der Körper nicht mehr so kompakt, etwas schlanker … Sie begann mit ein paar Skizzen, schon bald aber begeisterte sie alles an dieser Idee. Hinzu kam ein neuer Auftrag für eine Schaufenstergestaltung, die diesmal vom Warenhaus Tietz an sie herangetragen wurde. Im kommenden Jahr würde die Warenhauskette ihr fünfzigjähriges Jubiläum begehen und wollte dies mit zahlreichen Schaufensteraktionen flankieren. Darum trat man an Käthe heran und bat sie, gänzlich frei nach ihrem Geschmack vier Schaufensterszenen mit Spielpuppen nach Gemälden anzufertigen. Käthe machte sich sogleich ans Werk. Bald aber war sie wieder vor ein Problem gestellt, denn mit der bisherigen Methode, mit der ihren Puppen Haare aufgemalt wurden, kam sie nicht mehr weiter. Bei Babypuppen mochte das noch funktionieren, denn die wenigsten Säuglinge hatten eine dichte Haarpracht. Aber Kinder hatten ja richtiges Haar, dichte Schöpfe und goldige Löckchen!

Nicht zum ersten Mal, seit sie mit dem Puppenmachen angefangen hatte, brauchte sie viel Zeit, um von einem Problem zur Lösung zu gelangen. In diesem Sommer experimentierte sie mit Nesselstoff und Puppenköpfen, Farbe und Echthaar. Das mit dem Echthaar war neu. Sie hatte es sich zuerst bei den Schaufensterfiguren für Oberpollinger in den Kopf gesetzt, denn die sollten so lebensecht wie irgend möglich aussehen. Es hatte sie einiges Versuchen gekostet, bis die Köpfe so waren, wie sie sich das gedacht hatte. Und nun sollte diese neue Puppe erstens größer als die Puppe I werden, die nach wie vor ihr Verkaufsschlager war, und zum zweiten sollte sie eben ein Kind sein statt Baby, die Echthaarperücken von Hand geknüpft. Obwohl sie bald merkte, dass zumindest Letzteres den Preis der fertigen Puppe nach oben trieb. Sie brauchte fast drei Stunden für einen einzigen Puppenkopf, und sie vermutete, eine geübte Arbeiterin würde sicher auch zweieinhalb Stunden benötigen, damit es Käthes Ansprüchen genügte. Wenn sie das auf die ohnehin schon in Handarbeit ausgeführten Produktionsschritte aufschlug, wurde ihr ein wenig schwindelig. Sie müsste die Puppe VIII, denn so sollte sie im Katalog stehen, deutlich teurer verkaufen.

Aber ach, wie viele Möglichkeiten bot diese neue Puppe ihr! Käthe geriet ins Schwärmen, während sie da im Atelier saß, den Puppenkopf zwischen die Beine geklemmt und mit dem Haar vor sich auf dem Arbeitstisch, das sie Strähne für Strähne einknüpfte. Als Puppenkind bot sich ihr dasselbe Repertoire an hübschen Kleidern, die sie schon bei der Puppe I eingesetzt hatte – und noch mehr! Für Weihnachten stellte sie sich bereits ein Schaufenster vor, bei dem die Puppen auf Skiern einen kleinen Schneehügel hinabsausten, in Skianzug oder mit dicker Daunenjacke. Kleine Strickpullover könnten ebenso zu der Garderobe gehören wie ein Festtagskleid, Anzug mit kleiner, roter Fliege … Sie geriet ins Schwärmen, musste immer wieder innehalten und Notizen machen, damit sie kein Ensemble vergaß. Schon jetzt spürte sie – da gelang ihr etwas Großes. Etwas, das über die Puppe I hinaus Bestand haben würde. Dieses neue Modell würde keines der bisherigen ersetzen, es würde die Produktpalette erweitern.

Das allerdings warf sie wieder zurück auf das alte Problem – sie brauchte mehr Mittel, um diese neue Linie dann auch produzieren zu können. Das Echthaar war im Einkauf teuer, und das Einknüpfen … Käthe seufzte. Wann immer sie gedanklich diesen Punkt erreichte, musste sie ihre Arbeit für einen Moment aus den Händen legen.

Sie musste sich wohl einer Wahrheit stellen. Einem Lebensirrtum, den sie all die Jahre nur aus dem Augenwinkel wahrgenommen, aber nie so richtig angeschaut hatte mit festem Blick. Erst jetzt, da ihre Töchter erwachsen wurden und sich auch nach einem Lebenspartner umsahen, erkannte Käthe, dass sie zwar immer ein Gefühl von Gleichberechtigung von Max vermittelt bekommen hatte – doch die Wahrheit war, dass sich ihre Emanzipation immer an seinen Ansprüchen hatte messen müssen.

Sie war mit den Kindern alleingelassen worden. Bis auf jene kurze Zeit nach dem Tod ihres winzigen Babys oben auf dem Monte Verità, als Max sich dann doch dazu herabließ, sie zu heiraten. Aber da war es ihm nicht um sie gegangen, sondern darum, dass eventuelle Söhne »es« nicht in den Militärpapieren stehen hätten. Dass sie unehelich geboren waren, nämlich. Also war's ihm nur um sein eigenes Ansehen gegangen. Wie bei allem anderen auch. Er beanspruchte für sich, dass sie ohne ihn nie so weit gekommen wäre. Dass er sie geformt hatte zu der, die sie nun war. Das, was sie geworden war, verdankte sie seiner Strenge, der Formung durch das Leben an seiner Seite. Dabei ließ er völlig außer Acht, wie viel sie doch selbst mitgebracht hatte, als sie ihn kennenlernte. Als Schauspielerin wusste sie um die Bedeutung eines ausdrucksstarken Gesichts, das hatte ihr immer geholfen, wenn es um die Gestaltung der Puppenköpfe ging. Das Nähen hatte sie von ihrer Mutter gelernt. Und was Kinder brauchten? Nun, das hatte sie gewiss nicht von Max gelernt.

Käthe betrachtete die fertige Puppe. Der Kopf war nach einem verkleinerten Abguss von Friedebalds Kopf gefertigt, die Haare aber waren länger und lockig blond. »Bist 'ne kleine Ilsebill, mh?«, murmelte Käthe. Und sie lächelte. Das war ein hübscher Name. Friedebald und Ilsebill – so sollten diese beiden Puppenkinder im Katalog heißen. Sie würde noch ein wenig daran herumtüfteln, dann würde sie die Puppen fotografieren und die Fotos schon mal ihren Vertretern in Holland, Spanien, Schweden und den USA schicken.

Doch sosehr sie auch die Zahlen drehte und wendete – ohne Hilfe von außen würde es nicht gehen.

»Was tust du da, Mutti?«, erkundigte sich Fifi.

Käthe stand in ihrem kleinen Schlafzimmer, den aufgeklappten Koffer vor sich auf dem Bett. Sie überlegte. Sollte sie die bunten Blusen und kurzen Röcke einpacken? Oder doch lieber das eine oder andere ihrer alten Reformkleider, die sie aufgehoben hatte, ohne so genau zu wissen, weshalb?

Nun, Max hatte wenig Gefallen an ihrem neuen Stil gefunden. Wenn sie ihn milde stimmen wollte, ging sie in einem der altmodischen Kleider zu ihm, steckte die kurzen Haare zu kleinen Schneckchen über den Ohren auf und gab ihm noch mal das Gefühl, ein Mann von achtundvierzig Jahren zu sein, der eine junge Theaterschauspielerin für sich gewann.

Aber nein. Entschlossen legte sie ihre neuen Sachen in den Koffer. Sie war nicht mehr das junge, formbare Mädchen. Sie war eine gestandene Frau von nun bald fünfundvierzig Jahren, die eine Weltmarke erschaffen hatte.

»Ich fahre zu ihm. Nach Hiddensee«, fügte sie hinzu, als könnte Fifi nicht erraten, wen Käthe mit *ihm* meinte. »Er soll mir halt sagen, was er von mir will, damit er die Manufaktur retten hilft.«

»Dass es dir nur nicht zu teuer wird«, murmelte Fifi. »Nimmst du Max junior mit? Friedebald?«

Käthe seufzte. Sie setzte sich neben den Koffer aufs Bett. »Am liebsten würde ich euch alle mitnehmen«, gestand sie. »Aber schau dir Max junior doch an, wie er zu ihm aufblickt, ohne ihn als Vater zu erkennen.« Max war inzwischen so viele Jahre nicht mehr Teil der Familie, er kam seinem Jüngsten vor wie ein Fremder, der gelegentlich zu Gast war.

»Dann lass ihn bei uns.« Fifi zögerte. »Ich hab ihm geschrieben, weißt du?«

Käthe sah zu ihrer Tochter auf. »Und was antwortet er?«

»Du kannst es dir denken. Dass du dich selbst in diese Situation gebracht hast und wehe, du hörst auf, ihn zu bezahlen.«

»Es ging ihm immer nur darum, nicht wahr?« Käthe fühlte sich mutlos.

»Das glaub ich nicht. Aber das Geld nimmt für ihn immer mehr Platz ein, wird immer wichtiger, als könnte er dem lieben Gott damit noch ein paar Lebensjahre abluchsen.«

»So wird's sein.« Käthe klappte den Koffer zu. Sie war nun fest entschlossen. Nach Hiddensee reisen. Max anbieten, was immer er wollte, damit er genug Geld rausrückte, mit dem sie die neue Produktionslinie aufziehen konnte. Sie wusste, dies würde den Erfolg bringen, den sie so sehr ersehnte.

Und nun war ihr auch klar, wie sie Max dazu bewegen konnte, ihr das nötige Geld zu geben.

34

Hiddensee, September 1928

Maria!« Die Stimme des alten Mannes, die in den großen, stillen Räumen widerhallte. Die Sommergäste waren abgereist, und schon bald würden auch seine Tochter und er das Haus für den Winter abschließen und nach kurzem Stopp in Berlin oder Kösen – je nachdem, wo sich Käthchen gerade mit den Kindern aufhielt – weiter gen Italien reisen, wie jedes Jahr.

Doch Maria war nicht auffindbar, und die Stille tat ihm nicht gut.

Max schritt durch die Räume. Er war immer noch eine imposante Erscheinung, und weil die ersten Herbststürme bereits über die Insel fegten, trug er seinen knöchellangen Malermantel und dazu ein schwarzes Barrett auf dem Kopf. Auch hier oben unterhielt er ein kleines Atelier, in dem er sommers malte; für die Reisen packte Maria ihm alles zusammen. Mimerle nannte er sie schon lange nicht mehr, obwohl sie in der Familie immer das Mimerle bleiben würde.

»Maria!«

Wo steckte sie bloß? Sie war ihm ein Licht im Alter; fünfundsiebzig wurde er nächsten April, und er spürte wohl, dass das Leben noch kräftig in ihm war. Deshalb auch blieb er unnachgiebig, wann immer seine Kinder oder gar Käthchen glaubten, er könne ja mal fünfe gerade sein lassen.

Ach ja, Käthchen. Vermutlich war Maria losgefahren, sie vom Hafen abzuholen. Meine Güte. Da kam sie ihn nach all den Jahren wieder besuchen, und worum ging's ihr? Ums Geld natürlich, wie immer.

Das hatte er davon, dass er die Tochter einer Näherin geheiratet hatte. Einst hatte er drüber hinweggesehen, aber je älter Käthchen wurde, umso deutlicher trat die Krämerseele in ihr zutage. Alles musste bis auf den letzten Pfennig seine Richtigkeit haben, dass sie bloß nicht zu kurz kam! Anstrengend war das. Dabei hatte er ihr doch so viel gegeben. Hatte ihr genug vermittelt, dass sie im Leben auskommen müsste. Aber sie klagte und jammerte immer nur aufs Neue, weil er ja die Hälfte für sich beanspruchte.

Ja, aber mit gutem Recht, nicht wahr?

Sie war sein Meisterstück.

Er trat auf die Veranda und blickte nach Süden die Straße runter. Auch Maria fuhr inzwischen ein Automobil, das stand gerade nicht vor dem Haus. Aber wenn er angestrengt lauschte, glaubte er, über das Kreischen der Möwen bereits das Motorenknattern zu hören.

Da kamen sie.

Käthchen auf dem Beifahrersitz. Ernster als sonst, die Hand hielt den Hut, weil Maria stets offen und 'nen rasanten Reifen fuhr, solange kein Regen fiel. Sie würde den Wagen gleich in der Remise parken müssen, über dem Meer ballten sich wieder die Wolken. Die Bremsen quietschen, Reifen knirschten auf der Kiesauffahrt. Max wandte sich ab. Er betrat sein Atelier, rückte eine Staffelei ans Panoramafenster, die Möwen, die Wolken, das wollte er unbedingt festhalten. Er mischte gerade Paynesgrau mit Titanweiß, als Käthchen und Maria das Atelier betraten.

»Hier bist du.«

Er spähte hinter der Staffelei hervor, nickte überrascht, als hätte er mit allem Möglichen gerechnet, nur nicht mit seiner Frau und Tochter.

»Willst du dich zu uns in den Salon setzen?«, schlug Maria vor. »Käthchen ist nach der Reise müde, sie wird sicher einen Imbiss zu sich nehmen wollen.« Dabei traf ihr Blick ihn. Sie sprach es nicht aus, aber er wusste, worum es ihr ging.

Du solltest auch was essen. Nicht wieder nachts die Vorräte plündern, sondern dreimal täglich mit mir eine Mahlzeit einnehmen.

Er wischte den Pinsel an einem Läppchen ab und begann, mit einem Kohlestift die Wellen zu skizzieren, die ihm vorschwebten. »Ich komme gleich«, sagte er.

Käthchen blieb mitten im Raum stehen. Sie sah sich um, schien etwas sagen zu wollen. Sie entdeckte die Chaiselongue, die er aus seinem Berliner Atelier hatte hierherbringen lassen. Sie setzte sich, faltete die Hände auf dem Schoß und blickte ihn an. Nicht fordernd oder erwartungsvoll, sondern ganz ruhig war sie.

Max verschanzte sich wieder hinter seiner Staffelei. Er hörte Maria irgendwo im Haus rufen, das Klappern von Geschirr, dann andere Stimmen. Die Köchin, das Hausmädchen. Marias Sphäre, darum musste er sich nicht kümmern.

»Willst du mit mir reden oder nur stur deine Leinwand bearbeiten?«

Er sah sie an. Sie hatte sich in den letzten Jahren verändert, und hätte sie ihn gefragt, er hätte ihr gesagt, dass es nicht zu ihrem Vorteil war. Diese kurzen Röcke, die bunten Blusen, alles mehr auf Figur geschnitten. Es erinnerte an die vulgären Kostüme, in denen sie einst über die Bühne stolziert war.

Max legte den Pinsel beiseite, er verließ seine Festung hinter dem Malgrund und setzte sich zu ihr auf die Chaiselongue. Da waren viele Erinnerungen in ihm, an denen er sich nach wie vor wärmte.

»Du trägst die Haare anders.«

»Das ist dir tatsächlich aufgefallen.« Käthe lachte und berührte ihre kinnlangen Locken.

»Seit Jahren schon.«

»Dachte, du nimmst mich gar nicht mehr wahr.«

Er betrachtete sie zärtlich. Früher hatte er sie geformt, doch irgendwann zwischen der Geburt des toten Sohns und ihrem ersten Auftrag für F. A. O. Schwarz war sie über ihn hinausgewachsen. Sie hatte sich immer noch fragend nach ihm umgesehen, aber er hatte wohl gespürt, dass sie ihn nicht mehr so sehr brauchte, wie er sich das erhofft hatte.

»Ich hab dich immer gesehen, Käthe.«

Sie lehnte den Kopf an seine Schulter. »Wir müssen übers Geschäft reden.«

Natürlich mussten sie übers Geschäft reden. Max schwieg; er wollte hören, was sie diesmal brauchte.

»Ich habe eine neue Puppe entworfen. Etwas größer als unser Erfolgsmodell. Mit Echthaar.«

Das überraschte ihn, denn von Echthaar hatte sie, ebenso wie von Schlafaugen, nie besonders viel gehalten. »Die Zeiten ändern sich«, meinte er.

»Ich war immer dagegen, weil sie so teuer sind in der Herstellung. Aber ja, die Zeiten ändern sich, der Zeitgeist, der Geschmack. Die Leute wollen auch was für ihre größeren Kinder. So kam ich auf die Idee, nachdem die Schaufensterpuppen so ein Erfolg waren.«

»Und nun brauchst du Geld.«

»Für die neue Produktion, ja. Platz ist im Pädagogikum, aber wir brauchen so viel. Neue Kataloge, Postkarten, Fotos, neue Prototypen für die Vertreter und die Weltausstellung nächstes Jahr in Barcelona. Neue Mitarbeiterinnen. Ich muss ein wenig in Vorleistung gehen für das alles. Und das Geld hab ich nicht.«

Er kaute auf ihren Worten herum.

»Du sollst es ja nicht umsonst machen«, fuhr sie fort. »Ein Darlehen vielleicht? Ich kann doch nicht jetzt, da es wieder gut läuft, einfach stehenbleiben, Max. Wir müssen uns ja schon für die nächste Krise einrichten, irgendwann kommt die. Da wäre ich lieber solide aufgestellt, statt bei den Banken in der Kreide zu stehen.«

»Und dann kommst du zu mir.«

»Du bist mein Mann. Und ich denke, du hast Geld.«

Womit sie recht hatte. Seit der Hyperinflation hatte er seine Schäfchen ins Trockene gebracht, er hatte nicht unbedingt sparsamer gelebt als vorher, aber er hatte nicht all das Geld beiseite geschafft, dass sie es ihm nun abknöpfte ohne Gegenleistung.

»Was willst du denn von mir? Gibt es etwas?«

»Das Haus in Kösen?«

Sie lachte auf. Und dann kam sie ins Nachdenken, und während sie so grübelte, stand Max auf.

Er hatte schon lang nicht mehr Menschen gezeichnet. Oder gemalt. Aber sein Käthchen, wie sie da saß – die war gerade das richtige Motiv für ihn.

Das Haus in Kösen wollte er? Herrje.

Einst hatten sie es gemeinsam gekauft. Hälftig gehörte es ihr, hälftig ihm. Und sie hatte immer gedacht, das sei doch gut, dass es ihm auch gehörte, dann hatte er wenigstens halb das Gefühl, dass es auch *sein* Heim war. Selbst wenn er selten dort weilte und wenn nur brütend im Erdgeschoss hockte zwischen all den Kunstwerken, den Büsten und Büchern, den Erinnerungen und all dem Staub.

»Aber warum?«, fragte sie ihn leise.

»Kannst du mir denn was anderes anbieten?«

Nein, das konnte sie nicht. Das Pädagogikum jedenfalls genauso wenig wie irgendwas anderes Handfestes, und sie vermutete, darum ging es ihm. Etwas Festes, Greifbares wollte er haben, das ihm eine erneute Inflation nicht wegnehmen konnte.

»Es ist das Heim deiner Kinder.«

»Das soll es ja auch bleiben. Ich bin kein Unmensch, Käthe.«

»Dann soll ich dir dafür wohl dankbar sein.«

Während sie sprachen, begann Max auf einer neuen Leinwand zu zeichnen. Dabei schnaufte er und ächzte, als wäre alles, was sie ihm im ästhetischen Sinne darbot, eine einzige Zumutung. Käthe wägte ihre Optionen ab. Das Haus in Kösen würde ohnehin eines Tages an die Kinder fallen, ob nun nach seinem Tod oder ihrem, war gänzlich unerheblich in ihren Augen. Also warum nicht?

»Miete zahlen müssen wir aber nicht?«, wollte sie wissen.

»Dass ich mich an dir bereichere, wirfst du mir seit Jahrzehnten vor. So bin ich gar nicht.«

»Das sagst du immer.«

Sie merkte – diese Front war verhärtet, und sie würde sie nicht mehr lösen können. Ihr war nicht ganz klar, was genau Max ihr vorwarf. Ihren Erfolg? Dass sie wirtschaftete, die Familie versorgte, was ihm irgendwann nicht mehr möglich war, weil nichts von Dauer war? Seine Engagements für Max Reinhardt oder am Münchner Hoftheater, nichts hielt länger als ein paar Jahre, und er zehrte ja doch nur vom Ruhm der frühen Jahre. Satt war er geworden.

Sie aber blieb hungrig.

»Das Haus in Kösen – und dann will ich nichts weiter außer das, was mir schon immer zustand.«

»Und du zahlst mir dafür das Geld, das ich brauche.«

Lange sah er sie an. Schließlich nickte er. Zeichnete weiter an seiner Skizze, während Käthe überlegte, ob sie sich noch etwas zu sagen hatten.

Tatsächlich war da nichts mehr.

Sie war ihm dankbar. Das würde für immer bleiben. Der Max Kruse, den sie vor so vielen Jahren kennengelernt hatte – er hatte ihr dieses Leben erst ermöglicht. Ohne ihn wäre sie eine andere geworden, und sie mochte, wer sie an seiner Seite geworden war. Da konnte er noch so oft betonen, dass ja *er* sie geformt hatte. Längst hatte sie sich davon befreit.

Käthe stand auf. Max knurrte, weil sie sich bewegte. Aber sie legte ihren Hut auf die Chaiselongue und verließ sein Atelier. Maria hatte ihr einen Imbiss hingestellt. Sie setzten sich hin und aßen.

»Bleibt er immer so für sich?«, fragte Käthe irgendwann.

»Wir haben uns dran gewöhnt.«

Und das war wohl der Unterschied. Dass er nun hier war, so für sich. Auf seiner Einsamkeit beharrte und darauf, dass er nicht Teil der Familie war. Daran würde sich Käthe niemals gewöhnen.

Sie verließ Hiddensee zwei Tage später und blickte nicht zurück. Sie wusste nicht, ob Mimerle und Max zu Weihnachten nach Kösen kämen oder ob sie sich in Berlin trafen. »Rechne nicht mit uns«, sagte Käthes Tochter zum Abschied. Und so hielt Käthe es in den kommenden Jahren – sie rechnete nie mit Max und war jedes Mal überrascht und erfreut, wenn er doch wider Erwarten zu den Familienfesten kam.

Ihr Leben kreiste weiterhin um ihre Puppen und ihre Kinder. Es war ein reiches Leben. Mochte ihr auch manches verwehrt geblieben sein. Dass ihr kleiner Sohn auf dem Monte Verità begraben lag, würde sie nie loslassen, genauso wenig, dass sie nach Max junior nicht noch ein weiteres Kind bekommen hatte. Beides war eine Art tiefer Schmerz, der sich im Laufe der Jahre ein wenig an der Fülle ihres Lebens abschliff.

Das Gute blieb. Die Briefe der dankbaren Kundinnen, die leuchtenden Augen der vielen Kinder. Als sie im kommenden Jahr auf der Weltausstellung in Barcelona die Puppe VIII der Öffentlichkeit vorstellte, spürte sie, dass ihr Instinkt sie nicht getrogen hatte. Diese Puppe war ein weiterer Fortschritt. Unaufhaltsam machte sie das, wofür sie brannte. Und wieder gab der Erfolg ihr recht.

Als sie nach Kösen zurückkehrte, lag ein Paket auf ihrem Schreibtisch. Flach und rechteckig, aus Hiddensee, wo Max offenbar wieder den Sommer verbrachte. Sie öffnete die Paketschnur, schlug das Papier zurück und sah auf das Bild, das er ihr geschickt hatte.

Kein Porträt von ihr, wie sie erwartet hätte. Nein – ein Hut auf der rot bezogenen Chaiselongue, der sie auf diesem Gemälde das Alter ansah. Der Hut war modern, sie erkannte ihn sofort. Sie hatte ihn letzten Herbst auf Hiddensee vergessen.

Auf der Rückseite steckte ein Kärtchen. Nur ein Wort, dahinter das Datum. *Nähe.*

Sie verstand.

Diese Nähe konnte ihnen niemand nehmen, sie würde über alle Distanzen weiterhin bestehen. Sie hatten einander so viel gegeben in all den Jahren, und selbst in der Entfremdung des vergangenen Sommers blieben sie sich nah.

Sie hängte das Bild gegenüber von ihrem Schreibtisch auf in jenem Haus, das nun gänzlich Max gehörte. Ihre Leben waren miteinander verwoben und würden es immer sein.

Und dann machte sie sich wieder an die Arbeit. Es warteten neue Aufträge, neue Puppen saßen auf den Regalen der Werkstätte und mussten kontrolliert werden. Herr Renner wollte mit ihr die Quartalszahlen besprechen.

Ihre Botschaft ging vieltausendfach in die Welt. Das Glück der Kinder war ihr so viel mehr wert als jene Sicherheit, die Max suchte. Sie würde immer wieder alles aufs Spiel setzen, um dieses Kinderglück jeden Tag aufs Neue in die Welt zu tragen.

Julie Peters
Käthe Kruse und die Träume der Kinder
Roman
412 Seiten. Broschur
ISBN 978-3-7466-3630-6
Auch als E-Book lieferbar

Ein Leben für die Kinder und die eigene Unabhängigkeit

Berlin, 1900: Die junge Käthe verliebt sich in den Künstler Max Kruse, die beiden bekommen eine kleine Tochter. Eines Tages näht Käthe für sie eine Puppe. Sie erkennt ihr Talent und stürzt sich in die Arbeit, entwirft immer schönere Puppen. Als das Warenhaus Hermann Tietz einige zum Verkauf anbieten will, ist Käthe stolz – doch sie will mehr. Eine große Bestellung aus Amerika erreicht sie, und Käthe gründet in Bad Kösen ihre eigene Puppenmanufaktur. Aber ihr Glück ist getrübt, denn sie spürt, dass sie und Max sich immer weiter voneinander entfernen. Dann bricht der Erste Weltkrieg aus – und die Zukunft von Käthes Unternehmen steht auf dem Spiel.

Regelmäßige Informationen erhalten Sie über unseren Newsletter. Jetzt anmelden unter: www.aufbau-verlage.de/newsletter

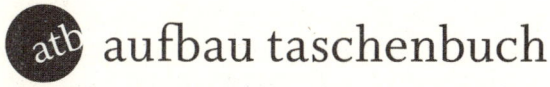

Susanne Lieder
Astrid Lindgren
Ihr Leben ist voller Kindheit, in der Liebe muss sie
nach dem Glück suchen
Roman
361 Seiten. Klappenbroschur
ISBN 978-3-7466-4002-0
Auch als E-Book lieferbar

Als Kinderbuchautorin ist sie weltberühmt, doch wer kennt sie als Frau und Liebende?

1929: Endlich ist Astrid wieder mit ihrem Sohn Lasse vereint. Als unverheiratete Mutter hat sie es nicht leicht, aber sie will es schaffen. Für Lasse und für sich. Jahre später scheint dies alles vergessen. Astrid hat ihre große Liebe Sture geheiratet. Was geblieben ist, sind die Geschichten, die sie ihrem Sohn und ihrer Tochter Karin erzählt. Geschichten über ein mutiges Mädchen mit zwei Zöpfen und einem Affen. Astrid beginnt sie aufzuschreiben und schickt sie an einen Verlag. Ihr plötzlicher Erfolg als Autorin kommt überraschend. Eigentlich könnte jetzt alles gut sein. Doch zwischen Astrid und Sture kriselt es, und dann ereilt die Familie ein tragischer Schicksalsschlag.

Das einfühlsame Porträt einer der wichtigsten Frauen unserer Zeit, die mit ihren Geschichten Generationen von Kindern glücklich macht.

Regelmäßige Informationen erhalten Sie über unseren Newsletter.
Jetzt anmelden unter: www.aufbau-verlage.de/newsletter

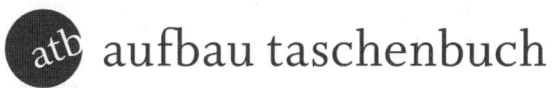

Lena Johannson
Zwischen den Meeren
Vier Frauen und ein Jahrhundertbauwerk, das die
Welt verändert
Roman
409 Seiten. Klappenbroschur
ISBN 978-3-7466-3945-1
Auch als E-Book lieferbar

Vier Frauen, vier Schicksale – verbunden durch ein blaues Band

Kiel 1886: Seit Stine denken kann, ist das alte Puppentheater ihres Groß-vaters das Herzstück des Kolonialwarenladens ihrer Familie. Hier hat sie ihre Leidenschaft für das Geschichtenerzählen entdeckt. Doch statt, wie von ihr erträumt, gemeinsam mit ihrer großen Liebe Thorin auf der Bühne zu stehen, muss sie im Geschäft aushelfen, obwohl immer weni-ger Kunden kommen. Währenddessen wünscht Sanne sich nichts sehnli-cher, als zu studieren und Gebäude zu konstruieren, wie schon ihre Großväter. Regina sieht sich nach dem Tod ihrer Brüder gezwungen, eine Vernunftehe einzugehen. Doch dann wird der Bau einer gigantischen Wasserstraße beschlossen, die die Meere miteinander verbinden soll. Ein Jahrhundertprojekt, das nicht nur die Schicksale der drei Frauen verän-dert, sondern auch das Leben von Mimi, der Tochter des Kanalplaners.

Regelmäßige Informationen erhalten Sie über unseren Newsletter.
Jetzt anmelden unter: www.aufbau-verlage.de/newsletter

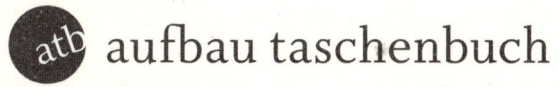

aufbau taschenbuch